조선후기 통신사 필담창화집 번역총서 31

韓館贈答 · 和韓文會

한관증답 · 화한문회

조선후기 통신사 필담창화집 번역총서 31

韓館贈答 · 和韓文會

한관증답 · 화한문회

김성은 · 김정신 역주

보고사
BOGOSA

이 역서는 2008년도 정부재원(교육과학기술부 학술연구조성사업비)으로 한국연구재단의 지원을 받아 연구되었음(KRF-2008-322-A00073)

차례

◇ 화한문회 和韓文會

◇ 영인자료 [우철]

조선후기 통신사 필담창화집 번역총서를 간행하면서 / 449

일러두기

1. 통신사 필담창화집 번역총서는 제1차 사행(1607)부터 제12차 사행(1811) 까지, 시대순으로 편집하였다.

2. 각권은 번역문, 원문, 영인자료(우철)의 순서로 편집하였다.

3. 300페이지 내외의 분량을 한 권으로 편집하였으며, 분량이 적은 필담 창화집은 두 권을 합해서 편집하고, 방대한 분량의 필담창화집은 권을 나누어 편집하였다.

4. 번역문에서 일본 인명과 지명은 한국 한자음 그대로 표기하고, 처음 나오는 부분의 각주에 일본어 발음을 표기하였다. 그러나 번역자의 견해에 따라 본문에서 일본어 발음대로 표기를 한 경우도 있다.

5. 번역문에서 책명은 『　』, 작품명은 「　」로 표기하였다.

6. 원문은 표점 입력하였는데, 번역자의 의견에 따라 표기하는 것을 원칙으로 하였지만, 가능하면 한국고전번역원에서 정한 지침을 권장하였다. 이 경우에는 인명, 지명, 국명 같은 고유명사에 밑줄을 그어 독자들이 읽기 쉽게 하였다.

7. 각권은 1차 번역자의 이름으로 출판되었는데, 최종연구성과물에 책임연구원과 공동연구원의 이름이 반드시 들어가야 한다는 한국연구재단의 원칙에 따라 최종 교열책임자의 이름으로 출판되는 책도 있다.

8. 제1차 통신사부터 제12차 통신사에 이르기까지 필담 창화의 특성이 달라지므로, 각 시기 필담 창화의 특성을 밝힌 논문을 대표적인 필담 창화집 뒤에 편집하였다.

한관증답

韓館贈答

일본 문사와 조선 문사들의 시를 통한 만남, 『한관증답(韓館贈答)』

　　1747년(영조 23) 정사 홍계희(洪啓禧), 부사 남태기(南泰耆), 종사관 조명채(曹命采)를 비롯한 500여 명의 통신사 일행이 일본 막부의 제9대 장군 덕천가중[德川家重, 도쿠가와 이에시게]의 습직(襲職)을 축하하기 위해 일본에 다녀왔다. 이들은 사행 중에 임신충[林信充, 하야시 류코林榴岡], 임신언[林信言, 하야시 노부유키] 등 많은 일본 문사들과 교유하였는데, 당시 주고받은 필담과 시가 『화한창화록(和韓唱和錄)』·『선린풍아(善隣風雅)』·『상한장갱록(桑韓鏘鏗錄)』 등 여러 필담창화집에 수록되어 있다.

　　『한관증답(韓館贈答)』(혹은 『임가한관증답(林家韓館贈答)』)은 당시 사행에서 조선과 일본 양국의 문사들이 주로 에도에서 수창한 시들을 모아 엮은 책으로, 강호[江戶, 에도] 일본교[日本橋, 니혼바시]에 있는 출운사 화천연[出雲寺和泉掾, 이즈모지 이즈미노조]이라는 서점에서 1748년에 출판된 것이다. 체재로는 먼저 일본과 조선 시인(詩人)들의 목록을 기재하고, 2권에 걸쳐 양국 인사들이 주고받은 시들과 함께 적어 보낸 글들을 수록하였다. 처음 목록에는 일본 시인으로 29명이 실려 있지만, 사실상 이 책에서 창수에 참여했던 인원은 임가(林家), 즉 대대로 통신사의 접대를 맡아온 하야시 가문의 임신충(林信充)과 그의 아들 임신언(林信言)을 비롯한 몇몇에 지나지 않는다. 한편 조선 측의 시인으로는 위에 언급한 삼사(三使)를 비롯하여 제술관(製述官) 박경행(朴敬行), 서기(書記) 이봉환(李鳳煥) 등 총 11명이 기재되어 있으며, 모두 수창한 시들이 이 책에 실려 있다.

한관증답(韓館贈答)

시인의 관작과 향리[詩人爵里]

국자좨주(國子祭酒) : 성은 임(林), 이름은 신충(信充)이며, 자(字)는 사희(士僖), 호(號)는 쾌당(快堂)·유동(榴洞)이다. 보영(寶永) 갑신년(1704)에 경연강관(經筵講官)에 천거되었으며, 향보(享保) 계묘년(1723)에 조산대부(朝散大夫)가 되어 지금의 관직에 임용되었다. 관보(寬保) 계해년(1743)에 저군 시독(儲君侍讀)이 되었다.

비서감(秘書監) : 성은 임, 이름은 신언(信言)이며, 자는 사아(士雅)·자공(子恭), 호는 봉곡(鳳谷), 별호는 송풍정(松風亭)이다. 원문(元文) 무오년(1738)에 경연강관에 천거되었으며, 연향(延享) 정묘년(1747)에 조산대부가 되어 지금의 관직에 임용되었다.

임신량(林信亮) : 자는 백우(伯虞), 호는 국계(菊溪)이며, 집안이 대대로 국학 교관(國學敎官)을 맡았다.

야량(野梁) : 자는 자현(子顯), 호는 학천(鶴川)이며, 국학 교관인 실함(實函)의 아들이다.

남태원(南太元) : 자는 군초(君初), 호는 월호(月湖)·창랑(滄浪)이며, 평정소 유관(評定所儒官)이다.

덕력량필(德力良弼) : 자는 준명(浚明), 호는 용간(龍澗)이며, 평정소

유관이다.

토전정의(土田貞儀) : 자는 자우(子羽), 호는 규학(虯壑)이며, 평정소 유관이다.

일색범통(一色範通) : 자는 윤서(倫敍), 호는 방계(芳桂), 동도(東都) 사 람이며, 국학생장(國學生長)이다.

소실직(小室直) : 자는 공도(公道), 호는 문양(汶陽), 동도 사람이며, 국학생장이다.

편강직용(片岡直容) : 자는 자선(子先), 호는 적안(赤岸)·잠실(潛室)이 며, 인후(忍侯)의 유신(儒臣)이다.

반전환(飯田煥) : 자는 문위(文緯), 호는 방산(芳山)이며, 언근후(彦根 侯)의 유신이다.

강정효선(岡井孝先) : 자는 중석(仲錫), 호는 겸주(嵊州)이며, 찬기후 (讚岐侯)의 유신이다.

심진규(深津珪) : 자는 석경(石卿), 호는 석문(石門), 무주(武州) 사람 이며, 전교후(前橋侯)의 유신이다.

중촌문보(中村文輔) : 자는 문보(文輔), 호는 군산(君山), 찬기후(讚岐 侯)의 유신이다.

정상경치(井上敬致) : 자는 의민(義民), 호는 주수(朱水), 진화야후(津 和野侯)의 유신이다.

신원통가(榊原通嘉) : 자는 백형(伯亨), 호는 창주(滄洲), 동도 사람이 며, 국학생(國學生)이다.

정상의비(井上儀備) : 자는 자문(子文), 호는 석계월(石溪越), 전주(前 州) 사람이며, 국학생이다.

시기영수(矢崎永綏) : 자는 극소(克紹), 호는 용산(龍山), 동도 사람이며, 대위대 기리(大衛隊騎吏)이다.

후등세균(後藤世鈞) : 자는 수중(守中), 호는 지산(芝山), 찬기(讚岐) 사람이며, 국학생으로 본주 문학(本州文學)에 임용되었다.

목부돈(木部惇) : 자는 자익(子翼), 호는 창주(滄洲), 동도 사람이며, 수산후(守山侯)의 유신이다.

도생성(桃生盛) : 자는 무공(懋功), 호는 백천(百川)이며, 석주(石州) 사람이다.

금정겸규(今井兼規) : 자는 자범(子範), 호는 곤산(崑山), 동도 사람이며, 좌창후(左倉侯)의 유신이다.

의립일륭(衣笠一隆) : 자는 사도(師道), 호는 공재(恭齋), 욱주 회진(奧州會津) 사람이며, 국학생이다.

삽정효덕(澁井孝德) : 자는 자장(子章), 호는 태실(太室), 무주 사람이며, 좌창후(左倉侯)의 유신이다.

국지무신(菊池武愼) : 자는 백수(伯修), 호는 눌재(訥齋), 동도 사람이며, 국학생이다.

안등사겸(安藤思謙) : 자는 자익(子益), 호는 매령(梅嶺), 찬기(讚岐) 사람이며, 국학생이다.

옥대안장(屋代安章) : 자는 중겸(仲謙), 호는 도계(桃溪), 북조후(北條侯)의 유신이다.

다호의(多湖宜) : 자는 원실(元室), 호는 송강(松江)이며, 대대로 송본후(松本侯)로 벼슬을 했다.

관안수(關安修) : 자는 자경(子卿)·군장(君長), 호는 운대(雲臺), 무주(武州) 사람이며, 국학생이다.

조선(朝鮮)

홍계희(洪啓禧) : 자는 순보(純甫), 호는 담와(澹窩)이며, 남양(南陽) 사람이다. 을사년(1725)에 진사가 되었고 정사년(1737)에 문과에 장원하였다. 현재 직임은 통정대부(通政大夫) 이조참의(吏曹參議) 국자감(國子監) 대사성(大司成) 지제교(知製敎)이다. 통신사 정사(正使)로 왔다.

남태기(南泰耆) : 자는 낙수(洛叟), 호는 죽리(竹裏)이며, 의령(宜寧) 사람이다. 임자년(1732)에 문과에서 2등을 하였고 현재 직임은 통훈대부(通訓大夫) 행(行) 홍문관 전한(弘文館典翰) 지제교(知製敎) 겸 경연시독관(經筵侍讀官) 춘추관 편수관(春秋館編修官)이다. 부사(副使)로 왔다.

조명채(曹命采) : 자는 주경(疇卿), 호는 난곡(蘭谷)이며, 창녕(昌寧) 사람이다. 병진년(1736)에 문과에 급제하였고 현재 직임은 통훈대부(通訓大夫) 행(行) 홍문관 교리(弘文館校理) 지제교(知製敎) 겸 경연시독관(經筵侍讀官) 춘추관 기주관(春秋館記注官)이다. 종사관(從事官)으로 왔다.

박경행(朴敬行) : 자는 인칙(仁則), 호는 구헌(矩軒)이다. 계축년(1733)에 진사가 되었고 임술년(1742)에 정시(庭試)에 합격하였다. 현재 직임은 국자감 전적(國子監典籍)이다. 제술관(製述官)으로 왔다.

이봉환(李鳳煥) : 자는 성장(聖章), 호는 제암(濟庵)이다. 계축년(1733)에 진사가 되었고 대리승(大理丞)을 거쳐 현재 직임은 대창랑 봉사이다. 정사의 기실(記室)로 왔다.

유후(柳逅) : 자는 자상(子相), 호는 취설(醉雪)이다. 현재 직임은 남부랑 봉사이다. 부사의 기실로 왔다.

이명계(李命啓) : 자는 자문(子文), 호는 해고(海皐)이며, 신유년(1741)에 진사가 되었다. 종사관의 기실로 왔다.

김천수(金天壽) : 자는 군실(君實), 호는 자봉(紫峯)이며, 가선대부(嘉善大夫) 동지중추부사이다. 사자관(寫字官)으로 왔다.

현문귀(玄文龜) : 자는 기숙(耆叔), 호는 동암(東岩)이며, 호군(護軍)이다. 사자관으로 왔다.

이성린(李聖騏) : 자는 덕후(德厚), 호는 어재(藨齋)이며, 주부(主簿)이다. 화원(畫員)으로 왔다.

조숭수(趙崇壽) : 자는 경로(敬老), 호는 활암(活菴)이며, 유학(幼學)이다. 양의(良醫)로 왔다.

시인작리(詩人爵里) 마침

한관증답(韓館贈答) 권1

조선 정사 담와 홍공에게 드림

국자좨주 임신충[1]

만리 긴 강에 세 척 배를 띄우니	長江萬里泛三船
따르는 이들 구름같이 서로 앞서거니 뒤서거니	從者如雲相後先
금어(金魚)[2]는 대궐에 다가와 옥패를 울리고	鳴佩金魚趨殿響
상서로운 봉황은 하늘을 둘러싸고 품은 편지 전하네	含書瑞鳳繞霄傳
높은 벼슬과 높은 관직으로 서로 사귀며	尊階高爵通交足
살찐 말과 가벼운 갖옷으로 사명을 전하네	肥馬輕裘致命專
일산을 기울이며 맞이하니 진실로 옛 친구와 같아	傾蓋逢迎眞舊識
글 논하고 글자 물으며 그대를 접하네	論文問字接君邊

---

1 임신충(林信充) : 하야시 류코(林榴岡, 1681~1758). 에도시대 중기 유학자로 하야시 호코(林鳳岡)의 아들이며, 이름은 부(㤗)·신충(信充), 자는 사후(士厚), 별호는 부헌(復軒)·쾌당(快堂), 통칭은 칠삼랑(七三郎)이다. 향보(享保) 8년(1723) 다이가쿠노카미(太學頭)가 되었으며, 다음 해 하야시가(林家) 4대를 이었다. 관보(寬保) 3년(1743) 도쿠가와 이에하루(德川家治)의 시강(侍講)이 되었다. 저서로『시법려측(詩法蠡測)』·『본조세설(本朝世說)』, 편저로『어찬대판군기(御撰大阪軍記)』등이 있다.

2 금어(金魚) : 잉어 모양을 새긴 금으로 만든 부절(符節)로, 당(唐)나라 때 3품 이상의 관원이 찼다 하여 높은 관료를 뜻한다. 여기서는 상대방인 담와 홍계희를 가리킨다.

조선 부사 죽리 남공에게 드림

임신충

오늘 흠모하던 사람을 만남에[3] 일이 헛되지 않아	玆日識荊事不空
좋은 인연 기약이 이뤄져 공들을 만났네	良緣期至接諸公
춘추관(春秋館)의 업무는 예와 지금이 다르지만[4]	春秋館務舊新別
해륙(海陸) 오가는 험한 길 통하였네	海陸行程險岨通
학력이 많고 재주가 풍부하니	學力之多才力富
말은 다르나 붓으로 쓰는 글은 같다오	語言雖異筆言同
나는 지금 영광스럽게도 늙어가는 몸으로	吾今何幸將衰老
삼십여 년 동안 세 번이나 풍모를 보았네	三十餘年三見風

조선 종사관 난곡 조공에게 드림

임신충

이 땅의 산천과 계곡을	此地山川與澗溪
시문으로 지어 해낭(奚囊)[5]에 부치네	詩章多少附囊奚
바다와 육지 지나 수원(水源)에 이르니	路經海陸水源達

---

3 흠모하던 사람을 만남에[識荊] : 식형(識荊)은 한 형주(韓荊州)를 안다는 말로, 이백(李白)의 「여한형주서(與韓荊州書)」에 "이 세상에 태어나서 만호후에 봉해지기보다는 그저 한 형주를 한번 알기만을 바랄 뿐이다.[生不用封萬戶侯 但願一識韓荊州]"라는 말이 나온다. 평소 흠모하는 사람을 만나는 것을 일컫는다.

4 춘추관(春秋館)의……다르지만 : 남태기(南泰耆)가 춘추관 편수관으로 있었으므로 말한 것이다.

5 해낭(奚囊) : 시를 넣는 주머니를 말한다. 해(奚)는 하인을 뜻하는데, 당(唐)나라 때 시인 이하(李賀)가 외출할 때 종에게 비단 주머니를 가지고 따라다니게 하면서 시를 지으면 그 속에 넣었다 한다. 즉 여기서는 상대방이 지은 시를 뜻한다. 『唐書 李賀傳』

삼성(參星)과 상성(商星)으로 다르지만[6] 기상은 같다네　星別參商氣象齊

붓 잡으니 좌중에 옥을 던지는 것 같고　　　　把筆座中如擲玉

글을 교정하며 각(閣) 위에서 연려(燃藜)[7]하네　校書閣上欲燃藜

종래에 선린의 약속 있었기에　　　　　　　　從來爲有善隣約

오늘 인풍(仁風)[8]이 동쪽과 서쪽에서 불어오네　今日仁風東又西

6월 14일 삼사신의 화운시가 품천역(品川驛)[9] 동해사(東海寺)로부터 와서 아래에 기록하였다.

일본 국자좨주 임공에게 드림

통신사 정사 홍계희[10]

북에서 온 배 신령한 빛 세 번 만나니　　　　靈光三閦北來船

남두(南斗)의 높은 명성 으뜸으로 손꼽히는 이로다　南斗高名屈指先

창해에서 홀로 옛 성현의 제사를 주관하고　　滄海獨尸前聖祀

---

6 삼성(參星)과 상성(商星)으로 다르지만 : 서로 멀리 떨어져 있는 것을 뜻하는 말이다. 삼성(參星)은 동쪽 하늘에 있고 상성(商星)은 서쪽 하늘에 있어서, 각각 뜨고 지는 시각이 틀리는 관계로 영원히 서로 만날 수가 없는 데에서 유래된 것이다.『春秋左傳 昭公元年』

7 연려(燃藜) : 밤늦도록 공부하거나 열심히 학습하는 것을 말한다.

8 인풍(仁風) : 인덕의 교화를 말한다. 상대방의 인덕을 칭송하는 말이다.

9 품천역(品川驛) : 시나가와역. 일본 도쿄도[東京都]의 남동부에 있다.

10 홍계희(洪啓禧) : 1703~1771. 조선 후기의 문신으로 본관은 남양(南陽), 자는 순보(純甫), 호는 담와(淡窩)이다. 1737년 별시 문과에 장원급제하여 정언이 되었고, 우의정 조현명(趙顯命)의 천거로 교리(敎理)로 특진하였다. 1747년 일본 막부의 제9대 장군 도쿠가와 이에시게(德川家重)의 습직(襲職)을 축하하기 위해 통신상사(通信上使)가 되어 부사 남태기(南泰耆)·종사관 조명채(曹命采) 등 통신사 일행 500여 명을 이끌고 일본에

청천(靑氈)[11]과 같이 고가(故家)의 전해진 유물을 　青氈能保故家傳
　　보전하네

맑은 시가 있는 매화관사는 고산(孤山)에 가깝고[12] 　詩清梅館孤山近

경연하는 난대(蘭臺)에서는 박사(博士)로 전임한다네 　經秘蘭臺博士專

다북쑥 뜯는 사슴의 연회 자리에 비파며 젓대가 　萍鹿賓筵笙瑟合
　　모이니[13]

훗날 구름 가에 혼몽을 부치리 　　異時魂夢寄雲邊

지난번 주신 시운에 화답하지도 못했는데 노자(路資)와 시문이 이어

다녀왔다. 사행 중 하야시 류코(林榴岡, 林信充)·하야시 류탄(林龍潭, 林信愛) 등 수많
은 일본문사들과 교유하였다. 특히 오사카에서 사쿠라 료오칸(櫻良翰)·세오 이토쿠(瀨
尾維德) 등과 만나 교유하였고, 이때 주고받은 시문이 필담창화집『선린풍아』에 수록되
어 있다. 사행을 다녀온 뒤 형조참판에 임명되었고, 영의정 김재로(金在魯)의 청으로
비변사당상을 겸하였다. 1749년 충청도관찰사 때 시무의 능력을 인정받아, 다음해 병조
판서로 발탁되었다. 글씨에 능했으며, 편저로는『균역사실(均役事實)』·『준천사실(濬川
事實)』등이 있다.

11 청천(靑氈) : 청전구물(靑氈舊物)의 준말로, 으뜸가는 선조(先祖)의 유물(遺物)이라는
뜻이다. 진(晉)나라 왕헌지(王獻之)의 집에 좀도둑이 들었을 때, 다른 물건을 훔칠 때에
는 모르는 체하고 누워 있다가, 탑상(榻牀)에 올라 손을 대려 하자 "그 청천(靑氈)은 우리
집안의 구물(舊物)이니 그냥 놔둘 수 없겠는가."라고 말하여, 도둑을 깜짝 놀라게 했다는
고사에서 나온 것이다.『晉書 卷80 王獻之列傳』

12 맑은……가깝고 : 고산(孤山)은 송나라 때 은자인 임포(林逋)를 가리킨다. 자는 군복
(君復)으로 서호(西湖)의 고산에 은거하여 20년 동안 성시(城市)에 발을 들여놓지 않았
으며, 서화와 시에 능하였고 특히 매화시가 유명하다. 장가를 들지 않아 자식이 없이
매화를 심고 학을 길러 짝을 삼으니, 당시에 '매처학자(梅妻鶴子)'라고 하였다. 여기서는
그에 빗대어 상대방인 임신충을 칭송한 것이다.『宋史 卷457 林逋列傳』

13 다북쑥……모이니[萍鹿賓筵笙瑟合] :『시경(詩經)』「소아(小雅) 녹명(鹿鳴)」에, "화
락하게 우는 사슴의 울음소리여, 들판의 다북쑥을 뜯는도다. 내 아름다운 손이 있어 비파
타며 젓대를 부노라.[呦呦鹿鳴 食野之苹 我有嘉賓 鼓瑟吹笙]"라 한데서 온 말이다. 손
님과 주인 간에 연회할 때 연주하는 음악의 가사이다.

서 이르렀으니, 성의가 정성스러울 뿐 아니라 소장(騷場)에서 늙어서
도 강건하신[14] 홍취를 볼 수 있었습니다. 율시 한 수를 구상한 지가
오래되었습니다만, 아직 일을 마치지 못했다 하여 시통을 전하지 못
하였습니다. 이번에 비로소 드려서 한번 웃음을 드립니다만, 떠날 마
음이 매우 급하여 뒤에 주신 시에는 화답시를 지어 보내지 못하니, 매
우 아쉽습니다. 지난 해 수창록(酬唱錄)을 적어 보내주신 은혜는 감사
하는 마음을 어찌 다하겠습니까.

일본 국자쵀주 임공에게 드림

부사 남태기[15]

고산(孤山)의 문채 아주 쓸쓸하지는 않으니　　　孤山文彩未全空

---

14 소장(騷場)에서 늙어서도 강건하신 : 소장은 소인묵객(騷人墨客)들이 모이는 곳으로
　서 시회(詩會)가 열리는 곳을 말한다. "늙어서도 강건하신[矍鑠]"이란 말은 상대방이 노
　인인데도 여전히 강건하여 젊은이처럼 씩씩하다는 뜻이다. 동한의 복파장군(伏波將軍)
　마원(馬援)이 62세의 나이에도 불구하고 말에 뛰어올라 용맹을 보이자, 광무제(光武帝)
　가 "이 노인네가 참으로 씩씩하기도 하다.[矍鑠哉是翁也]"라고 찬탄했던 고사가 전한다.
　『後漢書 卷24 馬援列傳』

15 남태기(南泰耆) : 1699~1763. 조선 후기의 문신으로 본관은 의령(宜寧), 자는 낙수(洛
　叟), 호는 죽리(竹裏)이다. 1732년 정시문과에 을과로 급제하여 주서·정언 등을 역임하
　였고, 북도병마평사감(北道兵馬評事監)이 되었다. 1747년 통신부사(通信副使)가 되어
　정사 홍계희(洪啓禧)·종사관 조명채(曹命采) 등 통신사 일행 500여 명을 이끌고 일본에
　다녀왔다. 이듬해 1748년 2월 16일 남태기가 탄 배가 와니우라(鰐浦)에서 화재가 발생하
　여 인삼·무명 등 예물로 가져간 물건이 불에 타고 사상자가 10여 명에 이르는 사고가
　일어났다. 같은 해 윤7월에 귀국하였고, 이후 동부승지·의주부윤 등을 거쳐 1755년 대사
　간을 지냈다. 이어 황해도감사·병조와 형조참판·한성부좌우윤·예조판서 겸 내의원제조
　등을 거쳤다. 문장과 글씨에도 능하였다. 『속대전』을 수찬하였고, 문집 『죽리집』이 남아
　있다. 사행록으로 『사상기(槎上記)』가 있으나 현전하지 않는다. 시호는 정희(靖僖)이다.

학과 매화에서 완연히 공을 대하는 듯하네[16]	鶴瘦梅寒宛對公
시는 절로 갖추어져 삼세(三世)에 드러나고	詩自瞻該三世著
학문은 박학하여 구류(九流)에 통한다오	學應綜博九流通
맑은 하늘아래 차와 술로 성대한 자리 빛나고	天清茶酒華筵敞
아득한 누각에서 관과 옷은 이역(異域)이 서로 같다네	樓逈冠裳異域同
호의(好意)는 언어의 밖에서 볼 것이니	好意須看言語外
지미(芝眉)에서 다투어 노성의 풍모를 느끼네	芝眉爭挹老成風

일본 쾌주 임공에게 드림

종사관 조명채[17]

지난번 자리에서 직접 시를 받고 그 후에도 수차례 상자 가득 시를 보내주셔서 때로 펼쳐 감상하고 있으니, 돌아가는 짐 속에 광채가 있게 되었습니다. 마땅히 보답하는 글을 바쳐서 감사하는 뜻을 올려야 하지만 성품이 시 읊는데 게으르고 솜씨도 매우 졸렬한 데다가, 출발할 날이 내일이라 정신이 없어서 겨를이 없습니다. 겨우 절구 한 수를 지어 이에 질장구와 같은[18] 부족한 시를 드리노니, 바라건대 웃으며

---

16 고산(孤山)의……듯하네 : 각주 12) 참조.

17 조명채(曺命采) : 1700~1764. 조선 후기의 문신으로 본관은 창녕(昌寧), 자는 주경(疇卿), 호는 난재(蘭齋) 또는 난곡(蘭谷)이다. 1736년 통덕랑으로 정시문과에 병과로 급제하였고, 정언·지평·승지·판윤·이조참판·대사헌 등 중요관직을 두루 거쳤다. 1747년 정사 홍계희(洪啓禧)·부사 남태기(南泰耆) 등과 함께 종사관(從事官)으로 일본에 다녀왔다. 일본에서의 견문을 일기체로 적은 사행기록『봉사일본시문견록』이 남아 있다. 1762년 사도세자(思悼世子) 옥사와 관련하여 국문을 받았고, 2년 뒤 사망하였다.

보아주시고 물리치지 말아주십시오.

> 백년토록 관개(冠蓋)[19] 이어져 우방(友邦)에서 오니 　百年冠蓋友邦來
> 문자로 이야기 나눔에 호의(好意)가 열렸네 　　　文字交談好意開
> 느긋이 시 읊조림은 본래 나라 빛낼 기술이 아니니 　謾詠元非華國術
> 말을 조탁하느라 뛰어난 재목을 병들게 하지 마시게 莫敎剞劂病擅材

다시 종사관 조공에게 드림

국자좨주 임신충

역에서 문득 합하(閤下)께서 쓰신 글을 전해 받고서, 사행일로 매우 바쁘셔서 답해주실 겨를이 없으심을 알았습니다. 길에서 한 수 절구를 주심에 보여주신 말이 간곡하여 감격스럽습니다. 실로 부산한 중에도 글을 쓰신 묵의 흔적이 빼어나 눈을 씻고 볼만하다는 것을 알겠습니다. 이에 다시 고상한 시운에 차운하는 시를 지어 사신일행에게 부치니, 무더운 때에 직분을 수행하면서 스스로를 중히 여기시길 바랍니다.

> 이웃 나라와의 오랜 우호로 사절단의 배가 오니　隣國舊好使槎來

---

18 질장구와 같은[瓦缶]: 겸사로 쓴 말로, 『초사(楚辭)』에 나오는 굴원(屈原)의 「복거(卜居)」에 "웅장한 소리를 내는 황종은 내팽개치고, 질그릇 두드리는 소리만이 요란하게 울려 퍼진다.[黃鍾毁棄 瓦釜雷鳴]"라는 표현이 보인다.

19 관개(冠蓋) : 관개상망(冠蓋相望)의 뜻으로, 앞의 수레는 뒤의 수레의 덮개를 바라보며 뒤의 수레는 앞의 수레의 덮개를 바라본다는 뜻으로 수레가 연달아 가는 모양이다. 사자의 왕래가 끊이지 않는 모양을 이른다.

객사에서 상봉하자 기쁜 웃음 피어나네　　　　　館裡相逢歡笑開
늙고 노쇠한 이 몸 나무 하나 지탱키도 어려우니　衰老我難支一木
동량(棟梁)의 재목인 그대의 강건함이 부럽다오　　羨君强健棟梁材

조선 정사 통정대부 담와 홍공에게 시 세 수를 드림

비서감 임신언[20]

기자나라의 문물이 부상(扶桑)에 이르니　　　　　箕邦文物到扶桑
해운(海雲)이 천리에 길게 뻗침을 다시 알겠네　　更識海雲千里長
전대(專對)함에 지금 누가 이와 같으리오　　　　專對秖今誰得似
수사(修辭)함에 스스로 혼자서 다함이 없다네　　修辭原自獨無疆
의관과 제도는 제(齊)와 노(魯)를 따르고[21]　　　衣冠制度遵齊魯

---

20 임신언(林信言) : 하야시 노부유키(林信言, 1721~1774). 에도시대 중기의 유학자이자
　하야시 류코(林榴岡)의 장남으로, 임봉곡(林鳳谷)·등신언(藤信言)이라고도 한다. 이름
　은 노부타케(信武)였다가, 뒤에 노부유키(信言)로 개명하였다. 주자학파 유학자인 하야
　시 라잔(林羅山)의 하야시가(林家) 5대로 쇼군(將軍) 도쿠가와 요시무네(德川吉宗)를
　섬겼다. 1748년 조선사신을 접대하였고, 종오위하(從五位下) 즈쇼노카미(圖書頭)가 되
　었고, 1758년에 가독(家督)을 이어 다이가쿠노카미(大學頭)가 되었다. 1748년 통신사행
　때 조선사신과 만나 '원(源)'자 도서(圖署)를 찍지 않고 또 약군(若君)의 성명을 쓰지 않
　은 채 도장만 찍은 회례단자(回禮單子)에 대해 해명을 하였다. 1764년 통신사행 때 국서
　에 대한 회답서(回答書)를 지었는데, '흥거가승흔위수심(興居佳勝欣慰殊深)'·'사칭신
　경(斯稱新慶)'·'수목지성(修睦之誠)'·'칭경(稱慶)' 등의 어구가 경솔하다는 혐의가 있어
　이를 다시 고치도록 하였다. 이때 정사 조엄(趙曮)과 증답한 시문이 『해사일기(海槎日
　記)』에 남아 있고, 조선문사와 수창한 시가 『한관창화(韓館唱和)』에 수록되어 있으며,
　『한관창화』의 서문도 지었다. 저서로 『본조사물권여고(本朝事物權輿考)』·『동무열조부
　녀계보(東武列朝婦女系譜)』 등이 있다.

21 의관과⋯⋯따르고 : 제(齊)나라와 노(魯)나라는 공자(孔子)와 맹자(孟子)가 출생한 지
　역으로 문교(文敎)와 예교(禮敎)가 성행하였으므로 이와 같이 말한 것이다.

검패와 의용은 한(漢)과 당(唐)을 본받았네   劍珮儀容效漢唐

서로 만나 빈관에서 기뻐하니   相遇最欣賓館上

채호(彩毫)[22]를 놀려 몇 편이나 지었는가   彩毫揮落幾篇章

또 한 수

팔조 금제(八條禁制)[23] 지금까지도 보존되니   八條禁制至今存

은나라 태사의 풍도 아직도 돈후하네   殷國太師風尙敦

두 나라 교린의 정은 바다와 산악을 뛰어넘고   隣好兩情超海岳

단에서 맺은 맹약은 천년토록 천지를 가리키네   壇盟千歲指乾坤

도성사람들 다투어 성대한 깃발 바라보고   都人爭見羽旄盛

조정의 인사들은 수레일산 모인 곳 알고 있네   朝士殊知車蓋屯

빙례하는 의식에서 모두 북두를 우러러보니   聘禮舊儀皆斗仰

가빈(嘉賓)이 이룬 행렬 성문을 향하였네   嘉賓成列向城門

또 한 수

사신들이 머무는 강성(江城 에도성)의 5월   弭節江城五月秋

---

22 채호(彩毫) : 오색의 붓이라는 뜻으로, 문장의 재능이 뛰어난 것을 비유할 때 쓰는 표현인데, 남조 양나라의 시인 강엄(江淹)이 꿈속에서 이 붓을 받고는 문명(文名)을 떨치다가, 만년에 다시 꿈속에서 그 붓을 돌려주고 나서는 좋은 시를 짓지 못하였다는 고사가 전한다. 『南史 卷59 江淹列傳』

23 팔조금제(八條禁制) : 은(殷)나라 주왕(紂王)의 숙부였던 기자(箕子)가 은나라가 망한 뒤 주(周)나라 무왕(武王)으로부터 조선(朝鮮)에 봉함을 받고 들어와 예의·전잠(田蠶)·방직을 가르치고 팔조 법금을 행하였다고 한다.

매화와 피리소리에 근심을 모르네 梅花笛裏不知愁
봉황은 덕행을 보고 천 길을 날고[24] 鳳凰覽德翔千仞
까치[鳲鵲][25]는 명성을 전하며 누대를 쌓았네 鳲鵲傳名築一樓
일찍이 한양에 사부(詞賦)가 널리 퍼졌었는데 曾在漢陽詞賦遍
지금 일본 땅 방문하니 나그네 정 아득하구나 今過日域旅情悠
선린의 도타운 교정(交情)으로 왕명을 머금고 善隣交厚啣王命
이미 부상의 60주(州)[26]에 이르렀다네 已到扶桑六十州

조선 부사 통훈대부 죽리 남공에게 시 3수를 드림

임신언

금강산 꼭대기 성대한 기운 속에 앉아 金剛山頂坐氤氳
멀리 일동(日東) 창해의 구름을 가리켰네 遙指日東滄海雲
선패(仙佩)가 일기도(壹岐島)[27]의 달빛을 지나왔으니 仙佩已過岐島月
성사(星槎)는 응당 광릉(廣陵)의 물가를 감상했으리 星槎應賞廣陵濱
황매우(黃梅雨)[28] 개어 깃발 나부끼고 黃梅雨霽旌旗遍

---

24 봉황은……날고 : 가의(賈誼)의 「조굴원부(弔屈原賦)」에, "봉황은 천 길 높이 날다가, 덕이 빛난 것을 보고 내려오도다.[鳳凰翔于千仞兮 覽德輝而下之]"라고 한 데서 온 말이다.

25 까치[鳲鵲] : 지작(鳲鵲)은 후한(後漢) 장제(章帝) 때 조지국(條支國)에서 공물로 바쳤다는 새의 이름으로, 나라가 태평하면 무리를 지어 난다는 전설이 있는데, 후대에 와서는 보통 기쁜 소식을 전하는 까치의 뜻으로 쓰이게 되었다. 『拾遺記 後漢』

26 부상의 60주(州) : 고대 일본의 주는 총 60개였기에 이렇게 말한 것이다.

27 일기도(壹岐島) : 일본 나가사키현[長崎縣]에 속해 있는 섬이다.

28 황매우(黃梅雨) : 매실이 익을 무렵 내리는 비로 보통 6월 중순부터 7월 초순에 걸쳐 내리는 장맛비를 말한다.

사신의 옥절 하늘처럼 드높은데 기둑[旗纛]과　　　玉節天高纛鉞分
　　절월(節鉞) 나뉘었네
어찌 다시 오늘 아침처럼 외람되이 만날 수 있으리　那更今朝叨接遇
조선의 나라 빛낼 문장임을 깊이 알겠네　　　　　深知鰈域國華文

또 한 수

향기로운 바람이 객 수레에 서서히 먼지 일으키니　薰風徐起客車塵
일역(日域)과 한강이 바닷가로 통하였네　　　　日域漢江通海濱
어느 누대에 신기루가 이어질 것이며[29]　　　　何處樓臺連蜃氣
어느 때 섬에서 교인(鮫人)을 볼 것인가[30]　　　幾時島嶼見鮫人
성사(星槎)가 멀리 부상(扶桑)의 숲을 가리켜　　星槎遙指扶桑樹
니그네 복장으로 먼저 석목진(析木津)[31]에 왔네　旅服先來析木津
훌륭한 그릇과 뛰어난 재주에서 덕을 보게 되니　偉器宏才殊覽德
옥과 비단으로 두 나라가 친함을 알겠네　　　　卽知玉帛兩邦親

---

29 어느 누대에……것이며 : 바다 가운데 광선(光線)의 반사로 인하여 찬란한 누대(樓臺)
　와 같은 환상이 나타나는데 이것을 옛사람들은 큰 조개[大蛤蜃]가 기운을 토하여 된 것이
　라 하였다. 여기서는 상대방의 문장이 찬란함을 칭송한 것이다.
30 어느 때……것인가 : 교인(鮫人)은 물속에 산다는 사람이다. 『술이기(述異記)』에 "교인
　은 고기와 같이 물속에 살면서 베 짜는 일을 폐하지 않는데, 울면 눈물이 모두 구슬로
　변한다." 하였다. 여기서는 상대방의 글이 구슬처럼 아름다움을 빗대어 칭송한 것이다.
31 석목진(析木津) : 별자리 이름으로, 은하수가 있는 곳이다.

또 한 수

일동의 유람에 빛나는 문장이 있고	日東遊覽有文華
사신의 부절이 빛나 새벽노을을 압도하네	使節相輝奪曉霞
끝없이 먼 여정은 전대(專對)하는 뜻이니	無限行程專對意
주군(州郡)에 왕래함이 멂을 응당 알겠네	應知州郡往來賒
녹명(鹿鳴)[32]의 잔치에서 빙문하는 의식 성대하고	鹿鳴宴樂聘儀盛
어조(魚藻)[33]의 시 읊음에 사한(詞翰)이 더해지네	魚藻詠吟詞翰加
백 년 동안 서로 만난 교린의 예절	相見百年隣好禮
다시 옥과 비단으로 이웃나라를 방문하였네	更教玉帛問邦家

조선 종사관 통훈대부 난곡 조공에게 시 세 수를 드림

임신언

멀리서 조서 가지고 사신의 수레가 이르니	遠含綸綍使軺來
백년간의 우호에 상서로운 기운이 열렸네	百載交歡瑞氣開
계찰(季札)[34]의 천년의 풍도를 볼 수 있고	季札千年風可見
진사(陳思)의 팔두(八斗)의 시[35]를 응당 꺾으리라	陳思八斗賦應催

---

32 녹명(鹿鳴) : 『시경』 「소아(小雅)」의 편명(篇名)으로, 여러 신하와 빈객을 접대할 때 부르던 노래이다.

33 어조(魚藻) : 『시경』 「소아(小雅)」의 편명(篇名)으로, 천자의 향연에 참석한 제후가 천자를 칭송한 노래이다.

34 계찰(季札) : 춘추 시대 오(吳)나라 사람인 계찰(季札)이 예악(禮樂)에 밝아 노(魯)나라로 사신 가서 주(周)나라 음악을 듣고 열국(列國)의 치란흥쇠(治亂興衰)를 알았다 한다. 『春秋左氏傳 襄公 29年』

35 진사(陳思)의 팔두(八斗)의 시 : 진사(陳思)는 위(魏)나라의 조조(曹操)의 셋째 아들로

춘추관 속 유신(儒臣)들의 사업이요	春秋館裏儒臣業
한수성 안 사객(詞客)들의 재주로다	漢水城中詞客才
기쁘게도 기자의 교화를 만나니	好是欣逢箕聖化
홍범구주(洪範九疇)가 실로 유유하구나[36]	九疇洪範實悠哉

또 한 수

어찌 산천을 건너기 어렵다 꺼리겠는가	何憚山川跋涉難
붉은 수레와 화려한 배 삼한(三韓)에서 왔다네	朱輪畫舫自三韓
천 년간 서로 만나니 정은 무궁하고	千年交會情無盡
만 리길을 지남에 흥은 막힘이 없네	萬里經行興不闌
교외의 관문에서 훌륭한 사신들을 맞이하고	已是郊關迎緩冕
관사에서 몇 번이나 풍모를 뵈었는가	幾多館舍接衣冠
그대에게 묻노니 압록강물이	問君鴨綠江前水
부용산 아래 여울과 비교해 어느 것이 나은가	孰與芙蓉山下灘

진왕(陳王)에 봉해진 조식(曹植)을 가리킨다. 조식은 문재(文才)가 대단히 뛰어났기에, 남조(南朝) 송(宋)나라 사령운(謝靈運)이 "천하의 재주는 모두 한 섬인데 조자건(曹子建)이 혼자서 여덟 말을 가지고 내가 한 말을 가지고 천하 모든 사람들이 나머지 한 말을 나누어 가졌다."고 하였다. 『釋常談 八斗之才』

36 기쁘게도……유유하구나 : 기자(箕子)의 교화를 받았다는 말이다. 은(殷)나라가 망한 뒤에 기자가 주 무왕(周武王)을 위해서 치국안민의 도인 홍범구주(洪範九疇)를 전해 주었으며, 그 뒤에 조선(朝鮮)에 봉해져 동방에 와서는 팔조교(八條敎) 등을 세워 백성들을 가르쳤다는 기록이 있다. 『史記 卷38 宋微子世家』 구주(九疇)는 요(堯)·순(舜)·우(禹) 이래의 정치와 도덕의 원칙이 된 아홉 가지 강령이라는 뜻으로, 『서경』「홍범(洪範)」에 나온다.

또 한 수

해국이 동서로 우호를 맺은 이 때	海國東西修好時
『시경』의 사모(四牡)장37을 논해야 하리	應論四牡似周詩
사신수레 지나가니 의관이 자약(自若)하고	衣冠自是星軺過
궁으로 향하니 사신의 깃발 멀리서 임하도다	旌旆遙臨金闕移
서까래 같은 붓38이 운무를 두르니	綵筆如椽雲霧繞
달빛 띤 명주(明珠)39가 간편(簡篇)에 입혀지네	明珠將月簡篇披
당당한 위의를 갖춘 빈관의 손님에게	堂堂賓館威儀客
소아(小雅)의 황화(皇華)40를 소리 높여 부르노라	高唱皇華小雅辭

6월 14일 삼사의 화운시가 품천역 동해사로부터 왔기에 아래에 싣는다.

---

37 시경의 사모(四牡)장 : 사모란 네 필의 수말이라는 뜻으로, 『시경』「소아(小雅)」의 한 편명이다. 왕명을 봉행하는 사신을 위로하기 위해 지어진 시이다.

38 서까래 같은 붓[綵筆如椽] : 명문장가를 뜻한다. 진(晉)나라 왕순(王珣)의 꿈에 어떤 사람이 서까래처럼 큰 붓[大筆如椽]을 건네주자, 꿈을 깨고 나서는 "내가 솜씨를 크게 발휘할 일이 있을 모양이다.[當有大手筆事]" 하였는데, 과연 얼마 뒤에 애책문(哀冊文)과 시의(諡議) 등을 모두 왕순이 지었던 고사에서 유래한 것이다. 『晉書 卷65 王珣列傳』

39 달빛 띤 명주(明珠) : 상대방의 훌륭한 시문을 비유한 말이다.

40 소아(小雅)의 황화(皇華) : 『시경』「소아(小雅)」 녹명(鹿鳴)의 "휘황한 꽃이여 저 언덕과 습지에 있도다.[皇皇者華 于彼原隰]"에서 인용된 말로, 임금이 사신을 보내면서 그 노고를 위로한 시를 가리킨다.

일본 비서 임공께 드림

통신정사 홍계희

사신의 깃발 따라 봉상(蓬桑)을 감상하고	心隨旄節償蓬桑
경도(瓊島)[41]에서 그대 만나니 여름의 인연 길구나	瓊嶋逢君夏緣長
붉은 붓으로 능히 통역을 대신하니	好是彤毫能代譯
창해가 경계를 나누었다 어찌 논하리	何論滄海各分疆
정은 호저(縞紵)[42]를 이어 진나라에 통하고	情連縞紵邦通晉
대대로 사륜(絲綸)을 관장하니 당나라의 명성을 차지했네	世掌絲綸譽擅唐
생년은 같지만 연치와 정력 풍부하니	如日生同年力富
빼어난 자질로 사장(詞章)에 골몰치 마시게	莫將珪質汨詞章

또 한 수

시내의 마름이나 수초에도 신의가 있으니[43]	澗藻溪毛信誓存

---

41 경도(瓊島) : 신선이 산다는 선도(仙島)와 같은 뜻으로, 선경(仙境)을 가리킨다.

42 호저(縞紵) : 벗에게 정의(情誼)로 선물을 주는 것을 말한다. 오(吳)나라의 계찰(季札)이 정(鄭)나라의 자산(子産)에게 호대(縞帶 흰 비단으로 만든 띠)를 주고, 이에 자산이 보답으로 저의(紵衣 모시 옷)를 보낸 고사가 있다. 『春秋左氏傳 襄公 29年』

43 시내의……있으니 : 시내의 마름이나 수초는 신의로서 정성껏 올리는 예물을 뜻한다. 『춘추좌씨전(春秋左氏傳)』은공(隱公) 3년조에 "진실로 마음이 광명하고 신의가 있으면 시내나 못에서 자라는 수초(水草)와 부평이나 마름 같은 야채와 광주리나 솥 같은 용기와 웅덩이나 길에 고인 물이라도 모두 귀신에게 제물로 바칠 수 있고 왕공에게 올릴 수 있다.[苟有明信 澗溪沼沚之毛 蘋蘩蘊藻之菜 筐筥錡釜之器 潢汙行潦之水 可薦於鬼神 可羞於王公]" 하였다.

백 년 동안 나라의 우호 길이 서로 돈독하네　　　　百年邦好永相敦
천문(天文) 찬란하여 익수(翼宿)를 나누고　　　　　天文照爛星分翼
왕사(王事)가 이루어지니 곤괘(坤卦)를 만났네　　　王事從成卦遇坤
손님을 응접하는 누대에서 해 저묾을 잊었고　　　儐接高樓忘日昃
이별하는 물가에서 모여드는 구름을 보네　　　　眹離積水見雲屯
나부산(羅浮山)의 밝은 달 긴 물결에 비치는데　　　羅浮明月長流影
시문으로 사신 맞이함은 오직 한 집안에서 맡았네　詞翰迎槎只一門

또 한 수

여러 경들이 저마다 시 지어 춘추(春秋)를 사모하니　諸卿各賦慕春秋
가수(嘉樹)에 시 이루고[44] 벌써 이별을 근심하네　　嘉樹詩成已別愁
옛 서책이 서자(徐子)의 나라[45]를 전하고　　　　　漆簡應傳徐子國
심의(深衣)[46] 입고 범왕(梵王)의 누대[47]에서 만난다네　深衣相見梵王樓

---

44 가수(嘉樹)에 시 이루고 : 가수(嘉樹)는 아름다운 나무를 말한다. 춘추 시대 진(晉)나
　라 한 선자(韓宣子)가 노(魯)나라에 사신으로 갔을 때, 소공(昭公)이 선자에게 향연(饗
　宴)을 베풀 적에 선자가 양국이 서로 화친하기를 희망하는 뜻에서 『시경』 「소아(小雅)
　각궁(角弓)」의 시를 노래했는데, 이윽고 다시 계무자(季武子)의 주연(酒宴)에 참석해서
　는 정원에 서 있는 아름다운 나무를 보고 좋다고 칭찬하자, 계무자가 말하기를 “숙이
　감히 이 나무를 잘 길러서 「각궁」을 노래해 주신 당신의 은혜를 깊이 새기지 않겠습니까.
　[宿敢不封殖此樹以無忘角弓]”라고 했던 데서 온 말로, 전하여 사신과 접반사 간에 서로
　의 교정(交情)이 친밀함을 의미한다. 『春秋左氏傳 昭公 2年』
45 서자(徐子)의 나라 : 서자(徐子)는 서복(徐福)으로, 진시황(秦始皇)의 명을 받고 삼신
　산(三神山)의 불사약(不死藥)을 구하러 떠난 방사(方士)의 이름이다. 그가 뒤에 일본에
　건너갔다는 설이 있으므로, 서자의 나라란 일본을 뜻하는 것이다. 『史記 秦始皇本紀』
46 심의(深衣) : 선비들이 편안하게 거처할 때 입던 편복(便服)으로, 유학자들이 주로 입
　었다. 주로 백색의 천으로 만드는데, 직령(直領)으로 된 깃과 단, 도련 둘레에 검은색으

높은 구름 흩어지듯 타생(他生)에 만날 것이고　　　　高雲易散他生遇

태해(太海)에 떠있는 듯 길은 유유하네　　　　　　　太海重浮一路悠

헤아려 글로 통하니 말은 처연한데　　　　　　　　斟酌文通凄骨語

매미 소리 연잎은 강주(江州)에 아득하네　　　　　　蟬聲荷葉渺江州

　보답하는 시문을 진작 지어두었지만, 사행일이 끝나지 않아 틈을 내어 수응할 겨를이 없었기에 지금에야 드립니다. 지난날 칠언절구와 서문은 모두 받았지만, 떠날 날이 모레이고 짐정리가 어지러워 만 리 먼 곳에서나 보답해야 할 듯하니, 진실로 한탄스럽습니다.

일본 비서감 임공께 드림

부사 남태기

부상의 아지랑이 성대한 기운 바라보고　　　　　　扶桑瑞靄望氤氳

떠오르는 해 기쁘게 보노라니 새벽구름 옮겨가네　　旭日欣瞻轉曉雲

성궐로 내닫는 마음 한강의 북쪽을 향하고　　　　　城闕馳心淸漢北

누선(樓船)에서 머리를 돌리니 강물이 물결치네　　　樓船回首浪江濱

아득히 고향 생각하니 산천에 막혀 있고　　　　　　迢迢鄕思山川阻

끊임없는 천기는 절서(節序)를 나누었네　　　　　　滾滾天機節序分

못 위의 봉황깃털[48] 곧 그대이니　　　　　　　　池上鳳毛君卽是

로 선(襈)을 둘렀다.

47 범왕(梵王)의 누대 : 부처를 모시는 곳, 즉 사찰의 누대를 말한다.

48 봉황깃털[鳳毛] : 부조(父祖)처럼 뛰어난 재질을 소유한 자손을 가리키는 말이다. 『世說新語 容止』임신충의 집안이 대대로 조선에서 온 사신들을 맞이하였으므로 이렇게

한자리에서 서로 대함에 문자가 같음이 기쁘다네 　一堂相對喜同文

또 한 수

수레바퀴 부딪치고 어깨 맞닿는 저자거리에 먼지 　擊轂摩肩漲市塵
　넘쳐나는데
큰 성은 해동의 물가를 감쌌네 　大城包絡海東濱
집집마다 건물들은 창이 물에 임해있고 　家家臺榭窓臨水
하나하나 문장들은 옥이 사람에게 이른 듯하네 　箇箇詞華玉抵人
뜨거운 해가 뜬 하늘은 나지막해 구름이 땅에 　畏日天低雲墜地
　떨어질 듯하고
대나무 언덕 검은데 빗속에 나루를 헤매네 　藂篁岸黑雨迷津
그대의 수려한 용모 대하자 근심 모두 없어지니 　對君眉眼愁全失
말없이 마음으로 묵묵히 친밀함을 느끼네 　不妨無言意默親

또 한 수

운대(芸臺 비서성)에서 그대 명성을 드날리니 　芸臺君自擅聲華
붓 끝에서 빛 일어나 오색 노을 펼쳐지네 　光動毫端五色霞
훌륭한 시문 홀연 접하니 그 뜻을 흠모할 만하고 　瓊韻忽來情可挹
사신의 배 돌아가려 하니 길은 몹시 멀다네 　星槎欲返路重賖

말한 것이다.

구름 걷힌 먼 바다에 돌아가는 돛 아득하고　　雲開遙海歸帆杳
빗소리 울리는 빈 처마에 이별의 뜻 더해지네　　雨響虛簷別意加
일역(日域)의 문장을 묻는 이 있거든　　　　　日域文章如有問
청전(靑氈)의 문학가[49]로 임가(林家)를 말하리　　靑氈詞學說林家

비서감 임공께 드림 종사관

조명채

　면대하여서 주신 글과 사람을 보내 전해주신 서문을 감상함에 어찌 이루 다 감사를 드리겠습니까. 그렇지만 고심하며 시를 지을 겨를이 없었고, 돌아갈 준비[50]로 바빠서 보내주신 시에 화답하지 못했습니다. 부끄럽고 송구스러운 마음은 이미 고하였으니, 모든 회포는 다시 거듭 말씀드리지 않겠습니다. 부디 웃으며 용서해주십시오.

읊조리지 않고도 붓을 잡아　　　　　　不吟猶秉管
천리에 훌륭한 시인을 얻었네　　　　　千里得詩豪
사대에 걸친 문장가의 땅에　　　　　　四世文章地
단산(丹山)에 상서로운 봉황 깃털 있다네[51]　丹山□瑞毛

---

49 청전(靑氈)의 문학가 : 각주 11) 참조. 여기서는 대대로 문장가를 배출한 집안을 가리킨다.

50 돌아갈 준비[脂牽] : 『시경』 「패풍(邶風) 천수(泉水)」에 "기름 치고 걸쇠 걸어 수레를 되돌려 돌아가면[載脂載牽 還車言邁]"이라는 구절에서 온 말이다.

51 단산(丹山)에⋯⋯있다네 : 단산(丹山)은 봉황이 산다는 전설적인 산 이름으로, 단혈(丹穴)이라고도 한다. 『산해경(山海經)』 「남산경(南山經)」에 "단혈의 산에⋯⋯새가 사는데, 그 모양은 닭과 같고 오색 무늬가 있으니, 이름을 봉황이라고 한다.[丹穴之山⋯⋯有鳥焉

종사관 조공께 드림

비서감 임신언

감사하게도 훌륭한 시문을 주시어 봉한 글을 열어보니, 의기가 태산처럼 호방하여 당신의 아름다운 명예에 제가 기러기 털과 같이 보잘 것 없음[52]이 부끄러웠습니다. 시문을 보내주신 뒤에 직접 뵙고 이야기를 나누지 못하였습니다. 제 공무가 바빠 겨를이 없었기에 관중(館中)에 가서 인사드리지 못하였지만, 이별을 함에 안타까운 마음을 어찌 다 말할 수 있겠습니까. 지난번 목과(木瓜)[53]를 합하(閣下)께 드렸는데 사행일이 번잡하여 화답시를 주실 겨를이 없었으니 이는 실로 당연한 일입니다. 그런데 이렇게 훌륭한 시문을 주실 줄은 생각지도 못했으니, 몹시 감격스럽습니다. 지금 다시 화운하여 후의에 감사드립니다. 정사와 부사 공께서도 각각 화답시를 주셨으니, 합하(閣下)께 전하여 성대한 은혜에 감사드립니다. 사신들께서는 바삐 글 써주는 일을 아끼지 마시기를 바랍니다. 부디 몹시 무더운 때에 나라를 위해 스스로를 아끼시길 바랍니다.

其狀如雞 五采而文 名曰鳳皇]"라고 하였다.

52 의기가……없음 : 태산은 상대방을 칭송한 것이고, 기러기 털은 자신의 비천함을 표현한 말이다. 사마천(司馬遷)의 「보임안서(報任安書)」에 "사람이라면 모두 한 번은 죽게 마련인데, 어떤 사람의 죽음은 태산보다도 무거운 반면에, 어떤 사람의 죽음은 기러기 털보다도 가볍다.[人固有一死 或重于泰山 或輕于鴻毛]"라고 하면서, 자신의 처지를 한탄한 대목이 나온다.

53 목과(木瓜) : 『시경』「위풍(衛風) 목과(木瓜)」에 "나에게 목과를 주거늘 경거로써 갚는다.[投我以木瓜 報之以瓊琚]"라고 한 대목에서 온 말로, 자기의 시문(詩文)을 낮추어 표현한 말이다.

조선 제술관 박 군에게 드림

국자좨주 임신충

부상(扶桑)의 산해에서 웅대한 포부 펼쳐	扶桑山海發雄圖
옥백을 가지고 동으로 오니 덕 있는 이는 외롭지 않다네[54]	玉帛東來德不孤
오월에 패옥 울리며 사신을 따라서	五月鳴珂從使者
매화 필 제 무탈히 강도(江都 에도)로 들어왔네	梅花無恙入江都

좨주 쾌당 선생이 준 운에 화답함

박경행

멀리 만 리에 노닐며 남도(南圖)[55]를 배우니	逍遙萬里學南圖
창해는 아득히 먼데 부악산(富岳山) 우뚝하네	滄海迢迢富岳孤
보슬비 내리는 빛나는 자리에 시가 가득하고	細雨華筵詩満座
동쪽 규성(奎星)[56]에는 색 발하니 웅장한 옛 도읍이라네	東奎色動古雄都

---

54 덕 있는……않다네[德不孤] : 『논어』「이인(里仁)」에 "덕이 있는 사람은 외롭지 않고 반드시 이웃이 있다.[德不孤 必有隣]"라고 하였다.

55 남도(南圖) : 큰일을 이루고자 하는 원대한 뜻을 말한다. 『장자』「소요유(逍遙遊)」에 "북명(北溟)에 큰 고기가 있는데, 그 이름을 곤(鯤)이라고 한다. 곤의 크기는 몇천 리나 되는지 알 수가 없다. 이것이 변하여 새가 되면 붕(鵬)이 된다. 붕의 등의 길이가 몇천 리나 되는지 알 수가 없다. 붕새는 태풍이 불면 비로소 남명(南冥)으로 날아갈 수가 있는데, 남명으로 날아갈 적에는 바닷물을 쳐 삼천 리나 튀게 하고 회오리바람을 타고 구만 리를 날아오르며, 여섯 달 동안을 난 다음에야 쉰다."하였다.

56 규성(奎星) : 규성은 이십팔수(二十八宿)의 하나로 문장을 맡는다는 별이다.

전운에 차운하여 구헌에게 드림

임신충

산수를 여행하니 그림을 펼쳐놓은 듯하고	旅行山水似開圖
서로 만나 교분을 맺으니 서로 이별함에 외롭구나	相遇結交相別孤
장좌(張左)의 뛰어난 재주 진실로 부러워할 바이니	張左高才眞所羨
두 수도에서 시 읊고 또 삼도(三都)로 나아가네	二京賦就又三都

임 좌주 선생이 첩운한 데 화답함

박경행[57]

강산은 십주(十洲)[58]의 그림을 걸어놓은 듯한데	江山如掛十洲圖
만 리 돌아다니니 객의 노가 외롭네	萬里間關客棹孤
본래 문장은 그대의 세업(世業)이니	自是文章君世業
사륜(絲綸)[59]의 대문장 동도(東都)에 이름을 날리네	絲綸大手擅東都

---

57 박경행(朴敬行) : 1710~? 조선 후기 문신으로 본관은 무안(務安), 자는 인칙(仁則), 호는 구헌(矩軒)이다. 1617년과 1624년 통신사행 때 당상역관으로 일본에 다녀온 박대근(朴大根)의 후손이다. 1733년 식년시에 진사 3등으로 합격하였고, 1742년 정시에 병과 6위로 급제하였다. 관직은 흥해부사(興海府使)를 지냈다. 1747년 제술관(製述官)으로서 사행에 참여하였다. 1770년 무진사행 때 서기(書記)였던 이봉환(李鳳煥)과 함께 역모사건에 연루되어 흥해(興海) 임소에서 체포되었고, 이어 단천(端川)에 유배되었다.

58 십주(十洲) : 해외(海外)에 신선이 사는 십주가 있다는데, 봉린주(鳳麟洲)·취굴주(聚窟洲) 등이다.

59 사륜(絲綸) : 임금의 조칙(詔勅)을 뜻한다. 『예기(禮記)』「치의(緇衣)」에, "임금의 말이 처음에는 실오라기 같지만, 일단 밖에 나오면 동아줄처럼 커진다.[王言如絲 其出如綸]"라고 하였다.

이 봉사에게 드림

임신충

구름과 안개 홀연 헤치고 기세가 빼어나니	忽飄雲霧勢將凌
춤추는 난새를 그리자 용과 봉황이 날아오르는 듯	筆作舞鸞龍鳳騰
서자(書字)가 명확하니 누가 이보다 나으리오	書字明鮮誰出右
만나서 품평하니 오묘한 신의 솜씨로다	相逢論品妙神能

임 쾌주 선생이 준 시편에 화답함

이봉환[60]

구름과 파도 속 만 리를 사신의 배 건너오니	雲濤萬里一槎凌
부상(扶桑)의 동쪽 두루 지나자 붉은 해가 오르네	閱歷桑東赤日騰
단구(丹丘)[61]의 늙은 봉황이 새끼를 데리고 이르렀으니	丹丘老鳳將雛至
옥을 굴리는 듯 맑은 소리가 대대로 뛰어나다네	戛玉淸音世世能

---

60 이봉환(李鳳煥) : ?~1770. 조선 후기의 문신으로 본관은 전주(全州), 자는 성장(聖章), 호는 우념재(雨念齋) 또는 제암(濟庵)이다. 영조조에 사마시에 합격하였고, 영의정 홍봉한(洪鳳漢)의 천거를 받아 관직에 나아가 봉사(奉事)·양지현감(陽智縣監)에 이르렀다. 1747년 서기(書記)로서 사행에 참여하였다. 사행 당시 직위는 부사과(副司果)였다. 1770년 경인옥사(庚寅獄事)에 연루되어 고문을 받던 중 옥사하였다. 문장으로 세상에 이름을 널리 알렸고, 저서로는 『우념재시고(雨念齋詩稿)』가 있다.

61 단구(丹丘) : 밤이나 낮이나 항상 밝은 땅으로, 선인(仙人)이 산다는 전설적인 지명이다.

전운에 차운하여 제암에게 드림

임신충

무리 중 굳건한 필력 뛰어남을 정녕 알겠으니	定識衆中健筆凌
꽃다운 명성과 아름다운 영예 함께 드날리네	英聲美譽共蜚騰
육십 가까운 나이 매화 떨어지는 절기에	六旬餘齡落梅節
천억화신(千億化身)[62]은 끝내 능하지 못할 바라	千億化身終不能

임 좨주 선생이 첩운한 데 화답함

이봉환

밝은 달이 뜬 산 위로 학이 날아가고	明月孤山一鶴凌
청수(淸水)에 핀 부용처럼 붓 솜씨 뛰어나네	芙蓉淸水筆花騰
북극 곤륜산 천리의 뜻을	北極昆侖千里志
늙은 준마는 마판에 엎드려서도 능히 품는다네[63]	神驥伏櫪老猶能

유 봉사에게 드림

임신충

힘줄과 뼈대로 나누어 붓을 기울여 써내니	筋骨相分點筆斜

---

62 천억화신(千億化身) : 화현(化現)하는 불신(佛身)을 말한다. 중생을 제도하기 위하여
알맞은 대상으로 화현(化現)하는 것으로, 천백억 세계에 여러 가지 색신(色身)을 나타내
어 교화함을 뜻한다. 여기서는 상대방의 필력을 묘사한 것이다.

63 북극⋯⋯품는다네 : 삼국 시대 조조(曹操)의 시에, "늙은 준마는 마판에 엎드려 있어도
뜻은 천 리 밖에 있고, 열사는 늘그막에도 장대한 마음은 그치지 않는다.[老驥伏櫪 志在
千里 烈士暮年 壯心不已]"라고 한 데서 온 말이다. 좋은 말은 하루 천 리를 달린다고
하는데, 이미 늙어서 마구간에 엎드려 있어도 마음만은 천리 가는 데에 있다고 한다.

가문에 전해지는 서법에 흠이 없구나 　　　　　家傳書法更無瑕

걷는 듯 서는 듯 또 달리는 듯 　　　　　　　如行如立又如走

여유롭고 힘 있게 종횡하니 옥이 빛나는 듯하네 　優健縱橫玉有華

임 좨주 선생이 준 운에 화답함

유후[64]

누대에서 마주하니 해 비로소 기우는데 　　　　　禪樓相對日初斜

예스러운 모습과 맑은 마음 빼어나 허물이 없네 　古貌氷心絶類瑕

대대로 문장이 일역(日域)에 빛나니 　　　　　奕世文章光一域

새로 지은 시 굳건하여 붓에 꽃이 피어나네[65] 　新詩還健筆生華

전운에 차운하여 취실에게 드림

임신충

시를 쓰며 붓 머리 기울이니 　　　　　　　題詩落紙筆頭斜

다시 살펴보아도 한 점 숨겨진 흠이 없구나 　一點更看無匿瑕

관반에 들어 아름다운 손님들을 세 번 접하고 　入館佳賓三接遇

---

64 유후(柳逅) : 1690~? 조선 후기의 문신으로 본관은 전주(全州), 자는 자상(子相), 호
는 취설(醉雪)이며 서얼 출신이다. 1721년 32세 때 식년시(式年試) 생원에 합격하였다.
1747년 부사의 서기(書記)로서 사행에 참여하였으며, 특히 5월 29일 에도에서는 후지와
라 아키토(藤原明遠)와 『중용(中庸)』에 대해 필담을 나누기도 하였다.

65 붓에 꽃이 피어나네 : 문장이 극치에 달하여 천하에 이름이 떨친 것을 말한다. 이백(李
白)이 소싯적에 꿈을 꾸니 붓끝에서 꽃이 피어나고 있었는데, 그 뒤로 천재성이 유감없이
발휘되어 천하에 이름을 떨치게 되었다는 '몽필생화(夢筆生花)'의 고사가 있다. 『開元天
寶遺事 夢筆頭生花』

금년에 68세가 되었다네　　　　　　　　　今過六十八年華

이 진사에게 드림

먹이 파란을 일으켜 좌중을 에워싸고　　　點黑波瀾遶座生

우리나라에 글자를 남김에 길이 그 명성 알리라　我邦留字永知名

옥호빙(玉壺氷)[66]처럼 맑아 요대(瑤臺)의 달과 같으니　玉壺氷淨瑤臺月

종이에 닿는 붓의 흔적 그 기예 몹시 정밀하다오　落紙筆痕藝最精

임 좨주 선생이 준 운에 화답함

이명계[67]

화려한 문장이 붓 아래 생겨나니　　　　黼黻文華筆下生

이전 사람들의 사행록에서 이미 명성을 들었네　前人槎錄已聞名

---

66 옥호빙(玉壺氷) : 청정하고 고결한 품격을 말한다. 남조 송(南朝宋) 포조(鮑照)의 시
「백두음(白頭吟)」에 "충직하기론 붉은 색 밧줄이요, 청정하기론 옥병 속의 얼음일세.[直
如朱絲繩 淸如玉壺氷]"라는 표현에서 유래된 시어(詩語)이다.

67 이명계(李命啓) : 1714~? 조선 후기의 문신으로 본관은 연안(延安), 자는 자문(子文),
호는 해고(海皐)이다. 1741년 28세 때 식년(式年) 진사시에 합격하였고, 1754년 41세
때 증광시(增廣試) 문과에서 병과로 합격하였다. 관직은 현감을 지냈다. 1747년 정종사
관 서기(書記)로서 사행에 참여하였다. 사행 중 아카마세키(赤間關)와 가미노세키(上關)
에서 구사바 인분(草場允文)과 증답한 시문이 『장문무진문사(長門戊辰問槎)』에 수록되
어 있고, 무로쓰(室津)에서 가와구치 세이사이(河口靜齋)와 증답한 시문이 『평수초(萍
水草)』에 수록되어 있으며, 오사카에서 일본 의원(醫員) 햐쿠타 안타쿠(百田安宅)와 나
눈 의사문답(醫事問答)이 『상한장갱록의담』에 수록되어 있고, 오사카에서 사쿠라 료칸
(櫻良翰)・세오 이토쿠(瀨尾維德) 등 일본문사와 교류하며 주고받은 시문이 필담창화집
『선린풍아』에 수록되어 있다.

늙어서도 세 번 은하의 사신[68]을 만났으니 老倦三閱銀河使

이마에는 아직도 물에 비친 달과 같은 정기가 眉宇猶存水月精
있다네

전운에 차운하여 해고에게 드림

임신충

평소 항상 부끄러워 땀이 흐르니 平日每知慙汗生

가업이 전해져 다만 유가의 명성을 얻었다네 傳家徒得碩儒名

축 늘어져 지금 나는 백발의 노인이니 低垂今我白頭老

그대같이 글에 정기가 있음이 몹시 부럽다오 千羨如君筆有精

임 좨주 선생이 첩운한 데 화답함

이명계

가문에 전해진 문학 제생(諸生)의 본보기가 되니 傳家文學範諸生

뜰아래 지초와 난초[69] 또한 명성이 있네 庭下芝蘭又有名

검은 머리와 눈썹에 햇빛이 비친 듯하니 綠髮翠眉猶映日

신선의 산에서 황정(黃精)[70]을 캐었는지 묻고자하네 仙山欲問采黃精

---

68 은하의 사신[銀河使] : 한나라 박망후(博望侯) 장건(張騫)이 한 무제의 명을 받고 대하
(大夏)에 사신으로 나가서 황하의 근원을 찾을 적에 뗏목을 타고 달포를 지나 운한 즉
은하수 위로 올라가서 견우와 직녀를 만나고 왔다는 전설이 전한다. 『天中記 卷2』

69 뜰아래 지초와 난초 : 임신충(林信充)의 자손들을 지칭한 말로, 훌륭한 자식에 대한
미칭이다.

70 황정(黃精) : 선가(仙家)에서 복용하는 약초(藥草)의 이름인데, 이것을 복용하면 장수

조선 제술관 박 군에게 시 두 수를 드림

비서감 임신언

수레와 말이 날듯이 온 강도(江都 에도)의 물가	車騎翩翩江水潯
도성사람 다투어 사신이 온 것을 보네	都人爭見客槎臨
먼 하늘의 온화한 기운에 시는 옥을 녹일듯하고	遠天和氣詩銷玉
좋은 저녁 맑게 읊조리니 시전(詩箋)은 금보다 값지도다	佳夕淸吟箋躍金
당년 낙포(洛浦)[71]를 유람하는 데에 비할 바는 못되지만	不比當年遊洛浦
흥을 타고 산음(山陰)에 이른 것[72]과는 같구나	自如乘興到山陰
이웃 나라의 태평한 교화를 알겠으니	更知隣好太平化
조빙(朝聘)의 예를 이룸에 교유가 무척 깊구나	朝聘禮成交最深

또 한 수

빈관에 와서 앉자 풍월이 맑아지니	賓館坐來風月淸
강성(江城 에도)에 장막을 치는 모습 바라보네	堪看供帳在江城

(長壽)를 누린다고 한다.

71 낙포(洛浦) : 상고 시대 복희씨(伏羲氏)의 딸 복비(宓妃)가 낙수(洛水)에서 익사하여 수신(水神)이 되었다는 전설이 있다. 이에 조식(曹植)이 「낙신부(洛神賦)」를 짓기도 하였다.

72 흥을……것 : 진(晉)나라 왕휘지(王徽之)가 눈 덮인 달 밝은 밤에 산음(山陰)에서 홀로 술을 마시다가, 불현듯 섬계(剡溪)에 있는 벗 대규(戴逵)가 보고 싶어지자, 밤새도록 배를 몰고 그 집 앞에까지 갔다가 그냥 돌아와서는, 흥이 일어나서 찾아갔다가 흥이 다해서 돌아왔다고 말한 고사가 있다. 『世說新語 任誕』

옥병풍의 제화(題畫)는 단청색이요	玉屛題畫丹靑色
금정(金鼎)의 훈훈한 향은 향기로운 정이네	金鼎薰香蘭麝情
초 그림자 비추는 한가한 밤 시부(詩賦)가 빼어나고	燭影宵閑騷賦秀
붓 끝에 서늘한 기운 이르러 술잔을 든다네	筆端凉到酒杯擎
양국이 교유를 맺어 은혜와 위의 두터운데	修交兩國恩儀厚
하물며 시단(詩壇) 우이(牛耳)[73]의 맹주를 만남에 있어서겠는가	況遇詩壇牛耳盟

임 비서가 준 운에 화답함

박경행

기나긴 객의 노정 은하수 물가에 이어졌으니	遙遙客路鵲河潯
하늘 밖 귀허(歸墟)[74]를 다시 굽어보네	天外歸墟更俯臨
구름 걷힌 신령한 봉우리는 옥을 자를 듯하고	雲捲靈峰驚削玉
파도 맑은 옛 여울에서 금을 던진 일[75] 떠오르네	波淸古瀨想投金
누대는 안개가 모여든 곳에 그윽하고	樓臺窈窕煙霞窟
관개(冠蓋)는 귤과 유자그늘 아래 이어지네	冠蓋逶迤橘柚陰
저물녘 사원에서 부지런히 시를 짓는데	落日禪林詩不倦

---

73 우이(牛耳) : 일정한 분야에서 우두머리의 지위에 있는 사람을 말한다. 회맹(會盟)할 때 소의 귀를 잡고 피를 받아 삽혈(歃血)하는 등 맹주(盟主)의 역할을 수행하던 것에서 비롯되었다.

74 귀허(歸墟) : 모든 물이 모여든다는 바다 속 끝이 없는 골짜기, 즉 무저곡(无底谷)을 말한다. 『列子 湯問』

75 금을 던진 일 : 춘추 시대 때 오자서(吳子胥)가 물속에 황금을 던져 버리고 갔다는 고사에서 유래한다. 『吳越春秋 闔閭內傳』

대숲의 비속에 차 달이는 연기 일어 온 집이 　茶烟竹雨一堂深
　　더욱 깊구나

또 한 수

종일 선루(禪樓)에 맑은 담소 이어지니 　　竟日禪樓笑語清
신교(神交) 나누며 홀연 무주성(武州城)[76]에 닿았네 　神交忽覓武州城
하늘가 첩첩 파도 시야에 다하고 　　　天邊疊浪窮雙眼
비 밖의 석양은 두 나라의 정을 토해내네 　雨外斜陽吐兩情
객이 돛 앞에 영약(靈藥)을 캐고자 하면 　客欲帆前靈藥採
신선은 산꼭대기에서 흰 연꽃을 들어 올리리라 　仙應岳頂白蓮擎
그대의 가문은 대대로 훌륭한 사륜을 맡고 있으니 　君家世掌絲綸美
몇 번이나 만 리 동으로 온 사신과 맹약을 이었던가 　幾績東槎萬里盟

전운에 차운하여 박 학사에게 두 수를 드림

임신언

닻줄 푼 사신의 배 바닷가에 닿으니 　　解纜星槎滄海潯
상역(桑域)에서 먼 손님을 맞아 기쁘네 　喜逢桑域遠賓臨
문장은 본래 마음속 글이요 　　　　文章原是胸中卷
시부(詩賦)는 자리의 금과 같도다 　　詩賦由來席上金

---

76 무주성(武州城) : 무장국[武藏國, 무사시노쿠니]의 다른 명칭으로, 기옥현[埼玉縣, 사
　이타마현] 천월시[川越市, 가와고에시]에 있다.

성현을 사모하여 동정(動靜)을 궁구하고	業慕聖賢窮動靜
고금을 알아 음양(陰陽)을 분변하네	理知今古辨陽陰
글 솜씨 한아하여 천릿길도 잊고서	手姿閑雅忘千里
날마다 시 읊으니 흥취 더욱 깊도다	日日爲吟興更深

또 한 수

그대 멀리 맑은 한강에서 나와	知君遙出漢江淸
동쪽의 금봉성(金鳳城)을 찾아왔네	尋得大東金鳳城
먼 바다 높은 산은 천고의 기운이고	遠海高山千古氣
봄볕과 흰 눈은 한 때의 정일세	陽春白雪一時情
구름과 같이 빼어난 재주 파도를 용솟음치게 하고	奇才雲秀波瀾湧
밝은 하늘같은 기량은 해와 달을 들리로다	偉器天明日月擎
좋은 손과 앉은 자리 담소가 절실하니	佳客座前談話切
소단(騷壇)에서 마주해 시맹을 맺는다네	騷壇相對作詩盟

임 비서가 첩운한 데 화답함

박경행

우연(虞淵)[77]의 만 리 밖 물가에 돛을 푸니	解纜虞淵萬里潯
명산에 오르고 물가에 임하였네	名山佳水費登臨

---

77 우연(虞淵) : 『회남자(淮南子)』 「천문훈(天文訓)」에, "해가 우연(虞淵)의 물속으로 들어가면 그를 일러 황혼(黃昏)이라 한다.[日至于虞淵 是謂黃昏]"라고 하였다.

한척 배 길은 멀어 삼도(三島)를 모두 지나고 　　孤舟路遠窮三島

채색비단에 시가 빼어나 백금(百金)에 값하네 　　彩幅詩高直百金

객 노의 선도(仙桃)는 물결을 쫓고 　　　　　　客棹仙桃應逐浪

그대집안 옥수(玉樹)는 음덕을 이루었네[78] 　　君家玉樹已成陰

이 유람은 부상(扶桑)에서의 날들 속에 이어질 　　茲遊可綴扶桑日
　 것이니

갈수록 진경을 찾아 더 깊이 들어가고자 한다오 　去去探眞更欲深

또 한 수

유자나무 있는 강산은 한빛으로 맑은데 　　　橘柚江山一色淸

빗속에 관개(冠蓋)가 동성(東城)에 머무르네 　　雨中冠蓋滯東城

푸른 바다 두 언덕은 천가(千家)의 그림자요 　　滄溟兩岸千家影

지는 해 외로운 구름은 만 리의 정일세 　　　落日孤雲萬里情

객의 노 저어가면 은한(銀漢)에 가까워지겠고 　客棹行應銀漢逼

선도(仙桃)는 돌아가 옥루(玉樓)에 올려지리 　仙桃歸欲玉樓擎

타국에서의 세월에 귀밑머리 희어짐에 놀라며 　殊邦歲月驚雙鬢

게을리 소단(騷壇)을 향해 옛 시맹을 다지네 　懶向騷壇繹舊盟

---

78 그대집안……이루었네 : 상대방의 자식들이 훌륭함을 칭찬하는 말이다.

이 봉사에게 드림

임신언

듣자니 조선에는 명승지가 많다는데	聞道朝鮮勝跡多
으뜸은 평양으로 경치에 노래도 더해지리	最思平壤景添歌
동화(東華)의 달과 같은 그대의 사부(詞賦)를 사모하고	慕君詞賦東華月
남해의 파도와 같은 나의 문장 부끄럽소	愧我文章南海波
팔조(八條)의 아름다운 풍속은 형법과 금령에 보존되었고	美俗八條存法禁
홍범구주의 유풍은 천기의 화순함을 얻었네[79]	遺風九範得時和
지금 걸상을 내려줌이 서유(徐孺)에 대함과 같으니	祗今下榻同徐孺
묻노니 진번(陳蕃)의 뜻은 어떠한가[80]	借問陳蕃意奈何

임 비서가 준 운에 화답함

이봉환

| 사원(詞源)은 삼협(三峽)에서 거꾸로 쏟아낸 듯하니[81] | 詞源三峽倒流多 |

---

79 팔조(八條)의⋯⋯얻었네 : 각주 23) 참조.

80 지금⋯⋯어떠한가 : 상대방의 예우에 대한 감사와 겸사의 표현이다. 서유는 후한 때의 고사(高士)로 자가 유자(孺子)인 서치(徐穉)를 가리키는데, 역시 당대의 고사였던 예장태수(豫章太守) 진번(陳蕃)은 본디 빈객을 접대하지 않았으나, 오직 서치가 찾아오면 특별히 한 걸상을 내다가 그를 정중히 접대하고, 그가 떠난 뒤에는 다시 그 걸상을 걸어두곤 했던 데서 온 말이다. 『後漢書 卷53 徐穉列傳』

81 삼협(三峽)에서⋯⋯듯하니 : 상대방의 글솜씨를 칭찬한 것이다. 삼협(三峽)은 사천성(四川省)과 호북성(湖北省)의 경계인 양자강(揚子江) 상류에 있는 세 협곡으로 무협(巫峽), 구당협(瞿唐峽), 서릉협(西陵峽)이다. 두보(杜甫)의 시에 "글 솜씨는 삼협의 물을

가집(家集)에 응당 부악(富嶽)의 노래 더해지리　　家集應添富嶽歌

가랑비에 서로 만나 벼루를 꺼내들었으니　　小雨相逢開畫硯

훗날엔 다만 겹겹 물결만 바라보며 그리워하리라　　異時回望只層波

두우성 보랏빛 기운 남기(南紀)[82]에 멀지만　　牛墟紫氣遠南紀

견지에 붉은 붓 영화(永和) 연간과 같다네[83]　　繭紙彤毫似永和

만 리 길 사신의 배 멈추고 한 번 웃노니　　萬里停槎煩一笑

육조(六朝)[84]의 풍운(風韻)도 그대 앞에서
　어찌하겠는가　　六朝風韻奈君何

전운에 차운하여 제암에게 드림

임신언

평소 듣자니 기자의 나라에 인재가 많다는데　　雅聞箕邦逸才多

연석에서 마주해 몇 번이나 시 지었나　　相對筵前幾許歌

거꾸로 쏟아낸 듯, 붓글씨는 천 명의 적군을 홀로 쓸어낼 듯.[詞源倒流三峽水 筆陣獨掃千人軍]”이라는 구절이 보인다. 『杜少陵詩集 卷3 醉歌行』

82　남기(南紀) : 남국(南國)의 강기(綱紀)라는 뜻으로 남쪽 지방을 이르는 말로 『시경』「소아(小雅) 사월(四月)」에 “넘실넘실한 강한은 남국의 벼리네.[滔滔江漢 南國之紀]”라고 하였다.

83　영화(永和) 연간과 같다네 : 영화는 진 목제(晉穆帝)의 연호로 왕희지(王羲之)의 「난정기(蘭亭記)」에 의하면, 영화 9년 늦은 봄에 회계(會稽) 산음(山陰)의 난정(蘭亭)에서 왕희지·사안(謝安) 등 42인의 명사(名士)들이 모여 계사(禊事)를 행하고는 이어 곡수(曲水)에 술잔을 띄우고 시를 지으며 성대한 풍류(風流)놀이를 했다고 한다. 여기서는 양국 일행의 모임을 왕희지의 성대했던 옛 모임에 빗대어 표현한 것이다.

84　육조(六朝) : 중국 오(吳), 동진(東晉), 송(宋), 제(齊), 양(梁), 진(陳)의 시대를 말하는데, 문학상으로는 흔히 위진(魏晉)에서 남북조(南北朝)를 거쳐 수(隋)나라에 이르는 기간을 통칭해서 말한다.

꽃다운 명성 천릿길에 높이 전파하고	高播芳聲千里路
아름다운 명예 대양의 파도에 멀리 드날리네	遠揚美譽大洋波
구름을 제압하는 헌걸찬 기운 붓을 때로 움직이고	凌雲氣傑毫時動
땅에 던진 맑은 곡조 음이 절로 조화롭네[85]	擲地調淸音自和
온종일 객관에서 수창하니	終日應酬賓館裏
다른 나라에 오신 손님 그 뜻 어떠하신가	異邦爲客意如何

임 비서가 첩운한 데 화답함

이봉환

붉은붓으로 서로 만나 의기가 넘치고	彤管相逢意氣多
부평초처럼 만남에[86] 이별 노래는 묻지 않노라	萍逢不問有離歌
가늘게 황매우 내리는데 꽃은 향기 남아있고	黃梅雨細花留馥
청점루(晴簟樓) 높은 곳에 술이 넘실대네	晴簟樓高酒欲波
나그네길 부상(扶桑)에서 일출을 기다리고	客路扶桑投日出
시정(詩情) 일어 긴 대나무 숲에서 거문고 소리 듣노라	詩情脩竹聽雲和
회남(淮南)의 홍보(弘寶)[87] 그대 통해 알려지니	淮南鴻寶憑君問

---

85 땅에……조화롭네 : "글을 땅에 던지면 금석 같은 소리가 난다.[擲地作金石聲]"라는
말에서 온 것으로 훌륭한 글을 말한다. 진(晉)나라 손작(孫綽)이 시문을 잘했는데, 일찍
이 천태산부(天台山賦)를 지어 범영기(范榮期)에게 보이면서 "경(卿)은 이것을 땅에 던
져 보라. 응당 금석(金石) 소리가 날 것이다." 하였다. 『晉書 卷56 孫綽傳』

86 부평초처럼 만남에 : 기약 없는 만남을 뜻한다. 당나라 왕발(王勃)의 「등왕각서(滕王
閣序)」에 "물에 뜬 부평초처럼 서로 만났으니 모두 타향의 나그네로다.[萍水相逢 盡是他
鄕之客]"하였다. 『古文眞寶後集 卷2』

87 회남(淮南)의 홍보(弘寶) : 홍보는 도술(道術)에 관한 서적을 말한다. 한(漢)나라 회남

태을(太乙)이 청려장으로 불 밝힌 뜻[88] 어떠한가 　　太乙藜燃意若何

유 봉사에게 드림

임신언

시단의 맹주가 시전(詩箋)을 부쳐주니 　　騷壇盟主寄詩箋
노(盧)·낙(駱)·왕(王)·양(楊)[89]이 다시 이어지는 듯 　　盧駱王楊更後先
쌍궐(雙闕)에서 새로운 일월(日月)을 보고 　　雙闕正看新日月
그대 행장에서 옛 산천을 멀리 헤아리누나 　　君裝遙度舊山川
백설곡(白雪曲) 연주하니 화답하는 이 적고[90] 　　奏絃白雪寡人和
청포(靑袍)입고 신발 끄니[91] 객이 이어지게 하네 　　曳履靑袍令客聯

왕(淮南王) 안(安)이 베개 속에 남몰래 감춰두었던 『홍보원비서(鴻寶苑祕書)』로 침중홍보(枕中鴻寶)라고도 한다. 『漢書 劉向傳』

88 태을(太乙)이……밝힌 뜻 : 한나라 유향(劉向)이 천록각(天祿閣)에서 글을 교정하는데, 밤에 어느 노인이 청려장(靑藜杖)을 짚고 각에 찾아와서 청려장 끝에 불을 붙여 밝혀주었다. 유향이 성명을 묻자, 그 노인이 "나는 태을(太乙)의 정기(精氣)이다." 했다는 고사가 있다. 『三輔黃圖』

89 노(盧)·낙(駱)·왕(王)·양(楊) : 초당(初唐)의 사걸(四傑)로 일컬어지는 노조린(盧照鄰), 낙빈왕(駱賓王), 왕발(王勃), 양형(楊炯)을 일컫는다. 『舊唐書 卷190上 文苑列傳 上 楊炯』

90 백설곡(白雪曲)……적고 : 춘추 시대 초(楚)나라의 대중 가요인 '하리(下里)'와 '파인(巴人)'은 수천 명이 따라 부르더니, 고상한 '백설(白雪)'과 '양춘(陽春)'의 노래는 너무 어려워서 겨우 수십 명밖에 따라 부르지 못하더라는 이야기가 송옥(宋玉)의 「대초왕문(對楚王問)」에 나온다. 『文選 卷23』

91 청포(靑袍)입고 신발 끄니 : 증자(曾子)의 고사에 빗대어 칭송한 것이다. 증자가 위(衛)나라에 살면서 사흘 동안 밥을 짓지 못하고 십 년 동안 새 옷을 만들어 입지 못하여, 옷깃을 잡으면 팔꿈치가 드러나고 짚신을 신으면 발뒤꿈치가 터졌는데도 신발을 끌면서 상성(商聲)으로 노래를 부르면 그 소리가 천지에 가득 차 마치 금석(金石)에서 나오는 것 같았다 한다. 『莊子 讓王』

호숫가에서 명성이 동정호처럼 드높으니　　　　湖上名高洞庭色
고아한 자리에서 신선과 만났음을 어찌 알리　　何知雅席接神仙

비서 임군의 운에 화답함

유후

뜰 가득 맑은 바람이 채색 시전(詩箋)을 드날리니　　滿院風淸騰綵箋
그대 시율 지어 먼저 채찍을 잡았음[92]이 기쁘다네　喜君詩律著鞭先
사원(詞源)이 끝없이 흐르니 누가 한계를 엿볼 수　詞源滾滾誰窺閫
　있으리
문사(文思)는 도도하여 시내를 건너는 듯하구나　　藻思滔滔若涉川
고상한 언어로 함께 토론하고　　　　　　　　　　高舌政要懷共討
온화한 모습 자리에는 새로운 시구 이어지네　　　雍容何幸座新聯
느릿느릿 해가 서쪽으로 넘어가는지도 모르는 채　靡靡不覺移西日
황홀하게 봉래 제일의 신선을 접한다네　　　　　　怳接蓬萊第一仙

---

92 먼저 채찍을 잡았음[著鞭先] : 선편을 잡았다는 뜻으로, 여기서는 시문을 먼저 지어서 주었다는 의미이다. 동진의 유곤(劉琨)이 친구인 조적(祖逖)과 함께 북벌을 하여 중원을 회복할 뜻을 지니고 있었는데, 조적이 먼저 기용되었다는 말을 듣고는 "내가 창을 머리에 베고 아침을 기다리면서 항상 오랑캐 섬멸할 날만을 기다려 왔는데, 늘상 마음에 걸린 것은 나의 벗 조적이 나보다 먼저 채찍을 잡고 중원으로 치달리지 않을까 하는 점이었다. [吾枕戈待旦 志梟逆虜 常恐祖生先吾著鞭耳]"라고 말했던 고사가 전한다. 『世說新語 賞譽下』

전운에 차운해 취설에게 드림

임신언

도(道)를 아는 영재의 시 종이에 가득하니	見道英才詩滿箋
외람되이 훌륭한 손 만나 선두를 다투네	叨逢嘉客聊爭先
글 솜씨 대적할 이 없어 동국(東國)을 압도하고	辭鋒無敵凌東國
필력에 정신이 담겨 먼 시내까지 밝히네	筆力有神明遠川
종횡으로 문자를 쓰니 풍월에 아름답고	文字縱橫風月麗
시편(詩篇)은 전아하여 이슬과 서리에 이어지네	詩篇典雅露霜聯
이어지는 맑은 흥취에 사귀는 정 절실하니	延留淸興交情切
태평성세의 빈연(賓筵)에서 신선을 만난 듯하구나	盛世賓筵似會仙

임 비서가 첩운한 데 화답함

유후

맑은 시편 어찌 시전을 채우길 기다리리	淸篇何待動盈箋
9대에 걸친 사화(詞華)가 이미 선두에 올랐도다	九世詞華仰已先
높고 높은 부사(富士)의 산과 같고	山覩嵬嵬富士岳
넓고 깊은 준하(駿河)[93]의 물과 같네	水經汪汪駿河川
구름을 넘는 기운은 사마상여의 필세와 다투고	凌雲將較相如筆
비단을 쏟아내는 듯 읊조림에 사조(謝朓)[94]와 짝하네	瀉練高吟謝朓聯
다행히도 만 리 동으로 유람을 왔으니	萬里東遊殊可幸

---

93 준하(駿河) : 지금의 정강현[靜岡縣, 시즈오카현] 중앙부의 옛 이름이다.
94 사조(謝朓) : 남조(南朝) 제(齊)나라 때의 유명한 시인으로 자는 현휘(玄暉)이며, 특히 오언시(五言詩)를 잘 지었다.

기뻐하며 일역(日域)을 바라봄에 용산(龍山)이 있네　忻瞻日域有龍山

이 진사에게 드림

임신언

만 리 구름 낀 산에 사신 깃발 날리는데　　　萬里雲山征旆飛
팔조목의 문교(文敎)[95]는 아직도 의연하네　　　八條文敎尙相依
먼 하늘로부터 유유히 사신의 배가 오니　　　遠天縹緲仙槎客
아름다운 광경에 온화하게 밝은 달이 빛나네　佳境氤氳卿月輝
이곽(李郭)[96]의 교분의 정 지금 볼 수 있으며　李郭交情今可見
한구(韓歐)[97]의 재덕과 같아 예부터 어긋남이 없네　韓歐才德舊無違
서로 만나 어찌 역관의 말을 빌리오　　　　　相逢豈借譯人舌
자리에서 창수함에 속기를 잊었네　　　　　　座上唱酬忘俗機

임 비서가 준 운에 화답함

이명계

높은 누대에서 흰 구름을 모두 보내니　　　高樓送盡白雲飛
이 몸 언덕에 의지한 부평초 같구나　　　　身似流萍與岸依

---

95 팔조목의 문교(文敎) : 각주 23) 참조.

96 이곽(李郭) : 당(唐)나라의 명장 이광필(李光弼)과 곽자의(郭子儀)를 가리킨다. 안사
(安史)의 난을 평정한 중흥 제일의 공신들로, 평소 서로 원한이 있었으나 난을 만나 합심
하여 난을 평정하였다.

97 한구(韓歐) : 당송팔대가(唐宋八大家)의 대표적인 인물로 꼽히는 한유(韓愈)와 구양
수(歐陽脩)를 가리킨다.

태학의 인재양성[98]은 오랜 덕을 전하고 太學菁莪傳宿德
단산(丹山)[99] 봉황의 깃에는 상서로운 빛이 있다네 丹山毛羽有祥輝
형초를 깔고 앉은[100] 곳 예전처럼 즐겁고 班荊幾處歡如舊
바다에 떠서 소리 높여 노래하니 소원을 이루었네 浮海高歌願不違
기쁘게도 새로 지은 시구가 먼 나그네를 위로하니 且喜新詩勞遠旅
백 년간 남북의 천기(天機)가 모였네 百年南北一天機

전운에 차운하여 해고에게 드림

임신언

한국의 인재들 명성 드높은데 韓國高才聲譽飛
지금도 진실로 그대로임이 몹시 기쁘다오 祇今偏悅固依依
시문의 필력 굳세니 아름다운 꽃 피어나고 騷章筆健生華美
아름다운 시구 호방하니 빛나는 덕을 본다네 麗句氣豪覽德輝
종이에 시 읊으니 교유하는 정 얕지 않고 紙上詠成交不薄
자리에서 이야기 무르익으니 어긋남이 없네 座中談熟道何違
머무는 손과 끝없이 종유하니 遲留賓客遊無盡
마주함에 조화의 기미조차 잊을 듯하네 相對欲忘造化機

---

98 인재양성[菁莪] : 청아(菁莪)는 『시경』 「소아(小雅)」의 편명으로 "청청자아(菁菁者莪)"에서 온 말이다. 인재를 교육하는 것을 말하였다.

99 단산(丹山) : 각주 51) 참조.

100 형초를 깔고 앉은[班荊] : 벗들끼리 반가이 만나서 얘기를 나누는 것을 뜻한다. 춘추시대 초나라의 오거(伍擧)와 성자(聲子)가 정(鄭)나라 교외에서 서로 만나 형초를 깔고 앉아서 얘기를 나누었던 데서 유래한다. 『春秋左氏傳 襄公 26年』

임 비서가 첩운한 데 화답함

이명계

종려나무 숲에 푸른 빗방울 흩날리는데	棕林滴翠雨飛飛
못 그림자 비친 천광(天光)은 호탕하여 의지한 바 없네	池影天光蕩不依
땅은 다르지만 기쁘게도 같은 수레바퀴의 교화를 보고	殊壤喜見同軌化
채색 붓은 온 누대의 빛을 가득 얻었네	彩毫贏得滿樓輝
우연히 한번 만나 성운(星雲)이 합하였으니	偶然一會星雲合
이별 후엔 그리워하며 천수(天水)에 멀어지리	別後相思天水違
뜬세상 만 리 뜻 쏟아내고자 하니	欲寫浮世萬里意
아름다운 비단을 짤 교인(鮫人)의 베틀을 기다리네[101]	霞綃留待裂鮫機

박 학사와 세 서기에게 드림

임신언

양국의 아회(雅會)에서 문장을 보니	兩邦雅會見文章
금마문(金馬門)과 옥당서(玉堂署)[102] 같구나	金馬兼知有玉堂
학사(學士)는 풍류 있고 서기(書記)는 빼어나니	學士風流書記美
시부(詩賦)와 함께 맑은 향기 들어오네	併將詩賦入淸香

---

101 아름다운……기다리네 : 교인은 전설상의 인어(人魚)로 남해 바닷 속에서 베를 짜면
서 울 때마다 눈물방울이 모두 진주로 변했다고 하는데, 세상에 나왔다가 주인과의 이별
을 아쉬워하며 한 그릇 가득 눈물을 쏟아 부어 진주를 선물로 주었다는 이야기가 남조(南
朝) 양(梁) 임방(任昉)의 『술이기(述異記)』에 전한다.
102 금마문(金馬門)과 옥당서(玉堂署) : 한(漢)나라 때에 학사들을 초대하였던 곳이다.

임 비서의 운에 사례함

박경행

시 받아 화운함에 찬란히 문장이 있으니　　　　取次新詩爛有章
그대의 재기 당당함에 기쁘다오　　　　　　　　喜君才氣更堂堂
배 한척이 한번 신선의 굴을 건너오니　　　　　孤舟一涉神仙窟
소매가득 꽃에서 빼어난 향기 베어나네　　　　滿袖瑤花分外香

임 비서의 운에 화답함

이봉환

금성(金聲)으로 칠보 만에 문장을 이루니[103]　　金聲七步斐成章
풍우 속에 머무는 이 화려한 집에 있네　　　　　風雨留人在畫堂
웃으며 묻노니 서호(西湖)의 삼만수(三萬樹)에　　笑問西湖三萬樹
산의 밝은 달은 고금의 향을 품었는가　　　　　孤山明月古今香

봉곡 선생의 운에 화답함

이명계

연회에서 한묵으로 절로 문장을 이루니　　　　當筵翰墨自成章

---

103 칠보……이루니 : 민첩한 시재(詩才)를 비유한 말이다. 삼국 시대 위(魏)의 문제(文帝)가 자기 아우인 조식(曹植)에게 일곱 걸음을 걷는 사이에 시를 짓게 하면서 그사이에 시를 짓지 못하면 큰 처벌을 내리겠다고 하자, 조식이 바로 그 짧은 시간에 시를 지어 읊기를 "콩을 달여서 국을 끓이고, 콩을 걸러서 즙을 만드니, 콩대는 솥 밑에서 활활 타고, 콩은 솥 안에서 울어 대네. 본래 같은 뿌리에서 나왔거늘, 왜 그리 급하게 서로 볶아 대는고.[煮豆持作羹 漉菽以爲汁 其在釜下燃 豆在釜中泣 本自同根生 相煎何太急]"라고 한 데서 온 말이다.

화려한 명예 긍당(肯堂)[104]을 저버리지 않았네　　　華譽應無負肯堂
선루에 비 내리는데 장차 이별하려하니　　　　　禪樓花雨將分袖
밤 다하도록 연회 자리 향기를 잊기 어려워라　　終夜難忘坐處香

첩운하여 학사와 세 서기에게 드림

임신언

시단과 문원의 찬란한 문장　　　　　　　　　　詩壇文苑爛然章
사걸(四傑)[105]이 백옥당(白玉堂)[106]에서 만났네　　四傑相逢白玉堂
율관(律管)의 조화로운 소리 바람 밖에 둘러있고　律管和聲風外繞
연회 자리에는 아직도 묵향이 남아있네　　　　　宴中尙有墨花香

비서 임군이 첩운한 대 화답함

박경행

교초(鮫綃)[107]를 짜 칠양(七襄)[108]의 문장을 내니　鮫綃織出七襄章

---

104 긍당(肯堂) : 부조(父祖)의 창업을 자손들이 잘 계승함을 가리킨다. 『서경(書經)』 「대고(大誥)」에, "비유하면 아버지가 집 짓는 법을 정해 놓았는데도 그 아들이 집터를 제대로 닦으려 하지 않는데 하물며 기꺼이 집을 지으려 하겠는가. [若考作室 旣底法 厥子乃弗肯堂 矧肯構]"라고 한 데에서 유래하였다.

105 사걸(四傑) : 당(唐)나라의 왕발(王勃), 양형(楊炯), 노조린(盧照鄰), 낙빈왕(駱賓王)을 가리킨다. 『舊唐書 卷190上 文苑列傳上 楊炯』

106 백옥당(白玉堂) : 한림원(翰林院)의 별칭이다.

107 교초(鮫綃) : 각주 30) 또는 96) 참조.

108 칠양(七襄) : 직녀가 하루 낮 동안에 일곱 번 베틀을 옮겨서 베를 짠다고 한다. 『시경(詩經)』 「소아(小雅) 대동(大東)」에, "삼각으로 있는 저 직녀성은 종일토록 일곱 번 자리

찬란한 문장 손님의 당에서 빛나네 　　　　璀璨奇紋耀客堂
대대로 청전(靑氈)[109]을 문단에 남겼으니 　　世世靑氈留藝苑
동사록(東槎錄) 위에 적힌 이름 향기롭다오 　東槎錄上姓名香

비서 임군이 첩운한 데 화답함

이봉환

하지장(賀知章)[110]처럼 배 올라 말 달리니 　　乘船騎馬賀知章
만 리에는 금술잔과 부처 모신 당이로다 　　萬里金樽繡佛堂
낙화와 유수에 시어가 이르니 　　　　　　語到落花流水境
천기(天機)가 성당(盛唐)의 향기를 거두어들였네 　天機收拾盛唐香

비서 임 군이 첩운한 데 화답함

유후

그대 가문 대대로 문장이 훌륭하니 　　　知君世世有文章
마땅히 백옥당(白玉堂)[111]에 쌓여 있으리 　宜爾貯之白玉堂
걸상 대해 홀연 깨달음이 있는 듯하니 　對榻脩然如有得

바꾸네.[跂彼織女 終日七襄]"라고 하였다.

109 청전(靑氈) : 선대(先代)로부터 전해진 귀한 유물을 말한다. 각주 11) 참조. 여기서는 훌륭한 문장을 뜻한다.

110 하지장(賀知章) : 성당(盛唐) 시대의 풍류 시인으로, 일찍이 예부 시랑(禮部侍郞), 집현원 학사(集賢院學士), 비서감(秘書監) 등을 지내고, 만년에는 성품이 더욱 방탄(放誕)해져서 스스로 사명광객(四明狂客)이라 호칭하고 술을 즐겨 마시어 풍류를 즐겼다.

111 백옥당(白玉堂) : 한림원(翰林院)의 별칭이다.

선루(禪樓)에 날 저물도록 향기가 생겨나네　　　　禪樓移日席生香

봉곡 임군이 첩운한 데 화답함

이명계

은하수 베틀로 엮어낸 시에 화답하는 글 부끄러운데　　銀漢襄機愧報章
하늘가 저물녁 비에 용당(龍堂)이 어둡구나　　　　　天涯暮雨暗龍堂
사대(四代)에 걸쳐 그대 가문 화려한 문장 전하니　　四世君家傳彩筆
일본의 산수(山水)에는 응당 향이 어리리　　　　　日東山水應生香

학사 임공과 서기 세 군에게 드림

국지무신

오늘 외람되이 쾌주의 서기로 용문(龍門)[112]에 올랐으니, 그 어떤 행운이 이와 같겠습니까. 제 성은 국지(菊池), 이름은 무신(武愼), 자는 백수(伯修), 호는 눌재(訥齋)이며 임 쾌주 선생의 문인이고 창평국학(昌平國學) 생원입니다.

국지수재에게 답함

박경행

보내오신 편지를 받으니, 그 어떤 감격이 이와 같겠습니까. 지난번

---

112 용문(龍門) : 황하 상류에 있는 급류(急流)의 이름으로 잉어가 여기에 오르면 용(龍)으로 변화한다는 전설에서 비롯하여 입신출세(立身出世)를 의미한다.

에 몹시 바빠서 바로 감사의 뜻을 표하지 못했으니, 부디 의심치 마십시오.

학사 박공과 서기 세 군께 드림

후등세균

현사들께서 동쪽으로 오셨으니, 공들의 높은 명성을 오래도록 우러렀습니다. 지금 다행히 비서의 서기로서 풍모를 뵈오니 그 어떤 행운이 이와 같겠습니까. 제 성은 후등(後藤), 이름은 세균(世鈞), 자는 수중(守中), 호는 지산(芝山), 임 좨주의 문인이며 창평국학(昌平國學) 생원이며, 찬기후문학(讚岐侯文學)으로 등과했습니다.

후등아사에게 답함

박경행

보내오신 편지를 받으니, 매우 감사합니다. 지난번에 몹시 바빠서 바로 감사의 뜻을 표하지 못했으니, 부디 의심치 마십시오.

한관증답(韓館贈答) 권2

학사 박 군에게 드림

국자좨주 임신충

많은 전적에 두루 해박하시니	許多典籍解籤牙
제술관의 훌륭한 명성 생각이 삿되지 않네[113]	製述芳聲思不邪
양국의 우의는 나라의 보물이니	交義兩邦知國寶
여정 만리 길에 사신의 뗏목 띄웠네	行程萬里泛星槎
여관에서 이야기 나누니 자리 떠나기 어렵고	旅中偶語叵離席
관사에서 만나니 집에 있는 듯하네	館裡相逢如在家
국자감의 일은 그대가 맡은 바이니	國子監勤君所領
관직을 물어봄에 나의 관아와 다르지 않네	問官不異我官衙

좨주 임 선생의 운에 화답함

박경행

평생토록 부지런히 전적을 익히셨으니	窮年仡仡典籤牙

---

113 생각이 삿되지 않네 : 마음속에 간사한 생각이 없다는 뜻이다. 『논어』 「위정(爲政)」
에 공자가 "시경에 나오는 삼백여 편의 시를 한마디로 요약하면, 사무사라고 할 수 있다.
[詩三百 一言以蔽之 曰思無邪]"라고 하였다.

학문은 필시 바름과 삿됨을 분별하리 　　　　　　爲學須分正與邪

자고 나서 차 마시며 담소를 이루고 　　　　　　眠後茶傳成小話

의중에 시 지어 고단한 사신을 위로한다네 　　　意中詩到慰孤槎

강성(江城 에도)의 연기는 삼도(三島)에 통하고 　江城烟火通三島

깊은 골짜기의 사원(詞源)은 일가(一家)에서 나오네 　溟壑詞源倒一家

연못가 작은 꽃은 비갠 뒤에도 그대로이니 　　　池上細花經雨在

저물녘 관사에 향기가 스며드네 　　　　　　　晚飄餘馥入蜂衙

전운에 차운하여 박 학사에게 드림

임신충

넉넉한 말씀은 전적이 될 만하고 　　　　　　餘論餘話可懸牙

마음은 영롱히 삿됨을 비추네 　　　　　　　心鏡玲玲能照邪

서로 만남에 객관(客館)을 활짝 여니 　　　　交會乃將開客館

맑은 용모는 흡사 신선의 배를 띄운 듯 　　　清容恰似泛仙槎

경전을 논함에 천세(千歲)를 살피고 　　　　說經故憶鑒千歲

책을 잡음에 백가(百家)를 연구하네 　　　　把卷定知探百家

귀국하면 연회자리에 술잔 가득할 것이고 　歸國秩筵樽酒滿

기쁨과 하례 소리 관아를 메우리 　　　　　歡聲傳賀作蜂衙

임 좌주 선생의 운에 첩운함

박경행

갑 안의 거문고 연주하니 백아(伯牙)를 만난 듯[114] 　匣裏鳴琴遇伯牙

한번 퉁기자 온갖 삿됨 씻기게 하네   一彈能使滌群邪

담소 맑은 절에는 종소리 울리는 사원 있고   談清竹寺鳴鍾院

꿈 맴도는 나루에는 언덕에 매어둔 배 있네   夢繞花津係岸槎

황매우(黃梅雨) 비로소 그쳐 나막신 신을 만한데   梅雨初晴堪理屐

봉래산에 막 이르러 다시 집 생각이라네   蓬山纔到更思家

은근하게 시단의 약속을 따르고자 하여   慇懃爲趁詩壇約

괴시(槐市)[115]의 서늘한 바람에 일찍 공무를 파했네   槐市風凉早罷衙

이 봉사에게 드림

임신충

서로 만나 새로이 알게 된 노옹(老翁)   相遇新知一老翁

이별할 시기 다가오는데 마음은 다함이 없어라   別時漸近意無窮

범이 걸터앉은 산을 지니가고   腰踞虎豹過山上

악어가 경계하는 바다를 건너가네   才戒鱷魚度海中

햇빛 두터운데 푸른 이끼는 겹겹이고   日厚青苔齊疊疊

---

114 백아(伯牙)를 만난 듯 : 지기(知己)를 만났음을 뜻한다. 옛날에 백아(伯牙)는 거문고를 잘 타고 그의 친구 종자기(鍾子期)는 거문고 소리를 잘 알아들어서, 백아가 높은 산에 뜻을 두고 거문고를 탈 때는 종자기가 말하기를, "험준한 것이 마치 태산(泰山) 같다." 하였고, 백아가 흐르는 물에 뜻을 두고 거문고를 탈 때는 종자기가 말하기를, "광대한 것이 마치 강하(江河)와 같다."고 하여, 백아가 생각한 것은 종자기가 반드시 알아들었다는 고사에서 온 말이다. 『列子 湯問』

115 괴시(槐市) : 경전을 강론하는 곳을 말한다. 주대(周代) 성동(城東) 7리에 괴목(槐木) 수백 줄을 심어 수도(隧道)를 만들고 제생(諸生)들이 초하루·보름에 모여 물산(物産)·경전(經傳)·악기(樂器)들을 팔고 사기도 하며 괴목 아래에서 글을 토론했다. 『三輔黃圖』

그늘 짙은데 녹수는 절로 푸르네　　　　　陰深綠樹自蔥蔥
그대의 필묵 진실로 빼어남을 부러워하니　　羨君筆墨眞成妙
내가 읊은 시들은 솜씨가 없다오　　　　　多少我吟詩不工

쾌당 선생에게 화답함

이봉환

푸른 지팡이 붉은 신의 선옹(仙翁)을 만나니　　青藜赤舃遇仙翁
푸른 바다 동쪽에 떠있어 지세가 다하였네　　滄海東浮地勢窮
어느 곳의 매화 대나무 밖으로 비껴 있는가　　何處梅花斜竹外
때때로 붉은 그림자는 구름을 쏘아 비추네　　有時珠影射雲中
누대에 오르자 병풍은 빛 속에 이어지고　　　登樓屏箔連輝映
붓 놀리자 연하(煙霞)는 울창한 숲 감싸네　　落筆煙霞繞鬱蔥
한나라의 부절[116]을 통한 사신의 배 없었다면　不有星槎通漢節
아양곡(峨洋曲)이 어떻게 거문고의 솜씨를　　峩洋那得化琴工
　　얻었겠는가[117]

---

116 한나라의 부절[漢節] : 한(漢)나라의 천자가 준 부절(符節)로, 사신을 가리킨다. 한나
라 때 소무(蘇武)가 흉노에 사신으로 가서 절개를 굽히지 않은 채 19년 동안이나 억류되
어 있다가 돌아왔는데, 이로 인해 사신이 가지고 가는 부절을 한절이라고 하게 되었다.
117 아양곡(峨洋曲)이……얻었겠는가 : 사행을 통해 양국의 일행들이 만남에 지기(知己)
를 얻게 되었다는 뜻이다. 아양곡은 춘추 시대 백아(伯牙)가 타면 그의 벗 종자기(鍾子
期)만이 알아들었다는 금(琴)의 곡조이다. 백아가 높은 산을 연주하면 친구인 종자기가
"태산처럼 높고 높도다.[峨峨兮若泰山]"라고 평하였고, 흐르는 물을 연주하면 "강하처럼
양양하도다.[洋洋兮若江河]"라고 평했다는 아양(峨洋)의 고사가 있다. 『列子 湯問』

전운에 차운하여 이 학사에게 드림

임신충

지금 68세의 이 노인	卽今六十八齡翁
성품은 게을러 몸과 마음 함께 곤궁하네	性懶心身相共窮
책을 잡고 다시 태자 곁을 모시고	把卷更陪儲貳側
반열은 외람되이 대부(大夫)에 올랐네	敍班忝列大夫中
사방에 교화가 두루 미치고	千方教化令風遍
두 땅이 태평하니 그 기운 푸르구나	兩地太平佳氣蔥
이 좋은 때 웅대한 뜻 그치지 않을 것이나	壯志此辰雖不止
시문은 제멋대로 지어져 솜씨가 없다오	詩章任口不勞工

쾌당 선생이 첩운한 데 화답함

이봉환

높은 연치와 덕이 이 노인에게 있으니	年高德邵有斯翁
유향(劉向)[118]의 경학 전수받아 도(道) 다함이 없다네	劉向傳經道不窮
기개가 맑아 매화나무 아래에 거처하는 듯하고	氣潔宜居梅樹下
시는 향기로워 유자 숲에 누운 듯하네	詩香長臥橘林中
관직이 높아 호관(虎觀)[119]에서 서적을 분변하고	官尊虎觀書分籍
학문은 아호(鵝湖)[120]에서의 논변을 압도하네	學壓鵝湖語帶蔥

---

118 유향(劉向) : 전한(前漢) 선제(宣帝) 때의 유학자로, 자는 자정(子政)이다. 『열녀전
(烈女傳)』·『신서(新序)』·『설원(說苑)』·『전국책(戰國策)』 등 저서가 있다.

119 호관(虎觀) : 학자들이 모여 경전을 토론하는 장소를 대칭한 것이다. 한(漢)나라 때
학사들이 모여 황제를 모시고 오경(五經)을 강의하고 토론했던 백호관(白虎觀)을 말한다.

대대로 전해지는 훌륭한 문장은 오래전부터 알았는데　奕世文章聞已久

해산(海山)의 거문고 곡조는 천공(天工)을 **빼앗은**　　海山琴曲奪天工

　듯 하구려

유 봉사에게 드림

임신충

재회함에 기약 있어 진정(眞情)을 다하고자 하니　再會有期將盡情

세상일 어지러워 시구 이루기 어렵구나　　　　　紛紛世事句難成

삼다(三多)[121]를 지님에 재주 **빼어남**을 알겠고　　三多應識高才美

칠보(七步)의 재주[122]에 그 명성을 따르고자 한다오　七步欲追淸逸名

봉황이 날아드니 상서로움 생겨나고　　　　　　　文鳳飛來祥已動

붉은 뱀 이끄는 곳에 글자가 분명하네　　　　　　紫蛇引處字猶明

다만 시단의 인연 오래도록 맺기를 바라노니　　　只希久約詞壇契

이별 후에는 그리움이 꿈속에 생겨나리　　　　　別後相思夢裏生

120　아호(鵝湖) : 송(宋) 순희(淳熙) 2년(1175) 육상산과 주희가 여동래(呂東萊)의 주선

　　으로 신주(信州) 아호사(鵝湖寺)에서 만나 학풍(學風)에 관해 3일 동안 토론했으나 끝내

　　의견의 일치를 보지 못하고 결렬되었다. 여기서는 학문을 논변하는 장소를 말한다.

121　삼다(三多) : 삼다(三多)는 학자가 서책을 많이 읽고[看讀多], 논의를 많이 하고[持論

　　多], 저술을 많이 하는 것[著述多]을 말한다. 『類說』

122　칠보(七步)의 재주 : 시문(詩文)을 민첩하게 지어 내는 재주를 말한다. 위(魏)나라

　　조식(曹植)이 그의 형인 문제(文帝)에게 핍박을 받으며 일곱 걸음을 걷는 사이에 시를

　　지었던 고사에서 유래한다. 『世說新語 文學』

임 좨주 선생의 운에 화답함

유후

누대에 기댄 맑은 자태에 정을 알듯하니	杖樓翩然可認情
같은 당(堂)에서 담소를 거듭 이루었네	一堂佳話荷重成
청구(靑丘)의 나는 떠도는 쑥대처럼 온 선비요	靑丘我自蓬蔂士
동국(東國)의 그대는 북두성처럼 명성 높다네	東國君高山斗名
글과 술로 만남에 머리는 함께 하얗고	文酒相看頭共白
속마음 묵묵히 이해함에 눈이 두루 밝아지네	襟期默契眼偏明
바닷가 사신의 배 곧 떠날 날을 점치리니	海上旋槎將卜日
고개 돌려봄에 이별의 정을 어찌 견디리	回首那堪別恨生

전운에 차운하여 취설에게 드림

임신충

마음 속 어지러워 정을 감당키 어려우니	胸次紛紛難耐情
일찍 시 지은 그대 나의 더딤에 놀라지 마오	早成莫訝句遲成
마음은 관사에 부지런하여 일을 마치고자 하지만	心勤官事欲終業
몸은 세속 벗어나 명예를 따르지 않고자 하네	身出世塵不覓名
군영에서 늘 무장의 재질을 지녔음을 알았고	營內常知存武備
국도에서 다시 문명(文明)이 있음을 보았다오	國中又見仰文明
다행이도 지금 귀빈을 맞이하여	幸今因値貴賓試
영재를 교육하고 학생을 권면하게 되었구려	教育英才勸學生

임 좌주 선생이 첩운한 데 화답함

유후

이미 경개(傾蓋)[123]를 따라 높은 정취에 감동했고	已從傾蓋感高情
시단에서 노성(老成)을 보았으니 얼마나 영광인가	何幸詞壇見老成
한자(韓子)의 재주로 삼장(三長)의 명예를 겸했고[124]	韓子才兼三長譽
환경(桓卿)의 칼로 오경(五更)의 명성을 지녔네[125]	桓卿刀帶五更名
시편은 절로 속세의 기운 끊어내고	詩篇自絶埃氛累
문채는 응당 불사(佛寺)를 밝힌다네	奎彩應從梵宇明
해 기울었는데 즐거움은 끝나지 않으니	日仄悠悠歡未了
대나무 난간에 기대 피어나는 구름을 보네	竹欄移倚看雲生

123 경개(傾蓋) : 수레를 멈추고 일산을 기울인다는 뜻으로, 길에서 잠깐 만남을 뜻한다. 『사기』 「추양열전(鄒陽列傳)」에 "속어(俗語)에 '백발이 되도록 오래 사귀어도 처음 사귄 듯하고, 수레를 멈추고 잠깐 만났어도 오래 사귄 듯하다.' 하였으니, 그 까닭은 무엇인가? 서로를 아느냐 모르느냐에 달려 있다." 하였다.

124 한자(韓子)의……겸했고 : 한자는 한유(韓愈)를 가리키고, 삼장이란 세 가지의 뛰어난 것이라는 뜻으로, 재지(才智)·학문(學問)·식견(識見)을 말한다. 당(唐)나라 유지기(劉知幾)의 말에 "사재(史才)가 드문 것은 재(才)·학(學)·식(識)을 겸비하기 어렵기 때문이다." 하였다. 『唐書 劉知幾傳』

125 환경(桓卿)의……지녔네 : 환경은 춘추 시대 오패(五霸)의 우두머리 제 환공(齊桓公)을 가리킨다. 어진 관중(管仲)을 정승으로 삼아, 제후들을 규합하여 천하를 바로잡았다. 오경(五更)은 삼로오경(三老五更)에서 온 말로, 중국 고대(古代)에 연로하여 치사(致仕)한 자 중 도학이 높은 자를 천자(天子)가 부형(父兄)의 예로써 우대하여 삼로(三老)와 오경(五更)이라 했다.

이 진사에게 드림

임신충

국도를 나와 멀리 사신의 수레를 따르니	出國遙從使者車
가는 곳마다 명예를 드날리네	行行道路發名譽
다시금 남긴 주옥같은 시구를 떠올리니	更憶世遺聯珠句
집안에 귀한 시문 이어짐을 알겠네	定識家傳連錦書
연지에 파도 일으켜 붓을 놀리고	波遠墨池橫不律
벼루에 물 흘러 방저(方諸)[126]에 떨어지네	水淋石硯滴方諸
빼어난 젊은이 훌륭한 글 지어냄을 보노라니	卽看逸少裁成妙
글자가 분명하게 드러나도다	文字分明卷且舒

쾌당 선생의 운에 화답함

이명계

너른 언덕에 머무는 사신의 수레[127]	留滯周原四牡車
화려한 관패(冠珮) 앞에서 명성이 부끄럽구나	翩翩冠珮媿聲譽
붓을 의지하니 말 통할 것을 걱정하지 않고	不愁言語憑肜管
마음으로 고서를 비추니 또 기쁘다오	且喜心期照古書
귤나무들 사이로 긴 길에서 험한 여정[128]에 헤매이고	千橘路長迷跋涉

---

126 방저(方諸) : 달[月]에서 물을 받아내는 그릇으로, 달밤에 구리 소반[銅盤]에다 받쳐 서 받는다고 한다.

127 사신의 수레[四牡車] : "사모(四牡)"란 네 필의 수말이라는 뜻으로, 『시경』「소아(小雅)」의 한 편명이다. 왕명을 봉행하는 사신을 위로하기 위해 지어진 시이다.

128 험한 여정[跋涉] : "발섭(跋涉)"은 행로(行路)의 어려움을 말하는데 잡초가 우거진 길을 가는 것을 발, 물을 건너는 것을 섭이라 한다. 『시경』「용풍(鄘風) 재치(載馳)」에

매미 우는 늦가을 바람 속에 시절[129]이 바뀌었네　　　數蟬風晚遞居諸
누대에서 종종 차와 술로 위로하니　　　　　　　　　高樓茶酒頻相慰
성곽에 비 그치자 바다의 해 뜨는구나　　　　　　　城雨初歸海日舒

전운에 차운하여 해고에게 드림

임신충

물에는 배 띄우고 육지엔 수레 몰아 왔으니　　　　川則浮舟陸則車
귀방에 길이 알려지고 우리나라 명예롭네　　　　　貴邦長識我邦譽
선조로부터 물려받은 서적을 보관하고　　　　　　唯藏先祖襲巾卷
자손에게 학업을 전수할 책을 아끼네　　　　　　　且喜子孫傳業書
여정 중 산수를 시로 읊으니　　　　　　　　　　　旅中山水句吟了
자리의 모기며 파리는 날갯짓 멈추었네　　　　　　坐上蚊蠅扇舍諸
객관 나와 집에 오자 비린함이 생겨나니　　　　　出館歸家生鄙吝
잠시 만남에 뜻이 툭 트였다오　　　　　　　　　　暫時相遇意舒舒

쾌당 선생이 첩운한 데 화답함

이명계

은하의 배 그림자[130]에 신선의 구름수레가 머무니　　銀河槎影滯雲車

“대부가 발섭하니 내 마음 시름겹네.[大夫跋涉 我心則憂]”하였다.

129 시절[居諸] : “거저(居諸)”는 세월이 흘러가는 것을 말한다. 『시경』「패풍(邶風) 일월(日月)」에 “해와 달이 하토를 굽어본다.[日居月諸 照臨下土]”라고 한 말에서 유래하였다.

삼로(三老)[131]의 명성 빼어남을 얻었도다	三老聲名得俊譽
천의(天意)는 고금에 일월(日月)과 같고	天意古今同日月
인문(人文)은 남북으로 시서(詩書)가 같다오	人文南北一詩書
몸은 창해에 떠 방장(方丈)에 머물러 있고	身浮倉海留方丈
구원(丘園)에서 잠 깨어 맹저(孟諸)[132]를 생각하네	夢落丘園憶孟諸
석류꽃 다 시들었는데도 돌아가지 못하니	凋盡榴花歸未得
올 때의 귤나무에 잎 처음 펼쳐졌네	來時棕橘葉初舒

고시 한 수를 구헌에게 부침

임신충

귀국과 우리나라는	貴國與吾國
백여 년간 우호를 맺었네	善隣百餘年
이 좋은 때에 처음 만나니	此辰初相遇
현명한 그대들에게 재주 없음 부끄럽네	不才愧諸賢
이 몸은 한림의 직임을 맡고 있지만	身當翰林任

---

130 은하의 배 그림자[銀河槎影] : "사영(槎影)"은 뗏목의 그림자로 즉 사신이 탄 배를
말한다. 장건(張騫)이 하원(河源)을 찾아가는데, "뗏목[槎]을 타고 한 달을 지나서 한
곳에 당도하니, 성곽(城郭)은 주부(州府)와 같고 실내(室內)에 한 여자가 베를 짜고 있으
며, 또 한 남자는 소를 끌고 하수에 와서 물을 마셨다."라고 한 고사가 있다. 『荊楚歲時記』
131 삼로(三老) : 나라에서 높은 덕을 인정받아 교화를 받은 사장(師長)을 가리킨다. 각주
125) 참조.
132 맹저(孟諸) : 수택(藪澤)의 이름으로, 자연 속 한가로운 곳을 말한다. 당(唐)나라 고
적(高適)의 시에 "나는 본디 맹저 들에서 고기 잡고 나무나 하여 일생이 절로 한가로운
사람이거니 차라리 초택 안에서 미친 노래나 할지언정 어찌 풍진 속에 관리 노릇을 할
수 있으랴[我本漁樵孟諸野 一生自是悠悠者 乍可狂歌草澤中 寧堪作吏風塵下]"라고
한 데서 온 말이다.

한갓 수만 채우는 사람이라 부끄러워 땀 흘리네 　　汗淋只備員

성품 게으르고 노쇠하여 　　性懶且衰老

해 그림자 여덟 번째 벽돌에 이르러서야 입직하네[133] 　　日影常八甎

비록 삼천 수의 시 있더라도 　　縱是三千首

공의 한편 시에 뒤지리라 　　應輸公一篇

천만리를 여행하면서 　　旅行千萬里

우편을 통해 소식 오고감을 허락하였네 　　置郵許蹰躇

내 아우들을 데리고 이르니 　　余率徒弟至

하늘이 귀한 인연을 빌려주었네 　　天公假良緣

공들의 신선과 같은 기운 　　公等群仙氣

각각 난새와 봉황 중에도 으뜸이라 　　各在鸞鳳先

역마다 시구를 구하는 이들 　　驛驛求句者

길 가는 손의 안목에 깜짝 놀라네 　　定驚旅客眼

우리 조정 멀리 온 사신을 흠모하여 　　我朝欽遠使

은사(恩賜)가 계속해 이어지는구나 　　恩賜相聯騈

객관에서 다시 맑게 정돈하니 　　客館更淸整

어찌 의상에 어긋남이 있으리 　　何有衣裳偵

여유롭게 여정의 어려움[134] 잊었으니 　　優遊忘跋涉

층계의 나무 푸르게 우거졌네 　　階樹綠芊芊

---

133 해 그림자……입직하네 : 게으른 성품을 비유한 말이다. 당(唐)나라 때 한림청사(翰林廳舍) 앞 계단에 벽돌길이 있었는데, 겨울철이면 해 그림자가 그 다섯 번째의 벽돌에 이르는 때가 학사(學士)들의 입직 시간으로 되어 있었다. 그런데 한림학사 이정(李程)은 성품이 게을러서 항상 해 그림자가 여덟 번째의 벽돌에 이르렀을 때야 입직을 했다는 고사에서 온 말이다. 이 때문에 당시에 이정을 팔전학사(八甎學士)라고 부르기도 했다. 『唐書 卷131』

134 여정의 어려움 : 각주 128) 참조.

우리가문 9대 동안 가업을 이어왔으니	我業事九世
예부터 전해오는 기록이 있다오	故有貽厥編
한 나무가 큰 집을 지탱하니	一木支大廈
청전(靑氈)[135]이 몹시 경건하네	靑氈最自虔
지난날 신 학사는	昔日申學士
동년배라 진실로 기뻤었지[136]	同庚眞怡然
지금도 건장하게 있다 하니	壯健今尙在
부디 한마디 전해주시게	願使一言傳
그대 시율이 지금도 내 손에 있으니	詩律今在手
감히 만전으로도 바꾸지 못한다오	不敢換万錢
만난 것은 며칠이었지만	交會及數日
그리운 마음은 끝이 없다네	相思爰綿綿
새처럼 날아갈 수 없어 아쉽고	却恨不如鳥
샘처럼 경모하는 마음 솟아난다오	景慕涌如泉
다시 만나기 어려우니	行是再難遇
돌아간 뒤 꿈에서 서로 이끌리라	歸後夢相牽

---

135 청전(靑氈) : 각주 11) 참조.

136 지난날……기뻤었지 : 신 학사는 신유한(申維翰, 1681~1752)을 말한다. 조선 후기의 문장가로, 본관은 영해(寧海), 자는 주백(周伯), 호는 청천(靑泉)이며, 고령(高靈) 출신이다. 문장으로 이름이 났으며, 특히 시(詩)와 사(詞)에 능하였다. 문집으로 『청천집(靑泉集)』이 있다. 여기서는 1719년 신유한이 제술관(製述官)으로서 통신사 홍치중(洪致中)을 따라 일본에 왔을 때에 임신충과 교유를 맺었던 일에 대해 언급한 것이다.

좨주 임 선생에게 화답함

박경행

부상(扶桑)을 깨끗이 소탕하고	涕蕩扶桑下
개국한 것이 어느 해부터던가	開國自何年
산천에는 붉은 해 빛나고	山川耀紅旭
재주 있는 현자들 무수히 늘어섰네	蔚然羅才賢
고비(皐比)[137]인 좨주의 당에는	皐比祭酒堂
삼천 명 박사들이 있다네	三千博士員
경전을 안고 궁으로 들어가니	抱經入靑瑣
성대한 명성 화전(花甎)[138]의 으뜸이네	盛名冠花甎
눈바람에도 괴시(槐市)[139]에서 강론하고	風雪槐市講
꽃과 새를 태액지(太液池)[140]에서 읊네	花鳥太液篇
고아하게 읊조려 운소(雲韶)[141]에 화답하니	高吟和雲韶
선학(仙鶴)이 춤추며 오는 듯	仙鶴來蹁躚
만 리 밖 오사모를 쓴 객이	萬里烏紗客
멀리서부터 동문(同文)의 연을 이었네	遠續同文緣

137 고비(皐比) : 강학하는 자리를 말한다. 본래 호랑이 가죽을 뜻하는데, 송(宋)나라의
장재(張載)가 항상 호랑이 가죽을 깔고 앉아서 『주역(周易)』을 강론했는데, 후세에 와서
는 강학(講學)하는 자리를 고비라 이르게 되었다.

138 화전(花甎) : 꽃무늬가 놓인 벽돌인데 한림원(翰林院) 북쪽 뜰 앞에 화전으로 깐 길이
있었으므로 한림원을 칭하게 되었다.

139 괴시(槐市) : 각주 115) 참조.

140 태액지(太液池) : 한 무제(漢武帝)가 세운 궁원(宮苑) 안의 연못으로, 보통 궁 안의
연못을 가리킨다.

141 운소(雲韶) : 황제(黃帝)의 음악인 운문(雲門)과 순 임금의 음악인 대소(大韶)를 병칭
한 것이다.

안기(安期)[142]가 지척에서 부르고	安期喚咫尺
풍이(馮夷)[143]가 앞뒤에서 인도하네	馮夷導後先
화강(花江)에는 달빛이 떠있는데	花江乘月泛
절간에서 빗소리 들으며 잠드네	蕭寺聽雨眠
몸은 견우와 북두성 띠고 멀리 왔는데	身將牛斗遠
재주는 주옥과 나란히 함에 부끄럽구나	才慚珠玉騈
옥산(玉山)에서 산수벽이 생기고	玉山生水癖
진경(眞景)에서 흥 일어 미칠 듯하네	佳處興欲顚
배 타고 이미 한 해를 넘겼으니	孤舟已隔歲
시야 가득 향기로운 풀 무성하네	滿眼芳艸芊
소매 속 십주(十洲)[144]에 대한 기록을	袖中十洲記
취한 뒤 때로 스스로 엮는다네	醉後時自編
꿈은 신선의 산으로 통하고	舊夢仙嶠通
마음은 왕사에 정성스러워라	寸心王事虔
날마다 이어지는 문묵(文墨)의 자리에서	日日文墨筵
번갈아 창수함이 어찌 번잡하리	迭唱何紛然
반도(蟠桃)는 몇 번이나 열렸는가	蟠桃幾回開
소식이 붓 아래 전해지네	消息筆下傳
지당(池堂)의 푸른 자리엔 바람이 불고	池堂綠簟風

---

142 안기(安期) : 안기생(安期生)이라고도 하는데 전국 시대 제(齊)나라 사람으로, 하상
　　장인(河上丈人)에게 황제(黃帝)와 노자(老子)의 설을 배우고 세속을 떠나 동해(東海)의
　　해변에서 약을 팔며 살았다 한다.

143 풍이(馮夷) : 하백(河伯)으로 수신(水神)의 이름인데 빙이(氷夷)·풍수(馮修)라고도
　　한다.

144 십주(十洲) : 각주 58) 참조.

비갠 뒤 연잎은 돈닢과 같구나	雨過荷如錢
머지않아 돌아갈 돛을 정돈할 것이니	不日理歸帆
고향 그리는 마음 끝이 없네	鰲岾愁聯綿
가슴은 운몽(雲夢)[145]에 툭 트였는데	胸已豁雲夢
시는 어찌 탐천(貪泉)[146]을 마시는가	詩豈歃貪泉
밝은 달 객관을 비추는데	明月斜好館
서글피 홀로 정에 얽매여있네	惆悵情獨牽

사자관 김·현 두 분께 드림

임신충

자획이 분명함에 두 분 계시니	字畫分明有二君
우리나라에도 길이 글 남길 것이 기쁘네	我邦猶喜永留文
예전의 소사(蕭謝) 어디에 있는가	古來蕭謝知何處
일필휘지에 용이 구름을 일으키는 듯하네	一筆揮時龍起雲

쾌주 임 선생의 고운에 화답함

김천수

| 졸필로 그대에게 드릴 글을 써 보내니 | 拙筆書來爲贈君 |

---

145 운몽(雲夢) : 한(漢), 위(魏) 이전엔 그리 크지 않은 습지를 지칭했는데, 진(晉) 이후
로 동정호(洞庭湖)까지 포괄하는 큰 호수를 뜻하게 되었다.

146 탐천(貪泉) : 우물 이름으로, 중국 광동성(廣東省) 남해현(南海縣)에 있는데, 전설에
"이 물을 마시면 탐욕의 마음이 생긴다."라고 하였다.

경운(瓊韻)에 화답코자 하나 문채 없으니 어이하리　　欲酬瓊韻奈無文
필묵 놀려 뜻을 만족시키고자 하니　　　　　　　　　敢將戲墨方酬意
지는 해 동쪽 하늘의 비단구름을 당기네　　　　　　落日東天控彩雲

이 주부의 그림을 보고 절구 한 수를 부침

임신충

단청빛은 좋은 바탕이 있은 뒤라[147] 끝내 다함이　　丹青後素竟無窮
　　없으니
도화원에서의 명성 헛되지 않구나　　　　　　　　　圖畫聞名名不空
살아있는 정신이 담겨 묘사가 빼어나니　　　　　　爲有生神傳寫妙
좌중에서 조변(趙邊)의 솜씨를 만난 듯하네　　　　座中如遇趙邊工

구헌 군에게 드림

비서감 임신언

제술관의 높은 명성 해동을 울리니　　　　　　　　製述高名鳴海東
태평시대의 한묵이요 예원(藝苑)의 풍류로다　　　太平翰墨藝林風
서로 만나 문장의 색을 보니　　　　　　　　　　　相逢看取文章色
다시 부상(扶桑)을 비춤에 생각은 다함이 없네　　更映扶桑思不窮

---

147 단청빛은……뒤라 : 공자가 좋은 바탕이 있어야 비로소 문식(文飾)을 가할 수 있고
말한 데에서 비롯된 것이다. 『論語 八佾』

봉곡 군에게 화운함

박경행

해는 적안(赤岸)[148]의 동쪽에 새로이 밝았는데	彩旭新晴赤岸東
오각건(烏角巾) 쓰고 앉아 죽림의 바람을 쐬노라	烏巾坐領竹林風
봉래산 아득하여 선연(仙緣)이 끊기니	蓬山渺渺仙緣斷
누가 하원(河原)에 닿을 수 있다고 말하는가	誰道河原去可窮

전운에 첩운하여 구헌 군에게 드림

임신언

한국의 영웅이 일동(日東)에 오니	韓國英雄來日東
지혜 있고 학문 쌓은 굳센 유자의 풍모로다	良知積學建儒風
규장(珪璋)[149]은 절로 맑은 조정의 그릇이니	珪璋自是清朝器
고금을 통달하여 막힘이 없구나	通達古今道不窮

봉곡 군이 첩운한 데 화답함

박경행

한 기운 나부끼며 산해 동쪽으로 오니	一氣幡來山海東
새로운 시 자리에 가득해 볼만한 풍모로다	新詩滿座可觀風

---

148 적안(赤岸) : 두보(杜甫)의 시에 "파릉 동정 일본 동쪽에, 적안의 불이 은하와 통하였네.[巴陵洞庭日本東 赤岸火與銀河通]"이라 한 글귀가 있다.

149 규장(珪璋) : 고대 조빙(朝聘)에 사용하던 옥으로 만든 매우 귀중한 예기(禮器)로, 매우 고아한 인품에 비유된다. 『예기』 「빙의(聘義)」에, "규장특달(珪璋特達)"이라 하여, 규장을 가진 이는 다른 폐백(幣帛)이 없어도 곧바로 천자를 뵐 수 있다고 하였다.

| 한척 배의 관개(冠蓋)가 삼도(三島)를 지나니 | 孤舟冠蓋通三島 |
| 짧은 머리로 지은 글 오궁(五窮)을 따르네[150] | 短髮文章付五窮 |

제암에게 드림

임신언

한국의 풍류요 기실(記室)의 재주로	韓國風流記室才
이조(吏曹)의 막하에서 붓을 휘두르네	吏曹幕下彩毫開
벼루에 임해 운무가 일어나니	試臨硯海雲煙起
빼어난 흥 유유하여 날로 높아진다오	佳興悠悠日可催

임 비서 군에게 화답함

이봉환

창해에서 팔두(八斗)의 재주[151]를 겨루니	滄海應爭八斗才
송풍정 아래 옛 전적의 뜻 열리네	松風亭下古經開
부평초처럼 서로 만나[152] 속마음을 터놓는 곳에	等間萍水論襟處

---

150 오궁(五窮)을 따르네 : 자신의 시문에 대한 겸사로 쓴 표현이다. 오궁은 사람을 곤액(困厄) 속으로 몰아넣어 통달하지 못하게 하는 다섯 가지 귀신으로, 지궁(智窮), 학궁(學窮), 문궁(文窮), 명궁(命窮), 교궁(交窮)을 말한다. 한유(韓愈)가 지은 「송궁문(送窮文)」에서 나온 말이다.

151 팔두(八斗)의 재주 : 매우 탁월한 재능을 형용하는 말로, 남조(南朝) 송(宋)나라 사령운(謝靈運)이 "천하의 재주는 모두 한 섬인데 조자건(曹子建)이 혼자서 여덟 말을 가지고 내가 한 말을 가지고 천하 모든 사람들이 나머지 한 말을 나누어 가졌다."라고 한 말에서 유래하였다. 『釋常談 八斗之才』

152 부평초처럼 서로 만나 : 부평초(浮萍草)와 물이 서로 우연히 만나듯, 객지에서 우연

숲 속 매미소리는 비온 뒤 재촉하는구나　　　　一樹蟬聲雨後催

전운에 차운하여 제암에게 드림

임신언

성당(盛唐)의 재주 지닌 이생(李生)을 본디 알았는데　盛唐原識李生才
웅장한 시부가 연회에 임해 펼쳐졌네　　　　　詩賦豪雄臨宴開
객을 대하여 지금 내 천고의 뜻을 품으니　　　對客我今千古意
고아한 담소 몇 번이나 재촉하였나　　　　　閑談高雅幾時催

봉곡 군이 첩운한 데 화답함

이봉환

기정(旗亭)[153] 어느 곳에서 선재(仙才)를 물을까　旗亭何處問仙才
양주곡(凉州曲) 한 곡조에 포도주 열렸네[154]　一曲凉州蒲酒開
봉래산 지척에서 신선술을 논하니　　　　　蓬山咫尺論丹訣
바다의 학과 반도(蟠桃)는 봄을 재촉하지 않네　海鶴蟠桃春不催

히 서로 만난 것을 말한다. 당나라 왕발(王勃)의 「등왕각서(滕王閣序)」에 "물에 뜬 부평
초처럼 서로 만났으니 모두 타향의 나그네로다.[萍水相逢 盡是他鄕之客]"하였다. 『古
文眞寶後集 卷2』

153 기정(旗亭) : 관찰이나 지휘 등의 목적으로 저잣거리에 세운 누각으로, 위에 깃발을
세워 두었다 하여 기정이라 부른다.

154 양주곡(凉州曲)……열렸네 : 양주곡은 악부 곡사(樂府曲辭)의 이름이다. 이와 더불
어 후한(後漢) 영제(靈帝) 때에 맹타가 포도주(蒲萄酒) 1곡(斛)을 장양(張讓)에게 바치
고 곧바로 양주 자사에 임명되었던 고사가 있다. 『三國志 卷3 魏書 明帝紀 註』

취설에게 드림

임신언

서기께서 끊임없이 빼어난 시구 지으시니	書記翩翩佳句多
시학(詩學)이 산하를 압도하네	看來詩學壓山河
왕도(王都)의 은택으로 많은 인재 길러내니	王都德澤育材茂
풍환(馮驩)의 장협가 부르는 이 없다오[155]	不動馮驩長鋏歌

봉곡 군에게 화답함

유후

비온 뒤 신선 산에 맑은 기운	雨後仙岑淑氣多
아득히 성곽이며 긴 강을 둘렀네	茫茫繞郭又長河
한 누대에서 가집(佳集) 이루기는 쉬운 일이 아닌데	一樓佳集殊非易
붓 놀려 시 이루고 호탕하게 노래를 부르네	筆落詩成且浩歌

전운에 차운하여 취설에게 드림

임신언

| 객관에서의 교유에 흥이 많으니 | 客館勝遊逸興多 |
| 바다 같은 재주와 황하의 지혜로다 | 才如大海智如河 |

---

155 풍환(馮驩)의……없다오 : 재능을 품고도 등용되지 못하는 이가 없음을 말한 것이다. 전국시대 맹상군(孟嘗君)의 식객인 풍환(馮驩)이 자신의 재능을 알아주지 않는 데 대해 불만을 품고 칼을 두들기면서 노래하기를, "장검이여, 돌아갈거나. 밥을 먹음에 생선이 없구나." 하고, 또 "장검이여, 돌아갈거나. 문을 나섬에 수레가 없구나." 하고, 또 "장검이여, 돌아갈거나. 편안히 지낼 집이 없구나." 하였다 한다. 『戰國策 齊策』

성당(盛唐)의 유씨(柳氏)[156] 바로 그대 가문의 일이니　　盛唐柳氏君家事
연회에서 나란히 시 짓는 내가 부끄럽네　　　　　愧我綺筵連臂歌

봉곡 군이 첩운한 데 화답함

유후

일역(日域)에 문치(文治)가 이루어지니　　　　　　文化幸期日域多
인재들에게 산하의 기운 모였음을 알겠네　　　　始知才俊鍾山河
절에서 서로 만나 즐거움 다하지 않으니　　　　相逢蕭寺歡靡極
거문고 술로 유유히 노래 부르네　　　　　　　　琴酒悠悠好放歌

해고에게 드림

임신언

적성(赤城)에 노을 일어 시단에 들어오니　　　　赤城霞起入騷壇
기실(記室)의 높은 재주 동국의 으뜸이네　　　　記室高才東國冠
이름난 부사산이 마주해 솟았는데　　　　　　　富士名山相對出
나 또한 그대와 함께 문장을 본다네　　　　　　文章我亦與君看

---

156 성당(盛唐)의 유씨(柳氏) : 성당 시기의 대표적인 문장가 유종원(柳宗元)을 가리킨
다. 자는 자후(子厚), 호는 하동(河東)이며 장안(長安) 출신으로 고문의 대가로서 한유와
병칭되었고, 산수시에 특히 뛰어났다. 저서에 『유하동집(柳河東集)』이 있다.

임 비서 군에게 화답함

이명계

바닷가 해 대나무 제단에 드리우고	海日垂垂下竹壇
성 감싼 구름은 점점이 의관에 떨어지네	城雲片片落衣冠
오색 붓[157] 비서성[芸香閣]에서 새로 나오니	彩毫新出芸香閣
여의주를 가지고 만 리를 본다네	携得驪珠萬里看

전운에 차운하여 해고에게 드림

임신언

시구마다 고아하게 읊조리는 화월단(花月壇)	句句高吟花月壇
이날 만나보니 의관도 성대하네	相逢此日盛衣冠
한 편씩 읊음에 무궁한 뜻 담겼으니	一篇一詠無窮思
상상하던 홍정(紅亭)을 곳곳에서 본다네	想像紅亭處處看

임 비서 군이 첩운한 데 화답함

이명계

| 숲에 비 내린 뒤 선단(仙壇)에 모이니 | 禪林過雨集仙壇 |
| 바람은 연잎 옷과 혜초 관[158]에 가득하네 | 風滿荷衣與蕙冠 |

---

157 오색 붓[彩毫] : 문장의 재능이 뛰어난 것을 비유할 때 쓰는 표현이다. 남조(南朝)의
   문학가 강엄(江淹)이 송(宋)·제(齊)·양(梁) 3조(朝)에 걸쳐서 문명(文名)을 떨쳤는데,
   만년에 꿈속에서 곽박(郭璞)이라고 자칭하는 이에게 다섯 가지 채색 붓을 돌려주고 난
   뒤 문재(文才)가 감퇴하였다는 고사가 있다. 『南史 卷59 江淹列傳』

필묵의 여향은 으뜸에 속하는데　　　　餘香翰墨歸牙類
누대 밖 운하(雲霞)는 평온하구나　　　　樓外雲霞澹澹看

박 군에게 드림

임신언

학사로 영주(瀛洲)에 올라[159] 본래 재주 있었으니　　學士登瀛自有才
만 리 파도에 사신의 배 이르렀네　　　　波濤萬里泛槎來
한국에 대대로 훌륭한 가문 있어　　　　始知韓國世家種
도처의 산들을 시 속에 재단하네　　　　到處千山賦裡裁

봉곡 군에게 화답함

박경행

산해에 영롱하게 뛰어난 재주 비치니　　山海玲瓏映妙才
반도(蟠桃)의 소식 시로 전해오네　　　　蟠桃消息有詩來
부상(扶桑) 한편의 오색 조각구름　　　　扶桑一面彩雲片

158　연잎 옷과 혜초 관 : 연잎 옷[荷衣]은 연잎으로 엮어 만든 은자(隱者)의 옷이며, 혜초
　　관[蕙冠] 역시 난초와 함께 향초(香草)로 꼽힌다. 둘 다 상대방을 가리켜 칭송한 표현이
　　다. 『초사(楚辭)』 「이소(離騷)」에 "기하(芰荷)를 재단하여 옷을 만든다.[製芰荷以爲衣
　　兮]"하였고, "내가 구원의 땅에 이미 난초를 심어 놓고는, 다시 백묘의 땅에다 혜초를
　　심었노라.[余旣滋蘭之九畹兮　又樹蕙之百畝]"라고 하였다.

159　영주(瀛洲)에 올라 : 지극히 명예로운 지위를 차지하는 것을 말한다. 영주(瀛洲)는
　　당 태종(唐太宗)이 설치한 문학관(文學館) 이름으로, 여기에 임명된 두여회(杜如晦), 방
　　현령(房玄齡) 등 이른바 '십팔학사(十八學士)'를 당시에 사람들이 부러워하며 '영주에
　　올랐다[登瀛洲]'고 일컬었던 고사가 전한다. 『新唐書 卷102 褚亮傳』

시인 덕분에 붓 아래 재단되네 　　　　　多賴詞人筆下裁

전운에 차운하여 박 학사에게 드림

임신언

전적과 풍류 세상 울리는 재주이니 　　　　典籍風流鳴世才
영웅이 멀리 백운을 헤치고 오셨네 　　　　英雄遠拂白雲來
그대 팔도에 문교를 펼치고 있으니 　　　　知君八道施文化
나의 비천한 시로는 재단해 낼 수가 없다오 　如我賤詩不可裁

봉곡 군이 첩운한 데 화답함

박경행

나의 붓 영재와 디투기엔 부족하니 　　　　彤毫無力鬪英才
가랑비 오는데 청아한 자리에 맑은 시 있네 　清簞談詩細雨來
일역의 문장이 그대 가업에 귀속되니 　　　一域文章歸世業
강산에서 그윽하게 그 풍모를 본다오 　　　江山窈窕見風裁

제암에게 드림

임신언

의례의 빙문하는 글 오늘은 사양하고 　　　儀禮聘文今日辭
영루(營樓)에 오르니 꽃가지가 아름답네 　　登營聊有佳花枝
꺾어서 나에게 보냄에 월궁(月宮) 안인 듯하니 　折來寄我月宮裡
그림자 들어와 삼천세계 문 열리는 듯하구나 　影入三千門戶披

봉곡 군에게 화답함

이봉환

빼어난 문채 지은 글에 드러나니	雕龍文彩見摛辭
고산(孤山)의 몇 가지에 꽃이 피었나	花在孤山芽幾枝
자연을 감상하러 금관에 돌아가니	領略煙霞歸錦管
5월 맑은 바람에 손의 흉금이 열리네	淸風五月客襟披

전운에 첩운하여 제암에게 드림

임신언

문득 읊은 아름다운 시구 백년토록 전해질만하니	忽吟佳句百年辭
훌륭한 시 마치 꽃이 가득 핀 가지와 같다오	錦繡應如花滿枝
본래부터 청신(淸新)한 서기의 자질이니	自是淸新書記美
이역에서 흉금을 터놓았다 할 만하네	可稱異域腹心披

봉곡 군이 첩운한 데 화답함

이봉환

삼첩 양관(三疊陽關)[160]에 술 사양치 않으니	三疊陽關酒莫辭
바닷가 해는 구름 낀 나뭇가지에 드리웠네	垂垂海日仄雲枝

---

160 삼첩 양관(三疊陽關) : 양관은 곡조의 이름으로, 당(唐)나라 왕유(王維)의 시에, "渭城朝雨浥輕塵, 客舍靑靑柳色新. 勸君更進一盃酒, 西出陽關無故人."이라는 것이 있는데 뒤에 악부에 올려서 송별곡(送別曲)을 만들었다. 양관구(陽關句)에 이르면 반복하여 노래하기 때문에 양관 삼첩이라 하고, 또는 위성곡(渭城曲)이라고도 한다.

만리 길 돌아가는 사신 배 시 상자에 가득하니   萬里歸槎詩滿筐
바람 앞 달빛 아래에서 그대 위해 연다오   風前月下爲君披

취설에게 드림

임신언

화려한 붓솜씨에 운연(雲煙)도 떨어지니   雲煙揮落彩華毫
그대 가문에 본래 봉모(鳳毛)[161]가 있는 게지   原自君家有鳳毛
오색의 상서로움은 성현의 시대를 전하니   五色瑞祥傳聖世
사신의 행역에 수고로움을 사양치 마시게   使臣行役莫辭勞

임 비서 군에게 화답함

유후

상서로운 꿈에 그대 오색붓[五色毫][162]을 품었으니   瑞夢君膺五色毫
단혈(丹穴)에 봉모(鳳毛) 있음을 본래 알았다네   元知丹穴有奇毛
교룡과 악어의 앞에서 만 리를 가볍게 여기니   蛟鰐前頭輕萬里
푸른 물결에 흰 머리로 노고를 말하고자 하네   滄波皓髮欲言勞

---

161 봉모(鳳毛) : 각주 48) 참조.
162 오색붓[五色毫] : 각주 157) 참조.

전운에 첩운하여 취설에게 드림

임신언

해서(海西)에서 온 서기 붓 휘두르기를 좋아하니 　　　海西書記好揮毫
우리들은 재주가 없어 봉모(鳳毛)에게 부끄럽구나 　　我輩不才恥鳳毛
훗날 하늘 밖에서 그릴 것이니 　　　　　　　　他日相思天外意
산천만리를 꿈속에서 부지런히 달려가겠지 　　　　山川萬里夢魂勞

해고에게 드림

임신언

금은 궁궐 옛 봉래에 　　　　　　　　　　　金銀宮闕舊蓬萊
삼한의 신선들 표표히 왔도다 　　　　　　　　縹緲三韓仙子才
함께 연회 자리에서 지은 시구 빼어나니 　　　　同在綺筵辭句麗
내일 아침 추억하며 높은 대에 기대리 　　　　　明朝相憶倚高臺

임 서기 군에게 화답함

이명계

하늘 끝 영래(瀛萊)는 향기롭다 하더니 　　　　　曾聞天末香瀛萊
우연히 신선유람 하게 됨에 재주 없음이 부끄럽구나 偶得仙遊媿不才
지는 해 서자국(徐子國)[163]에 아득한데 　　　　落日迢迢徐子國
망향대(望鄕臺)는 어디인지 모르겠구나 　　　　　不知何處望鄕臺

---

163 서자국(徐子國) : 각주 45) 참조.

전운에 차운하여 해고에게 드림

임신언

이름난 서기가 봉래(蓬萊)로 왔으니	英名書記出蓬萊
붓 아래 꽃 생겨나니 이백의 재주로다	筆下生華李氏才
미주 석 잔에 흥을 보낼만하니	美酒三杯堪遣興
시로 우의를 맺고 높은 누대에서 취하누나	結交詞賦醉高臺

임 비서 군이 첩운한 데 화답함

이명계

신선봉우리 우뚝하여 등래(登萊)를 분별하니	仙岑立立辨登萊
맑은 천지 이곳에 재인을 내렸구나	清淑扶輿此降才
취하여 구름종이 잡고 이별의 한을 읊으니	醉把雲牋題別恨
훗날에도 함께 누내 오른 일 기억하리라	異時猶記共登臺

사자관 김 동지의 빼어난 붓솜씨를 보고 이 시를 지어 드림

임신언

종이에 붓을 날려 풍류를 다투니	臨牋飛筆競風流
글자마다 운연이 서려 자유롭도다	字字雲煙爲自由
장전(張顚)[164]에게 본래 빼어남 있다 하지 말게	莫道張顚原有妙

---

164 장전(張顚) : 초성(草聖)으로 불렸던 당(唐)나라의 명필(名筆) 장욱(張旭)을 일컫는다. 술을 좋아하여 대취(大醉)한 상태에서 미친 듯 돌아다니다가 모발(毛髮)에 먹을 묻혀

지금 빼어난 문인이 문원에서 종유하고 있으니　　　　祗今翰墨苑中遊

봉곡 군이 주신 운에 화답함

김천수

붓솜씨 어찌 백영(伯英)[165]의 무리에 비하리오　　　筆才何較伯英流
묘법과 신공이 자유롭지 못하다오　　　　　　　妙法神工不自由
문인들 만난 곳에 흥을 보내니　　　　　　　　翰墨逢場多遣興
화려한 당에서 종일토록 청유(淸遊)를 즐긴다네　　華堂終日好淸遊

사자관 현 호군의 뛰어난 붓솜씨를 보고 이 시를 지어 드림

임신언

벼루 임해 붓 휘두르니 오색구름 새롭고　　　臨池落筆五雲新
신령한 기세 봉황 날고 용이 서린 듯　　　　翥鳳蟠龍勢有神
당시 백영(伯英)의 무리 아닌데　　　　　　不是常時伯英輩
어찌 이리 풍진을 막고 초성(草聖)[166]에 짝한단　何應草聖絶風塵
　　말인가

휘갈겨 썼으므로 세상에서 '장전(張顚)'이라고 불렀다 한다.
165 백영(伯英) : 후한(後漢) 장지(張芝)의 자(字)이다. 초서(草書)를 잘 썼으므로 사람들
　이 초성(草聖)으로 일컬었다.
166 초성(草聖) : 각주 164) 참조.

화원 이 주부에게 드림

임신언

단청빛 몇몇 폭을 보더니	見說丹靑數幅淸
흰 비단에 붓 놀리니 종횡무진한 기세라네	拂來絹素勢縱橫
붓의 농담은 마음에서 나온 것이요	一毫濃淡應心出
오색빛의 천심(淺深)은 붓 휘둘러 생겨나네	五采淺深揮筆生
뛰어난 솜씨 장전(張顚)[167]의 명예를 전하려 하고	妙手欲傳張顧譽
훌륭한 솜씨는 오나라 육기(陸機)의 명성에 값한다오	良工敢賞陸吳名
용처럼 날아가니 작은 글자 어찌 헤아리리	龍翔蠅頭何須數
본연한 천기가 종이 위에 밝다오	原自天機紙上明

양의 조 유학에게 부치다

임신언

본래 편작의 재주 뛰어남을 알았으니	原識扁盧才不常
한국 조정에서 일찍부터 양의라 칭해졌네	韓廷賢俊早稱良
사신의 배 천릿길을 오니	仙槎從使路千里
빼어난 의술로 담 밖의 사람도 알아본다네[168]	神術視人垣一方

---

167 장전(張顚) : 원문의 "張顧"은 미상으로, "장전(張顚)"의 오기인 듯하다. 장전에 대해
    서는 각주 164) 참조.

168 담 밖의……알아본다네 : 편작(扁鵲)처럼 빼어난 의술을 갖추었음을 말한 것이다.
    전국(戰國) 시대의 신인(神人) 장상군(長桑君)이 편작에게 무슨 약물을 주면서 그 약을
    먹고 나면 무언가 보이는 게 있을 것이라고 했는데, 편작 이 그 약을 먹은 후 담을 보았더
    니 담 밖의 사람이 훤히 투시되어 그 후로는 사람을 보아도 그 사람 오장육부가 훤히
    보여 병이 어디에 있음을 금방 알았다고 한다. 『史記 扁鵲倉公列傳』

금궤의 저서는 열병을 논하고　　　　　　　　金匱著書論疾疢
청낭(靑囊)의 약은 고질병을 낫게 한다네　　靑囊貯藥辨膏肓
죽어가는 이 살리는 것이 그대 가업이니　　回生起死君家業
세상을 구하는 고아한 명성 어찌 잊으리　　濟世高名豈可忘

비서감 임공이 주신 운에 차운함

조숭수

태학원에서 특출하고　　　　　　　　　　　太學院中特出常
비서성에서 가장 어질다네　　　　　　　　　秘書省裡最賢良
청련(靑蓮)의 운수(雲樹)[169]처럼 시에 대적할 이 없고　青蓮雲樹詩無敵
백리(伯鯉)의 가정[170]처럼 의에 방도가 있구나　伯鯉家庭義有方
묘기는 도리어 신이 전수한 비결에 부끄럽고　妙技還慚神授訣
비천한 재주 병이 고황이 됨을 알겠네　　　賤才寧識堅謀肓
주신 시편에 참신한 어구 많으니　　　　　投來瓊什多新語
그대 그리며 잊지 못하리라　　　　　　　　懷憶伊人不可忘

169　청련(靑蓮)의 운수(雲樹) : 청련은 청련거사(靑蓮居士)의 약칭으로, 이백(李白)의 별호(別號)이다. 두보(杜甫)가 위북(渭北)에 있을 때 강동(江東)에 있는 이백(李白)을 그리며 지은 「봄에 이백을 그리며(春日憶李白)」라는 시에 "위북에는 봄 하늘 아래 나무요, 강동엔 저물녘의 구름이로세.[渭北春天樹 江東日暮雲]" 하였는데, 그만큼 훌륭한 시를 가리킨다. 『杜詩詳註 卷1』

170　백리(伯鯉)의 가정 : 가정에서 학문을 익히는 것을 가리키는 말이다. 공자(孔子)가 일찍이 뜰에 지나가는 그의 아들 이(鯉)를 불러 세우고 시(詩)와 예(禮)를 배워야 한다고 훈계한 고사가 있다. 『論語 季氏』

조선의 대신 삼공께서 귀방의 물품을 주신 데 사례함

비서감 임신언

귀한 선물 주심에 정 더욱 친밀하니	佳餉寄來情更親
타국의 정교한 제작 보배에 걸맞네	異邦精製最稱珍
그대의 후의에 보답하기 더욱 어려우니	蒙君厚意尤難報
내게 오색빛깔 운연(雲煙)을 주셨네	惠我雲煙五色新

이상은 종이에 관한 것이다.

학해(學海)에 넉넉한 정 있음을 알았는데	原知學海有餘情
정교한 붓 주시니 빼어난 기교로 만든 것일세	投贈纖毫巧製成
붓 휘두르니 어찌 떠들썩했던 때를 잊으리오	揮罷豈忘高誼在
사림(詞林)에서 옥당의 영화를 기다리고자 하네	詞林欲待玉堂榮

이상은 붓에 관한 것이다.

만 리의 정으로 푸른 돌 가져오시니	蒼璧携來萬里情
난사 향기 머금어 색은 더욱 곱구나	香含蘭麝色尤淸
지금으로부터 문방우가 될 것이니	從今堪作文房友
안석 위에 먹 안개 피어나리라	机上唯看黑霧生

이상은 먹에 관한 것이다.

요지(瓊池)에 선우(仙雨) 내리는 때 다시 언제려나	瓊池仙雨更何時
영롱한 색과 날아다니는 향기 매우 빼어나구나	榮色飛香味甚奇

은근히 덕과 은혜 베푸시니 　　　　　　爲謝慇懃施德惠
가난한 선비는 한 편의 시로 갚는다네 　　寒儒酬得一篇詩

이상은 백자(栢子)에 관한 것이다.

미선(尾扇)을 부치시니 　　　　　　　　寄來尾扇欲云云
세 사신의 후한 정 몹시 감동스럽네 　　深感厚情三使君
제나라 비단의 고운 빛 수고롭게 하지 않아도 　不倦齊紈霜雪色
손에 쥐면 남훈(南薰)[171]을 일게 하리라 　應同掌握動南薰

이상은 미선(尾扇)에 관한 것이다.

아름다운 화문석은 절실한 교정의 상징이니 　彩文花席切交情
천만 개의 실로 세밀히 짜 만들었네 　　萬縷千絲細織成
멀리서 오향(五香)을 가져다주시어 더욱 소중하니 　遠惠五香尤可愛
바람 앞 달빛 아래 빛나는 광채를 뿜는다오 　風前月下有輝瑩

이상은 화문석(花紋席)에 관한 것이다.

귀방의 명장이 만든 옥선(玉扇) 　　　　貴邦玉扇有良工

171　남훈(南薰) : 순(舜) 임금이 오현금(五絃琴)을 처음 만들어 타면서 남풍시(南風詩)를 지어 노래했는데, 그 시에 "남풍의 훈훈함이여, 우리 백성의 노염을 풀어 줄 만하도다. 남풍이 제때에 불어옴이여, 우리 백성의 재물을 풍부하게 하리로다.[南風之薰兮 可以解吾民之慍兮 南風之時兮 可以阜吾民之財兮]"라고 한 데서 온 말로, 곧 남풍을 가리킨다. 『孔子家語』

내려주심에 깊은 정을 알 수 있다오　　　　　　投惠可知情意濃

명월의 빛 걸어두고 감상하노니　　　　　　　　珍玩揭開明月色

인후한 바람으로 상역(桑域)을 들어 올리겠구나　奉揚桑域是仁風

이상은 부채에 관한 것이다.

학사 박공과 서기 세 군께 아룀

관안수

지난번에 수빙(修聘)의 일을 듣고, 뵙기를 도모한 것이 오래되었습니다. 지금 좨주의 서기로서 외람되이 모시게 되어, 성대한 연회자리에서 제군들의 빼어난 용모를 접하니, 평생토록 이보다 더한 영광이 없겠습니다. 제 성은 관(關), 이름은 안수(安修), 자는 자경(子卿), 또다른 자는 군장(君長), 호는 운대(雲臺)이며 무주(武州) 사람입니다. 임좨주(林祭酒)의 문인이며 국학의 생원입니다.

관수재에게 답하다

박경행

한번 자리에서 만나고 서로의 우정이 이미 가득했는데, 더구나 편지까지 받으니 매우 감격스럽습니다. 제 성명은 이미 기록된 것이 있을 것이니 다시 말씀드리지 않습니다.

학사 박공에게 드림

관안수

유자가 고삐 잡고[172] 동쪽으로 오니	儒臣攬轡入東方
함께 풍류의 저작랑(著作郎)을 말하네	共說風流著作郎
검패(劍佩)의 성가는 금전(金殿)에 맞먹고	劍佩聲當金殿響
의관의 그림자는 옥당(玉堂)을 비추네	衣冠影映玉堂長
성은을 입어 문장의 동산에서 휴식하고	承恩休息篇章囿
총애를 받고 전적(典籍)의 마당에 노닌다오	賜寵優遊典籍場
그대 석량각(石梁閣)에서 경전을 논하니	君自談經石梁閣
지금에도 한나라 현인의 어짊을 갖추었구려	唯今不減漢賢良

관수재의 운에 화답함

박경행

돛대 앞 선교(仙嶠)에서 단방(丹方)을 묻노니	帆前仙嶠問丹方
뛰어난 재주 드날림에 기특하고 준걸한 사내로다	逸藝翩翩奇俊郎
푸른 바다를 들이마신 지기 독보적이고	志吸滄溟應獨步
영악(靈岳)에서 갈고 닦은 기운 누구에 비하리오	氣摩靈岳較誰長
신선굴에 강산의 모습 희미하고	江山隱約神仙窟
한묵(翰墨)의 마당에 차와 술 가득하네	茶酒淋漓翰墨場
일역(日域)에 본디 문교가 있었으니	日域元來文化發

---

172 고삐 잡고 : 후한(後漢) 범방(范滂)이 기주 자사(冀州刺史)로 나갈 적에, "수레에 올라 고삐를 잡고서는 천하를 정화시킬 뜻을 개연히 품었다.[登車攬轡 慨然有澄淸天下之志]"라는 고사가 있다.

뛰어나고 밝은 이들과 교제한다오 　　　　奇才況又際明良

봉사 이군에게 드림

관안수

성 머리 밝은 달빛 본디 들었는데	玄冤城頭元自聞
사신의 품은 부절 햇빛에 나뉘네	使臣擁節日邊分
새로운 시는 봄에 서릉(西陵)의 눈을 녹이고	新詩春動西陵雪
채색한 붓은 북저(北渚)의 구름에 추위를 일게 하네	彩筆寒生北渚雲
누대 안 구슬은 밝은 달빛을 띄고	臺裡珠懸明月色
갑 속 검은 열성(列星)의 글을 범하네	匣中劍犯列星文
그대 가문 길이 용문(龍門)의 일을 말할 것이니	君家長說龍門事
두 땅의 인재들이 다시는 이처럼 모이지 못하리	兩地才名更不群

관수재에게 화답함

이봉환

부상의 먼 자취 전에 자세히 들었는데	扶桑遐躅㦮前聞
아침저녁 누대 위에 해와 달이 나뉘네	朝暮樓頭日月分
연꽃 핀 봉우리에 눈 남아있고	菡萏半天峰有雪
산호초 심어진 바닷가에 구름 생기누나	珊瑚幾樹海生雲
산천은 영험하게 밝고	山川不盡靈應炳
풍수는 환히 문채가 있도다	風水從來煥有文
옛 절의 묵화는 불우(佛雨)를 적시는데	古寺墨花霑佛雨
그대 이슬 젖은 소매 여러 신선을 당기네	愛君霞袂挹仙群

봉사 유군에게 드림

관안수

중원(中原)에 사신 왔음을 알리니	中原報道使星來
바다기운 갈석(碣石)에 임하여 열리네	海氣遙臨碣石開
다섯 마리 말로 새로 다스리는 고을 조화롭게 하고	五馬預和新領郡
두 마리 용 예전에 오른 누대를 살펴보네	二龍長視舊登臺
일월을 재단한 시 자리에 가득하고	裁詩日月筵間滿
운연(雲烟)을 읊은 붓놀림 자리에서 재촉하네	揮筆雲烟坐上催
문장의 능란함 누구에 비하리	詞翰縱橫誰得似
그대 매우 뛰어난 재주를 지녔다오	推君自是不群才

관수재에게 화답함

유후

쓸쓸하던 절에 손들이 줄지어 오니	蕭寺聯翩詞客來
사립문 쓸어 이끼를 거두었네	禪扉爲掃綠苔開
나그네 회포에 강에서 선성(宣城)[173]의 비단 쏟아내고	旅情江瀉宣城練
고향 생각에 노두(老杜 두보)의 대에 오른다오	鄉思樓登杜老臺
한창 한가로이 대하며 맑은 담소 나눠 기쁜데	清晤方忻閑對穩
지는 해는 무슨 일로 곳곳마다 재촉하는가	落暉何事處相催
천화(天花)는 적막하고 금사(金沙)는 저무는데	天花寂寂金沙晚
채색 붓 고아한 글에서 그대 재주를 보네	彩筆辭高見爾才

---

173 선성(宣城) : 선성은 남조 제(齊)나라의 사조(謝朓)로, 자는 현휘(玄暉)인데, 선성
   태수(宣城太守)를 지냈기 때문에 이렇게 불린다.

진사 이군에게 드림

관안수

절강의 조수 평온하다 들었는데	聞說浙江潮水平
사신의 배 아득히 봉영(蓬瀛)을 방문했네	仙槎縹渺訪蓬瀛
명주는 청운의 자리를 비추고자 하고	明珠欲照靑雲坐
맑은 곡조는 백설의 소리를 전할 것이네	淸調將傳白雪聲
사절(使節)은 낙랑군으로 멀리 통하고	使節遙通樂浪郡
객성(客星)은 무창성으로 이동하네	客星先轉武昌城
서대(西臺)에 들어가 아뢰며 임금을 받들 것이니	西臺入奏推君在
기둥에 해외의 명성이 길이 걸리리	柱下長懸海外名

관수재의 운에 화답함

이명계

이 유람을 평생 잊지 못하리니	玆遊應不負生平
비단돛 상아돛대로 구영(九瀛)을 건너왔네	錦颿牙檣度九瀛
한번 바다 건너감에 낯선 땅 아니니	一自梯航無異域
비로소 문자와 수레바퀴 같음을 보았네	始看文軌有同聲
차 연기 다하는데 바람은 절에 불어오고	茶烟欲盡風歸院
유자비 개자 구름은 성에 가득하네	橘雨初收雲滿城
동으로 와서 얻은 시 상자에 가득하니	且喜東來詩溢篋
북으로 돌아간 훗날 훌륭한 명성 기억하리	北歸他日記芳名

학사 박공과 서기 세 군에게 드림

안등사겸

사신의 배가 서쪽에서부터 옴에 아름다운 명성 널리 퍼져, 사모하고 우러른 지가 여러 달이었습니다. 근자에 여정이 편안하시고 얼마간 머무신다 들었는데, 오늘 비서의 서기로서 엄연한 풍모를 접하게 될 줄은 생각지도 못했으니 매우 기쁩니다. 제 성은 안등(安藤), 이름은 사겸(思謙), 자는 자익(子益), 호는 매령(梅嶺)이며 찬기사람입니다. 임쾌주의 문인이고 국학의 생원입니다.

안등수재에게 답하다

박경행

한번 자리에서 만나고 서로의 우정이 이미 가득했는데, 더구나 편지까지 받으니 매우 감격스럽습니다. 제 성명은 이미 기록된 것이 있을 것이니 다시 말씀드리지 않습니다.

학사 박공에게 드림

안등사겸

계림의 문사들 모두 호걸이니	鷄林文士皆豪雄
영주(瀛洲)에 올라[174] 현로(賢路)가 통했음을 알겠네	料識登瀛賢路通
예복은 주나라 왕실의 아름다움이요	法服制傳周室美

---

174 영주(瀛洲)에 올라 : 각주 159) 참조.

유자의 관은 노나라 사람의 풍모로다　　　　　儒冠色慕魯人風

돛 달고 가는 창해는 봄날 무탈하고　　　　　掛帆蒼海春無恙

말곁에 백운 깔린 길 다함이 없도다　　　　　傍馬白雲途不窮

천리 산천에 기상이 많으니　　　　　　　　　千里山川多氣象

새로 지은 시 빼어나 금낭(錦囊)에 들이네　　新題總入錦囊工

안등수재의 운에 화답함

박경행

시단의 북과 깃발 나라의 영웅이니　　　　　騷壇旗鼓一邦雄

창해에 드리운 의관은 만리로 통하네　　　　滄海衣冠萬里通

배는 이미 악어굴을 지났고　　　　　　　　　舟楫已經鯨鰐窟

문장은 마우풍(馬牛風)[175]에도 막히지 않았구나　文章不隔馬牛風

안개 속 유자나무 볼수록 멀어지는데　　　　烟中橘柚看逾遠

구름 사이 부용(芙蓉)과 어느 것이 이치를 다하였나　雲際芙蓉理孰窮

비단에는 붓마다 오색을 다투어 그려내니　　鮫錦爛爭毫五色

천기는 칠양(七襄)[176]의 일로 들어가네　　　天機俱入七襄工

---

175 마우풍(馬牛風) : 매우 멀리 떨어진 것을 형용한다. 춘추 시대 초자(楚子)가 자기 나라로 쳐들어온 제 환공(齊桓公)에게 "임금께서는 북해(北海)에 살고 과인은 남해에 사니 바람난 소나 말[風馬牛]도 도달할 수 없는 거리입니다."라고 한 데서 유래하였다. 『春秋左氏傳 僖公4年』

176 칠양(七襄) : 『시경』「소아(小雅) 대동(大東)」에 "하늘에 은하수가 있으니 봄에 또한 빛이 있으며 삼각(三角)으로 있는 저 직녀성(織女星)은 종일토록 자리를 일곱 번 바꾸도다.[維天有漢 監亦有光 跂彼織女 終日七襄]"라고 한 데에서 온 말이다.

봉사 이군에게 드림

안등사겸

비단 닻줄과 상아 돛대 사신의 배가 닿으니	錦纜牙檣艤客船
아득히 해동의 하늘을 멀리 가리키도다	淼茫遙指海東天
산하에 길 익숙해 천리로 통하니	山河路熟通千里
입술과 이처럼 가깝게 사귄 것이 몇 년이던가	脣齒隣交更幾年
양백기(楊伯起)[177]와 같은 명성 일찍이 들었고	聲譽曾聞楊伯起
이청련(李青蓮)[178]과 같은 풍모도 뵈었다네	風標兼見李青蓮
기쁘게도 우주 안 동문(同文)을 만난 날에	幸逢宇內同文日
수창하며 어찌 역관이 전하도록 하겠는가	酬答何勞譯者傳

안등 군에게 화답하다

이봉환

푸른 바다 진나라의 배 이르러 개국하니[179]	滄溟開國自秦船
육십 주는 만 리 하늘에 뻗쳐있네	六十州長萬里天
죽간의 온전한 경전은 불타지 않았고	簡竹全經曾脫火

---

177 양백기(楊伯起) : 백기는 후한(後漢) 때 사람인 양진(楊震)의 자이다. 청렴결백하여 자기가 추천한 사람 왕밀(王密)이 밤중에 몰래 황금(黃金) 10근을 갖다 주자, 그는 "하늘이 알고 땅이 알며, 내가 알고 자네가 아는데 이런 짓을 할 수 있는가?" 하면서 왕밀을 꾸짖으니, 왕밀이 부끄러워 물러갔다는 고사가 있다.

178 이청련(李青蓮) : 청련은 당(唐)나라의 시인 이태백(李太白)의 호이다.

179 푸른 바다……개국하니 : 진시황(秦始皇)이 서복(徐福)을 보내 삼신산(三神山)의 불사약(不死藥)을 구하게 하였는데, 그가 뒤에 일본에 건너갔다는 설이 있다. 『史記 秦始皇本紀』

부용은 눈이 쌓여 나이를 모르겠구나 芙蓉層雪不知年

사람은 옥수(玉樹) 같아 붓에 꽃이 피는 듯하고 人同玉樹花生筆

비 가득한 절에 연꽃에 떨어지는 빗소리 들려오네 雨滿琳宮漏聽蓮

북으로 소매 속에 여의주를 가져가면 北返驪珠携映袖

높은 명성 사신의 배로 한껏 전해지리 高名贏得一槎傳

봉사 유군에게 드림

안등사겸

부상에 해 솟아 천지를 비추는데 扶桑日出照乾坤

구름 속 돛단배 바다를 건너왔네 時是雲帆渡海門

은나라 의관으로 옛 예절 갖추었고 殷末衣冠餘舊禮

한나라 조정의 은혜가 무젖어 새롭다오 韓庭雨露浴新恩

유주(柳州 유종원(柳宗元))는 당대에 문장으로 柳州一代文章美
　빼어났고

위나라는 천년토록 사직을 보존했네 衛國千年社稷存

이방이라 이야기 나누기 어렵다 하지 마소 休道異方難晤語

마음으로 합하니 서로 말조차 잊었네 好將心契兩忘言

안등아사에게 화답함

유후

하늘 끝 광활한 바다에 땅은 없더니 天末海闊始無坤

하구의 산 밑에 홀연 문이 있었네 河口山低忽有門

함께 행장 꾸려 일역(日域)에 오름이 기쁘고 共喜行裝登日域

건너기 편안함에 군은(君恩)을 입었음을 알겠네　　沃知利涉荷君恩

신선의 소식은 봉호(蓬壺)에 가깝고　　神仙消息蓬壺近

과두(蝌蚪)의 문기는 옻칠한 나무판에 보존되었네[180]　　蝌蚪文氣漆管存

마음이 서로 비추어 맞는다면　　若使心期照相契

서로 대하여 말없음이 무슨 문제이리　　何妨相對兩無言

진사 이군에게 드림

안등사겸

황금은 본디 연대(燕臺)[181]를 본뜬 것이니　　黃金本自擬燕臺

당시에 사람들이 모두 추중했음을 알겠구나　　定識當時人共推

여러 사람 모인 연회 자리에 기쁘게 만나니　　高宴欣逢冠履會

대국의 인재들 동량의 재주에 손색이 없도다　　大邦不乏棟梁村

함곡관의 상서로운 기운은 그대 맞이해 일렁이고　　函關紫氣迎君動

합포(合浦)의 진주[182]는 달빛에 반짝이네　　合浦明珠照夜開

---

180 과두(蝌蚪)의……보존되었네 : 과두(蝌蚪)는 고대 문자의 하나로 황제(黃帝) 때의 창
일(蒼頡)이 지었다고 한다. 글자의 획이 올챙이 모양과 같으므로 과두(蝌蚪)라 했다. 여
기서 칠관(漆管)은 칠간(漆簡)의 오류로 보이는데, 칠간이란 옻칠로 글씨를 쓴 나무판이
다. 공씨 벽장 칠간은 한 무제(漢武帝) 때 노공왕(魯恭王)이 궁궐을 확장 수리하기 위해
공자의 옛집을 헐다가 벽장 속에서 과두문자(蝌蚪文字)로 쓰여진 문헌을 다수 발견하였
다는 데서 인용한 것이다.『漢書 卷53 景十三王傳 魯恭王』

181 연대(燕臺) : 전국 시대 연 소왕(燕昭王)이 역수(易水) 가에 지은 대명(臺名)으로,
금대(金臺) 또는 황금(黃金臺)라고도 한다. 연 소왕이 일찍이 이 대를 지어 놓고 천하의
현사(賢士)들을 불러들여 악의(樂毅) 같은 현사들이 모두 초빙되었다고 한다. 또 황금대
라는 명칭은 바로 이 대 위에 천금을 비치고 천하의 현사를 초빙한 데서 붙여진 것이라
고도 한다.『戰國策 燕策1』

182 합포(合浦)의 진주 : 후한 때 합포군(合浦郡)은 곡물은 나지 않고 바다에서 나는 진주

사귀는 모습 어찌 호월(胡越)[183]로 막혔다 하겠는가 　交態何論胡越隔
돈후한 정이 시 속에 갖추어졌다네 　厚情好向賦中裁

안등 군에게 화답함

이명계

머무르는 동안 죽리대에 자주 올라 　留滯頻登竹裏臺
신선은 퇴고하느라 근심하였네 　浪仙愁思入敲推
만나는 이는 모두 기룡(騎龍)의 재주를 지녔는데 　逢人盡是騎龍手
나는 의마(倚馬)의 재주[184]가 영 아니로구나 　顧我永非倚馬才
패옥의 그림자 멀리 흐르는 물에 따르고 　蘭珮影隨流水遠
구름 걷힌 하늘에 지미(芝眉)의 기운 더불도다 　芝眉氣與霽雲開
그대에게 의지해 상사곡을 짓고자 하니 　憑君欲作相思曲
백 폭의 비단에 함께 지어내길 바란다오 　百幅鮫綃擬共裁

전체 5권 중에 3책은 추후에 나올 것이다.

가 가장 중요한 물산이었는데, 수령들이 탐학하여 진주를 마구 끌어 모으자 진주가 마침
내 인접한 교지군(交阯郡)으로 가 버려 더 이상 나지 않게 되었다. 그러다 맹상(孟嘗)이
수령으로 부임하여 예전의 폐단을 혁파하자 1년도 못 되어 진주가 다시 돌아왔다. 『後漢
書 卷76 循吏列傳 孟嘗』

183 호월(胡越) : 호(胡)는 북쪽 지방에, 월(越)은 남쪽 지방에 있었으므로 거리가 먼 것을
칭한다.

184 의마(倚馬)의 재주 : 문장을 민첩하게 짓는 사람을 이르는 말로 진(晉)나라 환온(桓
溫)이 북정(北征)할 때 원호(袁虎)가 말에 기댄 채 잠깐 사이에 격문(檄文)을 7장이나
지어낸 일에서 비롯된 것이다. 『世說新語 文學』

관연(寬延 칸엔) 개년(改年) 무진년(1748) 9월

일본교통(日本橋通) 일정목(壹町目)[185]

어서물사(御書物師)[186] 출운사(出雲寺) 화천연(和泉掾)[187] 수재(繡梓)

---

185 일본교통(日本橋通) 일정목(壹町目) : "니혼바시 도오리 이초메"로, 출판된 주소를 말한다.

186 어서물사(御書物師) : 막부의 어용 서사(書肆)를 뜻한다.

187 출운사 화천연(出雲寺和泉掾) : 출운사 화천연[出雲寺和泉掾, 이즈모지 이즈미노조]는 에도시대 초기에 창업하여 메이지 시대까지 지속된 서점이다. 출운사라는 이름은 창업 시의 지명에 의거했다고 한다. 경도[京都, 교토]의 금출천[今出川, 이마데가와]에서 개업하였으며 서점이 되기 이전에는 주조가(酒造家)였다. 초대 임원진(林元眞) 때에 화천연이라는 관직명을 허가받아 이후 계속 사용했다. 2대째인 임시원(林時元) 때에 강호[江戸, 에도] 일본교[日本橋, 니혼바시] 1정목(町目)에 출점하였으며 어서물사(御書物師)로 정해져 막부의 어용 서점이 되었다. 경도로부터 책의 사본을 들여와 출판하여 서점으로서 동부에 문화를 전파하는 역할을 달성했다고 일컬어진다. 8대째부터 강호점과 경도점을 분리하여 경도점을 출운사 문치랑[出雲寺文治郎, 이즈모지 분지로]이라고 칭했다. 화한(和漢)의 고전을 중심으로 출판 사업을 이어나갔으며 서점으로서 제일의 격식을 갖춘 노포(老舗)였다.

韓館贈答

詩人爵里

國子祭酒: 姓林, 名信充, 字士億, 號快堂, 又號榴洞。寶永甲申舉經筵講官, 享保癸卯敍朝散大夫, 任今官。寬保癸亥儲君侍讀。

秘書監: 姓林, 名信言, 字士雅, 一字子恭, 號鳳谷, 別號松風亭。元文戊午舉經筵講官, 延享丁卯敍朝散大夫, 任今官。

林信亮: 字伯虞, 號菊溪, 家世國學教官。

野梁: 字子顯, 號鶴川, 國學教官實函子。

南太元: 字君初, 號月湖, 又號滄浪, 評定所儒官。

德力良弼: 字浚明, 號龍潤, 評定所儒官。

土田貞儀: 字子羽, 號虯壑, 評定所儒官。

一色範通: 字倫敍, 號芳桂, 東都人, 國學生長。

小室直: 字公道, 號汶陽, 東都人, 國學生長。

片岡直容: 字子先, 號赤岸, 又號潛室, 忍侯儒臣。

飯田煥: 字文緯, 號芳山, 彥根侯儒臣。

岡井孝先: 字仲錫, 號嵊州, 讚岐侯儒臣。

深津珪: 字石卿, 號石門, 武州人, 前橋侯儒臣。

中村文輔: 字文輔, 號君山, 讚岐侯儒臣。

井上敬致: 字義民, 號朱水, 津和野侯儒臣。

榊原通嘉: 字伯亨, 號滄洲, 東都人, 國學生。

井上儀備: 字子文, 號石溪, 越前州人, 國學生。

矢崎永綏: 字克紹, 號龍山, 東都人, 大衛隊騎吏。

後藤世鈞: 字守中, 號芝山, 讚岐人, 國學生, 試本州文學。

木部惇: 字子翼, 號滄洲, 東都人, 守山侯儒臣。

桃生盛: 字懋功, 號百川, 石州人。

今井兼規: 字子範, 號崑山, 東都人, 左倉侯儒臣。

衣笠一隆: 字師道, 號恭齋, 奧州 會津人, 國學生。

澁井孝德: 字子章, 號太室, 武州人, 左倉侯儒臣。

菊池武愼: 字伯修, 號訥齋, 東都人, 國學生。

安藤思謙: 字子益, 號梅嶺, 讚岐人, 國學生。

屋代安章: 字仲謙, 號桃溪, 北條侯儒臣。

多湖宜: 字元室, 號松江, 世仕松本侯。

關安修: 字子卿, 一字君長, 號雲臺, 武州人, 國學生。

朝鮮

洪啓禧: 字純甫, 號澹窩, 南陽人。乙巳進士, 丁巳文科壯元, 見任
通政大夫吏曹參議國子監大司成知製敎。以通信正使來。

南泰耆: 字洛叟, 號竹裏, 宜寧人。壬子文科亞元, 見任通訓大夫行
弘文館典翰知製敎兼經筵侍讀官春秋館編修官。以副使來。

曹命采: 字疇卿, 號蘭谷, 昌寧人。丙辰文科, 見任通訓大夫行弘文
館校理知製敎兼經筵侍讀官春秋館記注官。以從事官來。

朴敬行: 字仁則, 號矩軒。癸丑進士, 壬戌庭試, 見任國子監典籍。
以製述官來。

李鳳煥: 字聖章, 號濟庵。癸丑進士, 歷官大理丞, 見任大倉郎奉

事。以正使記室來。

　柳逅: 字子相, 號醉雪。見任南部郎奉事。以副使記室來。

　李命啓: 字子文, 號海皐。辛酉進士。以從事官記室來。

　金天壽: 字君實, 號紫峯。嘉善大夫同知。以寫字官來。

　玄文龜: 字耆叔, 號東岩。護軍。以寫字官來。

　李聖驎: 字德厚, 號蕪齋。主簿。以畫員來。

　趙崇壽: 字敬老, 號活菴。幼學。以良醫來。

　詩人爵里　終

韓館贈答卷之一

《奉朝鮮國正使澹窩 洪公》　　　　　　　　國子祭酒林信充

長江萬里泛三船, 從者如雲相後先。鳴佩金魚趨殿響, 含書瑞鳳繞
霄傳。尊階高爵通交足, 肥馬輕裘致命專。傾蓋逢迎眞舊識, 論文問
字接君邊。

《奉朝鮮國副使竹裏 南公》　　　　　　　　　　林信充

茲日識荊事不空, 良緣期至接諸公。春秋館務舊新別, 海陸行程險
岨通。學力之多才力富, 語言雖異筆言同。吾今何幸將衰老, 三十餘
年三見風。

《奉朝鮮國從事官蘭谷 曹公》　　　　　　　　　林信充

此地山川與澗溪, 詩章多少附囊奚。路經海陸水源達, 星別參商氣
象齊。把筆座中如擲玉, 校書閣上欲燃藜。從來爲有善隣約, 今日仁

風東又西。

六月十四日, 三使和章, 自品川驛 東海寺至, 乃記諸左。

≪奉日本國國子祭酒林公案下≫　　　　　　　通信正使洪啓禧
靈光三閼北來船, 南斗高名屈指先。滄海獨尸前聖祀, 靑氈能保故
家傳。詩淸梅館孤山近, 經秘蘭臺博士專。萍鹿賓筵笙瑟合, 異時魂
夢寄雲邊。

前韻未酬, 贐章繼至, 不獨盛意良勤, 亦以見騷場矗鑠之興也。一
律搆拙久矣, 特以未幹事不爲閿謾傳筒。今初奉上以博一粲, 行意甚
忙, 後作無奉和, 可恨可恨。昔年酬唱錄之書惠, 感荷何止?

≪奉日本國國子祭酒林公案下≫　　　　　　　副使南泰耆
孤山文彩未全空, 鶴瘦梅寒宛對公。詩自瞻該三世著, 學應綜博九
流通。天淸茶酒華筵敵, 樓逈冠裳異域同。好意須看言語外, 芝眉爭
挹老成風。

≪奉呈祭酒林公足下≫　　　　　　　　　　從事官曹命采
向席面承瓊投, 伊後疊荷珠璣滿篋, 時庸展玩, 歸橐有光。宜效瓜
報, 以貢珍謝之意, 而性懶吟詠, 手亦甚拙, 兼以裝發在明, 擾惱罔
暇。僅搆一絶, 玆呈瓦缶鄙音, 幸哂覽休却。

百年冠蓋友邦來, 文字交談好意開。謾詠元非華國術, 莫敎剞劂病
擅材。

≪奉復從事官曹公閣下≫　　　　　　　　　　國子祭酒林信充

驛亭忽傳閣下手書，伏審以使事忽忽，而不暇瑤報。在途賜一絕，示辭丁寧，感佩有餘。實知紛冗之間，墨痕奇麗，可以拭目也。乃復次高韻以附使价，時維炎暑，奉職自珍。

隣國舊好使槎來，館裡相逢歡笑開。衰老我難支一木，羨君强健棟梁材。

≪謹贈朝鮮國正使通政大夫澹窩 洪公詩三章≫　　　秘書監林信言

箕邦文物到扶桑，更識海雲千里長。專對祇今誰得似？修辭原自獨無疆。衣冠制度遵齊 魯，劍珮儀容效漢 唐。相遇最欣賓館上，彩毫揮落幾篇章。

≪又≫

八條禁制至今存，殷國太師風尙敦。隣好兩情超海岳，壇盟千歲指乾坤。都人爭見羽旄盛，朝士殊知車蓋屯。聘禮舊儀皆斗仰，嘉賓成列向城門。

≪又≫

弭節江城五月秋，梅花笛裏不知愁。鳳凰覽德翔千仞，鳲鵲傳名築一樓。曾在漢陽詞賦遍，今過日域旅情悠。善隣交厚唧王命，已到扶桑六十州。

≪謹贈朝鮮國副使通訓大夫竹裏 南公詩三章≫　　　　林信言

金剛山頂坐氤氳，遙指日東滄海雲。仙珮已過岐島月，星槎應賞廣

陵濱。黃梅雨霽旌旗遍，玉節天高纛鉞分。那更今朝叨接遇？深知鰈
域國華文。

《又》

薰風徐起客車塵，日域 漢江通海濱。何處樓臺連蜃氣，幾時島嶼見
鮫人？星槎遙指扶桑樹，旅服先來析木津。偉器宏才殊覽德，卽知玉
帛兩邦親。

《又》

日東遊覽有文華，使節相輝奪曉霞。無限行程專對意，應知州郡往
來賒。鹿鳴宴樂聘儀盛，魚藻詠吟詞翰加。相見百年隣好禮，更敎玉
帛問邦家。

《謹贈朝鮮國從事官通訓大夫蘭谷 曹公詩三章》　　　　林信言

遠含綸綍使軺來，百載交歡瑞氣開。季札千年風可見，陳思八斗賦
應催。春秋館裏儒臣業，漢水城中詞客才。好是欣逢箕聖化，九疇洪
範實悠哉!

《又》

何憚山川跋涉難，朱輪畫舫自三韓。千年交會情無盡，萬里經行興
不闌。已是郊關迎緩冕，幾多館舍接衣冠。問君鴨綠江前水，孰與芙
蓉山下灘?

《又》

海國東西修好時，應論《四牡》似《周詩》。衣冠自是星軺過，旌

斾遙臨金闕移。綵筆如椽雲霧繞, 明珠將月簡篇披。堂堂賓館威儀客, 高唱皇華≪小雅≫辭。

六月十四日, 三使和章自品川驛 東海寺來。故載諸左。

≪奉日本國秘書林公詞案≫　　　　　　　　通信正使洪啓禧
心隨旄節償蓬桑, 瓊嶋逢君夏緣長。好是彤毫能代譯, 何論滄海各分疆? 情連縞紵邦通晉, 世掌絲綸譽擅唐。如日生同年力富, 莫將珪質汩詞章。

≪又≫

潤藻溪毛信誓存, 百年邦好永相敦。天文照爛星分翼, 王事從成卦遇坤。儕接高樓忘日昃, 睽離積水見雲屯。羅浮明月長流影, 詞翰迎槎只一門。

≪又≫

諸卿各賦慕春秋, 嘉樹詩成已別愁。漆簡應傳徐子國, 深衣相見梵王樓。高雲易散他生遇, 太海重浮一路悠。斟酌文通凄骨語, 蟬聲荷葉渺江州。

瓜報業已摭置, 而使事未竣, 不遑爲間謾酬應, 今始奉呈。頃日七絶及序文并承領, 而行期隔日, 治任擾擾, 未免爲萬里逋償, 良可歎也。

≪奉日本國秘書監林公座下 ≫　　　　　　　副使南泰耆
扶桑瑞靄望氳氳, 旭日欣瞻轉曉雲。城闕馳心清漢北, 樓船回首浪

江濆。迢迢鄕思山川阻，滾滾天機節序分。池上鳳毛君卽是，一堂相
對喜同文。

《又》

擊轂摩肩漲市塵，大城包絡海東濱。家家臺榭窓臨水，箇箇詞華玉
抵人。畏日天低雲墜地，蕭簹岸黑雨迷津。對君眉眼愁全失，不妨無
言意默親。

《又》

芸臺君自擅聲華，光動毫端五色霞。瓊韻忽來情可挹，星槎欲返路
重賒。雲開遙海歸帆杳，雨響虛簹別意加。日域文章如有問，靑氈詞
學說林家。

《奉呈秘書監林公足下》　　　　　　　　　從事官曹命采

面賜之章、伻投之序，珍玩何謝，而撚髭不間，脂轄且忙，不能步和
瓊韻。歉愧且悚之意，已於椿府，告之矣。一般鄙懷，玆不疊煩，幸笑
恕之。

不吟猶秉管，千里得詩豪。四世文章地，丹山□瑞毛。

《奉謝從事官曹公閤下》　　　　　　　　　秘書監林信言

幸有瓊瑤贈，開緘意氣豪泰山，君美譽愧我似鴻毛。賜垂靑之後，
不接淸話。僕官事無暇，不能拜趨館中，而爲別遺憾，亦曷可言也。嚮
以木瓜投閤下，使事頻煩，不遑賜和，固其所也。不圖賜以瓊玖，深荷
感激。今亦次芳韻，奉謝厚意。正使公副使公各賜高和，就閤下，奉謝

盛眷。使价鵠立，匆卒揮灑，幸莫見怪。伏惟酷暑，爲國自愛。

《贈朝鮮國製述官朴君》　　　　　　　　　　　國子祭酒林信充

扶桑山海發雄圖，玉帛東來德不孤。五月鳴珂從使者，梅花無恙入
江都。

《奉和祭酒快堂先生席上惠贈韻》　　　　　　　　　　朴敬行

逍遙萬里學南圖，滄海迢迢富岳孤。細雨華筵詩滿座，東奎色動古
雄都。

《次前韻贈矩軒》　　　　　　　　　　　　　　　　林信充

旅行山水似開圖，相遇結交相別孤。張左高才眞所羨，二京賦就又
三都。

《奉和林祭酒先生疊韻》　　　　　　　　　　　　　朴敬行

江山如掛十洲圖，萬里間關客棹孤。自是文章君世業，絲綸大手擅
東都。

《贈李奉事》　　　　　　　　　　　　　　　　　林信充

忽飄雲霧勢將凌，筆作舞鸞龍鳳騰。書字明鮮誰出右？相逢論品妙
神能。

《奉和林祭酒先生惠什》　　　　　　　　　　　　李鳳煥

雲濤萬里一槎凌，閱歷桑東赤日騰。丹丘老鳳將雛至，戛玉淸音世
世能。

≪次前韻贈濟菴≫　　　　　　　　　　　　　　　　　林信充

定識衆中健筆凌，英聲美譽共蜚騰。六旬餘齡落梅節，千億化身終
不能。

≪奉和林祭酒先生疊韻≫　　　　　　　　　　　　　　　李鳳煥

明月孤山一鶴凌，芙蓉淸水筆花騰。北極昆侖千里志，神驥伏櫪老
猶能。

≪贈柳奉事≫　　　　　　　　　　　　　　　　　　　林信充

筋骨相分點筆斜，家傳書法更無瑕。如行如立又如走，優健縱橫玉
有華。

≪奉和林祭酒先生惠贈瓊韻≫　　　　　　　　　　　　柳逅

禪樓相對日初斜，古貌氷心絶類瑕。奕世文章光一域，新詩還健筆
生華。

≪次前韻贈醉雪≫　　　　　　　　　　　　　　　　　林信充

題詩落紙筆頭斜，一點更看無匿瑕。入館佳賓三接遇，今過六十八
年華。

≪贈李進士≫

點黑波瀾遶座生，我邦留字永知名。玉壺氷淨瑤臺月，落紙筆痕藝
最精。

《奉和林祭酒先生惠贈韻》　　　　　　　　　　李命啓

黼黻文華筆下生，前人槎錄已聞名。老倦三閱銀河使，眉宇猶存水
月精。

《次前韻贈海皐》　　　　　　　　　　　　　林信充

平日每知懸汗生，傳家徒得碩儒名。低垂今我白頭老，千羨如君筆
有精。

《奉和林祭酒先生疊韻》　　　　　　　　　　李命啓

傳家文學範諸生，庭下芝蘭又有名。綠髮翠眉猶映日，仙山欲問采
黃精。

《贈朝鮮國製述官朴君詩二章》　　　　　　　秘書監林信言

車騎翩翩江水潯，都人爭見客槎臨。遠天和氣詩銷玉，佳夕清吟箋
躍金。不比當年遊洛浦，自如乘興到山陰。更知隣好太平化，朝聘禮
成交最深。

《又》

賓館坐來風月清，堪看供帳在江城。玉屏題畫丹青色，金鼎薰香蘭
麝情。燭影宵閑騷賦秀，筆端凉到酒杯擎。修交兩國恩儀厚，況遇詩
壇牛耳盟？

《奉和林秘書君席上見贈韻》　　　　　　　　朴敬行

遙遙客路鵲河潯，天外歸墟更俯臨。雲捲靈峰驚削玉，波清古瀨想
投金。樓臺窈窕煙霞窟，冠蓋透迤橘柚陰。落日禪林詩不倦，茶烟竹

雨一堂深。

《又》

竟日禪樓笑語清，神交忽覓武州城。天邊疊浪窮雙眼，雨外斜陽吐
兩情。客欲帆前靈藥採，仙應岳頂白蓮擎。君家世掌絲綸美，幾績東
槎萬里盟？

《次前韻贈朴學士二首》　　　　　　　　　　　　　　　　林信言

解纜星槎滄海潯，喜逢桑域遠賓臨。文章原是胸中卷，詩賦由來席
上金。業慕聖賢窮動靜，理知今古辨陽陰。手姿閑雅忘千里，日日爲
吟興更深。

《又》

知君遙出漢江清，尋得大東金鳳城。遠海高山千古氣，陽春白雪一
時情。奇才雲秀波瀾湧，偉器天明日月擎。佳客座前談話切，騷壇相
對作詩盟。

《奉和林秘書君疊韻》　　　　　　　　　　　　　　　　　朴敬行

解纜虞淵萬里潯，名山佳水費登臨。孤舟路遠窮三島，彩幅詩高直
百金。客棹仙桃應逐浪，君家玉樹已成陰。茲遊可綴扶桑日，去去探
眞更欲深。

《又》

橘柚江山一色清，雨中冠蓋滯東城。滄溟兩岸千家影，落日孤雲萬
里情。客棹行應銀漢逼，仙桃歸欲玉樓擎。殊邦歲月驚雙鬢，懶向騷

壇繹舊盟。

《贈李奉事》　　　　　　　　　　　　　　　林信言
聞道朝鮮勝跡多，最思平壤景添歌。慕君詞賦東華月，愧我文章南海波。美俗八條存法禁，遺風九範得時和。祇今下榻同徐穉，借問陳蕃意奈何？

《奉和林秘書君惠贈韻》　　　　　　　　　　李鳳煥
詞源三峽倒流多，家集應添富嶽歌。小雨相逢開畫硯，異時回望只層波。牛墟紫氣遠南紀，繭紙彤毫似永和。萬里停槎煩一笑，六朝風韻奈君何？

《次前韻贈濟菴》林信言
雅聞箕邦逸才多，相對筵前幾許歌？高播芳聲千里路，遠揚美譽大洋波。凌雲氣傑毫時動，擲地調清音自和。終日應酬賓館裏，異邦爲客意如何？

《奉和林秘書君疊韻》　　　　　　　　　　李鳳煥
彤管相逢意氣多，萍逢不問有離歌。黃梅雨細花留馥，晴簟樓高酒欲波。客路扶桑投日出，詩情脩竹聽雲和。淮南《鴻寶》憑君問，太乙藜燃意若何？

《贈柳奉事》　　　　　　　　　　　　　　　林信言
騷壇盟主寄詩箋，盧、駱、王、楊更後先。雙闕正看新日月，君裝遙度舊山川。奏絃白雪寡人和，曳履青袍令客聯。湖上名高洞庭色，何知雅席接神仙?

　　《奉和秘書林君瓊韻》　　　　　　　　　　　　　　　柳逅
　　滿院風淸騰綵箋, 喜君詩律著鞭先。詞源滾滾誰窺閫, 藻思滔滔若
涉川。高舌政要懷共討, 雍容何幸座新聯。靡靡不覺移西日, 怳接蓬
萊第一仙。

　　《次前韻贈醉雪》　　　　　　　　　　　　　　　　　林信言
　　見道英才詩滿箋, 叨逢嘉客聊爭先。辭鋒無敵凌東國, 筆力有神明
遠川。文字縱橫風月麗, 詩篇典雅露霜聯。延留淸興交情切, 盛世賓
筵似會仙。

　　《奉和林秘書君疊韻》　　　　　　　　　　　　　　　柳逅
　　淸篇何待動盈箋, 九世詞華仰已先。山覿嵬嵬富士岳, 水經汪汪駿
河川。凌雲將較相如筆, 瀉練高吟謝眺聯。萬里東遊殊可幸, 忻瞻日
域有龍山。

　　《贈李進士》　　　　　　　　　　　　　　　　　　林信言
　　萬里雲山征旆飛, 八條文教尙相依。遠天縹緲仙槎客, 佳境氤氳卿
月輝。李、郭交情今可見, 韓、歐才德舊無違。相逢豈借譯人舌? 座
上唱酬忘俗機。

　　《和呈林秘書君惠韻》　　　　　　　　　　　　　　李命啓
　　高樓迢盡白雲飛, 身似流萍與岸依。太學菁莪傳宿德, 丹山毛羽有
祥輝。班荊幾處歡如舊, 浮海高歌願不違。且喜新詩勞遠旅, 百年南

北一天機。

《次前韻贈海皐》　　　　　　　　　　　　　　　林信言

韓國高才聲譽飛，祇今偏悅固依依。騷章筆健生華美，麗句氣豪覽德輝。紙上詠成交不薄，座中談熟道何違。遲留賓客遊無盡，相對欲忘造化機。

《奉和林秘書君疊韻》　　　　　　　　　　　　　李命啓

棕林滴翠雨飛飛，池影天光蕩不依。殊壤喜見同軌化，彩毫贏得滿樓輝。偶然一會星雲合，別後相思天水違。欲寫浮世萬里意，霞綃留待裂鮫機。

《贈朴學士及三書記》　　　　　　　　　　　　　林信言

兩邦雅會見文章，金馬兼知有玉堂。學士風流書記美，併將詩賦入清香。

《奉謝林秘書君韻》　　　　　　　　　　　　　　朴敬行

取次新詩爛有章，喜君才氣更堂堂。孤舟一涉神仙窟，滿袖瑤花分外香。

《奉和林秘書君瓊韻》　　　　　　　　　　　　　李鳳煥

金聲七步斐成章，風雨留人在畫堂。笑問西湖三萬樹，孤山明月古今香？

《奉和鳳谷先生瓊韻》　　　　　　　　　　　　　李命啓

當筵翰墨自成章，華譽應無負肯堂。禪樓花雨將分袖，終夜難忘坐處香。

《疊韻贈學士及三書記》　　　　　　　　　　　　　　林信言
詩壇文苑爛然章，四傑相逢白玉堂。律管和聲風外繞，宴中尙有墨花香。

《奉和秘書林君疊韻》　　　　　　　　　　　　　　　　朴敬行
鮫綃織出七襄章，璀璨奇紋耀客堂。世世青氈留藝苑，《東槎錄》上姓名香。

《奉和秘書林君疊韻》　　　　　　　　　　　　　　　　李鳳煥
乘船騎馬賀知章，萬里金樽繡佛堂。語到落花流水境，天機收拾盛唐香。

《奉和秘書林君疊韻》　　　　　　　　　　　　　　　　柳逅
知君世世有文章，宜爾貯之白玉堂。對榻脩然如有得，禪樓移日席生香。

《奉和鳳谷 林君疊惠韻》　　　　　　　　　　　　　　　李命啓
銀漢襄機愧報章，天涯暮雨暗龍堂。四世君家傳彩筆，日東山水應生香。

《稟學士林公及書記三君》　　　　　　　　　　　　　　菊池武愼
今日叨以祭酒之書記得攀龍門，何幸如之？僕姓菊池，名武愼，字伯修, 號訥齋, 林祭酒門人, 昌平國學生員。

≪復菊池秀才≫　　　　　　　　　　　　　　　　朴敬行
荷此委訊, 何感如之? 俄者忙甚, 不卽有謝意, 幸毋見訝也。

≪稟學士朴公及書記三君≫　　　　　　　　　　　後藤世鈞
　玉帛東也, 久仰公等高名。今幸以秘書之書記, 得接下風, 何幸如
之? 僕姓後藤, 名世鈞, 字守中, 號芝山, 林祭酒門人, 昌平國學生員,
試讚岐侯文學。

≪復後藤雅士≫　　　　　　　　　　　　　　　　朴敬行
荷此委訊, 感謝有餘。俄者忙甚, 不卽有謝意, 幸毋見訝也。

韓館贈答 卷之二

≪贈學士朴君≫　　　　　　　　　　　　　國子祭酒林信充
　許多典籍解籤牙, 製述芳聲思不邪。交義兩邦知國寶, 行程萬里泛
星槎。旅中偶語叵離席, 館裡相逢如在家。國子監勤君所領, 問官不
異我官銜。

≪奉酬祭酒林先生惠韻≫　　　　　　　　　　　　朴敬行
　窮年仡仡典籤牙, 爲學須分正與邪。眠後茶傳成小話, 意中詩到慰
孤槎。江城烟火通三島, 溟壑詞源倒一家。池上細花經雨在, 晚飄餘

馥入蜂衙。

≪次前韻贈朴學士≫　　　　　　　　　　　　　　林信充

餘論餘話可懸牙，心鏡玲玲能照邪。交會乃將開客館，清容恰似泛仙槎。說經故憶鑒千歲，把卷定知探百家。歸國秩筵樽酒滿，歡聲傳賀作蜂衙。

≪疊和林祭酒先生韻≫　　　　　　　　　　　　　朴敬行

匣裏鳴琴遇伯牙，一彈能使滌群邪。談清竹寺鳴鍾院，夢繞花津係岸槎。梅雨初晴堪理屐，蓬山纔到更思家。慇懃爲趁詩壇約，槐市風凉早罷衙。

≪贈李奉事≫　　　　　　　　　　　　　　　　　林信充

相遇新知一老翁，別時漸近意無窮。腰踞虎豹過山上，才戒鱷魚度海中。日厚青苔齊疊疊，陰深綠樹自蔥蔥。羨君筆墨眞成妙，多少我吟詩不工。

≪奉和快堂先生≫　　　　　　　　　　　　　　　李鳳煥

青藜赤舄遇仙翁，滄海東浮地勢窮。何處梅花斜竹外，有時珠影射雲中。登樓屛箔連輝映，落筆煙霞繞鬱蔥。不有星槎通漢節，崁洋那得化琴工？

≪次前韻贈李奉事≫　　　　　　　　　　　　　　林信充

卽今六十八齡翁，性懶心身相共窮。把卷更陪儲貳側，敘班忝列大夫中。千方敎化令風遍，兩地太平佳氣蔥。壯志此辰雖不止，詩章任口不勞工。

《奉和快堂先生疊韻》　　　　　　　　　　　　　李鳳煥

年高德邵有斯翁，劉向傳經道不窮。氣潔宜居梅樹下，詩香長臥橘林中。官尊虎觀書分籍，學壓鵝湖語帶蔥。奕世文章聞已久，海山琴曲奪天工。

《贈柳奉事》　　　　　　　　　　　　　　　　林信充

再會有期將盡情，紛紛世事句難成。三多應識高才美，七步欲追淸逸名。文鳳飛來祥已動，紫蛇引處字猶明。只希久約詞壇契，別後相思夢裏生。

《奉和林祭酒先生韻》　　　　　　　　　　　　　柳逅

杖樓翩然可認情，一堂佳話荷重成。青丘我自蓬萊士，東國君高山斗名。文酒相看頭共白，襟期默契眼偏明。海上旋槎將卜日，回首那堪別恨生？

《次前韻贈醉雪》　　　　　　　　　　　　　　　林信充

胸次紛紛難耐情，早成莫訝句遲成。心勤官事欲終業，身出世塵不覓名。營內常知存武備，國中又見仰文明。幸今因值貴賓試，敎育英才勸學生。

《奉和林祭酒先生疊韻》　　　　　　　　　　　　柳逅

已從傾蓋感高情，何幸詞壇見老成。韓子才兼三長譽，桓卿刀帶五更名。詩篇自絶埃氛累，奎彩應從梵宇明。日仄悠悠歡未了，竹欄移倚看雲生。

≪贈李進士≫ 林信充

出國遙從使者車，行行道路發名譽。更憶世遺聯珠句，定識家傳連錦書。波逸墨池横不律，水淋石硯滴方諸。卽看逸少裁成妙，文字分明卷且舒。

≪奉和快堂先生韻≫ 李命啓

留滯周原四牡車，翩翩冠珮媿聲譽。不愁言語憑彤管，且喜心期照古書。千橘路長迷跋涉，數蟬風晩遞居諸。高樓茶酒頻相慰，城雨初歸海日舒。

≪次前韻贈海皐≫ 林信充

川則浮舟陸則車，貴邦長識我邦譽。唯藏先祖襲巾卷，且喜子孫傳業書。旅中山水句吟了，坐上蚊蠅扇舍諸。出館歸家生鄙吝，暫時相遇意舒舒。

≪奉和快堂先生疊韻≫ 李命啓

銀河槎影滯雲車，三老聲名得俊譽。天意古今同日月，人文南北一詩書。身浮倉海留方丈，夢落丘園憶孟諸。凋盡榴花歸未得，來時棕橘葉初舒。

≪古詩一章寄矩軒君≫ 林信充

貴國與吾國，善隣百餘年。此辰初相遇，不才愧諸賢。身當翰林任，汗淋只備員。性懶且衰老，日影常八甎。縱是三千首，應輸公一篇。

旅行千萬里, 置郵許蹁躚。余率徒弟至, 天公假良緣。公等群仙氣, 各在鸞鳳先。驛驛求句者, 定驚旅客眼。我朝欽遠使, 恩賜相聯駢。客館更淸整, 何有衣裳傎? 優遊忘跋涉, 階樹綠芊芊。我業事九世, 故有貽厥編。一木支大厦, 靑氈最自虔。昔日申學士, 同庚眞怡然。壯健今尙在, 願使一言傳。詩律今在手, 不敢換万錢。交會及數日, 相思爰綿綿。却恨不如鳥, 景慕涌如泉。行是再難遇, 歸後夢相牽。

≪奉和祭酒林先生≫ 朴敬行

漭蕩扶桑下, 開國自何年? 山川耀紅旭, 蔚然羅才賢。皐比祭酒堂, 三千博士員。抱經入靑瑣, 盛名冠花甎。風雪槐市講, 花鳥太液篇。高吟和雲韶, 仙鶴來蹁躚。萬里烏紗客, 遠續同文緣。安期喚咫尺, 馮夷導後先。花江乘月泛, 蕭寺聽雨眠。身將牛斗遠, 才慚珠玉駢。玉山生水癖, 佳處興欲顚。孤舟已隔歲, 滿眼芳艸芊。袖中十洲記, 醉後時自編。舊夢仙嶠通, 寸心王事虔。日日文墨筵, 迭唱何紛然? 蟠桃幾回開? 消息筆下傳。池堂綠簟風, 雨過荷如錢。不日理歸帆, 鰲峀愁聯綿。胸已豁雲夢, 詩豈歃貪泉? 明月斜好館, 惆悵情獨牽。

≪寫字官金、玄二子≫ 林信充

字畫分明有二君, 我邦猶喜永留文。古來蕭謝知何處? 一筆揮時龍起雲。

≪敬和祭酒林先生高韻≫ 金天壽

拙筆書來爲贈君, 欲酬瓊韻奈無文? 敢將戱墨方酣意, 落日東天控彩雲。

≪見李主簿畫寄一絶≫　　　　　　　　　　　　　　　林信充

丹靑後素竟無窮, 圖畵聞名名不空。爲有生神傳寫妙, 座中如遇趙邊工。

≪贈矩軒君≫　　　　　　　　　　　　　　　　秘書監林信言

製述高名鳴海東, 太平翰墨藝林風。相逢看取文章色, 更映扶桑思不窮。

≪奉和鳳谷君≫　　　　　　　　　　　　　　　　　　朴敬行

彩旭新晴赤岸東, 烏巾坐領竹林風。蓬山渺渺仙緣斷, 誰道河原去可窮?

≪疊前韻贈矩軒君≫　　　　　　　　　　　　　　　　林信言

韓國英雄來日東, 良知積學建儒風。珪璋自是淸朝器, 通達古今道不窮。

≪奉酬鳳谷君疊韻≫　　　　　　　　　　　　　　　　朴敬行

一氣幡來山海東, 新詩滿座可觀風。孤舟冠蓋通三島, 短髮文章付五窮。

≪贈濟菴≫　　　　　　　　　　　　　　　　　　　　林信言

韓國風流記室才, 吏曹幕下彩毫開。試臨硯海雲煙起, 佳興悠悠日可催。

≪奉和林秘書君≫　　　　　　　　　　　　　　　　　李鳳煥

滄海應爭八斗才，松風亭下古經開。等閒萍水論襟處，一樹蟬聲雨後催。

《次前韻贈濟菴》　　　　　　　　　　　　　　林信言
盛唐原識李生才，詩賦豪雄臨宴開。對客我今千古意，閑談高雅幾時催?

《奉和鳳谷君疊韻》　　　　　　　　　　　　　李鳳煥
旗亭何處問仙才，一曲涼州蒲酒開。蓬山咫尺論丹訣，海鶴蟠桃春不催。

《贈醉雪》　　　　　　　　　　　　　　　　　林信言
書記翩翩佳句多，看來詩學壓山河。王都德澤育材茂，不動馮驩長鋏歌。

《奉和鳳谷君》　　　　　　　　　　　　　　　柳逅
雨後仙岑淑氣多，茫茫繞郭又長河。一樓佳集殊非易，筆落詩成且浩歌。

《次前韻贈醉雪》　　　　　　　　　　　　　　林信言
客館勝遊逸興多，才如大海智如河。盛唐柳氏君家事，愧我綺筵連臂歌。

《奉和鳳谷君疊韻》　　　　　　　　　　　　　柳逅
文化幸期日域多，始知才俊鍾山河。相逢蕭寺歡靡極，琴酒悠悠好放歌。

《贈海皐》　　　　　　　　　　　　　　　　　林信言

赤城霞起入騷壇，記室高才東國冠。富士名山相對出，文章我亦與君看。

《奉和林秘書君》　　　　　　　　　　　　　　李命啓

海日垂垂下竹壇，城雲片片落衣冠。彩毫新出芸香閣，携得驪珠萬里看。

《次前韻贈海皐》　　　　　　　　　　　　　　林信言

句句高吟花月壇，相逢此日盛衣冠。一篇一詠無窮思，想像紅亭處處看。

《奉和林秘書君疊韻》　　　　　　　　　　　　李命啓

禪林過雨集仙壇，風滿荷衣與蕙冠。餘香翰墨歸牙類，樓外雲霞澹澹看。

《贈朴君》　　　　　　　　　　　　　　　　　林信言

學士登瀛自有才，波濤萬里泛槎來。始知韓國世家種，到處千山賦裡裁。

《奉和鳳谷君》　　　　　　　　　　　　　　　朴敬行

山海玲瓏映妙才，蟠桃消息有詩來。扶桑一面彩雲片，多賴詞人筆下裁。

《次前韻贈朴學士》　　　　　　　　　　　　　林信言

典籍風流鳴世才，英雄遠拂白雲來。知君八道施文化，如我賤詩不可裁。

《奉酬鳳谷君疊韻》　　　　　　　　　　　　　朴敬行

彤毫無力鬭英才，清簞談詩細雨來。一域文章歸世業，江山窈窕見風裁。

《贈濟菴》　　　　　　　　　　　　　　　　　林信言

《儀禮》聘文今日辭，登營聊有佳花枝。折來寄我月宮裡，影入三千門戶披。

《奉和鳳谷君》　　　　　　　　　　　　　　　李鳳煥

雕龍文彩見摛辭，花在孤山芽幾枝？領略煙霞歸錦管，清風五月客襟披。

《疊前韻贈濟菴》　　　　　　　　　　　　　　林信言

忽吟佳句百年辭，錦綉應如花滿枝。自是清新書記美，可稱異域腹心披。

《奉和鳳谷君疊韻》　　　　　　　　　　　　　李鳳煥

三疊陽關酒莫辭，垂垂海日仄雲枝。萬里歸槎詩滿筐，風前月下爲君披。

《贈醉雪》　　　　　　　　　　　　　　　　　林信言

雲煙揮落彩華毫，原自君家有鳳毛。五色瑞祥傳聖世，使臣行役莫
辭勞。

《奉和林秘書君》　　　　　　　　　　　　　　　　　　　柳逅
瑞夢君膺五色毫，元知丹穴有奇毛。蛟鰐前頭輕萬里，滄波皓髮欲
言勞。

《疊前韻贈醉雪》　　　　　　　　　　　　　　　　　　　林信言
海西書記好揮毫，我輩不才恥鳳毛。他日相思天外意，山川萬里夢
魂勞。

《贈海皐》　　　　　　　　　　　　　　　　　　　　　　林信言
金銀宮闕舊蓬萊，縹緲三韓仙子才。同在綺筵辭句麗，明朝相憶倚
高臺。

《奉和林書記君》　　　　　　　　　　　　　　　　　　　李命啓
曾聞天末香瀛萊，偶得仙遊媿不才。落日迢迢徐子國，不知何處望
鄉臺。

《次前韻贈海皐》　　　　　　　　　　　　　　　　　　　林信言
英名書記出蓬萊，筆下生華李氏才。美酒三杯堪遣興，結交詞賦醉
高臺。

《奉和林秘書君疊韻》　　　　　　　　　　　　　　　　　李命啓
仙岑立立辨登萊，清淑扶輿此降才。醉把雲牋題別恨，異時猶記共

登臺。

《見寫字官金同知運筆之妙賦此爲贈》　　　　　　　　　　林信言

臨牋飛筆競風流，字字雲煙爲自由。莫道張顚原有妙，祇今翰墨苑中遊。

《謹和鳳谷君惠韻》　　　　　　　　　　　　　　　　　　金天壽

筆才何較伯英流？妙法神工不自由。翰墨逢場多遣興，華堂終日好清遊。

《見寫字官玄護軍揮筆之妙賦此爲贈》　　　　　　　　　　林信言

臨池落筆五雲新，驫鳳蟠龍勢有神。不是常時伯英輩，何應草聖絶風塵？

《贈畫員李主簿》　　　　　　　　　　　　　　　　　　　林信言

見說丹青數幅清，拂來絹素勢縱橫。一毫濃淡應心出，五采淺深揮筆生。妙手欲傳張顧譽，良工敢賞陸吳名。龍翔蠅頭何須數？原自天機紙上明。

《寄良醫趙幼學》　　　　　　　　　　　　　　　　　　林信言

原識扁盧才不常，韓廷賢俊早稱良。仙槎從使路千里，神術視人垣一方。金匱著書論疾疢，青囊貯藥辨膏肓。回生起死君家業，濟世高名豈可忘？

《奉次秘書監林公寄韻》　　　　　　　　　　　　　　　　趙崇壽

太學院中特出常, 秘書省裡最賢良。青蓮雲樹詩無敵, 伯鯉家庭義有方。妙技還慚神授訣, 賤才寧識竪謀肓。投來瓊什多新語, 懷憶伊人不可忘。

《奉謝朝鮮大宦使三公見惠貴邦之名品》　　　　秘書監林信言

佳餉寄來情更親, 異邦精製最稱珍。蒙君厚意尤難報, 惠我雲煙五色新。

　右紙

原知學海有餘情, 投贈纖毫巧製成。揮罷豈忘高誼在, 詞林欲待玉堂榮。

　右筆

蒼壁携來萬里情, 香含蘭麝色尤淸。從今堪作文房友, 机上唯看黑霧生。

　右墨

瓊池仙雨更何時? 榮色飛香味甚奇。爲謝慇懃施德惠, 寒儒酬得一篇詩。

　右栢子

寄來尾扇欲云云, 深感厚情三使君。不倦齊紈霜雪色, 應同掌握動南薰。

　右尾扇

彩文花席切交情，萬縷千絲細織成。遠惠五香尤可愛，風前月下有
輝瑩。

右花席

貴邦玉扇有良工，投惠可知情意濃。珍玩揭開明月色，奉揚桑域是
仁風。

右扇

《稟學士朴公及書記三君》　　　　　　　　　　　　關安修
嚮聞有修聘之事，選蠕觀望久矣。今以祭酒之書記叨陪，盛筵接諸
君芝眉，符平生禱，幸無大焉。僕性關，名安條，字子卿，一字君長，號
雲臺，武州人也。林祭酒門人，國學生員。

《復關秀才》　　　　　　　　　　　　　　　朴敬行
一席相遇，兩情已藹然，況荷赫蹏之貺，尤感尤感。僕姓名想已記
有，不復贅及也。

《奉呈學士朴公》　　　　　　　　　　　　關安修
儒臣攬轡入東方，共說風流著作郎。劍佩聲當金殿響，衣冠影映玉
堂長。承恩休息篇章囿，賜寵優遊典籍場。君自談經石梁閣，唯今不
減漢賢良。

《奉和關秀才韻》　　　　　　　　　　　　朴敬行
帆前仙嶠問丹方，逸藝翩翩奇俊郎。志吸滄溟應獨步，氣摩靈岳較
誰長？江山隱約神仙窟，茶酒淋漓翰墨場。日域元來文化發，奇才況

又際明良。

≪奉贈奉事李君≫　　　　　　　　　　　　　　　　　　關安修

玄兔城頭元自聞, 使臣擁節日邊分。新詩春動西陵雪, 彩筆寒生北
渚雲。臺裡珠懸明月色, 匣中劍犯列星文。君家長說龍門事, 兩地才
名更不群。

≪奉和關秀才≫　　　　　　　　　　　　　　　　　　　李鳳煥

扶桑遐躅慁前聞, 朝暮樓頭日月分。菡萏半天峰有雪, 珊瑚幾樹海
生雲。山川不盡靈應炳, 風水從來煥有文。古寺墨花霑佛雨, 愛君霞
袂挹仙群。

≪奉贈奉事柳君≫　　　　　　　　　　　　　　　　　　關安修

中原報道使星來, 海氣遙臨碣石開。五馬預和新領郡, 二龍長視舊
登臺。裁詩日月筵間滿, 揮筆雲烟坐上催。詞翰縱橫誰得似? 推君自
是不群才。

≪奉和關秀才≫　　　　　　　　　　　　　　　　　　　柳逅

蕭寺聯翩詞客來, 禪扉爲掃綠苔開。旅情江瀉宣城練, 鄉思樓登杜
老臺。清晤方忻閑對穩, 落暉何事處相催。天花寂寂金沙晚, 彩筆辭
高見爾才。

≪奉贈進士李君≫　　　　　　　　　　　　　　　　　　關安修

聞說浙江潮水平, 仙槎縹渺訪蓬瀛。明珠欲照靑雲坐, 清調將傳白
雪聲。使節遙通樂浪郡, 客星先轉武昌城。西臺入奏推君在, 柱下長

懸海外名。

《奉和關秀才韻》　　　　　　　　　　　　　李命啓

茲遊應不負生平，錦飆牙檣度九瀛。一自梯航無異域，始看文軌有同聲。茶烟欲盡風歸院，橘雨初收雲滿城。且喜東來詩溢篋，北歸他日記芳名。

《稟學士朴公及書記三君》　　　　　　　　　安藤思謙

鶊首西來，令名遠傳，景仰者數月。近聞一路平安，旣已稅駕，不圖今日以秘書之書記，得接嚴然之風範，多幸多幸。僕姓安藤，名思謙，字子益，號梅嶺，讚岐人也。林祭酒門人，國學生員。

《復安藤秀士》　　　　　　　　　　　　　　朴敬行

一席相遇，兩情旣藹然，況荷赫蹄之貺，甚感甚感。僕姓名想已記得，不復贅也。

《奉呈學士朴公》　　　　　　　　　　　　　安藤思謙

鷄林文士皆豪雄，料識登瀛賢路通。法服制傳周室美，儒冠色慕魯人風。掛帆蒼海春無恙，傍馬白雲途不窮。千里山川多氣象，新題總入錦囊工。

《奉和安藤秀士韻》　　　　　　　　　　　　朴敬行

騷壇旗鼓一邦雄，滄海衣冠萬里通。舟楫已經鯨鰐窟，文章不隔馬牛風。烟中橘柚看逾遠，雲際芙蓉理孰窮？鮫錦爛爭毫五色，天機俱入七襄工。

≪奉贈奉事李君≫　　　　　　　　　　　　　　　　　安藤思謙

　錦纜牙檣艤客船, 淼茫遙指海東天。山河路熟通千里, 唇齒隣交更幾年? 聲譽曾聞楊伯起, 風標兼見李青蓮。幸逢宇內同文日, 酬答何勞譯者傳?

≪奉和安藤君≫　　　　　　　　　　　　　　　　　　李鳳煥

　滄溟開國自秦船, 六十州長萬里天。簡竹全經曾脫火, 芙蓉層雪不知年。人同玉樹花生筆, 雨滿琳宮漏聽蓮。北返驪珠携映袖, 高名贏得一槎傳。

≪奉贈奉事柳君≫　　　　　　　　　　　　　　　　　安藤思謙

　扶桑日出照乾坤, 時是雲帆渡海門。殷末衣冠餘舊禮, 韓庭雨露浴新恩。柳州一代文章美, 衛國千年社稷存。休道異方難晤語, 好將心契兩忘言。

≪奉和安藤雅士≫　　　　　　　　　　　　　　　　　柳逅

　天末海闊始無坤, 河口山低忽有門。共喜行裝登日域, 沃知利涉荷君恩 神仙消息蓬壺近, 蝌蚪文氣漆管存。若使心期照相契, 何妨相對兩無言?

≪奉贈進士李君≫　　　　　　　　　　　　　　　　　安藤思謙

　黃金本自擬燕臺, 定識當時人共推。高宴欣逢冠履會, 大邦不乏棟梁村。函關紫氣迎君動, 合浦明珠照夜開。交態何論胡越隔? 厚情好向賦中裁。

≪奉和安藤君≫ 　　　　　　　　　　　　　　　　李命啓

　留滯頻登竹裏臺，浪仙愁思入敲推。逢人盡是騎龍手，顧我永非倚馬才。蘭珮影隨流水遠，芝眉氣與霽雲開。憑君欲作相思曲，百幅鮫綃擬共裁。

　全部五卷之內，三冊追而出來。

　寬延改年戊辰九月
　日本橋通 壹町目
　御書物師
　出雲寺和泉掾繡梓

화한문회

和韓文會

조선 주자학과 일본 주자학의 조우(遭遇), 『화한문회(和韓文會)』

1. 개요

『화한문회(和韓文會)』는 1748년 10차 통신사행에서 낭화(浪華)에 거주하던 일본 문사 유수우신(留守友信, 루스 토모노부, 1705~1765)이 조선의 제술관 구헌(矩軒) 박경행(朴敬行, 1710~?) 및 서기 제암(濟庵) 이봉환(李鳳煥, ?~1770), 해고(海皐) 이명계(李命啓, 1715~?)와의 만남을 기록한 필담창화집이다. 이들은 통신사 일행이 에도[江戶]로 향하던 4월 23일과, 에도에서 빙례를 마치고 귀로에 올랐던 7월 3일, 두 차례에 걸쳐 낭화 서본원사(西本願寺) 객관에서 만났다. 『화한문회』의 구성은 상·하로 나뉘어져 있는데, 상권에는 4월 23일의 필담과 창수시가, 하권에는 7월 3일의 필담과 창수시가 담겨 있다.

2. 저자사항

『화한문회(和韓文會)』의 저자 유수우신(留守友信)의 호는 괄낭(括囊), 자는 퇴장(退藏)이다. 기몬[崎門] 3걸의 한 사람인 삼택상재(三宅尚齋, 미야케 쇼사이, 1662~1741)의 제자로서, 통신사에게 스스로를 낭화(浪華)의 처사(處士)라고 소개하였다. 그의 호 괄낭은 『주역(周易)』 곤괘(坤卦) 육사(六四)에 "주머니 끈을 묶듯이 하면 허물도 없고 칭찬도 없을 것이다 [括囊无咎无譽]"라는 말에서 나온 것으로, 세상의 일에 대하여 침묵하고 자신의 재능을 감추어 재앙을 피한다는 뜻을 함축하고 있다. 유수우신의 저작으로는 『속어역의(俗語譯義)』, 『칭호변정(稱呼辨正)』, 『서명해부록(西銘解附錄)』 등이 있다.

유수우신은 스승인 삼택상재를 통해 일본의 대표적 주자학자 산기암재(山崎闇齋, 야마자키 안사이, 1619~1682)의 학맥을 이어받았다. 따라서 그는 조선의 문사들에게 주자학을 매개로 한 강한 동류의식을 지니고 있었다. 그가 조선의 제술관 및 서기들을 만나고 싶어 했던 이유는 여타의 일본 문사들이 그러하듯 시문에 능숙한 기예를 과시하려는 마음에 있지 않았다. 그의 진정한 동기는 오히려 일본의 학문이 크게 발전하여 원(元)·명(明) 이래 중국의 수준보다도 높은 경지에 도달하였음을 조선의 학자들에게 알리고, 나아가 광범위한 유학의 논제들을 비롯하여 일본 주자학과 조선 주자학 간 학문적 동이처(同異處)에 대해 치열한 토론을 벌이고 싶었던 것에 있었다.

조선 통신사와 진지한 학문적 교류를 원했던 그의 희망은 1711년 사행 때 제술관 이현(李礥, 1654~?)과 서신을 통하였던 것에서 이미 나타나고 있는데, 이와 관련한 내용이 『화한문회』 상권에 언급되어 있다. 1748년 박경행·이봉환·이명계 등 조선 통신사와 직접 만나 필담과 창수시를 나누었던 유수우신은 이후 1763년 계미사행의 제술관 추월(秋月) 남옥(南玉)에게 서신을 보내어 교류의 노력을 이어갔다. 남옥의 사행록인 『일관기(日觀記)』에는 유수우신이 그의 제자 황안경(篁安

敬)을 보내 편지와 고시(古詩),『주역연의(朱易衍義)』 3책을 보내왔다고 언급되어 있으며, 정사 조엄(趙曦)의『해사일기(海槎日記)』와 서기 원중거(元重擧)의『화국지(和國志)』·『승사록(乘槎錄)』에서도 그의 이름을 찾아볼 수 있다. 나아가 조선의 실학자 이덕무(李德懋) 또한 일본에 대한 폭넓은 관심사를 담은 「앙엽기(盎葉記)」와 「청령국지(蜻蛉國志)」에서 유수우신의 존재와 학문을 거론하였는데, 이는 그와 교유관계에 있었던 원중거를 통해 입수한 정보로 추정된다. 근 반 세기에 걸쳐 조선 통신사와의 교류를 이어갔던 유수우신의 노력도 노력이거니와 조선 사절들에게도 유학적 풍토가 약한 일본에서 주자학을 숭상하는 이 일본 학자가 깊은 인상으로 남았던 듯하다. 실제로『화한문회』에서 유수우신은 청나라가 오랑캐의 풍속을 세상에 행하고 있기 때문에 도(道)가 동쪽으로 옮겨왔다 하며 조선의 이황과 일본의 산기암재를 나란히 거론하고 조선과 일본 양국을 일컬어 '위대한 동방의 주나라[大東周]'라고 일컬었다. 이러한 언사는 조선의 사행단이 만났던 여타의 일본 문사들에게서는 보기 드문 유수우신만의 특징적 면모였다고 할 수 있다.

이상에서 살펴보았듯이 18세기에 들어와 행해졌던 세 차례의 조선 통신사행에서 유수우신은 1711년과 1763년에는 서신을 통하여, 1748년에는 직접적인 만남을 통하여 조선의 문사들과 교류를 이어갔다. 이로써 유수우신은 자국의 문화·학술에 대한 자존의식을 견지하며 조선 문사와의 학문적 토론을 시도하였는데,『화한문회』는 그러한 시도의 직접적 결과물이었다고 할 수 있다.

3. 구성 및 내용

『화한문회』 상권에는 유수우신과 조선 문사가 주고받은 22수의 창화시와, 출사(出仕)의 명분에서 쟁점이 되었던 원나라의 노재(魯齋) 허형(許衡, 1209~1281)의 문제 등에 관한 유수유신의 질의가 수록되어 있다. 창화시는 양국의 우의를 돈독히 하는 내용과 만남 · 이별에 대한 소회(所懷)가 주를 이루고 있다. 상권의 말미에는 유수우신이 문사들에게 보내는 편지 3통이 수록되어 있는데, 구체적으로 제술관 박경행에게는 성학(聖學)의 지취(旨趣)에 대해 논한 편지를, 서기 이봉환에게는 기자(箕子)의 홍범구주(洪範九疇)에 대해 논한 편지를, 마지막으로 서기 이명계에게는 주역(周易)의 고금이동(古今異同)에 대해 논한 편지를 보내고 있다.

『하한문회』 하권에는 1748년 6월 29일 조선 문사들에게 보낸 유수우신의 편지가 앞에 실려 있고, 이어서 7월 3일 서본원사(西木願寺)에서 박경행, 이봉환과 나눈 필담이 수록되어 있다. 이때의 필담은 정오부터 오후 4시까지 행해졌다. 사행은 다음날인 7월 4일 낭화의 숙소를 떠나 귀로에 올라야 했는데, 유수우신은 조선의 문사들을 전송하는 시와 서(序)를 준비해 왔다. 『화한문회』 하권의 후반부에는 이때 증정한 시와 서, 그리고 유수우신이 박경행, 이봉환과 나눈 필담이 수록되어 있다. 필담의 내용은 「성학순박론(聖學純駁論)」 · 「인애체용론(仁愛體用論)」을 주제로 한 학담(學談)이 주를 이루었다. 학담의 내용에는 먼저 박경행 · 이봉환이 사행의 여정에서 목격한 일본 고학파(古學派)에 대한 단상과 이에 대한 우려가 표명되어 있다. 이어 그 우려를 불식시키기 위한 유수우신의 답변이 이어지는데, 여기에서 그는 일본의 '주자(朱子)' 산기암재를 소개하고 아울러 '사설(邪說)'이 횡행하는 현실에서 학문에 임하는 태도 등에 대해 진지하게 질의하였다.

한편 상권의 「주역고금이동론(周易古今異同論)」과 하권의 「인애체용론(仁愛體用論)」은 일찍이 산기암재가 이황의 주자학 이해나 해석에 대해서 의문을 던지거나 의견을 달리했던 몇 개의 의론 중 유수우신이 자의적으로 선택하여 조선 사신들에게 질의한 것이다.

먼저 「주역고금이동론」에서는 산기암재가 역(易)에 대한 이황의 견해를 살펴본 후 불만스럽게 여겼던 내용을 골라 질의하였다. 산기암재는 괘·효의 상징이 인간의 작위를 초월한 것임을 역설하며 역의 본질을 복서(卜筮)로 보았던 주자의 역 이해를 지지하였다. 이 과정에서 산기암재는 주자의 역 이해를 비판한 논자들을 비판하였는데 명대의 유학자 한방기(韓邦奇)도 그 중의 한 사람이었다. 한방기는 주자의 칠점법(七占法)을 두고 '어떤 때에는 변효(變爻)에 착안하고 어떤 때에는 불변효(不變爻)에 착안하여 일관성이 없다'고 논박하였는데, 이황은 그의 『역학계몽전의(易學啓蒙傳疑)』에서 한방기의 논변을 긍정적으로 인용한 바가 있다. 이에 대해 산기암재는 "퇴계의 사효·오효의 변에 관한 의문이 한원락(韓苑洛 – 원락은 한방기의 호)의 견해와 비슷한 것은 퇴계의 고찰이 상세하지 못하기 때문이다."(『산기암재전집(山崎闇齋全集)』 제3권 214면)[1]라고 하며 역에 대한 이황의 견해 또한 만족스럽지 못하다고 여겼다. 그러나 유수우신은 이황의 견해에 대한 산기암재의 비판을 재

---

[1] 이 책에서 산기암재 전집을 인용한 것은 〈다지리 유이치로 지음·엄석인 옮김, 2006, 『야마자키 안사이 –일본적 주자학의 원형』, 성균관대학교 출판부〉의 내용을 재인용 한 것이다. 또한 산기암재의 사상과 그의 의론에 대한 각주도 이 책의 내용을 다수 참고하여 정리한 것임을 밝혀 둔다.

론하지 않고 다만 산기암재가 『주역연의(朱易衍義)』를 저술하며 한결
같이 주자의 『주역본의』만을 따랐음을 강조하고 조선 또한 주자의 정
본을 통해 고역(古易)을 익히는지를 묻고 있다. 유수우신은 이황의 역
론(易論)을 산기암재가 비판적으로 바라보았음을 충분히 숙지하고 있
었다. 그런데도 그가 이렇게 묻고 있는 것은 조선의 이황조차도 올바
르게 이해하지 못한 주자의 역을 일본의 산기암재만은 충분히 이해하
고 계승하였음을 은연중 자부하는 언사라 볼 수 있다.

  다음으로 하권의 「인애체용론」은 이황의 「성학십도(聖學十圖)」에서
「인설도(仁說圖)」의 내용을 문제 삼은 산기암재의 의론을 바탕으로 질
의한 것이다. 산기암재는 "제유가 애의 이를 논함에, 모두 애가 이발
인 것은 알지만 미발의 애가 인이 됨은 알지 못한다.[諸儒論愛之理 皆知
愛之爲已發 而不知未發之愛之爲仁]"고 하면서, "『퇴계집』 권7「성학십도」
에 「인설도」가 실려 있는데, 미발의 애에 대해서는 설파하지 않았다."
고 주장하였다.(『산기암재전집(山崎闇齋全集)』 제1권 186면) 요컨대 산기암
재는 체(體)와 용(用), 성(性)과 정(情), 동(動)과 정(靜), 미발(未發)과 이
발(已發)의 변별에만 관심을 쏟는 것이 많은 유자들의 결점인데 이황
조차도 여기에서 벗어나지 못하였다고 비판하였던 것이다.

  유수우신이 필담을 통해 산기암재의 학문을 소개하며 이에 대한 조
선 사신들의 의견을 묻자 제술관 박경행은 미발과 이발, 체와 용을 변
별하여 답변하였다. 그러자 유수우신은 "이발의 애가 용이 되는 것은
말하면서 마음이 고요한 중에 미발의 애가 있다는 것에는 논의가 미
치지 못한다."고 답변하였는데, 이 말은 산기암재가 이황을 비판한 말
을 그대로 인용한 것이다. 이는 유수우신이 산기암재의 학문을 얼마
나 충실히 계승하고 있는지를 여실히 보여주는 대목이자 그가 내심

조선 사신의 학문 수준을 시험해 보며 조선을 능가하는 일본의 주자학 발달에 대해 자기 확신을 굳히는 장면이라 볼 수 있다.

한편 부록으로는 해고 이명계에게 전하려 했으나 문자의 기휘(忌諱) 문제로 인해 전하지 못한 「풍후의 『악기경』·제갈공명의 팔진론(風后握機經 諸葛孔明八陣論)」이 있다. 필담을 나누며 조선의 문사들은 종종 일본이 오로지 무력으로만 가르침을 삼는다는 우려를 토로하였는데, 「일본유학명비론(日本儒學明備論)」은 이에 대한 유수우신의 답변이라고 할 수 있다. 여기에서 유수우신은 일본 유학의 성대함과 눈부신 발전에 대해 적극적으로 의견을 개진하는 한편 문교(文敎)와 무비(武備)가 적대적인 관계가 아니라 양립 가능한 보완적 관계에 있음을 역설하였다.

4. 서지적 특성 및 자료적 가치

『화한문회』는 상·하 2권 1책이다. 글 주변 사방에 단선 테두리가 있는 사주단변(四周單邊)이고, 행마다 선이 없는 무계(無界)이다. 원문은 86면이며 면당 9행 19~20자이다. 낭화의 호문당(好文堂)에서 목판으로 간행하였다. 표지명은 '왜한문회(倭韓文會)'이고 판심제(版心題)는 '화한문회(和韓文會)'이며, 내부 내용에서는 '화한문회(龢韓文會)' 혹은 '화한문회(和韓文會)'로 기재되어 있다.

유수우신의 문인 강전안경(岡田安敬)의 서문에 따르면 순서가 뒤죽박죽이 되고 필획이 거칠어서 읽는 사람이 명확히 알아보기 어려운 채 방치되어 있던 스승의 필담 기록을 자신이 발견하였고, 이를 재차 수정하고 감수하여 한 권의 책으로 만들게 되었다고 한다. 서문의 작성이 1748년 음력 10월 하순으로 되어 있으므로 책의 발간은 필담창수가 이루어진 그 해에 바로 이루어진 것으로 보인다.

보통 정인문화(町人文化)로 일컬어지는 원록(元祿) 연간(1688~1704)의 문화적 발전을 바탕으로 일본에서는 주자학을 비판하는 학문 경향이 주류로 떠올랐다. 산록소행(山鹿素行, 야마가 소코오)의 성학(聖學), 이등인재(伊藤仁齋, 이토오 진사이)에서 비롯된 고의학(古義學)과 적생조래(荻生徂徠, 오규 소라이)가 창도한 고문사학(古文辭學)을 아울러 고학(古學)이라고 하는데, 이는 임진왜란 때 포로로 잡혀간 조선인 강항(姜沆)에서 전파된 유교 주자학이 점차 일본식으로 이해되어 가는 경향을 보여준다.

앞서 살펴보았듯이 『화한문회』의 저자 유수우신은 일본의 대표적 주자학자 산기암재의 학문을 계승한 유자이다. 유수우신의 학문의 연원이라 할 수 있는 산기암재는 유학과 신도를 결합한 신유일치(神儒一致)를 주장하는 가운데 '수가신도(垂加神道)'라는 독자적인 신도설을 세운 학자이다. 주자학을 추숭하되 신도라는 일본 고유의 사상을 융합한 산기암재의 학문은 일본 주자학에 다채로운 개성을 부여해 준 요소이기도 했으며, 중국 주자학이나 조선 주자학과 대비되는 일본 주자학의 고유성을 만들어 간 원동력이기도 했다.

이른바 기몬파[崎門派]로 불리는 산기암재 문하에서 기몬 3걸이라 불렸던 좌등직방(左藤直方, 사토 나오카타, 1650~1719), 천견형재(淺見絅齋, 아사미 게이사이, 1652~1711), 삼택상재 중 유수우신의 스승인 삼택상재를 제외한 나머지 두 명은 스승인 산기암재의 신도설에 반대하여 파문을 당하였다. 이 점을 고려할 때 주자학과 신도설을 연결시킨 산기암재의 학문은 삼택상재에 의해 가장 잘 계승되었다 할 수 있고, 자연히 유수우신의 학문 또한 이 영향 아래 있었을 것을 충분히 짐작해 볼 수 있다.

조선 사신들과의 필담에서 유수우신은 중국의 양명학은 물론 일본 고의학의 창시자 이등인재, 고문사학의 주창자 적생조래 등을 모두 정학(正學)인 주자학에 대항하는 이단이라 비판하였다. 이렇듯 주자학과 대립각을 세웠던 여타의 학문을 모두 이단이라 비판하며 주자학의 정통을 계승했다 자부하였던 유수우신이었지만, 정작 그 자신 또한 주자학의 논점들을 자유롭게 재해석하는 가운데 주자학 본래의 자장을 벗어나는 면모를 보이고 있었다. 이러한 모습은 앞서도 살펴보았듯이 유수우신이 하권의 「인애체용론(仁愛體用論)」에서 주희의 인론(仁論) 및 미발·이발, 체와 용, 동과 정에 관한 의론을 펼칠 때 분명하게 나타난다. 이 글에서 유수우신은 인(仁)과 애(愛)를 체와 용, 성과 정, 미발과 이발로 변별하는 것에 그치지 않고 양자의 연속적인 연결에 주의해야 함을 강조하고 있다. 요컨대 체와 용, 성과 정, 미발과 이발의 변별에만 관심을 쏟으며 '애'를 떠나 '인'을 설명해서는 안 된다는 것을 주장하고 있는 것이다. 그의 이러한 의론은 산기암재의 주장을 그대로 계승한 것이기도 하다. 이에 대해 조선 사신 박경행은 인이 체이자 미발이고 애가 용이자 이발이라 답변함으로써 주자학의 전통적 견해라 할 내용으로 대응하였는데, 이로써 주자학을 둘러싼 이해와 해석에서 양자 간의 뚜렷한 차이가 드러나고 있음을 볼 수 있다.

『화한문회』는 주자학을 추종하는 양국 문사들 사이에 형성된 기본적인 연대감, 동질감을 바탕으로 주자학에 대한 진지한 학문적 질의를 담고 있으며 동시에 주자학이라는 공통분모에도 불구하고 양자 간 학문의 결이 사뭇 달라지고 있음을 구체적으로 확인할 수 있는 책이

다. 또한 일반적으로 필담창화집이 시문의 창수를 주류로 하였던 것
과 비교하여, 이 책은 시문을 최소화하고 필담의 대부분을 유교·주자
학과 관련한 학담(學談)으로 채우고 있다. 요컨대 이 책은 조선 주자학
과 일본 주자학이 조우한 흔치 않은 학술적 결과물로서, 양자 간에 생
성된 동질감과 이질감이 함께 담겨 있는 기록이라 하겠다.

화한문회(和韓文會)

괄낭(括囊) 선생[1] 지음

화한문회서(龢韓文會序)

『화한문회(龢韓文會)』는 우리 괄낭선생(括囊先生)이 한객(韓客)과 함께 필담 창수한 책이다. 선생은 화려한 문장과 실학(實學)의 요체를 모두 겸비하여 우리나라에 수사(洙泗)[2]·염락관민(濂洛關閩)[3]의 정학(正學)이 있음을 한객으로 하여금 알게 하였다. 이에 학사(學士)가 제일의 인

---

1 괄낭(括囊) 선생 : 유수우신(留守友信, 루스 토모노부, 1705~1765)을 가리킨다. 그의 씨(氏)는 유수(留守)이고 이름은 우신(右信), 자(字)는 퇴장(退藏), 호(號)는 희재(希齋)·괄낭(括囊)이다. 낭화(浪華)의 처사(處士)로, 삼택상재(三宅尙齋)에게 배웠으며 산기암재(山崎闇齋)의 학문을 추종하였다. 그의 호 괄낭은 『주역(周易)』「곤괘(坤卦)」육사(六四)에 "주머니 끈을 묶듯이 하면 허물도 없고 칭찬도 없을 것이다.[括囊无咎无譽]"라는 말에서 나온 것으로, 세상의 일에 대하여 입을 다물고 또 자신의 재능을 감추어 재앙을 피한다는 뜻을 함축하고 있다. 저작으로 『속어역의(俗語譯義)』, 『칭호변정(稱呼辨正)』, 『서명해부록(西銘解附錄)』 등이 있다.

2 수사(洙泗) : 노(魯)나라 곡부(曲阜)에 있는 수수(洙水)와 사수(泗水)를 아울러 일컫는 말로, 공자와 맹자가 이 지역에서 태어나 강학 활동을 하였으므로 유학을 뜻하는 말이 되었다.

3 염락관민(濂洛關閩) : 염계(濂溪)의 주돈이(周敦頤), 낙양(洛陽)의 정호(程顥)·정이(程頤), 관중(關中)의 장재(張載), 민중(閩中)의 주희(朱熹)를 통칭한 것으로, 송대의 성리학을 뜻한다.

물, 제일의 문학이라며 감탄하였다. 그러나 객관(客館)이 분주하고 번잡하여 회포를 다 풀지 못하였으므로 이별할 때에는 못내 서운한 탄식을 하게 되었다. 대개 도(道)는 하나이니, 비록 사해만방(四海萬邦)에 풍속은 각각 달라도 그 마음으로 터득한 이치는 부절(符節)을 합한 듯 서로 맞았다. 학사가 대마도에 이르러 애절한 그리움을 그치지 못하고 멀리 낭화(浪華)로 편지를 보냈으니 또한 그 뜻을 알기에 충분하였다.

얼마 전 안경(安敬)이 상자를 열어 객관에서 필담한 것을 찾아냈는데, 순서가 섞여 있고 필획이 거칠어서 읽는 사람이 명확히 알아보기 어려웠다. 이에 함께 교열하여 한 권의 책으로 만들고자 뜻을 같이 하는 이에게 말하기를,

"이미 여러 평수집이 나와 있는데 지금 추가로 이 책을 만들려 하는 것은 감히 서로 겨루고자 하는 것이 아니다. 그러나 활자로 만들어 세상에 간행한다면 보탬이 있을 것이다. 일찍 계획하지 않으면 일의 자취가 전해지지 않을 것이니 후에 도모하려 한들 되겠는가? 지금이 바로 도모할 때이다."라고 하였다. 이에 선생께 청하였으나 선생이 허락하지 않으시며 말씀하시기를,

"이는 이른바 큰 시장에서 평천관(平天冠)을 파는 격이다."[4] 하시므로 뜻을 접고 다시 거론하지 않았다. 그런데 근자에 서사(書肆)의 우에다[植田]씨가 계속 부탁하기에 다시 선생께 힘써 의논드렸다. 감히 편

---

4 큰 …… 격이다 : 평천관은 임금이 쓰는 면류관을 가리킨다. 대낮 시장에서 평천관을 판다면 살 사람이 없을 뿐만 아니라, 참소를 당하여 주살되는 빌미가 될 수도 있다. 여기에서 유수우신은 당시 고의학이나 고문사학이 성행하던 일본 학풍에서 주자학을 매개로 필담을 나눈 내용이 알려지면 사람들의 이목을 놀라게 하여 구설수에 오르지 않을까 우려한 것으로 보인다.

차의 대략을 마음대로 기술하지 않고 이로써 서문을 쓴다.

관연(寬延)[5] 무진(戊辰) 음력 10월 하순, 문인 강전안경(岡田安敬) 씀.

무진년 조선으로부터 내빙(來聘)한 사신들의 성명

정사(正使) : 통정대부 이조참의 지제교(通政大夫吏曹參議知制教), 성은
            홍, 이름은 계희, 자 순보, 호 담와, 남양인 46세.[6]

부사(副使) : 통훈대부 행홍문관전한 지제교겸 경연시독관 춘추관편수
            관(通訓大夫行弘文館典翰知制教兼經筵侍讀官春秋館編修官),
            성은 남, 이름은 태기, 자 낙수, 호 죽리, 의령인, 50세.[7]

종사(從事) : 통훈대부 홍문관교리 지제교겸 경연시독관 춘추관기주관
            (通訓大夫弘文館校理知制教兼經筵侍讀官春秋館記注官), 성은
            조, 이름은 명채, 자는 주경, 호는 난곡, 창녕인, 49세.[8]

---

5 관연(寬延) : 일본 에도막부(江戶幕府) 시대 도원천황(桃園天皇)의 연호로, 1748년부
터 1750년까지이다.

6 홍계희(洪啓禧) : 1703~1771. 본관은 남양(南陽), 자는 순보(純甫), 호는 담와(淡窩).
영조 정사년에 문과급제, 벼슬은 이조판서(吏曹判書)·판중추부사(判中樞府事)에 이르
렀으며, 시호는 문간(文簡)이다. 저서로는 『삼운성휘(三韻聲彙)』가 있다.

7 남태기(南泰耆) : 1699~1763. 본관은 의령(宜寧). 자는 낙수(洛叟), 호는 죽리(竹裏).
1732년(영조 8) 정시문과에 을과로 급제, 이조좌랑으로 『속대전』을 수찬하였으며, 보덕
·집의를 거쳐 1747년 통신부사(通信副使)가 되어 일본에 다녀왔다. 저서로는 『죽리집』
이 있고, 시호는 정희(靖僖)이다.

8 조명채(曺命采) : 1700~1764. 본관은 창녕(昌寧). 자는 주경(疇卿), 호는 난재(蘭齋).
1748년(영조 24) 종사관(從事官)으로 일본에 다녀와서 『봉사일본문견록(奉使日本聞見
錄)』을 남겼다. 이 기행록에는 일본의 폭원(幅員)·분주(分州)·병제(兵制)·형제(刑制)
·가사(家舍)·음식·물산·화훼(花卉)·조세(租稅)·오민(五民)·인품·속상(俗尙)·지세
(地勢)·관직·왕환일정(往還日程) 등이 수록되어 있다.

이상은 삼사(三使)를 기록한 것이다.

구헌(矩軒) : 성은 박, 이름은 경행, 자는 인칙, 39세, 제술관(製述官).[9]

제암(濟庵) : 성은 이, 이름은 봉환, 자는 성장, 39세. 정사 서기(正使 書記).[10]

취설(醉雪) : 성은 유, 이름은 후, 자는 자상, 59세. 부사 서기(副使書 記).[11]

해고(海皐) : 성은 이, 이름은 명계, 자는 자문, 34세. 종사 서기(從事 書記).[12]

이상은 한인(韓人)이다.

난암(蘭庵) : 성은 기(紀), 씨는 아비류(阿比留), 이름은 국서(國瑞), 자는 백린(伯麟).

남계(柟溪) : 성은 평(平), 씨는 대포(大浦), 이름은 국빈(國賓), 자는 백 관(伯觀).

이상은 대마도의 기실(記室)이다.

---

9 박경행(朴敬行) : 1710~?. 자는 인칙(仁則), 호는 구헌(矩軒). 1733년(영조 9) 식년시에 진사 3등 2위로 합격하였으며, 1742년(영조 18) 정시에 병과 6위로 문과 급제하였다. 관직은 흥해부사(興海府使) 등을 역임하였다. 영조 46년(1770) 경인옥(庚寅獄)에 연루되어 흥해(興海) 임소에서 체포되었으며, 국문을 받고 단천(端川)에 유배되었다.

10 이봉환(李鳳煥) : ?~1770. 자는 성장(聖章), 호는 제암(濟庵), 우념재(雨念齋). 영조 대에 사마시에 합격하였고, 양지현감을 지냈다. 영조 46년(1770)에 경인옥(庚寅獄)에 연루되어 옥사하였다. 문집으로 『우념재시고(雨念齋詩藁)』가 있다.

11 유후(柳逅) : 1692~1780. 자는 자상(子相), 호는 취설(醉雪). 안기찰방, 북부참봉 등을 지냈다.

12 이명계(李命啓) : 1715~?. 자는 자문(子文), 호는 해고(海皐)이다.

사신을 따라 온 사람들의 관명(官名)은 『화한창화록(和韓唱和錄)』에 자세히 보인다.

『화한문회(和韓文會)』목록

상권(上卷)

자서(自序)

명함을 건네 인사하고 아울러 22수를 창화하다[通刺幷唱和二十二首.]

여러 조항에 대해 필담을 나누다[筆語數條]

자리를 청하며 시 한 수를 지어 감사의 마음을 표하다[辭席謝詩一首]

취설 유후에게 시 한 수를 드리다[贈柳醉雪詩一首]

성학의 지취 사도론 붙임[聖學旨趣幷師導論] 구헌(矩軒)에게

기자홍범구주론(箕子洪範九疇論) 제암(濟庵)에게

주역고금이동론(周易古今異同論) 해고(海皐)에게

하권(下卷)

학사 서기 세분에게 드리는 척독 1통[與學士書記三子尺牘一道]

박구헌을 전송하는 수창시 3수 서 붙임[送朴矩軒詩唱酬三首幷序]

이제암 이해고를 전송하는 시 2수 서 붙임[送李濟庵李海皐詩二首幷序]

성학순박론(聖學純駁論) 구헌(矩軒)에게

인애체용론(仁愛體用論) 구헌(矩軒)에게

일본유학명비론(日本儒學明備論) 제암(濟庵)에게

달려가 시 한 수를 부치다[馳介追寄詩一首]

박구헌이 대마도에서 낭화로 부쳐온 편지 1통[朴矩軒自對馬寄浪華書一道]
풍후의 『악기경』·제갈공명의 팔진론(風后握機經 諸葛孔明八陣論)

목록 마침.

화한문회(和韓文會) 상

좌주(佐州) 강전안경(岡田安敬) 엮음

일찍이 듣건대 주(周)나라 무왕(武王)이 상나라를 정벌하자 기자(箕子)가 은나라 사람 5천을 거느리고 조선으로 피하니 무왕이 그를 봉하였다. 평양에 도읍하고 백성에게 예의(禮義)와 누에치기, 베 짜기를 가르쳤으며 8조의 가르침을 베풀고 정전제(井田制)를 시행하였으나 중엽(中葉)에 이르러 쇠퇴하였다. 여씨(麗氏) 말, 정주(程朱)의 서적이 비로소 전해져 도학(道學)이 밝아질 수 있었고, 근래에는 퇴계(退溪)[13]·회재(晦齋)[14]의 무리가 나와 정학(正學)을 앞장서서 일으켰다. 내가 그들의 저서를 읽고 그 사람됨을 알게 되어 평소 멀리서 추앙함이 간절하였다.

지금 학사 박경행, 이봉환·유후 등 세 분 서기가 세 사신을 따라 명을 받들고 우리 장군[15]의 즉위를 축하하러 오는 길에 낭화(浪華)에

---

13 퇴계(退溪) : 이황(李滉, 1501~1570)의 호다. 본관은 진보(眞寶), 자는 경호(景浩)이다. 조선 중기의 문신이자 유학자로 조선 주자학의 기초를 형성하였으며, 이(理)의 능동성을 강조하는 이기호발설(理氣互發說)을 주장하였다.

14 회재(晦齋) : 이언적(李彦迪, 1491~1553)의 호다. 본관은 여주(驪州), 자는 복고(復古)이다. 양재역 벽서 사건에 연루되어 강계로 유배되었고, 그곳에서 많은 저술을 남겼으나 63세로 죽었다. 저서에 『구인록(求仁錄)』, 『대학장구보유(大學章句補遺)』, 『중용구경연의(中庸九經衍義)』, 『봉선잡의(奉先雜儀)』 등이 있다.

들렸다. 이에 내가 난암(蘭庵) 기씨(紀氏)의 소개로 여러 번 만났다. 그
들이 문장을 만들고 시를 지을 때는 붓이 나는 듯했는데, 애당초 그다
지 애를 쓰는 것 같지도 않았으므로 보는 사람들이 모두 그 민첩함에
탄복하였다. 의론이 확실하고 이락관민(伊洛關閩)[16]의 바른 전철을 잘
따랐으며 관계(官階) 또한 한결같이 명나라의 제도를 따라 체모가 오
랑캐의 풍속으로 바뀌지 않았으니, 기자 나라 문교(文敎)의 아름다움
을 볼 수 있었다. 얼마 전 문하생 한 두 사람이 2권의 책으로 만들어
제목을 『화한문회(和韓文會)』라 하고 느낀 바를 기록하여 집안에 전한
다 하였다.

무진년(戊辰年) 가을 파원조도(波遠釣徒) 괄낭(括囊) 씀.

---

15 우리 장군 : 덕천가중(德川家重, 토쿠가와 이에시게, 재위 1745~1760)을 말한다.
16 이락관민(伊洛關閩) : 이(伊)·락(洛)·관(關)·민(閩)은 모두 지명으로, 각각 이수(伊水)
  와 낙수(洛水), 관중(關中)과 민중(閩中)을 말한다. 이수에는 명도(明道) 정호(程顥), 낙
  수에는 이천(伊川) 정이(程頤)가 강학하였고 관중에는 횡거(橫渠) 장재(張載), 민중에는
  회암(晦庵) 주희(朱熹)가 강학하였다. 여기에서는 성리학, 주자학의 뜻으로 사용되었다.

연향(延享)[17] 5년(1748), 무진년(戊辰年) 여름 4월 23일 조선국 학사 구헌(矩軒) 박경행, 서기 제암(濟庵) 이봉환, 서기 해고(海皐) 이명계를 낭화 서본원사(西本願寺) 객관에서 만났다. 서기 취설(醉雪) 유후는 일이 있어 한 자리에 모이지 못했다.

명함을 건네어 인사드립니다
通刺

괄낭

저의 씨(氏)는 유수(留守)이고 이름은 우신(右信), 자(字)는 퇴장(退藏), 호(號)는 희재(希齋) 또는 괄낭(括囊)으로서 낭화(浪華)의 처사(處士)입니다. 두 나라가 교린의 우호를 닦아 공들께서 빙사(聘使)를 수행하여 오시는 길에 바닷길이 평안하여 행차가 이곳에 이르렀으니 경하드립니다. 오늘 관사(館事)에게 잠시 시간을 마련하도록 청하여 공들을 알현하게 되었습니다. 이는 천년에 한번 있을 만남으로 제 생애 더할 나위 없는 영광이고 행운입니다.

한객(韓客) 또한 저마다 써서 보여주었다

제 성(姓)은 박(朴)이고 이름은 경행(敬行), 자(字)는 인칙(仁則), 호(號)는 구헌(矩軒)입니다. 만 리 외로운 뱃길에 이렇듯 여러 군자들이

---

17 연향(延享) : 1744년부터 1748년까지의 일본 연호이다.

몸소 찾아주시고 아울러 훌륭한 시까지 주시니 나그네 시름에 큰 위로가 되어 얼마나 다행인지 모르겠습니다. 만 리 사행길에 친구를 만나 회포를 나누니 이는 삼십 년 후에도 드문 인연일 것입니다. 산천에 어린 영기와 그윽한 한묵의 향기로 인해 저 하늘과 땅 끝처럼 멀리 떨어져 있는 사람도 정답게 시를 주고받게 되니 너무도 다행입니다.

제 성은 이(李)이고, 이름은 봉환(鳳煥), 자는 성장(聖章), 호는 제암(濟庵)입니다. 양국이 수호하게 되면서 사신의 행렬이 끊이지 않았습니다. 앞 사람의 평수집인 『성사답향(星槎答響)』[18]의 내용을 늘 보았던 터라 귀방의 문화(文華)를 환히 알고 있었습니다. 지금 만 리 바닷길에 무사히 객관에 이르러 여러 군자들의 아름다운 글을 볼 수 있게 되니, 제 오랜 숙원이 풀렸습니다. 실로 너무도 다행입니다.

제 성은 이(李)이고, 이름은 명계(命啓), 자는 자문(子文), 호는 해고(海皐)입니다.

---

18 『성사답향(星槎答響)』: 1719년 통신사행 당시 신유한을 비롯한 제술관과 서기 등이 일본측 관반(館伴)이었던 승려 월심(月心)과 나눈 창화 기록이다. 구체적으로는 대마도에 도착한 뒤 6월 29일의 첫 대면부터 8월 19일 적간관(赤間關)까지의 기록으로, 창화시와 불교에 관한 논의가 주를 이루고 있다. 편찬자였던 월심은 창화한 내용을 바로 정리하여 출판하였고, 그 결과 신유한은 에도에서 빙례를 마치고 돌아오는 길에 오사카에서 막 출판된 『성사답향』을 볼 수 있었다. 이에 대해 신유한은 "담(湛) 장로가 대판에서 새로 출판된 『성사답향』 두 권을 나에게 보였는데, 이것은 나를 비롯한 세 서기가 장로와 화답한 시편으로, 이미 출판된 것은 적간관 이전의 작품이요, 그 나머지는 아직 출판이 끝나지 않았다고 한다. 날짜를 계산해 보니 한 달 안에 출판된 것이니, 왜인이 이 일을 좋아하고 이름을 좋아하는 습성이 자못 중화와 다름이 없었다."고 평하였다.(『海遊錄』11월 4일 참조) 이봉환은 사행(使行)에 앞서 신유한이 이때 가지고 들어온 『성사답향』을 입수하여 숙독했던 것으로 보인다.

삼가 구헌 박공께 올립니다
敬簡呈矩軒朴公文案

괄낭

문익선(文鶂船)[19]이 멀리 동해의 물결을 넘어 와 비단 돛배가 잠시 섭성(攝城)[20]의 객관에 머무르게 되었습니다. 바람과 이슬을 맞으며 산과 바다를 넘고 건넜으니 나그네의 수고로움과 어려움을 제가 어찌 다 헤아릴 수 있겠습니까. 다행히 뱃길이 무사하고 거마가 빨라 일정이 평안하고 순조롭습니다. 이는 화락한 군자를 신명께서 도우신 것이니 실로 양국의 경사입니다. 앞서 사신이 동쪽으로 향하고 있다는 말을 듣고서 해바라기가 해를 바라보듯 목을 빼고 기다렸습니다. 하늘이 기이한 인연을 내려 주어 비로소 아름다운 풍모를 뵙고 훌륭한 덕풍을 우러르게 되었습니다. 기쁘고 황송하기 그지없어 외람되이 율시 한 수를 지어 제 마음을 전합니다.

하늘 밖 규성[21]이 사신 깃발 비추니	天外奎星映旆旌
만 리 장풍이 강성에 불어오네	長風萬里赴江城
바닷물에 글 던지자 악어가 피하고	文投海水鱷魚避
형산에서 시를 짓자 길이 맑아졌네[22]	詩賦衡山道路淸

---

19 문익선(文鶂船) : 익(鶂)을 그린 배를 말한다. 익(鶂)이란 새는 백로(白鷺)와 비슷한 물새로, 바람이 불어오는 것을 미리 알고 풍파(風波)에 잘 견딘다 하여 뱃머리에 이 새를 그리는 것이 관행이었다.

20 섭성(攝城) : 대판(大坂), 즉 지금의 오사카를 말한다.

21 규성(奎星) : 문장을 주관하는 별을 말한다.

22 바닷물에 …… 맑아졌네 : 한유가 조주 자사 시절 악어가 근심거리가 되는 것을 보고 제문을 지어 물속에 던져 넣으니 악어의 근심이 사라졌고, 또 형산에 놀러갔다가 마침

칼집 속 오구 울음[23] 얼마나 되었나	幾日吳鉤鳴匣久
금년에 한사가 뗏목 타고 오셨구나	今年漢使來槎輕
천지에 이런 만남 진실로 어려우니	乾坤此會眞難得
하루아침 짧은 만남 기쁘기 한량없네	最喜一朝華盖傾

희재가 주신 시에 삼가 차운하다
奉次希齋惠韻

구헌

사신 깃발 해를 넘겨 머무는 하늘 남쪽	經歲天南駐畫旌
번화하기로 으뜸인 낭화성이라네	繁華最說浪華城
고기잡이 배에는 등불이 가득하고	魚蝦舟楫村炯滿
화려한 누대에는 바다 기운 맑구나	錦繡樓臺海氣淸
한 하늘의 풍속이 땅에 따라 구별되니	謠俗一天隨地別
만 리 길 행장은 바람 타고 가볍구나	行裝萬里馭風輕
시를 지으며 산하가 다름을 말하지 않으니	新詩不道山河異
이르는 곳마다 의기가 투합하네	觸處逢場意氣傾

외람되이 모과를 드렸는데 황공하게도 아름다운 옥으로 보답해주

가을비를 만났는데, 묵묵히 기도하니 하늘이 개였다는 고사를 인용한 시구이다. 『韓昌黎
文集 卷3 謁衡嶽廟遂宿嶽寺題門樓』, 『韓昌黎文集 卷8 鰐魚文』.

23 오구 울음[吳鉤鳴] : 오구는 갈고리 모양으로 휘어진 병기(兵器)를 말한다. 춘추 시대
오(吳)나라 사람이 이를 잘 만들었기 때문에 오구라고 일컫는데, 후에는 예리한 검을
뜻하는 말로 쓰였다. 이 시에서 칼집 속의 오구 울음이란 전쟁이 없는 평화상태를 의미하
는 것으로 보인다.

시니 이러한 은혜는 진실로 생각지도 못한 일이었습니다. 하늘이 내려주신 아름다운 재주로 나는 듯이 붓을 휘두름이 마치 한번 울음으로 사람을 놀라게 하는 것과 같으니 어찌 보잘 것 없는 지중물(池中物)[24]이라 하겠습니까. 진중하기가 마치 벽옥을 지닌 듯하고 현포(玄圃)[25]의 꼭대기에서 균천(鈞天)의 광악(廣樂)[26]을 지휘하는 듯합니다. 이는 귀방의 지극한 정치가 오래도록 지속되어 화락하고 태평한 풍습이 용모와 언사에 자연스레 드러나는 것임을 알겠습니다.

삼가 사모하고 감복하여 다시 원운에 의거하여 구헌 학사께 올리다
敬羨敬服再依原韻呈矩軒學士文案

괄낭

새벽녘 말에 올라 사신을 마중하니	曉騎迎來留翠旌
푸른 구름 섭양성에 드리어 있구나	青雲搖曳攝陽城
돌아온 물수리떼 허공을 치며 지나가고	回頭群鶚搏空過
비껴든 검의 쌍룡은 바다에 비쳐 맑구나[27]	倚劍雙龍照海清

---

24 지중물(池中物) : 하늘을 날지 못하고 못 속에 가라앉은 교룡(蛟龍)처럼 하는 일 없이 칩거하는 사람을 뜻한다. 『三國志 吳志 周瑜傳』

25 현포(玄圃) : 곤륜산(崑崙山) 정상에 있다는 신선이 사는 곳으로 다섯 금대(金臺)와 열두 옥루(玉樓)가 있다고 한다.

26 균천(鈞天)의 광악(廣樂) : 진목공(秦穆公)의 꿈에 상제(上帝)가 있는 균천(鈞天)에 올라가서 광악(廣樂)이라는 풍악을 들었다는 고사를 인용한 것이다.

27 검에 …… 비치네 : 용천(龍泉)과 태아(太阿) 두 검의 고사를 말한다. 진(晉)나라 때 오(吳) 땅에 자색 기운이 하늘의 우수(牛宿)와 두수(斗宿) 사이로 뻗히는 것을 보고, 장화(張華)가 뇌환(雷煥)을 풍성현(豐城縣)의 현령으로 보내 이 두 검을 얻은 다음 하나씩

빼어난 시문에는 신선의 풍골 보이고	獨步奇文仙骨見
높은 풍모 현도[28]의 덕모가 가볍구나	高風玄度德毛輕
잠시나마 서로 만나 세상 티끌 풀어내니	相逢暫解世塵色
해지도록 읊조림을 탓하지 말아주오	莫問沈吟日影傾

희재가 재차 첩운한 시에 다시 차운하다
又次希齋再疊韻

구헌

봉래 바다 바람 안개 사신 깃발 휘감는데	蓬海風烟繞彩旌
섭진성에 잠시 국서가 머무르네	囊書蹔歇攝津城
한낮의 선계에 주렴이 화려하고	鮫紋白日簾帷爛
신기루 갠 하늘에 세상이 맑아지네	蜃市晴天世界清
나그네 배 거센 파도에 두 눈이 상쾌하고	客棹層波雙眼快
왕령 받든 만 리길에 이 한 몸 가볍네	王靈萬里一身輕
새 시를 주고받으며 성대한 모임 이루고	新詩迭唱成高會

나누어 가졌다. 이후 장화가 복주(伏誅)되자 그가 지녔던 용천검은 양성(襄城)의 물속으로 날아 들어갔고, 태아검 역시 뇌환의 사후 그 아들이 차고 다니다가 연평진(延平津)을 지날 때 칼이 물속으로 뛰어들어 갔다. 이에 잠수부를 시켜 찾아보게 한 결과 칼은 보이지 않고 두 마리 용이 사라지는 모습만이 보였다고 한다. 『晉書 卷36 張華列傳』 두보(杜甫)의 「곡왕팽주륜(哭王彭州掄)」 중 "교룡이 비껴든 검을 휘감았도다.[蛟龍纏倚劍]"라는 시구는 이 고사를 인용한 것이며, 유수우신의 이 시구 또한 「장화열전」의 고사와 두보의 시를 두루 참작한 것으로 보인다.

28 현도(玄度) : 동진(東晉)의 청담(淸談) 명사 허순(許詢)의 자(字)이다. 현도는 승려 지도림(支道林)과 교유하면서 청담으로 일세를 풍미하였는데, 유윤(劉尹)이 그에 대해서 "맑은 바람과 밝은 달을 대하노라면, 문득 현도가 생각난다.[淸風朗月 輒思玄度]"라고 평한 말이 유명하다. 『世說新語 言語』

자리 가득 봄 술을 마음껏 기울이네	滿座春醪盡意傾

하늘이 아름다운 인연을 허락하여 봉새를 뵙고 어울리니 안개가 걷히듯 환하여 제 마음에 더욱 흡족합니다. 삼가 졸렬한 율시 한 수를 지어 해고(海皐) 이 사종(李詞宗)께 올립니다.

天假良緣, 兹諧鳳覩, 豁若披霧, 殊愜鄙懷. 謹賦蕪詞一律, 次奉呈海皐李詞宗吟榻.

괄낭(括囊)

사신배 이역을 왕래하니	星槎通異域
성세의 향기로운 바람이 청량하네	聖世蕙風凉
바닷가 금란²⁹ 모임	湖海金蘭會
천지에 해가 더디 지네	乾坤白日長
누각에 오르니 맑은 그림자 가득하고	登樓清影滿
오래도록 머무니 빼어난 시문 향기롭네	久坐文華香
용문에서 홀연히 일어나 환히 빛나니	忽起龍門奐
사귀는 기쁨 어느 해인들 잊을까	交歡何歲忘

---

29 금란(金蘭) : 벗과 서로 의기가 투합하여 굳기는 쇠를 자를 만하고 향기롭기는 난초와 같음을 말한다. 『주역』「사전 상(繫辭傳上)」에 "두 사람이 마음을 함께하면 그 예리함이 쇠를 자를 만하고 마음을 함께한 말은 그 향기가 난초와 같다[二人同心 其利斷金 同心之言 其臭如蘭]" 하였다.

희재의 아름다운 시에 삼가 수답하다
奉酬希齋瓊韻

해고

배 떠나올 때 봄눈 휘날리더니	離舟春雪滿
사신 숙소에 여름 바람 서늘하네	賓館夏風凉
장성과 익성[30]의 천문이 가깝고	張翼天文近
봉영[31]의 지세는 길게 뻗어 있네	蓬瀛地勢長
남겨 놓은 시는 진나라 비단[32]과 같고	留詩當晉縞
함께 한 자리엔 순향[33]이 그윽하네	同席挹荀香
만나는 곳마다 허다한 이별	逢處多爲別
오래도록 두고두고 잊지 못하리	依依不可忘

----

30 장성(張星)과 익성(翼星) : 남방 칠수에 속하는 별자리. 이십팔수(二十八宿)를 사방으로 나누면 한 방위마다 칠수가 있게 되는데, 동방에는 각·항·저·방·심·미·기(角亢氐房心尾箕)가, 북방에는 두·우·여·허·위·실·벽(斗牛女虛危室壁)이, 서방에는 규·누·위·묘·필·자·삼(奎婁胃昴畢觜參)이, 남방에는 정·귀·유·성·장·익·진(井鬼柳星張翼軫)이 이에 해당한다. 천문에서는 남방의 장성(張星)과 익성(翼星)이 일본 분야(分野)에 속한다고 보았다.

31 봉영(蓬瀛) : 봉래(蓬萊)와 영주(瀛洲)의 병칭으로, 방장(方丈)과 함께 바다 가운데 있다고 전하는 삼신산(三神山)을 가리킨다. 여기에서는 일본을 지칭하는 용어로 사용되었다.

32 진나라의 비단 : 진(晉)나라 때 여류 문인 소혜(蘇蕙)가 전후좌우 어디로 읽어도 문장이 되는 회문선도시(廻文旋圖詩)를 비단으로 짜서 남편인 두도(竇滔)에게 부친 고사에서 나온 말로, 여기에서는 아름다운 시문(詩文)을 가리킨다. 『晉書 卷96 竇滔妻蘇氏列傳』

33 순향(荀香) : 후한(後漢) 때 순욱(荀彧)이 향을 좋아하여 그가 앉았던 자리에는 향내가 삼일 동안이나 풍겼다는 고사(故事)에서 나온 말이다.

오래도록 모린(慕蘭)[34]의 마음을 품었다가 뜻밖에 합잠(盍簪)[35]의 자리에 참여하게 되었습니다. 맑은 바람이 가슴에 이니 뛸 듯이 기쁜 마음을 감당하기 어려워 삼가 보잘 것 없는 시 한 편을 지어 제암(濟庵) 이 사종(李詞宗)께 올립니다.

久懷慕蘭, 忽得盍簪. 淸風入懷, 曷任欣躍, 恭賦下調一篇, 以奉呈濟庵
李詞宗文几.

괄낭(括囊)

선린의 명을 받들고 당도하니	善隣銜命至
여러 군자 아름답고 당당하네	諸子自翩翩
부절 안고 관내에서 하직하고	擁節辭關內
배에 올라 일본으로 향했네	乘槎向日邊
규성은 붉은 바다에 뜨고	奎文臨紫海
검기는 푸른 하늘로 솟구치네	劍氣聳靑天
왕사의 수고로움 마다치 마오	莫厭勞王事
성대한 조정에서 현자를 천거했으니	盛朝曾擧賢

희재가 주신 시에 삼가 수답하다
奉酬希齋惠韻

제암

은빛 포구에 돛단배 평온하고	銀浦帆檣穩
하성에는 난새 학이 훨훨 나네	霞城鸞鶴翩

---

34 모린(慕蘭) : 한(漢)나라 사마상여(司馬相如)가 전국 시대 조(趙)나라의 현상(賢相) 인상여(藺相如)의 사람됨을 흠모하였던 고사를 따라, "모현(慕賢)"의 의미로 사용되었다.

35 합잠(盍簪) : 뜻 맞는 이들이 서로 모여 회동하는 것을 말한다. 『周易 豫卦 九四爻』

아름다운 섬에서 선객을 만나	相逢瑤嶋客
절집 누각에서 함께 미소 짓네	一笑梵樓邊
비단 자리에 구름이 낮게 드리우고	錦席雲垂地
고운 꽃 핀 곳에 해가 기울어가네	琪花日度天
문장은 본디 말단 재주에 불과하니	文章元末技
선비는 모름지기 현자를 본받아야 하네[36]	須識士希賢

외람되이 파곡(巴曲)[37]을 연주했는데 아름다운 시로 화답해주
셨습니다. 여러 차례 찬찬히 읽으니 옥석 같은 시구에 두 눈이
놀라고 귓가에는 음률이 맴돌아, 진실로 고인(古人)과 대적할
만합니다. 다시 절구 한 수를 지어 제암(濟庵)·해고(海皐) 두
서기께 올립니다.

猥奏巴曲, 辱蒙高和. 莊讀數回, 琳琅驚目, 宮商滿耳, 眞可頡頏古人.
重綴一絕, 奉呈濟庵海皐二書記詞案.

괄낭(括囊)

| 대판성 서쪽으로 큰 바다 흐르는데 | 大阪城西大海流 |
| 맑은 바람 불어와 목란주[38]를 환송하네 | 清風吹送木蘭舟 |

---

36 선비란 …… 하네 : 북송(北宋)의 주염계(周濂溪)의 『통서(通書)』 지학편(志學篇)에,
"성인은 하늘을 본받기를 바라고, 현인은 성인을 본받기를 바라고, 선비는 현인을 본받기
를 바란다.[聖希天 賢希聖 士希賢]"는 내용을 인용한 구절이다.

37 파곡(巴曲) : 하리파인곡(下里巴人曲)을 말한다. 『문선(文選)』, 송옥(宋玉)의 「대초왕
문(對楚王問)」에, "어떤 나그네가 영중(郢中)에서 노래하는데 처음에 하리파인곡을 부르
니 화답하는 자가 수천 명에 달했다."라고 하였는데, 여기서는 자기 글에 대한 겸칭으로
쓰였다.

38 목란주(木蘭舟) : 춘추 시대 노반(魯般)이란 사람이 결이 곱고 향기 좋은 목란(木蘭)

속세 떠난 장쾌한 유람 그 누가 알까　　　誰知物外眞遊奐
금낭에 모두 넣어 나그네 시름 달래네　　　總入錦囊消旅愁

괄낭이 주신 시에 삼가 화답하다
奉和括囊惠韻

제암

깊은 밤 은하수에 별빛이 가득하고　　　銀河夜轉萬星流
바람 결 뿔피리 소리 채색 배에 은은하네　　　畫角淑風穩彩舟
난새 학 머무는 십주[39]에 다다르니　　　身至十洲鸞鶴裡
무릉의 나무꾼 고향 생각 젖어 드네　　　武陵樵客尙鄕愁

괄낭이 주신 시에 삼가 화답하다
奉和括囊惠韻

해고

넘실넘실 강물은 날마다 북쪽으로 흐르는데　　　河水洋洋日北流
멀리 계림 나그네 이곳에 배 머무네　　　鷄林遠客此停舟
석양 속 누각의 금전지와 오색 붓　　　金牋彩筆當樓夕
차와 술 나누며 시름을 잊었네　　　茶酒相酬不記愁

나무를 깎아 배를 만들었던 데서 유래한 말로, 흔히 배의 미칭으로 쓰인다.
39 십주(十洲) : 신선이 산다는 바다 속 열 개의 섬으로, 보통 선경(仙境)을 가리킨다.

다시 전운을 써서 제암·해고 두 서기에게 올리며 감사의 마음을 표하다
再攀前韻 奉呈謝濟庵海皐二書記案下

괄낭

만 리 유람길 풍류를 만나	遠遊萬里接風流
청한주[40] 잠시 낭화에 머무네	華府暫留靑翰舟
이곳의 돌다리는 해를 보는 곳이니[41]	自是石橋觀日地
술잔 앞에 두고 타향 시름에 잠기지 마오	樽前莫起異鄕愁

사현에게 드리다
奉要四賢府和

해고

바다를 떠도는 슬픈 노래 구영[42]을 건너니	浮海悲歌渡九瀛
이역의 외로운 거문고 같은 소리를 그리네[43]	孤琴異域向同聲
비단 유막 하늘에 닿을 듯 드리우고	綾羅帷幕連空暗
금빛 누대 땅을 가득 밝히네	金粉樓臺滿地明
시가의 사람들 시끌벅적 소란하고	町市人烟喧不定

---

40 청한주(靑翰舟) : 새 모양의 장식을 새기고 푸른 칠을 한 배를 말한다.

41 돌다리는 …… 곳이니 : 진 시황(秦始皇)이 해 돋는 곳을 보고자 동해 바닷가에 돌다리를 놓았다는 전설을 인용한 시구이다.

42 구영(九瀛) : 구영은 구주(九州)의 바깥에 있는 바다로, 해외의 각국을 가리킨다.

43 같은 …… 그리네 : 『주역』 「건괘(乾卦) 문언(文言)」에 "같은 소리끼리 서로 응하고, 같은 기운끼리 서로 찾는다.[同聲相應 同氣相求]"고 한 구절을 인용한 시구로, 여기에서는 뜻이 같은 사람끼리의 만남을 그리워한다는 뜻으로 쓰였다.

하교⁴⁴의 운수⁴⁵는 푸른빛이 짙어가네 　　　　河橋雲樹綠初平

서쪽으로 돌아가 꿈속에서 아련히 만난다면 　　西歸各有依依夢

주고받은 시편 속 이름을 혹시라도 기억할까 　萍水篇中儻記名

해고가 주신 시에 차운하여 올리다
次奉海皐惠韻

괄낭

물결 이는 사월에 동쪽 바다 찾아오니 　　　　烟波四月間東瀛

이르는 산천마다 목탁 소리 진동하네⁴⁶ 　　到處山川振鐸聲

백세의 홍범구주 기성의 은택이고⁴⁷ 　　　百世範疇箕聖澤

삼한의 의관에는 중화의 풍모 선명하네 　　三韓冠冕華風明

하삭에서 잔을 드니⁴⁸ 깊은 정이 가득하고 　喞盃河朔幽情滿

44　하교(河橋) : 황하의 다리로 벗과 이별하는 곳을 뜻한다.

45　운수(雲樹) : 멀리 있는 벗을 그리워할 때 쓰는 말이다. 두보(杜甫)가 「춘일억이백(春日憶李白)」에서 "위수 북쪽 봄날의 나무 한 그루, 장강 동쪽 해 질 녘 구름이로다.[渭北春天樹, 江東日暮雲]"라고 한 데서 유래하였다.

46　목탁 …… 진동하네 : 목탁은 고대에 정교(政敎)를 펼 때에 흔들어서 사람들을 경계시키던 도구이다. 의(儀) 땅의 봉인(封人)이 공자를 만나 본 뒤 제자들에게 "천하에 도가 없어진 지 오래이니, 하늘이 장차 부자를 목탁으로 삼으실 것이다.[天下之無道也久矣, 天將以夫子爲木鐸]"라고 한 데서 나온 말이다. 『論語 八佾』. 여기에서는 조선 사신의 교택(敎澤)을 칭송하는 의미로 쓰였다.

47　백세의 …… 은택이고 : 홍범구주(洪範九疇)는 중국 하(夏)나라 우(禹) 임금이 홍수를 다스릴 때 하늘로부터 받은 낙서(洛書)를 보고 만들었다고 하는 아홉 가지의 법으로, 그 대강은 오행(五行)·오사(五事)·팔정(八政)·오기(五紀)·황극(皇極)·삼덕(三德)·계의(稽疑)·서징(庶徵)·오복 육극(五福六極)이다. 은(殷)나라가 망한 후 기자가 주 무왕(周武王)을 위해 치국안민의 도인 홍범구주(洪範九疇)를 전해 주었다고 한다. 『史記 卷38 宋微子世家』

양원[49]에서 시 지으니 의기가 펴지네 　　就賦梁園意氣平
이제야 알겠네 불세출의 선랑 　　正識仙郎堪世出
웅대한 명성이 만장 무지개에 걸려 있음을 　　長虹萬丈懸雄名

네 분 현인에게 올리다
奉要四賢府和

해고

누대 그림자 깊은 물에 잔잔하고 　　樓影深水定
비 개인 하늘 별빛이 반짝이네 　　河光霽欲開
몇 번의 짧은 만남 □하는데 　　頻成傾蓋□
다시 배를 띄워 떠나야 하네 　　却□泛槎廻
하얀 성첩에 붉은 노을이 짙고 　　白堞彤雲合
푸른 숲에 채색 봉황이 날아드네 　　青林彩鳥來
그대에게 묻노니 　　憑君更相問
어느 곳이 망향대인가 　　何處望鄉臺

---

48 하삭에서 …… 드니[酌孟河朔] : 무더운 여름철 피서(避暑)를 겸해 여는 연회, 즉 하삭
음(河朔飮)을 가리킨다. 후한(後漢) 말에 유송(劉松)이 원소(袁紹)의 자제와 하삭(河朔)
에서 삼복(三伏) 무렵에 술자리를 벌이고 밤낮으로 술을 마신 고사에서 유래한다. 『初學
記 歲時部上 夏避暑飮』
49 양원(梁園) : 양원은 서한(西漢) 경제(景帝) 때 양 효왕(梁孝王)이 만든 토원(兎園)이
다. 이곳에서 연회를 즐기며 사부(辭賦)에 능한 사람을 높였는데, 매승(枚乘)과 추양(鄒
陽)이 제일 걸출했다고 전해진다. 『史記 卷117 司馬相如列傳』

해고가 주신 시에 차운하여 올리다
次奉海皐惠韻

괄낭

하늘가 우연한 만남	天涯萍水會
그대로 인해 회포를 풀었네	懷抱因君開
말을 에워싸며 붉은 기운이 모이고	擁馬紫氛簇
누각에 오르니 누런 학이 맴도네	登樓黃鶴廻
시 읊으니 세찬 바람 일어나고	雄風吟裡起
자리 끝엔 맑은 달이 떠오르네	霽月席邊來
청컨대 삼신산 길 보려면	請看三山路
금옥대를 쌓으시길	築成金玉臺

자리에서 재빨리 시를 지어 구헌·제암·해고 삼현께 올리다
席上走奉呈矩軒濟菴海皐三賢詞案

괄낭

푸른 바다 삼천 리	碧海三千里
시낭 속 시 오백 수	錦囊五百篇
한 수 한 수 속사를 담지 않았으니	篇篇無俗事
신선의 경지에 들 만 하네	可以入神仙

괄낭의 시에 수답하다
奉酬括囊韻

구헌

화려한 연회에 시로 말을 대신하니	華筵詩代話
아름다운 시편이 눈앞에 가득하네	滿眼散瑤篇
화려한 은대[50] 안에서	爛熳銀臺裡
글을 아는 신선을 만났네	相逢識字仙

괄낭이 주신 시에 삼가 화답하다
奉和括囊惠韻

제암

해질녘 누대의 그림자	翳日樓臺影
상자에 가득한 월로편[51]	盈箱月露篇
만 리 봉래에 온 이 몸이	蓬萊身萬里
우연히도 시선[52]을 만났네	萍水遇詩仙

괄낭이 주신 시에 삼가 화답하다
奉和括囊惠韻

해고

풍기의 다름을 논하지 않는 것은	未論風氣別

---

50 은대(銀臺) : 신선이 거처한다는 누대를 말한다.

51 월로편(月露篇) : 사시(四時)의 경치를 소재로 화려하게 꾸민 시문을 말한다.

52 시선(詩仙) : 이백(李白)의 이칭(異稱)인데, 여기에서는 유수우신을 가리킨다.

고금에 시편이 있어서라 今古有詩篇

산과 바다 있어 아양곡[53]을 연주하니 山海峩洋韻

외로운 거문고로 수선조[54]를 타는구나 孤桐問水仙

자리에 함께 한 군자들께 화답시를 구하며 올리다

奉呈席上諸君子求和

구헌

금빛 배 채색 누각 여기는 어디인가 金舟粉閣此何邊

학창의[55]와 오건[56]으로 또 일 년을 보냈네 鶴氅烏巾又一年

아득한 층층 바다 세계로 통하니 層海渺茫通世界

그윽한 시를 지어 산천에 답하네 新詩窈窕答山川

바다 건너 온 선비들 누대에 자리하니 樓臺各占浮來士

온갖 초목 무성하여 하늘을 뒤덮었네 草木俱涵遍覆天

---

53 아양곡(峩洋曲) : 백아가 타고 종자기가 들었다는 거문고의 곡조를 가리킨다. 거문고의 명인인 백아(伯牙)가 높은 산[高山]을 연주하면 친구인 종자기(鍾子期)가 "태산처럼 높고 높도다.[峨峨兮若泰山]"라고 평하였고, 흐르는 물[流水]을 연주하면 "강하처럼 넓디 넓도다.[洋洋兮若江河]"라고 평했다는 고사에서 나왔다. 『列子 湯問』

54 수선조(水仙調) : 백아(伯牙)가 성련자(成連子)에게 거문고를 배웠는데 성련자가 말하기를, "거문고 곡조는 거의 배웠으니 이제는 너의 정감을 이입해야[移情] 하겠다." 하고, 바다 섬으로 데리고 들어가 말하기를, "우리 스승이 저 건너편 섬에 계신다. 모시고 올 터이니 기다려라." 하고는 배를 타고 갔다. 백아가 혼자서 10여 일을 기다려도 성련자는 오지 않고 숲에서 물새만 울부짖었다. 이때 비로소 백아가 스승의 말을 깨닫고 거문고를 탔는데 그 곡조가 수선조였다고 한다.

55 학창의[鶴氅] : 흰옷에 검은 헝겊으로 단을 넓게 꾸민 벼슬아치의 평상복을 말한다. 소매가 넓고 뒤가 트였다. 신선의 풍모를 뜻하기도 한다.

56 오건(烏巾) : 은거하여 사는 이가 쓰는 검은색의 두건을 말한다.

옛 절 맑은 술잔 미소로 마주하니   古寺淸尊逢一笑

이 풍류는 그림 그려 전할 만 하네   風流堪向畫中傳

구헌이 주신 시에 삼가 화답하다
奉和矩軒惠韻

괄낭

동쪽으로 부사산을 바라보는 이곳 하늘가   東望富峯是日邊

배 안에서 봄이 다하니 나이도 잊었네   舟中春盡不知年

머리 흔들며 읊는 운금[57]은 천고에 빛나고   吟頭雲錦瑩千古

붓 아래 거센 물결은 백천을 가로 막네[58]   筆下波瀾障百川

근본 있는 학문으로 수토를 깨우치고   學遡淵源開水土

예의[59] 갖춘 풍모로 균천[60]을 연주하네   風陳籩豆奏鈞天

그대 이제 원유부[61]를 지었으니   因君今作遠游賦

아름다운 명성이 도처에 퍼지리라   嫭嫭名聲到處傳

---

57 운금(雲錦) : 타인의 시문이 구름무늬의 비단처럼 아름다움을 일컫는 말이다.

58 거센 …… 막네[障百川] : 회광란장백천(回狂瀾障百川)을 변용한 시구로, 미친 듯이
함부로 흐르는 물결을 정상으로 돌리고, 모든 하천을 다스려 동쪽으로 흐르게 한다는
뜻이다. 일반적으로 세태의 변천을 바로 잡고 좋지 못한 풍토를 막는다는 뜻으로 쓰인다.

59 예의[籩豆] : 변(籩)은 실과·건육(乾肉)을 담는 죽기(竹器), 두(豆)는 김치·젓갈을 담
는 목기(木器)로 모두 제기(祭器)를 가리킨다. 여기에서는 제례(祭禮)를 포함한 예의·
의례를 일반적으로 지칭한 것으로 보인다.

60 균천(鈞天) : 균천광악(鈞天廣樂)의 준말로, 신선들이 사는 하늘나라의 음악을 지칭
한다.

61 원유부(遠游賦) : 초(楚)나라 굴원(屈原)의 작품으로, 선인(仙人)들과 함께 노닐면서
천지 사방(天地四方)을 두루 유람하고자 하는 뜻을 피력한 내용이다.

필어(筆語)

여쭙니다[稟]

괄낭

제가 들으니 사조(詞藻)[62]는 학문의 여사(餘事)이자 문장의 작은 티끌로 모두 본령의 공부가 아닙니다. 오직 신심(身心)에 힘을 쏟는 것이 가장 중요합니다. 신심 공부에 여력이 있을 때 노닐 수도 쉴 수도 있기에 저는 일찍이 성병(聲病)[63]의 기예를 익히지 않았습니다. 그리하여 때때로 평소 품은 생각을 펴거나 답답한 심사를 펼칠 때는 마음에 감응하는 것을 따를 뿐 문장을 짓는 기교에 구애되지 않았습니다. 글자로 자구를 만드는 것은 범상하고 비루한 일이기에 제 글은 실로 운만 갖추었을 뿐 보잘 것이 없습니다. 그러므로 오늘 저는 뇌문(雷門)에서 여러 차례 포고(布鼓)를 울려[64] 공들로 하여금 귀를 씻는 탄식을 뱉게 하고 싶지 않습니다. 다만 맑고 성대한 연회가 반드시 많은 것은 아니므로, 심정을 토로하며 대화함에 만족할 뿐입니다. 그러한즉 붓 가는 대로 써 내려가다 그칠 곳을 알지 못할 지도 모르겠습니다. 문장을 화려하게 꾸미는 것과 같은 것은 장터의 시끄러운 말에 불과한 것이니

---

62 사조(詞藻) : 시문의 문채나 수식을 말한다.

63 성병(聲病) : 시를 지을 때 평(平), 상(上), 거(去), 입(入) 등 사성(四聲)을 조합하여 구성하는데, 그 구성이 일정한 규칙에 들어맞는 것을 성(聲)이라 하고 그렇지 못한 것을 병(病)이라 한다.

64 뇌문에 …… 울려 : 변변찮은 말을 개진한다는 뜻이다. 뇌문은 뇌문고(雷門鼓)의 준말로, 그 소리가 백리 밖에까지 들렸다는 월(越)나라 회계성문(會稽城門)의 큰 북이고, 포고(布鼓)는 포목으로 만들어 아예 소리가 나지 않는 북을 말한다. 『漢書 卷76 王尊傳』

군자가 귀하게 여길 것이 아닙니다. 저는 일찍부터 주공과 공자의 도를 흠모하고 한결같이 정주(程朱)의 가르침을 따랐습니다. 그러나 고루하고 과문하며 학식이 얕고 의혹됨이 많으니, 바라건대 가르침의 은택을 흠뻑 내려주셔서 저의 막힌 곳을 열어 주십시오. 이에 의심나는 사항에 대해 여쭙습니다.

원나라에 벼슬한 신하로는 허노재(許魯齋)[65]가 으뜸인데, 그에 대해 설경헌(薛敬軒)[66]은 지극히 높인 반면 구경산(丘瓊山)[67]은 매우 폄하하였습니다. 이에 배우는 자들이 기장(騎牆)[68]과 같이 풀리지 않는 의문을 품게 되었습니다. 이는 실로 중화(中華)와 이적(夷狄), 출처의 대의에 관계되는 것이니 진실로 범연(泛然)한 사평(史評)이 아닐 것입니다.

---

65 허노재(許魯齋) : 원대의 학자 허형(許衡, 1209~1281)을 가리킨다. 허형의 자는 중평(仲平), 호는 노재(魯齋), 시호는 문정(文正)이나. 조복(趙復)의 문인 요추(姚樞)에게 배운 뒤로 송대 성리학에 전념하였고, 원 세조 때에는 국자좨주(國子祭酒), 중서좌승(中書左丞)을 지내기도 했다. 원래 송(宋)나라 유민(遺民)이었으나 이적(夷狄)인 원나라에서 벼슬을 하였기 때문에 후대의 학자들 간에 그의 출처(出處)를 둘러싼 논란이 일었다. 저술에 『독역사언(讀易私言)』, 『노재심법(魯齋心法)』, 『허노재집(許魯齋集)』이 있다.

66 설경헌(薛敬軒) : 명나라 때의 성리학자 설선(薛瑄, 1389~1464)으로 호는 경헌(敬軒), 자(字)는 덕온(德溫)이다. 주자학을 종지(宗旨)로 하며 실천궁행을 특히 중시하였는데, 그의 이러한 학문 경향은 하동 학파(河東學派)의 주류를 이루었다. 저서에는 『독서록(讀書錄)』·『설문청집(薛文淸集)』 등이 있다.

67 구경산(丘瓊山) : 명나라의 유학자 구준(丘濬)으로, 자는 중심(仲深), 호는 경산(瓊山), 시호는 문장(文莊)이다. 문연각 대학사(文淵閣大學士)를 지냈고, 주자학에 정통하였다. 그는 필생의 작업으로 『대학연의보(大學衍義補)』를 저술하여 1487년 헌종(憲宗)에게 헌상하였다. 이 책은 송대의 진덕수(眞德秀)가 일신(一身)의 수양 문제에 치중하여 저술한 『대학연의(大學衍義)』와는 달리 예악(禮樂)·제도(制度)·교육(敎育)·군사(軍事) 등 경세론 전반의 문제를 폭넓게 수렴한 저술로 평가받았다.

68 기장(騎牆) : 두 집 사이에 있는 담에 올라탄 것. 즉 이쪽 집으로 갈 수도 있고 저쪽 집으로 갈 수도 있어서 정해진 방향이 없이 태도를 모호하게 하는 것을 말한다.

청컨대 명확한 가르침을 내려주십시오.

이상의 내용은 박 학사에게 질문한 것인데, 그는 한번 보고 손으로 밀어 해고(海皋)에게
보여주며 소곤거렸을 뿐 끝내 답변하지 않았다.

여쭙니다[稟]

괄낭

제공들께서는 흉금이 투명하기가 처마에 바람이 이는 듯 창에 달빛
이 비치는 듯하고, 운치가 맑게 트인 것은 흡사 눈 내린 산이나 얼음
계곡과 같습니다. 과거에 등제하신 것은 실로 철선(掇蟬)[69]의 솜씨였을
터이니, 지난 날 과거에서 어떤 제목의 글로 장원급제 하셨는지 알려
주십시오.

답합니다

제암

구헌은 계축년(1733, 영조 9)에 진사에 올랐으며 임술년(1742, 영조 18)
에 정시(庭試)[70]를 보았습니다. 제암은 계축년에 진사에 올랐고, 해고

---

69 철선(掇蟬) : 옛날에 시중(侍中), 중상시(中常侍) 등 현달한 신하들의 관(冠)에 담비
 꼬리와 매미 날개를 장식했던 데서 온 말로, 높은 벼슬에 현달한 신하의 지위를 말한다.
 여기에서는 조선의 제술관 및 서기들이 매미 날개를 관에 장식할 정도로 높은 벼슬에
 오를 만한 인재로서 높은 학문을 지녔음을 칭송하는 의미로 사용되었다.
70 정시(庭試) : 증광(增廣)·별시(別試) 등 나라에 경사가 있을 때 대궐 안 마당에서 연
 과거를 말한다.

는 신유년(1741, 영조 17)에 진사에 올랐습니다.

지금 이 답변을 보니 다만 그 해만을 말하고 과장에서 어떠한 제목의 글을 지어 시험을 봤는지는 말하지 않았다. 내 질문에 대한 답변이 아니다.

여쭙니다[稟]

괄낭

귀방의 사재(思齋) 김씨가 지은 『경민편(警民編)』[71]이 근래 우리나라에 전해졌습니다. 제가 한번 보았는데 어리석은 백성들을 진작하기에 충분하였습니다. 김씨의 이름과 자, 고향과 그 학술의 연원을 들을 수 있겠습니까? 써서 보여주시기를 청합니다.

답합니다

김사재(金思齋)의 이름은 정국(正國)[72]으로, 학술이 순정하고 문장은

---

71 『경민편(警民編)』: 1519년(중종 14) 사재(思齋) 김정국(金正國, 1485~1541)이 황해도 관찰사로 있으며 편찬한 대민교화서(對民教化書)이다. 부모(父母)·부부(夫婦)·형제(兄弟)·자매(姉妹)·족친(族親)·노주(奴主)·인리(隣里)·투구(鬪毆)·권업(勸業)·저적(儲積)·사위(詐僞)·범간(犯干)·도적(盜賊)·살인(殺人) 등의 항목으로 나뉘어 편찬되었다.

72 김정국(金正國): 1485~1541. 조선 중종 대에 활동한 유학자로, 본관은 의성(義城), 자는 국필(國弼), 호는 사재(思齋), 시호는 문목(文穆)이다. 1509년(중종 4) 문과에 급제, 관직에 나아갔으나 기묘사화(己卯士禍)로 퇴관, 고양(高陽)의 망동(芒洞)에서 팔여거사(八餘居士)라 칭하고 강론(講論)과 저술로 소일했다. 그 후 전라 감사로 나가 수십조(數十條)의 편민거폐(便民祛弊) 안을 상소하여 시행하였다. 성리학을 비롯하여 역사·의학 등 다방면의 학문에 두루 밝았다.

고매하였습니다. 조정에서 몸소 대절(大節)을 행하였고, 여러 가르침
이 성대하여 나라의 종사(宗師)가 되었습니다. 『경민편』은 그가 지방
관이 되었을 때 시행하여 정령(政令)을 펼친 것입니다.

여쭙니다[稟]

괄낭

　강호(江戶)에 산궁유심(山宮維深)[73]이라는 사람이 있는데 자(字)는 중
연(仲淵)으로 제 막역한 친구입니다. 재주가 기민하고 뜻이 돈독하여
사문(斯文)을 부식(扶植)하는 데 뜻을 두고 있습니다. 공들께서 강호에
머무르실 때 혹시 그가 빈관(賓館)에 명함을 들여 공들을 만나볼 수 있
도록 해 주실 수는 없겠습니까? 만약 그가 공들을 뵙게 되면 제가 추
천하였다고 말씀해 주시기 바랍니다.

답합니다

제암

　산궁씨를 강호에서 만난다면 반갑게 맞이하여 고명의 뜻을 전하겠

---

73 산궁유심(山宮維深) : 산궁설루(山宮雪樓, 야마미야 세쓰로, 생몰년 미상)을 말한다.
　에도시대 중기의 유학자로 이름은 유심(維深), 자(字)는 중연(仲淵), 통칭은 간베에(官兵
　衛), 별호는 취의(翠漪)이다. 에도의 실구 소(室鳩巢, 무로 큐소), 교토의 삼택상재(三宅
　尙齋, 미타 쇼사이)에게 배워 출우(出羽) 구전번(龜田藩) [현재의 아키타현(秋田縣)]의
　유관(儒官)이 되었다. 후에 무장(武藏) 천월번(川越藩)[현재의 사이타마현(埼玉縣)]에
　서 일하였다. 저서로는 『황통수수도(皇統授受圖)』, 『일본팔조기문(日本八朝記聞)』 등
　이 있다.

습니다. 다만 저희에게는 찬화의 의론[粲花之論]⁷⁴은 없고 치아의 거짓
[齒牙之假]⁷⁵만이 있을 뿐입니다.

자리를 떠나려 하며 율시 한 수를 지어 감사의 마음을 표합니다
今將辭席因搆一律, 敬布謝悰

팔낭

낭화의 한 처사	浪華一處士
적막하니 누각에 머물기 좋아하네⁷⁶	寂寞好樓居
무릉에 누워 병들지 않으니	不臥茂陵病
장자의 수레를 보게 되네	仍觀長者車
주신 시는 백설곡⁷⁷과 같고	惠詩同白雪
가르침은 단서⁷⁸에 견줄 만하네	授訓比丹書

---

74 찬화의 의론[粲花之論] : 언론이 아름답고 훌륭함을 비유하는 말이다. 당나라 이백(李
白)의 말이 정연하고 아름다웠으므로, 당시 사람들이 춘화(春花)에 비유하여 칭송한 고
사에서 유래한 말이다.

75 치아(齒牙)의 거짓[齒牙之假] : 아낌없이 남을 칭찬해 주는 것으로, 치아여론(齒牙餘
論)이라고도 한다.

76 누각에 …… 좋아하네[好樓居] : 한 무제(漢武帝) 때, 방사(方士) 공손경(公孫卿)이
"선인은 누각에 거주하기를 좋아합니다.[仙人好樓居]"라고 한 말을 인용한 것이다. 『史
記 武帝本紀』

77 백설곡(白雪曲) : 양춘곡(陽春曲)과 함께 꼽히는 초(楚)나라의 2대 명곡으로 내용이
너무도 고아하여 예로부터 창화(唱和)하기 어려운 곡으로 일컬어져 온다. 『宋玉 對楚王
問』

78 단서(丹書) : '단서'는 주(周)나라 때 붉은 새가 물고 왔다는 상서로운 글로, 주 무왕(周
武王)이 즉위할 때 강 태공(姜太公)에게 단서의 내용에 대해 물은 뒤, 그 내용을 기물(器
物)에 새겨 경계로 삼았다고 한다. 『小學 敬身』 『心經 卷1 敬以直內章』

| 돌아가 벽에 걸어두고 | 歸去壁間揭 |
| 초라한 오두막을 환히 비추리라 | 煥然照敝廬 |

삼가 취설 유 사종께 올립니다
敬奉呈醉雪柳詞宗梧右

괄낭

사신 멀리 구강의 물굽이로 건너오니	使星遙度搆江隈
파도에 어린 그림자 문명을 떨치네	影入波間摛藻來
채색 봉황 구름에 비치니 하늘 기색 동하고	彩鳳映雲天色動
검은 거북 파도를 헤치니 바다 빛이 열렸네	玄鼇衝浪海光開
붓을 휘두르니 슬며시 원유부가 나타나고	揮毫徐就遠遊賦
부절을 잡으니 흠모하던 사신의 기재이네	擁節常欽專對才
한데 모인 이곳에 천고의 맑은 바람 불어와	千古淸風交會地
즐거운 마음에 하루 종일 누대에 앉았네	歡心終日坐樓臺

○ 제술관 박 학사께 드리는 편지
與製述官朴學士書

괄낭

일본국 대판의 유수우신이 조선의 구헌 박공께 편지를 올립니다. 어제 처음 맑고 깨끗한 풍모를 뵈었는데 필해(筆海)가 일렁이고 학산(學山)이 높이 솟아 세상을 구할 그릇임을 알았습니다. 다만 말하는 음(音)이 달랐던 것이 한스러울 뿐이었습니다. 생각해보니 제가 주제도 잊고 공들 앞에서 너무도 나태하고 비루한 행동거지를 보인 듯하여 진실로 부끄럽습니다. 그러나 각각의 하늘 아래 지역이 나뉘어져 바람난 마우(馬牛)도 서로 미치지 못하는데[79] 하루아침에 지척에서 해후하여 심사를 토로하게 되었으니, 이는 고인의 정의와 같습니다. 하늘이 이와 같이 아름다운 만남을 허락해 주셨는데도 말을 다하지 않는다면 사람을 잃었다는 기롱을 면치 못할 것이므로, 감히 어리석은 생각을 말씀드리고자 합니다.

저는 어렸을 때 극한 상황의 고통을 맛보아야 남보다 나은 사람이 될 수 있다는 글을 읽고, 발연히 분발하면 학문을 통해 성인이 될 수 있다고 여겼습니다.[80] 이에 조석으로 사문(師門)에서 학문을 갈고 닦는데 힘썼습니다. 그러나 절름발이와 준마는 거리가 멀어, 평생토록 노력해도 성공할 수 없을 것이라고 스스로 수없이 의심하였습니다. 그리하여 고(古)·금(今)은 그 때[時]가 다르며 성(聖)·우(愚)는 그 바탕이 다르니 학문으로 이룰 수 있는 것이 아니라 여기고, 이러한 생각을 오랫동안 고수하였습니다. 그러다가 하루아침에 홀연히 뉘우치고 깨달아 가만히 생각하기를,

"우주 사이에 도는 하나이다. 비록 왜(倭)와 한(漢)의 지역이 나뉘어져 있고 풍습이 다르다 하더라도, 건부(乾夫)·곤모(坤母)의 칭호로 본다면 사해가 어찌 형제라 아니하겠는가. 우주 안의 사람들은 모두 동

---

79 바람난 …… 못하는데[風馬牛不相及] : 동물의 암컷과 수컷이 서로 유인하고 그리워하여도 미치지 못할 만큼 멀리 떨어져 있다는 것으로, 서로 아무 관계나 간여가 없음을 비유하는 말이다. 여기에서 풍(風)은 암·수가 서로 유인(誘引)함을 의미한다.
80 저는 …… 여겼습니다 : 이 문장의 원문은 "僕弱少時, 讀金臺于琨, 吃盡苦中苦, 方爲人上人之語, 勃然奮勵, 以爲聖可學也."이다. 내용 중 '金臺于琨'은 의미가 불명하여 번역하지 않았다.

포이고, 그 구비한 본성은 피차의 구별이 없다. 그러한즉 도는 하나임을 알 수 있다. 그러므로 일심(一心)의 신묘함은 천지를 관통하고 만고에 걸쳐 있으며, 도에 임하는 마음은 남에게 그다지 뒤질 것이 없다." 라고 하였습니다. 제 마음은 여기에 믿음을 가지게 되었습니다.

요 근래 문학이 크게 진작(振作)되어 집집마다 사람들이 책을 읽고 외우는 소리가 드높습니다. 그러나 문사(文辭)의 기교만을 좋아할 뿐 의리에 어긋남은 생각하지 않고 각자가 스스로 옳다고 여깁니다. 심한 경우 명나라 유자의 과장되고 치우친 말의 찌꺼기를 주워 모아 허탄함을 뽐내고 허망함을 꾸며내어 후생을 현혹합니다. 이것이 바로 위로는 삼대의 문장을 배우면서 민(閩)·낙(洛)의 학문[81]은 논하지 않는다는 것이니, 온 세상이 한 쪽으로 경도되어 마치 밤벌레가 불을 향해 달려드는 듯합니다.

그러나 그 와중에도 도학을 앞장서서 주장하는 사람이 또한 세상에 없지 않은데, 이들은 특히 산기암재(山崎闇齋)[82] 선생을 추앙하여 유종(儒宗)으로 삼았습니다. 식자들은 선생을 일본의 주자라 칭하고 있으며, 그 학문의 순수함과 조예의 탁월함은 앞서 간 성인을 계승하여 뒤

---

81 민(閩)·낙(洛)의 학문 : 민(閩)은 복건성(福建省)으로 주희(朱熹)가 살던 곳이고, 낙(洛)은 낙양(洛陽)으로 정호(程顥)·정이(程頤) 형제가 살던 곳을 가리킨다. 따라서 민·낙의 학문이란 곧 정주학(程朱學)을 의미한다.

82 산기암재(山崎闇齋) : 에도시대의 유학자·주자학자·신도가(神道家)·사상가인 야마자키 안사이(1619~1682)를 말한다. 안사이는 일본 유학사에서 충실하게 주희를 연구하고 추종한 최초의 인물로서, 주자학의 한 계열인 기문학(崎門學 : 키몬학) 및 신도(神道)와 성리학을 융합한 수가신도(垂加神道)를 주창하였다. 기몬학의 사상은 수호학(水戶學 : 미토학)·국학(國學) 등과 함께 막부 말기의 존왕양이(尊王攘夷) 사상에 큰 영향을 미쳤다.

에 올 후학들을 깨우쳐 주었다고 할 만 합니다. 선생이 저술하고 편집한 수십 수백 권의 책이 세상에 간행되어 있습니다. 선생은 제자들에게 경전을 익힐 때 정문(正文)[83]과 주자 주(註)의 뜻은 자세히 살피되원·명 유자들의 말소(末疏)는 주목하지 말게 하였습니다. 일찍이 말씀하시기를 주석과 훈고는 점차 많아지는데 정문대주(正文大註)는 점차적어지니 실로 홍수나 맹수의 재앙보다도 심하다고 하였습니다. 선생은 『중화집설(中和集說)』을 저술하여 미발(未發)·이발(已發)의 은미한본지를 밝혔고, 『인설문답(仁說問答)』과 『옥산강의부록(玉山講義附錄)』을 찬술하여 인애(仁愛)의 절실함을 자세히 설명하였으며, 『성론명비록(性論明備錄)』을 지어 기질지성·본연지성을 깨우쳐 주었습니다. 또주역(周易)에 관해서는 『주역연의(朱易衍義)』를, 홍범(洪範)에 관해서는『홍범전서(洪範全書)』를 저술하였습니다.

평소 거경궁리(居敬窮理)[84]의 공부를 가르쳤고, 출처(出處)에 상세했으며 실행을 숭상하였습니다. 또 왕도(王道)를 귀히 여기며 패업(覇業)을 천시하고 사철 천향(薦享)을 행하며 삼년상을 지내도록 문도들을권면하였습니다. 이에 크게 한번 변하여 옛 것을 따르고 도를 잘 실천하는 이가 매우 많아졌으니, 이는 모두 선생께서 앞장서서 이끌어주신 것입니다. 『소학(小學)』에 있어서 선생은 진극암(陳克菴)의 구두(句讀)[85]를 취하지 않았는데 그 이유에 대해 말하기를, 주자의 본주(本註)

---

83 정문(正文) : 유학의 경서에서 주석 없이 원문만을 쓴 책을 주석이 있는 경서에 상대하여 이르는 말이다.

84 거경궁리(居敬窮理) : 공경하는 마음으로 몸가짐을 단속하면서, 사물의 이치를 궁구하는 것을 말한다. 주자학의 도덕적 수양론과 인식론이 담겨 있다.

85 진극암(陳克菴)의 구두(句讀) : 진극암(陳克菴)은 명의 유학자 진선(陳選)을 말하며,

를 산삭했을 뿐만 아니라 성서(成書)를 어지럽혔고 그 주석 또한 주자
가 편집한 본지를 잃어버렸기 때문이라고 하였습니다. 그러나 우리나
라에는 주자의 원본이 없기 때문에 귀방에서 인쇄한『소학집성(小學集
成)』[86] 중 정문(正文)과 본주(本註)를 발췌하여 간행하였고, 별도로『소
학몽양집(小學蒙養集)』을 저술하여 그 근본을 배양했습니다.『근사록
(近思錄)』[87]에 관해서는 엽씨(葉氏)의 집해(集解)[88]가 본지(本旨)에 어긋
나 그 뜻을 선명히 밝히지 못하였다고 보고 다시 주자의 구본(舊本)을

구두(句讀)는 진선이 1473년 편찬한 6권의 소학 주석서『소학구두(小學句讀)』를 말한
다. 진선의『소학구두』는 조선에『소학집주(小學集註)』라는 이름으로 소개되기도 하였
으나, 조선에 큰 영향을 미치지는 않았다. 청대에 들어와 옹정제(雍正帝)는 1697년 진선
의『소학구두』를 교정하고 '어제서문(御製序文)'을 달아『어정소학집주(御定小學集註)』
라는 이름으로 출간하였고, 1727년에는 이를 다시 재간하였다. 이후 건륭제(乾隆帝)는
1780년에『어정소학집주』를 중교(重校), 출간하였다.

86 소학집성(小學集成) : 원대의 유학자 하사신(何士信)이 편찬한 10권의『제유표제주소
소학집성(諸儒標題註疏小學集成)』을 말한다. 편자 하사신의 학문 활동 상황은 잘 알려
져 있지 않고, 이 책의 편찬 및 간행 시기 또한 명확하지 않다.『소학집성』은 본문의
다양한 주석(註釋), 그리고 주요한 내용을 그림으로 담은 도설(圖說)의 형식을 통하여
『소학』의 내용을 쉽게 이해할 수 있도록 배려하였다. 또한『소학집성』이라는 제목에서도
드러나듯이 주희 당시『소학』의 본주 및 그 이전과 이후에 만들어진 여러 주석서의 내용
을 한눈에 파악할 수 있도록 간추려 집성하고 있다.

87 근사록(近思錄) : 송(宋)나라 주희와 여조겸이 함께 엮어 편찬한 성리학 입문서이다.
주돈이, 정호, 정이, 장재 등의 저서나 어록 중에서 학문의 큰 강령과 관련이 있으면서
일상생활에 절실한 장구(章句) 622조목을 추려 낸 '선집(選集)'이다. 총 14장으로 된 이
책은 제1장에서 성리학의 근본을 밝힌 뒤 2장부터는 학문하는 자세, 수양의 방법, 정치와
교육에 관한 지침을 담았다.

88 엽씨(葉氏)의 집해(集解)』: 1248년 엽채(葉采)가 편찬한『근사록집해(近思錄集解)』
를 가리킨다. 엽채는 주희의 제자인 진순(陳淳)의 제자로서 15세에 주희가 저술한『근사
록』에 뜻을 세운 이래 30년 평생을 바쳐 1248년 마침내 이『집해』를 완성하였다. 이
책은 그의 술회대로, "주로 주희의 해석에 기초하고, 나머지는 스승의 문하에서 보고 들
은 것들, 그리고 여러 학자들이 변론한 것들"을 참고하여 지어졌다.

회복하여 배우는 자들에게 주었습니다.

또한 일찍이 말씀하시기를 주 선생 이후로 도를 아는 사람은 명나라의 설 문청(薛文淸)[89]과 호경재(胡敬齋),[90] 귀국의 이퇴계(李退溪)라 하셨으므로, 우리 사문의 학자들은 『독서록(讀書錄)』[91]·『거업록(居業錄)』[92]·『자성록(自省錄)』[93]을 삼록(三錄)이라고 부릅니다. 다만 호경재에 대해서는 그가 역학에 통하지 못한 것이 애석하다고 하였습니다. 산기 선생이 돌아가신 후 학문의 높은 경지에 올라 고제(高弟)라 칭할 만한 사람은 경도의 홀재천견(絅齋淺見)[94] 선생, 상재삼택(尙齋三宅)[95]

---

89 설 문청(薛文淸) : 명나라 설선(薛瑄, 1392~1464)으로, 문청은 그의 시호이다.

90 호경재(胡敬齋) : 명나라 호거인(胡居仁, 1434~1484)으로, 경재는 그의 호이다. 그는 학문함에 있어서 공허하게 '본체'의 추구에 매달리는 것을 비판하고 입지(立志), 자신에 대한 성찰[反之於身]을 중시했다. 평생 주자학을 고수하였으나 형이상학보다는 실천윤리에 중점을 주어 거경존양(居敬存養)을 학문의 종지로 삼았다. 주요 저서에는 『거업록(居業錄)』 8권, 『경새집』 3권 등이 있다.

91 독서록(讀書錄) : 명나라 유학자 설선(薛瑄)이 독서하고 사색한 기록을 책으로 엮은 것이다. 호거인의 『거업록(居業錄)』과 함께 도학의 정종(正宗)이 되는 책으로 후대의 주자학자들에게 크게 존중되었다.

92 거업록(居業錄) : 명대의 이학자 호거인의 강학어록(講學語錄)이다. 『거업록』은 호거인의 문인이자 사위였던 여우(余祐)에 의해 1504년(홍치 15)에 편록(編錄), 간행되었고 만력 연간(1573~1619)에 중각(重刻)되었다. 총 8권이며, 심성연원(心性淵源), 학문공부(學問工夫), 성현덕업(聖賢德業), 제왕사공(帝王事功), 고금제도(古今制度), 천지화생(天地化生), 노불귀숙(老佛歸宿), 경전지취(經傳旨趣) 등으로 분류되어 있다.

93 자성록(自省錄) : 이황(李滉, 1501~1570)이 정유일, 김부륜, 기대승, 정지운, 이이 등 후학들과 주고받은 서간 가운데에서 수양과 성찰에 도움이 되는 서간 22통을 뽑아 엮은 책이다. 대체로 설문(設問)에 따라 답한 것으로, 심성(心性), 이기(理氣), 사단칠정(四端七情)에 관한 것으로부터 거경·궁리·함양에 이르기까지 성리학의 이론과 실천에 역점을 둔 내용들이 대부분이다. 1585년(선조 18) 나주에서 처음 간행되었고, 1793년(정조 17)에 중간되었다. 산기암재의 독서차기(讀書箚記) 『문회필록(文會筆錄)』에는 『퇴계집』·『자성록』 등에서 인용한 문장이 많이 보이는데, 이로써 그가 이황의 저서들을 꾸준히 읽고 깊이 공감하였음을 알 수 있다.

선생과 강호(江戶)의 좌등직방(佐藤直方)[96] 선생 세 분인데, 삼택 선생
은 저의 스승이십니다.

　제가 생각하건대, 지금 세상의 유자들은 사람들을 가르치며 나이의
많고 적음, 학문의 얕고 깊음을 따지지 않고 한 강당에 모두 모아 놓
습니다. 그리고 날마다 사서육경을 강론하기를 돌아가며 반복하다가
끝나면 처음부터 다시 시작합니다. 경전 중에는 『소학(小學)』도 있고
『대학(大學)』도 있는데, 사서육경만을 반복하여 강론하는 것은 의자(懿
子)에게 일관지도(一貫之道)를 말해주고 안연(顔淵)에게 무위지효(無違
之孝)를 말해주는 것과 같습니다.[97] 이렇게 하면 성학(聖學)을 하는 차

94　홀재천견(絅齋淺見) : 1652~1712. 에도시대의 유학자, 사상가로 명(名)은 중차랑(重
　次郞), 휘(諱)는 안정(安正), 필명은 망남루(望楠樓)이다. 근강국(近江國) 출신으로 의
　원을 직업으로 하다가 산기암재에게 배워 그의 신도설(神道說)을 계승하였다. 존왕척패
　론(尊王斥覇論)에 철저했던 그의 학문은 이후 명치유신을 가져온 원동력 중의 하나로
　평가받았다.

95　상재삼택(尙齋三宅) : 1696~1741. 산기암재(山崎闇齋)의 제자이자 『화한문회(和韓文
　會)』의 저자인 유수우신(留守友信)의 스승이기도 하다. 주자학을 준수하였으며, 교토에
　서 강학하였다. 문하의 제자로는 구미정재(久米訂齋)·정택관원(井澤灌園)·석왕새헌
　(石王塞軒)·다전동계(多田東溪)·유수희재(留守希齋)·노야동산(蘆野東山)·해양재(蟹
　養齋)·옥전묵재(玉田默齋)·관야겸산(菅野兼山)·산궁설루(山宮雪樓) 등이 있다. 저서
　로는 『낭체록(狼甇錄)』 3권, 『묵식록(默識錄)』, 『씨족변증부록(氏族弁証附錄)』, 『동성
　위후칭호설(同姓爲後称呼說)』, 『상재어록(尙齋語錄)』 등이 있다.

96　좌등직방(佐藤直方) : 1650~1719. 기문학파(崎門學派)의 창시자 산기암재의 수제자
　로, 『동지문(冬至文)』, 『도학표적(道學標的)』, 『도학표적강의(道學標的講義)』 등을 저
　술하였다.

97　의자(懿子)에게 …… 같습니다 : 학문의 차서가 어그러진 풍토를 비유한 사례이다. 노
　나라 대부인 맹의자(孟懿子)가 공자에게 '효란 무엇입니까?' 하고 물으니 공자가 대답하
　기를 무위(無違), 즉 어기지 않는 것이라고 가르쳤다. 또한 『논어』 「이인(里仁)」 편에
　보면 공자가 증자(曾子)에게 "삼아! 우리 도는 한 가지 이(理)가 만 가지 일을 꿰뚫고
　있다.[參乎 吾道一以貫之]"하니, 그 말뜻을 알아들은 증자가 다른 문인들에게 "부자(夫
　子)의 도(道)는 충(忠)과 서(恕)일 뿐이다." 했다. 위의 글에서는 안연과 일관지도(一貫

서에 어긋나게 되니, 이 때문에 배우는 자들이 종종 단계를 뛰어넘고 절차를 무시하게 되는 것입니다.[98] 배우는 이들의 조예(造詣)가 얕고 깊은 정도에 맞춰 경서를 가르친다면 거의 어긋남이 없을 것이니, 반드시 편권(篇卷)의 순서만을 따라 말 하나하나를 좇으며 가르쳐서는 안 될 것입니다.

또한 살펴보건대 학문에는 성대한 세상의 학문이 있고 쇠락한 세상의 학문이 있습니다. 학교의 정령(政令)이 다스려지지 않아 사이사이 이단이 섞여 나오고 있으니 마땅히 교학(敎學)의 취지를 옛날과 다르게 한 후에야 사도(師道)의 올바름을 얻을 수 있다는 것을 알아야 할 것입니다. 시험 삼아 이 점을 논해 보겠습니다. 근세에 편벽되게 곡학(曲學)하는 유자가 있는데, 그가 행하고 가르치는 것이 모두 육경(六經)을 종주로 하고 주공과 공자를 스승으로 하는데도 말하는 내용은 전혀 다릅니다. 또한 사(邪)·정(正)을 뒤섞어 손쉽게 하나로 만들면서도 정학에 가까운 듯 보이게 하니 그 잘못된 점을 깨닫기 어렵습니다. 왜냐하면 천하의 시비가 정해진 것 없이 세상이 각기 그 옳은 바를 옳다고 하고 그 그른 바를 그르다고 하기 때문입니다. 그 옳은 바를 옳다

道)를 연관하여 말하고 있는데 유수우신이 증자를 안연으로 착각한 듯하다.

98 이렇게 …… 것입니다 : 『소학』으로부터 시작하는 학문의 차서를 고수해야 한다는 주장은 유수우신이 존중하는 산기암재가 가장 강조한 사항이기도 하였다. 산기암재는 『소학』과 『대학』이 불가분적으로 연속되어 있음을 강조하며 『소학』 공부야말로 정학과 이단을 구분하는 분기점이 된다고 보았다. 『소학』의 공부를 등한시하면 인륜의 기본실천을 차원이 낮은 것으로 경시하게 되거나, 학문의 차서를 뛰어넘어 갑자기 '마음'의 확립을 완성하고자 하는 경향이 나타나게 된다는 것인데, 이는 불교나 양명학을 겨냥한 비판이라고 할 수 있다. 또한 산기암재는 『소학』의 공부를 간과하면 인륜의 질서·단계를 부차적인 것으로 돌리며 '치국(治國)'의 결과만을 추구하는 사람들이 등장한다고도 하였는데, 이는 '사공(事功)'만을 앞세우는 고문사학을 비판한 주장이라 할 수 있다.

고 여기고 그 그른 바를 그르다고 여기는 것은 동일합니다. 그러나 옳다고 여기는 것이 반드시 옳은 것은 아니고 그 그르다고 여기는 것이 참으로 그른 것은 아닙니다. 때문에 나누어지고 어그러져 누가 옳고 누가 그른지 알지 못합니다. 진실로 참된 시비를 안 후라야 세상의 유자가 말하는 시비는 시비가 아님을 알게 됩니다. 그러므로 선현이 큰 근원을 미루어 밝히고 천기(天機)를 누설하였습니다.

『중용(中庸)』·『태극도설(太極圖說)』의 충막무짐(冲漠無朕)99 같은 류의 책들은 모두 쇠락한 세상의 책으로, 대개 사람들로 하여금 큰 본원으로부터 실마리를 찾아내어 이 도(道)의 표준을 깨닫게 하고자 한 것입니다. 이는 비록 삼대의 가르치는 법과는 다르지만 실제로는 하나의 도리를 같이하고 있습니다. 생각건대 초학(初學)의 얕은 학식으로 학문하는 순서를 뛰어넘고자 한다면 그 근원에 어찌 미칠 수 있겠습니까? 만약『근사록(近思錄)』첫 번째 편에 실린 도체(道體)의 의미를 가지고 선현의 은미한 뜻을 묵묵히 익힌다면 학문 하는 방도에 또한 견해가 있게 될 것입니다.

이것이 교학(敎學)이 고금의 때에 따라 같고 다름이 있는 까닭입니다. 그 하나는 멀리 있는 것을 행하려면 반드시 자기에게 가까운 것에서부터 시작해야 함을 논하는 것이고, 또 하나는 지류를 찾으려면 반드시 근원에서부터 시작해야 함을 논하는 것입니다. 두 가지는 모순되고 서로 어긋나는 듯 보이지만 서로 어그러지지 않습니다. 저는 평

---

99 충막무짐(冲漠無朕) : 지극히 고요하여 아무런 조짐이 없는 상태로, 본연(本然)의 성(性)을 표현한 것이다. 정이천(程伊川)이 사람의 성(性)에 이(理)가 본래 갖추어져 있음을 말하여 "충막무짐한 가운데 만상(萬象)이 빼곡히 갖추어져 있다." 하였다. 『近思錄』

소에 성학에 마음 쓰기를 이와 같이 하고 있습니다. 족하께서는 어떻게 생각하십니까? 미천한 몸으로 대방(大邦) 군자의 덕용과 문물의 풍채를 우러러 바라본즉, 저는 학문도 보잘 것 없고 식견도 얕은지라 얻는 것이 없겠지만 그래도 한갓 필묵만을 일삼아 날을 허비하는 문인 시객과 비교하면 장차 큰 차이가 있게 되겠기에 감히 구구한 소견을 적어 고청(高聽)을 더럽혔습니다. 질문에 아낌없이 가르침을 베풀어 주시기 바랍니다. 이만 줄입니다.

연향(延享) 5년 무진(戊辰) 음력 4월 24일

부계(副啓)[100]

어제 여쭈었던 노재 허형의 일은 좌객들께서 창수(唱酬)에 겨를이 없기에 답변 해주시기를 감히 청하지 못하였습니다. 원컨대 수고를 아끼지 마시고 가르쳐 주시기 바랍니다.

제암(濟菴) 이 서기(李書記)께 드리는 편지
與濟菴李書記書

괄낭(括囊)

일본국 대판의 유수우신이 조선국 서기 제암 이 공께 편지를 올림

---

100 부계(副啓) : 서간(書簡)에 첨서(添書)할 때 첫머리에 쓰는 말로 추백(追白)과 같은 말이다.

니다. 어제 맑은 거동을 처음 뵙고 오랫동안 쌓인 회한이 얼음이 녹듯
하여 기쁘기 짝이 없었습니다. 족하께서는 참으로 가슴에 만상을 품
었고 필체는 찬란하게 빛납니다. 이에 교화가 널리 베풀어지고 문풍
이 크게 진작되어 매번 고매한 시를 볼 때마다 마음으로 경복하게 됩
니다. 특별히 몇 자를 적어 아비류씨(阿比留氏)에게 부탁하여 전달하
니, 다만 제 뜻을 적었을 뿐입니다.

　제가 듣기에 학문의 요체는 도를 아는 것에 있으므로 성문(聖門)의
가르침은 궁리를 우선으로 삼는다 하였습니다. 또한 스승이나 벗이 없
으면 학문이 고루해지므로 평소에 도가 있는 곳에 나아가 의심나는 바
를 강론하여 밝히면 두루 관통할 수 있다고 하였습니다. 만약 궁리를
하지 않는다면 이미 알고 통달한 것에 만족할 뿐 미처 알지 못하고
아직 통달하지 못한 것을 궁구하지 않을 것이니, 이것이 이(理)에 정밀
하지 못하게 되는 까닭입니다. 제가 봉호(蓬蒿)[101]의 아래에서 태어나
냇가의 조약돌을 가지고 노는 사이에 힘없는 새나 잔 물고기 같은 신세
가 되어 의지할 곳이 없었습니다. 지금 다행히 군자가 오신 기회를 만
나 흰 실과 같은 자질이지만 붉은색·쪽색으로 물들이고자 합니다.[102]

　살펴보건대 옛날 신우(神禹)가 홍수를 다스릴 때 하늘이 낙서(洛
書)[103]를 내려주므로 이를 법으로 삼아 다스렸습니다. 서로 전하여 은

101　봉호(蓬蒿) : 쑥대와 같은 잡초를 이르는 말로, 황무지나 궁벽한 변방을 뜻한다.
102　흰 …… 합니다 : 춘추 시대 묵적(墨翟)이 흰 실은 물들임에 따라서 황색으로도 흑색으
　　로도 변할 수 있다고 한 말을 인용한 말로, 유수우신이 자신을 낮추고 제암 이봉환에게
　　가르침을 청하는 겸사의 의미로 사용되었다.
103　낙서(洛書) : 낙서는 우 임금 9년 치수(治水)할 때 낙수(洛水)에서 나온 거북이 등에
　　있었다는 글인데, 이 글이 『서경(書經)』 홍범구주(洪範九疇)의 근원이 되었다.

태사(殷太師)[104]에 이르렀고, 은태사는 무왕에게 전하였는데[105] 그 밖의 다른 것은 전해지지 못하였습니다. 성현이 서로 전하는 즈음에 경외하고 귀히 여기는 마음으로 그 사람을 얻기를 기다렸던 것이 환히 드러나 있습니다. 그러나 후세에 들어와 막히고 어두워져 그 수(數)가 전해지지 않았으므로 홍범이 낙서로부터 나온 것을 알지 못하거나 우(禹)와 기자(箕子)가 낙서를 가지고 홍범을 지은 것은 알되 그 모든 것이 하늘로부터 나온 것으로서 인위(人爲)와 관련되지 않았음은 알지 못하였습니다. 또한 망령되이 하도와 낙서의 자리를 바꾸어 주역과 홍범의 본원을 그릇되게 인식하였고 진도남(陳圖南)[106]류에 가탁하는 말이 나오기도 하였습니다. 이에 주문공(朱文公)이 그 오류를 바르게 고치고 숨은 뜻을 천명하였으며, 구봉(九峯) 채씨(蔡氏)[107]는 부친과 스

---

104 은태사(殷太師) : 기자(箕子)를 가리킨다. 은(殷)나라의 마지막 왕 주(紂)의 숙부로 태사 삼공(太師三公)을 지냈다. 은나라가 망한 뒤 주나라의 신복(臣僕)이 되지 않았으므로 '은 태사'로 불린다.

105 은태사는 …… 전하였는데 : 주나라 무왕이 은나라를 정벌한 뒤 기자를 방문하여 이륜(彝倫)을 펴는 이치에 대해 물었는데 기자가 홍범구주로 답하였다. 그 대강은 오행(五行)·오사(五事)·팔정(八政)·오기(五紀)·황극(皇極)·삼덕(三德)·계의(稽疑)·서징(庶徵)·오복 육극(五福六極)이다. 『書經 洪範』

106 진도남(陳圖南) : 송대(宋代)의 도가(道家) 진단(陳摶)을 말한다. 사호(賜號)가 희이선생(希夷先生)인데, 화산(華山)에 은거하여 한번 잠들면 백여 일씩을 일어나지 않았다고 한다. 위백양(魏伯陽)이 도사(道士) 수련용으로 처음 만든 태극도(太極圖)를 전해 받았는데 바로 여기에서 주돈이(周敦頤)의 태극도가 유래하였다는 설도 있다. 저서에 『지현편(指玄篇)』·『삼봉우언(三峯寓言)』 등이 있다. 『宋史 卷417, 457』

107 구봉(九峯) 채씨(蔡氏) : 채침(蔡沈, 1167~1230). 남송 건주(建州) 건양(建陽) 사람. 자는 중묵(仲默)이고, 학자들 사이에 구봉선생(九峰先生)으로 불렸으며, 시호는 문정(文正)이다. 채원정(蔡元定)의 둘째 아들이다. 구봉(九峰)에 은거하면서 주희의 명으로 『상서(尙書)』에 주를 달아 영종(寧宗) 가정(嘉定) 2년(1206) 『서집전(書集傳)』을 완성하였다. 그 밖의 저서에 『홍범황극(洪範皇極)』과 『채구봉서법(蔡九峰筮法)』 등이 있다.

승의 부탁을 받아 수십 년 동안 침잠 반복하다가 마침내 『홍범황극내편(洪範皇極內篇)』[108]을 완성하였습니다. 그리하여 진서산(眞西山)[109]이 삼성(三聖)[110]의 역(易)과 공로가 같다고 일컬었습니다. 그 후 그 수를 강명할 수 있는 사람이 없었는데 고씨(顧氏)[111]에 이르러 범수(範數)[112]의 신묘함을 알지도 못하면서 망령되이 진서산의 설을 배척하였습니다. 우리나라의 산기암재 선생은 홀로 마음으로 체득하여 마침내 『황극내편(皇極內篇)』을 표장하고 교정하여 상·중·하 세 권으로 만들었습니다. 홍범편에서 낙서를 첫머리에 두어 첫째 권으로 삼았고, 『주역전서(周易全書)』에 수록된 내용을 취하여 끝 권으로 삼았습니다. 또한

---

108 『홍범황극내편(洪範皇極內篇)』: 채침(蔡沈)이 그의 부친 채원정(蔡元定)과 스승 주희(朱熹)의 유명(遺命)을 받들어 저술한 책이다. 『주역(周易)』의 수리(數理)를 『서경』의 「홍범(洪範)」에 맞추어 놓은 책으로 3편의 논(論)과 「구구원수도(九九圓數圖)」·「범수지도(範數之圖)」 등 15도(圖)가 수록되어 있다.

109 진서산(眞西山): 남송의 성리학자 진덕수(眞德秀, 1178~1235). 자는 경원(景元)·희원(希元)이고, 호는 서산(西山)이다. 주자학을 계승하여 '소주자(小朱子)'로 불렸다. 저서에 『대학연의(大學衍義)』, 『문장정종(文章正宗)』, 『서산문집(西山文集)』 등이 있다.

110 삼성(三聖): 복희(伏羲)·문왕(文王)·공자(孔子)를 가리킨다.

111 고씨(顧氏): 고염무(顧炎武, 1613~1682)를 가리킨다. 고염무는 청나라 곤산(昆山) 사람으로, 자는 영인(寧人), 호는 정림(亭林)이다. 성품이 곧고 세속에 물들지 않았다는 평을 들었으며 대학자(大學者)로 청대(淸代) 고증학의 학풍을 열었다. 박학다문하여 천문·지리·정치제도·법전·농(農)·병(兵) 등에 두루 능통하였다. 저서에는 『일지록(日知錄)』·『좌전두해보정(左傳杜解補正)』·『구경오자(九經誤字)』·『석경고(石經考)』 등이 있다.

112 범수(範數): 송나라 채침(蔡沈)이 지은 『홍범황극내편(洪範皇極內篇)』 권3 「황극내편수(皇極內篇數)」를 가리키는 말이다. 이 편은 「황극내편수총명(皇極內篇數總名)」과 「팔십일수도(八十一數圖)」로 구성되어 있는데, '원일지일(原一之一)'부터 '종구지구(終九之九)'까지 총 81개의 명칭을 부여하고 각각의 명칭에 대해 길(吉), 흉(凶), 구(咎), 상(祥), 인(吝), 평(平), 휴(休), 재(災), 회(悔) 등의 점사(占辭)를 붙여 놓았다.

이수(理數)와 점복(占卜)의 은미한 뜻을 밝혀 끝 권의 뒤에 기록, 모두 6권으로 만들어 제목을 『홍범전서(洪範全書)』라 하였습니다.

이 도는, 원·명의 여러 유자들은 그 은미한 뜻을 엿보지 못하고 오직 설경헌(薛敬軒)[113]만이 그 본지를 체득하였습니다. 홍범의 수에는 조화(造化)·기수(氣數)·천리(天理)·인사(人事)가 모두 갖추어져 있으며, 『전서』의 역(易)에서 핵심은 다섯 번째인 황극(皇極)에 있습니다. 대개 원도(圓圖)[114]의 내수(內數)와 내수가 상대하여 모두 십(十)이 되고, 외수(外數)와 외수가 상대하여 십이 됩니다. 하지(夏至)인 오지오(五之五)에 이르면 상대가 없습니다. 그러나 팔십일(八十一) 수는 오(五)를 얻은 후에 이루어지지 않음이 없습니다. 일은 오를 얻어 오의 우육(右六)이 되고 사(四)는 오를 얻어 우하(右下)의 구(九)가 되며 육(六)은 오를 얻어 우하(右下)의 일(一)이 됩니다. 나머지 수도 모두 이와 같습니다. 구봉이 "하월(夏月)의 끝으로 토용(土用)의 말궁(末宮)을 삼는다." 하며 지극한 덕으로 칭한 까닭이 이 때문이며, 또한 이것이 삼천양지(參天兩地)[115]의 수를 합하여 중앙에 자리하게 하고, 도서(圖書)의 수가 모두 오(五)를 중(中)으로 삼은 까닭이기도 합니다.

주 문공이 말하기를,

"중자(中者)는 주인이 되고 외자(外者)는 손님이 되며, 정자(正者)는

---

113 설경헌(薛敬軒) : 명(明)나라 전기의 학자 설선(薛瑄)으로, 경헌은 그의 호이다.

114 원도(圓圖) : 복희 64괘 방위도에 방도(方圖)와 원도(圓圖)가 있는데, 천원지방(天圓地方) 사상에 근거를 두어 64괘를 원형으로 배열, 천체를 형상하고 다시 그 안에 64괘를 방형(方形)으로 배열하였다.

115 삼천양지(參天兩地) : 하늘의 숫자는 홀수인 3이고 땅의 숫자는 짝수인 2라는 뜻으로, 『주역』「설괘전(說卦傳)」에 "하늘은 3이고 땅은 2로서 서로 숫자가 어울린다.[參天兩地而倚數]"고 하였다. 대체로 천지 간의 모든 이치를 의미하는 말로 쓰인다.

군주가 되고 측자(側者)는 신하가 된다."라고 하였습니다. 산기선생은, "오중(五中)의 일점(一點)은 종횡을 관통하니 종(縱)은 삼(三)이고 횡(橫)은 이(二)이다. 이 삼재(三才)가 일관하는 것이 중수(中數)가 되는 것이다. 홍범에서 말한 황극 오(五)가 대학(大學)의 지선(至善)이다. 수에서 오지오(五之五)를 중(中)이라 한 것이 바로『중용』의 중화(中和)이다. 군자는 그 극(極)을 쓰지 않는 바가 없으니, 중화를 지극히 이루면 천지가 제자리를 잡고 만물이 제대로 길러질 것이니 지극하고 위대하도다. 그러므로 오수(五數)에 이르면 순순히 황극의 도가 드러나고, 우(禹)·기자(箕子)가 마음 쓴 은미한 뜻을 엿보기에 가장 좋다."라고 말하였습니다. 우리나라에서는 상고(上古)의 성신(聖神)을 일러 천지의 중심이라 부르며 "천어중주존(天御中主尊)"[116]이라 합니다. 대개 오(五)와 토(土)의 왜음(倭音)은 뜻이 같으므로, 중오(中五)를 제왕이 자리에 올라 다스리는 요체로 삼았습니다. 그리하여 나라의 군주[國君]가 이를 본받으면 백성[土民]이 다스려지고, 백성이 이를 본받으면 사지백해(四肢百骸)가 다스려집니다. 이것과 요(堯)·순(舜)·우(禹)가 주고 받은 일중(一中)[117]은 부절을 합하듯 같습니다. 그밖에 이수(理數)로써 태

116　천어중주존(天御中主尊) : 『고사기(古事記)』에 등장하는 최고 근원신 아메노미나카누시노가미를 말한다. 생성의 힘을 인격화한 다카미무스히노가미(高御産巢日神), 가미무스히노가미(神産巢日神)와 함께 조화삼신(造化三神)으로 일컬어진다. 유수우신의 스승이라 할 산기암재는 천어중주존을 천지 신들의 중심에 존재하여 전체를 주재하는 신이라 보고, 다른 개별의 신들은 이 신이 변화한 것이라고 주장하였다. 이른바 근원으로서 전체를 체현하는 하나의 신과 이를 개별적으로 구현하는 다수의 신들이라는 범주로 신들의 세계를 파악하였던 것이다. 『산기암재전집(山崎闇齋全集) 제1권 101면, 제2권 270면』

117　일중(一中) : 순(舜) 임금이 우(禹) 임금에게 이르기를, "인심은 오직 위태롭고, 도심은 오직 미세하니, 오직 정밀하고 전일하여야 진실로 그 중도를 잡으리라.[人心惟危 道心惟微 惟精惟一 允執厥中]"한 데서 인용한 말이다. 흔히 도통(道統)을 전수하는 요결

점(太占)·구복(龜卜)의 가르침을 봉행하고 있습니다. 비록 해가 뜨는 곳과 해가 지는 곳의 다름이 있다 하더라도 그 오묘한 깨달음이 이와 같은 것은 우주의 일리(一理)·천성(千聖)의 일심(一心)에 실체가 있기 때문입니다.

무릇 홍범의 수에는 한없이 크고 넓으며 신묘한 도(道)와 정치(精緻)한 의리가 깃들어져 있습니다. 그러나 이것까지 논하는 것은 제 분수를 뛰어넘는 부끄러운 일임을 알고 있습니다. 다만 경모(景慕)의 정을 그칠 수 없어 평소 귀동냥으로 얻은 학문으로 시험 삼아 도를 갖추신 여러 분들께 질의하였습니다. 바라건대 족하께서는 저의 비루함과 치우침을 가엾게 여겨 맑은 가르침을 내려주시기 바랍니다. 일찍이 듣기에 퇴계 선생께서는 기자의 홍범이 전해지지 않고 여러 대가 아득히 흐른 것을 탄식하셨다 합니다.[118] 근세의 명나라 유자가 저술한 책들이 우리나라에 전해진 것이 헤아릴 수 없을 정도로 무수히 많습니다.[119] 그러나 우리 도에 보탬이 되기에는 부족하니 하물며 역범(易範)의 기묘함에 있어서이겠습니까. 또 들으니 귀방에는 퇴계 선생에 앞서 조정암(趙靜菴)[120]·김한훤(金寒暄)[121]·정일두(鄭一蠹)[122]·이회재(李晦

로 일컬어진다.

118 퇴계 …… 합니다 :『退溪集』卷6,「戊辰六條疏」에 "矧我東方僻在海隅, 箕範失傳, 歷世茫茫."라는 내용이 나온다. 1677년 산기암재가 그의 저서『홍범전서』의「서문」에서 이황의 이 말을 언급한 바 있다.

119 한우충동(汗牛充棟) : 책이 많아 수레에 실으면 소가 땀을 흘리고 쌓아올리면 마룻대에 닿을 정도임을 비유한 말이다.

120 조정암(趙靜菴) : 조광조(趙光祖, 1482~1519)로, 본관은 한양(漢陽), 자는 효직(孝直), 호는 정암(靜菴), 시호는 문정(文正)이다. 중종(中宗) 을해년에 문과에 급제하고 벼슬이 대사헌(大司憲)에 이르렀다. 기묘사화로 사사(賜死) 되었으며, 저술로는『정암집(靜庵集)』이 있다.

齋)[123]가 있었고, 퇴계 선생 후로는 정한강(鄭寒岡)[124]·이율곡(李栗谷)[125]·성우계(成牛溪)[126]·윤명재(尹明齋)[127]가 있어 함께 도학을 창명하여 나라의 사표가 되고 세상의 표준이 된다고 합니다. 만약 기자의 홍범에 대해 언급한 것이 있다면 아끼지 말고 전해주시면 다행이겠습니다.

---

121 김한훤(金寒暄) : 김굉필(金宏弼, 1454~1504)로, 본관은 서흥(瑞興), 자는 대유(大猷), 호는 한훤당(寒暄堂), 시호는 문경(文敬)이다. 김종직(金宗直)의 문하에 들어가『소학』을 배운 것을 계기로 평생『소학』에 심취하여 스스로 '소학동자'라 일컬었고『소학』의 화신이라는 평을 들었다. 갑자사화가 일어나자 무오당인이라는 죄목으로 극형에 처해졌다. 이후 성리학의 토대 구축과 인재 양성에 끼친 업적이 재평가되어 문묘에 종사되었다. 저서에『경현록(景賢錄)』,『한훤당집(寒暄堂集)』,『가범(家範)』등이 있다.

122 정일두(鄭一蠹) : 정여창(鄭汝昌, 1450~1504)으로, 본관은 하동(河東), 자는 백욱(伯勖), 호는 일두(一蠹), 시호는 문헌(文獻)이다. 지리산에 은거하며 오경(五經)과 성리학(性理學)을 연구했다. 1498년(연산군 4) 무오사화로 종성(鍾城)에 유배, 사망하였고, 1504년 갑자사화로 다시 부관참시(剖棺斬屍) 되었으나 이후 성리학 진작의 공이 재평가되어 문묘에 종사되었다.

123 이회재(李晦齋) : 이언적(李彦迪, 1491~1553)으로, 회재는 그의 호이다.

124 정한강(鄭寒岡) : 정구(鄭逑, 1543~1620)로, 본관은 청주(淸州), 자는 도가(道可), 호는 한강(寒岡), 시호는 문목(文穆)이다. 저서에『심경발휘(心經發揮)』,『오선생예설(五先生禮說)』,『성현풍범(聖賢風範)』등이 있다.

125 이율곡(李栗谷) : 이이(李珥, 1536~1584)로, 본관은 덕수(德水), 자는 숙헌(叔獻), 호는 율곡(栗谷)·석담(石潭)·우재(愚齋), 시호는 문성(文成)이다. 퇴계 이황과 더불어 조선 시대 중기의 성리학계를 양분하여 이른바 기호학파(畿湖學派)를 선도하였다. 저서에『율곡전서(栗谷全書)』,『성학집요(聖學輯要)』등이 있다.

126 성우계(成牛溪) : 성혼(成渾, 1535~1598)으로, 본관은 창녕(昌寧), 자는 호원(浩源), 호는 우계(牛溪)·묵암(默庵), 시호는 문간(文簡)이다. 동서분당 때 서인과 정치노선을 함께 했고 이이와 함께 서인의 학문적 원류를 형성했다. 그의 학문은 이황과 이이의 학문을 절충했다는 평가를 받았으며, 이후 외손인 윤선거(尹宣擧, 1610~1669)·외증손 윤증(尹拯, 1629~1714)에게 계승되며 소론의 중심 계보를 형성하였다.

127 윤명재(尹明齋) : 윤증(尹拯, 1629~1714)으로, 본관은 파평(坡平), 자는 자인(子仁), 호는 명재(明齋)·유봉(酉峰)이다. 성혼(成渾)의 외손손으로서, 서인이 노론과 소론으로 분화할 때 소론의 영수로 추대되었다. 저서로는『명재유고』·『명재의례문답(明齋疑禮問答)』·『명재유서』등이 있다.

믿는 것은 책이요 힘쓸 것은 마음이니, 족하께서 살펴주시기 바랍니다. 삼가 공경하는 마음으로 이만 줄입니다.

연향(延享) 5년 무진 음력 사월[初夏] 24일.

○ 해고 이 서기께 드리는 편지
　與海皐李書記書

괄낭

일본국 대판의 유수우신이 조선국 서기 해고 이 공께 편지를 올립니다. 우리 사문의 학생들이 모두 말하기를,

"한객(韓客)은 이번 사행에 한묵을 담당한 이들이니[128] 문채와 품성이 조화로운 군자일 것이다. 어찌 양원(梁園)[129]·업하(鄴下)[130]의 재주에 비할 뿐이겠는가."라고 하였습니다. 그러한즉 목을 길게 빼고 정성껏 종유하고자 생각하지 않음이 없었습니다. 저 또한 천 년 만에 만날 수 있는 기회를 혹시라도 놓치지 않을까 두려워하며 때때로 머리를 서쪽으로 돌려 오랫동안 기다릴 뿐이었습니다. 다행히도 어제 드디어

---

128 잠필(簪筆) : 관원이 관(冠)이나 홀(笏)에 붓을 꽂아서 서사(書寫)에 대비하는 것을 이르는 말로, 사관(史官)이나 시종신(侍從臣)을 가리킨다.

129 양원(梁園) : 양원은 서한(西漢) 경제(景帝) 때 양 효왕(梁孝王)이 만든 토원(兔園)이다. 이곳에는 사부(辭賦)에 능한 사람들이 모였는데, 매승(枚乘)과 추양(鄒陽)이 가장 걸출했다고 한다. 『史記 卷117, 司馬相如列傳』

130 업하(鄴下) : 업(鄴)은 삼국 때 조조(曹操)의 도읍으로, 지금 하남성 임장현(臨漳縣)을 가리킨다. 이곳에서 당시 시재(詩才)가 뛰어났던 조조·조비·조식부자를 포함하여 이른바 건안칠자(建安七子)라는 공융(孔融)·진림(陳琳)·왕찬(王粲)·서간(徐幹)·완우(阮瑀)·응창(應瑒)·유정(劉楨) 등이 문학으로 이름을 떨쳤다.

만나 뵙고 성대한 은혜를 입었습니다. 저처럼 보잘것없는 미천한 몸에 거듭 영화가 더해지니 감사의 마음을 금할 수 없습니다. 생각해보면 족하께서는 비록 헛된 촌부의 말이라 해도 오히려 관대히 포용하는 도량으로 반드시 헤아려 주셨습니다. 선도(善道)로써 고해줌을 즐거워하는 것은 당연한지라, 외람되게도 은혜를 믿고 자질구레하게 청청(淸聽)을 범합니다.

대개 네 분 성인의 역(易)[131]은 그 주장하는 바가 각각 다릅니다. 그래서 배우는 이들이 종종 이를 분변하지 않은 채 경문(經文)을 어지럽히고 전의(傳義)를 뒤섞은 까닭에 네 분 성인의 역이 이리저리 섞이고 밝게 드러나지 못하게 되었습니다. 주자 이후 고역(古易)[132]이 마침내 사라지고 금역(今易)[133]에 의거하게 된 것은 천태(天台) 동씨(董氏)에게서

---

131 네 …… 역(易) : 『주역』이 완성되기까지 네 성인의 손을 거쳤던 것을 가리키는 말이다. 네 분 성인은 복희씨(伏羲氏), 문왕(文王), 주공(周公), 공자(孔子)를 가리킨다. 『주역연의(周易衍義)』 원서(原序)에 의하면 "복희씨에게서 괘의 획이 그어짐으로부터 시작하여 문왕, 주공에게서 괘사, 효사가 이루어지고, 공자에게서 십익전이 이루어짐으로써 이 네 성인의 손을 거쳐 주역이 비로소 완성되었다.[自其畫於伏羲, 辭於文王、周公, 翼於孔子, 經四聖人手而易始備]" 하였고, 또 『주역회통(周易會通)』 범례(凡例)에 의하면, 복희씨는 괘획(卦畫)을 그렸고, 문왕은 괘사(卦辭)를 지었고, 주공은 효사(爻辭)를 지었고, 공자는 십익전(十翼傳)을 지었다고 한다. 산기암재는 그의 『朱易衍義』에서 역의 본질은 복희의 팔괘에 담겨져 있으며, 문왕·주공·공자의 역은 그것에 착종되어 있는 사상(事象)의 도리를 간파하여 상법(常法)을 이끌어 낸 것이라고 보았다.

132 고역(古易) : 『주역전의(周易傳義)』 범례에 의하면, 주역은 상경(上經)과 하경(下經) 2편과 공자의 십익(十翼) 10편이 각각 따로 책으로 묶여 있었는데, 전한(前漢)의 비직(費直) 이래로 금역(今易)이 주류를 이뤘다. 이후 송대(宋代)의 학자 조열지(晁說之)가 고경을 고정(考訂)하여 8권으로 만들었고, 여조겸(呂祖謙)이 마침내 경(經) 2권과 전(傳) 10권으로 만들었다. 이것이 고역(古易)으로, 주자(朱子)의 『본의(本義)』는 이 고역을 따랐다고 전해진다.

133 금역(今易) : 원래 『주역』은 상경·하경 2권과 공자의 십익편(十翼篇)이 각각 별개의 책을 이루고 있었는데, 전한(前漢)의 비직(費直)이 처음으로 단전(彖傳)과 상전(象傳)으

나쁜 전례가 만들어져[134] 『주역전의대전(周易傳義大全)』으로 0완성되었
기 때문이니[135] 이들은 실로 주자의 죄인입니다. 설경헌이 말하기를,
"주자의 『본의(本義)』는 고역(古易)의 차서에 의거하여 자연스레 하
나의 책이 되었다. 정전(程傳)과 뒤섞이지 않아 상(象)·점(占)·복(卜)·
서(筮)를 가장 잘 볼 수 있다.[136] 그런데 후세의 유자들이 주자가 가르

로 경문을 해석하여 경문의 뒤에 붙였다. 이후 정현(鄭玄)과 왕필(王弼)이 이를 괘사와
효사의 아래에 나누어 붙였으며, 여기에 건·곤의 문언전을 덧붙인 후 단왈(彖曰)·상왈
(象曰)·문언왈(文言曰)이라 하여 경문과 구별하였는데, 이를 금역(今易)이라 한다. 정
자는 금역을 대본으로 하여 정전(程傳)을 지었다.

134 천태(天台) ······ 만들어져 : 동해(董楷)의 『주역전의부록(周易傳義附錄)』을 말한다.
동해는 남송 태주(台州) 임해(臨海) 사람으로, 자는 정숙(正叔)이고, 호는 극재(克齋)다.
주희(朱熹)의 제자 진기지(陳器之)을 스승으로 섬겨, 주희의 학문을 익혔다. 그의 저서
『주역전의부록』은 이(理)를 논한 정이(程頤)의 『이천역전(伊川易傳)』과 상(象)을 논한
주희의 『주역본의(周易本義)』를 합쳐서 한 편으로 하고 정희와 주희 두 사람의 유설(遺
說)을 취하여 부록으로 붙인 것이다. 본문에서 유수우신은 동해의 이 책을 금역(今易)에
치우쳐 있다고 비판하고 있다.

135 『주역전의대전(周易傳義大全)』으로 ······ 때문이니 : 명나라 성조(成祖) 영락(永樂)
13년(1415) 호광(胡廣) 등 42인이 칙명을 받아 사서오경대전본(四書五經大全本)을 간
행하였는데, 이때 『주역』의 대전본으로 『주역전의대전(周易傳義大全)』이 편찬되었다.
이 책에서 전(傳)은 정이의 『정전』을, 의(義)는 주희의 『본의』를 가리키는데, 경문 부분
은 『정전』의 원본에 의거하였고 주희의 『본의』를 각각 유별로 나누어 합쳤다. 또 전문
(傳文) 부분은 『정전』이 빠져 있기 때문에 『본의』만을 따랐다. 이 책은 이 밖에도 동해
(董楷)의 『주역전의부록(周易傳義附錄)』, 동진경(董眞卿)의 『주역회통(周易會通)』, 호
일계의 『주역본의부록찬소(周易本義附錄纂疏)』, 호병문의 『주역본의통석(周易本義通
釋)』의 역학설도 싣고 있다. 본문에서 유수우신은 주역의 정통을 고역에 있다고 보고
있다. 그러한 그가 『주역전의대전』을 금역의 부류라 비판하고 있는 것은, 이 책이 금역
과 고역의 여러 역학설을 잡다하게 수록함으로써 결과적으로 고역의 정통성이 부각되지
않았기 때문이라 추정된다.

136 주자의 ······ 있다 : 『주역본의』는 주자가 48세 되던 해 지은 것이다. 주역의 '본의(本
義)'를 주창하여 옛 주역의 본모습대로 경(經)과 전(傳)을 분리함으로써 상, 하경 2권과
십익(十翼) 각 10권의 체제로 이루어졌다. 주자의 역학은 정이(程頤)의 의리 역학과 소옹
(邵雍)의 상수 역학을 종합하는 한편, 소옹의 도서 역학(圖書易學) 형식을 따르고 있다.

친 본뜻을 따다가 정전의 뒤에 붙였으니, 이는 주자의 뜻을 잃은 것이다."라고 하였는데, 그 견해가 탁월합니다. 그 밖의 격론(格論)이 여기저기 보이는데, 귀방의 퇴계 이자(李子)가 정자중(鄭子中)[137]에게 답한 편지에 말하기를,

"강절(康節)[138]의 술수(術數)를 이정(二程)은 중요하게 생각하지 않았다." 운운한 설[139] 또한 그 본지를 얻은 것입니다. 허재(虛齋) 채청(蔡淸)[140]은 이미 고역을 반드시 복구해야 함을 알면서도 『역경몽인(易經蒙引)』을 저술할 때 금역에 의거하였으니 더욱 이해할 수 없습니다. 호경재(胡敬齋)[141]는 이학(理學)을 창도하였으나 역은 복서(卜筮)라는 주자의 말을 잘못이라고 하였습니다. 호씨와 같은 현자도 이러한 미혹됨이 있었거늘 하물며 그보다 못한 사람이겠습니까.

고역은 상경(上經)·하경(下經)과 십익(十翼)을 합해 모두 12편입니다. 금역은 한(漢)나라의 비직(費直)이 나쁜 전례를 만들었고, 정현(鄭玄)·

그리하여 '하도(河圖)' '낙서(洛書)'와 '선후천팔괘도(先後天八卦圖)' 등의 도서(圖書)를 중심으로 주역을 해석하는 입장을 취하면서, 한편으로 '복서지서(卜筮之書)'로서의 독특한 역학을 수립하였다. 실제 주희는 괘효사를 해석할 때 곳곳에서 점서(占筮)의 글임을 전제로 하여 해석하는 등 이전의 역학들과는 구분되는 면모를 보였다.

137　정자중(鄭子中) : 정유일(鄭惟一, 1533~1576)로, 본관은 동래(東萊), 자는 자중(子中), 호는 문봉(文峰)이다. 목번(穆蕃)의 아들이며, 이황(李滉)의 문하에서 수학하였다.

138　강절(康節) : 소옹(邵雍, 1011~1077)의 호이다. 북송(北宋)의 유학자로 자는 요부(堯夫)이며, 역학(易學)에 특히 뛰어났다.

139　퇴계 …… 설 : 『退溪集』 卷25, 「答鄭子中別紙」에 "康節之術, 二程不貴. 非獨指推算知來之術, 數學亦不以爲貴."라는 내용이 있다.

140　채청(蔡淸) : 1453~1508. 자는 개부(介夫), 호는 허재(虛齋)이며 진강(晉江) 사람이다. 성화(成化) 갑진년(1484)에 진사가 되었고, 관직은 남경국자감(南京國子監) 좨주(祭酒)에 이르렀다. 사적은 『명사』 「유림전」에 실려 있다.

141　호경재(胡敬齋) : 명나라 호거인(胡居仁, 1434~1484)으로, 경재는 그의 호이다.

왕필(王弼)이 그 체제에 따라 주해를 하였습니다.[142] 그러다가 여조겸 (呂祖謙)이 고역을 복구하였고 주자가 이에 의거하여『본의』를 지었습 니다.[143] 그 후 천태 동씨가 다시 금역을 회복하였고 이에 의거하여『주 역전의대전(周易傳義大全)』이 만들어졌으니, 이로써 역의 도는 어둡게 막혀 버렸습니다.

우리나라의 산기암재 선생께서는 고역을 복구하면서 한결같이『본 의』를 인용하고 정전(程傳)은 혼용하지 않았습니다. 이렇게 저술한 것 이『주역연의(朱易衍義)』3권입니다. 그 상권은 고역·금역의 차이를 밝혔고 중권은『역학계몽(易學啓蒙)』[144]의 본지를 명확히 드러냈으며 하권은 역도(易道)의 요령을 쉽게 설명하였습니다. 배우는 자들이 먼 저 이 책을 읽은 후에『역학계몽』·『주역본의』를 접하게 된다면 아마 도 주자 역의 본지를 얻을 수 있을 것입니다. 감히 묻습니다. 귀방 또 한 주자의 정본을 통해 고역을 익히고 있습니까?

---

142 금역은 …… 하였습니다 : 비직은 한나라의 학자로 역학에 조예가 깊었다. 그는『주 역』에 대해 경문의 장구에 따라 해석하지 않고 단전(彖傳), 상전(象傳), 문언전(文言 傳), 계사전(繫辭傳) 등 전으로 경문을 해석하였다. 이에 비직 이후로 '경'과 '전'이 하나 의 책으로 합본된 금역 체계가 형성되었으며, 그 후 진원(陳元), 정중(鄭衆), 마융(馬 融), 정현(鄭玄), 왕필(王弼) 등도 비직이 전한『주역』을 저본으로 하여 주석을 달았다.
143 여조겸(呂祖謙)이 …… 지었습니다 : 고역은『주역』의 경문(經文)인 괘사·효사와 전 (傳)에 해당하는 십익(十翼)을 따로 엮은 원래 체제의 주역을 말한다. 중간에 정현(鄭玄) 과 왕필(王弼) 등이 각각의 괘사와 효사 아래에 단전(彖傳)과 상전(象傳)을 나누어 붙여 원래의 체제와 다른 역을 구성하였다. 이후 송나라의 여조겸(呂祖謙)에 들어와 다시 고역 체제로 돌아갔고, 주희가 복구된 고역 체제에 따라『주역본의(周易本義)』를 저술하였다.
144 『역학계몽(易學啓蒙)』: 주희가 초학자를 위해 지은『주역』의 해설서이다. 4권으로 구성하여 1186년에 완성했다. 주희는『주역본의』12권을 통해 점서와 의리를 융합하여 『주역』의 본의를 밝히려 했으며,『역학계몽』에서는 역의 도식, 점서에 대한 수리적 설명 에 주력했다.

일찍이 들으니 귀방에서는 도학이 크게 천명되고 예의가 성행한다고 합니다. 정덕(正德)[145] 연간에 동곽(東郭) 이씨(李氏)[146]가 사신을 따라 왔을 때 답하는 편지에서 말하기를,

"우리 노선생들께서는 한결같이 정·주 두 부자만을 법도로 삼습니다. 그 도가 아니면 행하지 않고 그 책이 아니면 읽지 않습니다. 왕양명(王陽明)[147]·육상산(陸象山)[148] 두 유자의 학문은 이미 정주와 지향을 달리하니, 정주를 배우는 사람이 그들을 높이고 숭상할 수 있겠습니까? 우리나라에서는 성학을 높이고 이단을 배척하는 것이 매우 엄격하고 단호하니 어찌 곡학(曲學)을 용납할 수 있겠습니까. 편협한 유자가 그 틈에서 사설(邪說)을 소리 높여 주장하여 오도(吾道)에 해를 끼치는 벌레가 되고 있으니 금해야 마땅하지 않겠습니까?"라고 하였습니다. 제가 일찍이 그의 사람됨을 믿었고, 지금 족하의 학문 또한 앞서 선현들의 전철을 따라 순정(醇正)함에서 나왔음을 알았습니다. 그러하니 만약 생각하는 바가 있는데도 말하지 않는다면 어리석은 제가

---

145 정덕(正德) : 1711~1715까지 일본 에도막부 시대의 연호이다.

146 동곽(東郭) 이씨(李氏) : 1711년 사행 때의 제술관 이현(李礥, 1654~?)으로, 자는 중숙(重叔), 본관은 안악(安岳)이며 동곽은 호이다.

147 왕양명(王陽明) : 왕수인(王守仁, 1472~1529)으로, 자는 백안(伯安), 호는 양명, 시호는 문성(文成)이다. 치양지(致良知) 설을 필두로 심즉리(心卽理)와 지행합일(知行合一), 만물일체(萬物一體) 등을 요체로 하는 양명학을 제창하였다. 제자와의 토론을 모은 『전습록(傳習錄)』 3권이 있고, 시문과 주소(奏疏), 연보 등을 더한 『왕문성공전서(王文成公全書)』 38권이 전한다.

148 육상산(陸象山) : 육구연(陸九淵, 1139~1192)으로, 자는 자정(子靜), 호는 상산이다. 강서(江西) 무주(撫州) 금계(金溪) 사람으로 학문은 존덕성(尊德性), 심즉리(心卽理)를 주 내용으로 하였으며 이는 훗날 명대 왕양명(王陽明)에게 계승되어 양명학으로 발전되었다. 그러나 동시대의 주희로부터는 "육씨의 종지는 본래 선학(禪學)으로부터 나왔다."는 비판을 받았다.

무엇을 가지고 군자에게 질의하겠습니까. 외람되게 몇 마디 말로써 시정해주시기를 간절히 청하니, 조금이나마 헤아려주시기 바랍니다. 이만 줄입니다.

연향(延享) 5년 무진(戊辰) 동월(桐月)[149] 24일

『화한문회(和韓文會)』 상(上) 마침.

---

149 동월(桐月) : 음력 3월과 음력 7월을 모두 지칭하는 용어인데 전자는 오동나무 꽃이 피는 달이라는 뜻에서, 후자는 오동나무 잎이 떨어지기 시작한 달이라는 뜻에서 유래한 용어이다. 유수우신이 박경행, 이봉환, 이명계를 낭화의 서본원사 객관에서 만난 것은 무진년(1748) 여름 4월 23일의 일이었으므로, 여기에서 동월은 음력 3월을 가리킨다고 보는 것이 합당하다.

화한문회(和韓文會) 하

좌주(佐州) 강전안경(岡田安敬) 엮음

구헌 박 공, 제암 이 공, 해고 이 공께 올립니다
奉呈矩軒朴公濟庵李公海皐李公案下

괄낭

절기(節氣)가 6월이 되니 찌는 듯한 더위가 사람을 몰아칩니다. 이러한 때 고된 여정으로 편안하지 않으실 것이, 무섭(武攝)까지의 여정도 가깝지 않습니다. 사행께서는 이미 성대한 의식을 행하고 다시 낭화에 이르셨습니다. 거동이 평안하시니, 감히 경하 드리지 않을 수 있겠습니까. 예의상 마땅히 찾아가 경하 드려야 하겠으나 모임에 작은 문제가 있어 행하지 못하였습니다. 양해해주시기 바랍니다.

지난 번 공들께서 아직 동쪽에서 오시기 전에 제가 쓴 짧은 편지를 공들께 올려달라고 남계대포(枏溪大浦)[150] 씨에게 부탁하였는데 지금까지도 회답을 받지 못하였습니다. 관사(官事)에 정신없이 분주하시고 또한 글 짓는 문사들이 날마다 관사 아래에 모여드니 수응(酬應)에 여력이 없어 피곤에 지치신 것입니까? 아니면 망령되고 어리석음이 심

---

150 남계대포(枏溪大浦) : 대마도의 기실인 평국빈(平國賓)을 이른다.

하니 입에 올릴 것도 없다 여기시고 버려둔 채 다시 돌아보지 않으신 것입니까? 제가 공들께서 사람을 만나는 모습을 가만히 보건데 비록 글 짓는 재주가 천박하고 온갖 필담의 문의(文義)가 보잘것없어 받아들이기 부족해도 모두 응해주시니, 마치 삼군(三軍)의 목마른 자들이 하천에서 떼를 지어 물을 마심에 각자 자기의 양껏 마시는 것과 같았습니다.

그런데 지금 제가 감히 묻고 싶은 것이 있으니, 대체(大體)와 관련되고 실학(實學)에 관계된 것은 무심히 흘려들으시는 것 같아 의아합니다. 전날 직접 청아한 모습을 뵈오니, 이른바 덕음(德音)은 정연하였고 온화함은 옥과 같았습니다. 제가 지극히 우매하고 고루하여 다른 사람의 밝음을 알아보지 못합니다만, 공들의 사람됨을 살펴보니 그 포용과 관용의 도량은 거만하게 스스로를 높이는 사람과는 하늘과 땅처럼 차이가 있었습니다. 제가 일찍이 듣기에,

"재주 있는 사람이 재주 없는 사람을 길러주므로[151] 어진 이를 귀하게 여기고, 능하지 못한 이를 가르쳐 남이 선을 행하도록 도와준다[152]"고 하였으니, 공들이야말로 그러하신 분들입니다. 그런데 찾아와 질문을 하는 사람에게 한 마디 시비를 논하는 말씀이 없으시니 혹 힘써 면려한다는 뜻을 멈추신 것인지요? 그렇다면 이는 가르쳐 인도하고 힘써 격려하는 도가 아닙니다. 간절히 바라건대, "인인(仁人)은 만물을 이루어 준다"[153] 하였으니 망령되고 어리석은 말이라 버려두지 마시고

---

151 재주 …… 길러주므로 : 『맹자(孟子)』「이루하(離婁下)」의 "中也, 養不中, 才也, 養不才."를 인용한 말이다.

152 남이 …… 도와준다 : 『맹자(孟子)』「공손추상(公孫丑上)」의 "孟子曰, 大舜有大焉, 樂取於人以爲善. 取諸人以爲善, 是與人爲善者也."를 인용한 말이다.

가르침을 내려주신다면 심히 다행이겠습니다. 세 분께 드리는 글이 다르지 않으므로 별폭(別幅)을 만들지 않았습니다. 용서해주시기 바랍니다.

연향(延享) 무진(戊辰) 6월 29일

유수우신(留守友信) 돈수(頓首)

○7월 3일 서본원사(西本願寺)에서 구헌(矩軒)·제암(濟庵)을 다시 만났다. 부사(副使) 서기,[154] 종사(從事) 서기[155]는 마침 몸이 불편하여 모임에 오지 못했다.

○ 조선으로 돌아가는 학사 박 구헌 선생을 환송하는 시
　　奉送朴學士矩軒先生還朝鮮詩 서(序)를 덧붙임[幷序]

옛날에 자고(子高)가 노나라로 돌아올 때 추문(鄒文)과 계절(季節)은 이별을 아쉬워하며 눈물이 턱을 적셨으나 자고는 다만 손을 들 뿐이었습니다. 그러면서 일행에게 말하기를,

"처음에는 이 두 사람이 대장부인 줄 알았는데, 지금 보니 부인네와

---

153 인인(仁人)은 …… 준다 : 『중용장구(中庸章句)』제25장에 "성(誠)은 스스로 자기만을 이룰 뿐만이 아니요 남을 이루어 주니, 자기를 이룸은 인(仁)이요 남을 이루어 줌은 지(智)이다.[誠者非自成己而已也 所以成物也 成己仁也 成物知也]"라는 구절을 인용한 말이다.

154 부사(副使) 서기 : 취설(醉雪) 유후(柳逅)를 이른다.

155 종사(從事) 서기 : 해고(海皐) 이명계(李命啓)를 이른다.

같은 이들임을 알겠다. 사람이 태어났으면 사방에 포부를 품어야지 어찌 사슴이나 멧돼지를 좇으려 하는가?[156]"라고 하였습니다. 제가 일찍이 생각하기를,

"이러한 것도 하나의 길이 될 수는 있으나 상도(常道)는 아니다. 무릇 인륜을 끊고 사물의 정(情)을 끊어 둔감하기가 목석같은 후라야 좋다는 것인가?" 하였습니다. 제가 생각하기에 평생토록 같은 지역에 살면서 한 마디 말도 나누지 않는 사람도 있는데, 다행히도 하루아침에 대방의 군자를 뵙고 창화(唱和)하며, 친숙하기가 오랫동안 알고 지낸 사람 같았으니, 그 정의(情義)는 오히려 평생 향사(鄕社)를 같이 한 사람보다 더 합니다. 어찌 무심하게 감격하지 않으며, 구름이 짙자 우레부터 울린다고 스스로를 기롱하겠습니까. 이에 보잘 것 없는 시 두 수를 올려 전별의 의례를 대신하고자 합니다.   괄낭

첫 번째 시

가을의 대강이 옛 황주에 물결치니   大江秋動古皇州
나무마다 매미 울음 손님 배를 환송하네   萬樹鳴蟬送客舟
부산포의 흰구름은 바람타고 건너오지 못하니   釜浦白雲吹不度
상공의 보름달이 이별 수심 비추리라   空分明月照離愁

---

156 사슴이나 …… 하는가 : 초야에 묻혀서 지내는 야인(野人)의 생활을 뜻한다. 『맹자(孟子)』 「진심 상(盡心上)」에 "순(舜)이 깊은 산 속에 살 때, 나무와 돌 사이에 거처하면서 사슴이나 멧돼지와 상종하였으니, 깊은 산 속의 야인(野人)과 다를 바가 없었다.[舜之居深山中, 與木石居, 與鹿豕遊, 其所以異於深山之野人者, 幾希]"라고 하였다.

두 번째 시

돌아갈 채비 마치고 닻줄 풀었다는 소리에	聞說歸裝已解維
강둑에서 술 권하니 그리움 깊어지네	勸盃江畔更堪思
이별 후 정 깊은 곳 알고자 하니	欲知別後情深處
구름을 벗어난 달이 동쪽 바다 가에 걸려 있네	雲外月懸東海涯

○ 괄낭 사백께서 주신 운에 화답하다

奉和括囊詞伯惠贈韻

구헌

섭진주의 시 인연이 끊이지 않았는데	詩緣不斷攝津州
만 리 푸른 바다 홀연한 배 하나	倏忽滄溟萬里舟
세 번 경거[157]를 얻고도 한 번의 보답이 없었으니	三得瓊琚無一報
말 타고 지나온 고달픈 여정에 시름이 더하네	海山鞍馬痛兼愁

○ 조선으로 돌아가는 서기 제암 이 공, 서기 해고 이 공을 환송하며

奉送濟庵李公書記海皐李公書記還朝鮮詩 서를 덧붙임[幷序]

괄낭

채익선이 떠나왔을 때 봄이 점차 끝나가고 여름의 녹음이 막 푸르

---

157 경거(瓊琚) : 보배로운 구슬이란 뜻으로 훌륭한 시문을 가리킨다. 『시경』 「목과(木瓜)」에 "나에게 모과를 던져 주기에 고운 패옥으로 보답하였네.[投我以木瓜, 報之以瓊琚]"라고 한 데서 유래하였다.

렸는데 돌아갈 배를 수리하고 있는 지금 문득 가을 기운이 엄습하니, 망아지가 틈새를 지나가는 것[158]처럼 어찌나 시간이 빠른지요. 상정(常情)으로 미루어 돌아갈 날을 생각하고 헤아려 보니 하루가 채 남지 않았습니다. 그러나 대장부는 천지를 경륜할 마음을 품으며 매미처럼 세속의 먼지를 훌훌 벗어 던집니다. 또 만 리의 풍랑을 헤치며 천 길 절벽에서 옷을 털고[159] 한 점의 티끌도 가슴 속에 두지 않으며 시원하게 탁 트인 호연지기(浩然之氣)를 더욱 성대하게 하는 법입니다.

생각건대 두 분께서는 이러한 기상을 가지고 계십니다. 더욱이 감흥이 깊고 글이 아름다워, 험준한 산악이 가파르게 잇달고 강과 바다가 드넓게 물결치는 것이 모두 시의 소재가 되어 금낭을 채우고도 남음이 있습니다. 전(傳)에 말하기를, '군자는 사람을 보낼 때 말[言]을 준다.'[160]고 합니다. 저는 우매하여 드릴만한 말씀이 없으므로, 감히 봉황을 바라보는[161] 뜻으로 절구 2수를 지어 이별의 말을 대신하고자

---

158 망아지가 …… 것[駒隙] : 『장자』 지북유(知北遊)에 "사람이 천지간에 사는 동안은 마치 흰 망아지가 벽의 틈을 지나가는 것과 같이 잠깐일 뿐이다.[人生天地之間 若白駒之過隙 忽然而已]"라고 한 데서 온 말로, 세월의 빠름을 비유한 것이다.

159 천 길 절벽에서 옷을 털고[稅千仞之岡] : 진(晉)나라 좌사(左思)의 「영사 팔수(詠史八首)」 가운데 "천 길 산등성이에서 옷 먼지를 털어내고, 만 리 장강 흐르는 물에 발을 씻노라.[振衣千仞岡 濯足萬里流]"라는 구절을 인용한 것이다.

160 군자는 …… 준다[送人以言] : 공자(孔子)가 주(周)나라에 가서 노자(老子)에게 예(禮)를 묻고 떠나려 할 때 노자가 공자를 보내며 이르기를 "내가 들으니, 부귀한 사람은 사람에게 재물을 주어 보내고, 인한 사람은 사람에게 말[言]을 주어 보낸다 하는데, 나는 부귀하지 못한 사람이니, 인한 사람의 호칭을 훔쳐서 그대에게 말을 주어 보내노라.[吾聞富貴者送人以財 仁人者送人以言 吾不能富貴 竊仁人之號 送子以言]"라고 한 말을 인용한 구절이다. 『史記 卷47 孔子世家』

161 봉황을 바라보는[覦鳳] : 한유(韓愈)의 「여소실이습유서(與少室李拾遺書)」에 "조정의 선비들이 목을 죽 빼고 동쪽으로 바라보기를 마치 상서로운 별이나 봉황이 처음 나타

합니다.

첫 번째 시

송별곡을 마친 채색 다리 동쪽 가	祖筵曲罷畫橋東
시 짓던 자리 돌아보니 많던 손님 텅 비었네	回顧詞場萬客空
이별 후에도 이 마음 잊지 마시길	別後此情君莫忘
부산포 상공으로 날아가는 기러기 있으리니	釜山浦上有飛鴻

두 번째 시

이별하며 술잔 드는 다리 서쪽 가	橋西惜別且銜杯
천리 길 돌아가는 비단 돛배를 어찌 하랴	無奈錦帆千里回
계림 군자들에 대해 묻는 이 있다면	倘有鷄林諸子問
해 뜨는 황금대[162]를 말하리라	爲言觀日黃金臺

제암(濟菴)이 이 시를 보고 무릎 앞에 두었는데, 잠깐 사이에 다른

났을 때 앞 다투어 보는 것을 기뻐하듯이 한다.[朝廷之士 引頸東望 若景星鳳凰之始見 也 爭先覩之爲快]"라는 구절을 인용한 것으로, 이 글에서 봉황은 걸출한 인재를 비유한 말이다.

162 황금대(黃金臺) : 전국 시대 연(燕)나라 소왕(昭王)이 지은 누대의 명칭이다. 연왕은 이 누대의 위에 천금(千金)을 쌓아 놓고 천하의 어진 선비를 초빙하였다고 한다. 『戰國策 燕策』

이들의 시가 어지럽게 쌓여 산더미를 이루었다. 이에 하나하나 화답하느라 미처 내 시를 돌아볼 겨를이 없었으므로 화답하는 것을 빠뜨렸다.

글로 대화하다[筆話]

괄낭 족하께 올립니다
上括囊足下

구헌

지난 번 낭화성에서 강호를 향해 떠났을 때 족하께서 보내신 장문의 편지를 받아 보았습니다. 마음으로 공경하며 한번 시간을 내어 답신을 씀으로써 구구한 제 심정을 펼치고자 하였습니다. 그러나 긴 여정에 몸이 편치 않은 관계로 미처 마음을 쓰지 못해 답신을 보내지 못하였습니다. 그래도 어찌 일찍이 조금이라도 잊어버림이 있겠습니까. 이틀 전 다시 맡기신 편지를 받았는데 앞의 편지에 답장이 없음을 책망하셨습니다. 부끄러운 마음에 출발 전 반드시 답장을 쓰리라 하였는데 연일 여러 군자를 영접하느라 또 다시 미루게 되었습니다. 그러던 차에 또 직접 찾아와 주시고 이별시까지 더해 주셨으니, 얼마나 도량이 넓으시면 조금도 허물하지 않으시고 이렇게까지 포용해 주십니까. 감사하고 부끄러워 어쩔 줄을 모르겠습니다.

처음 편지에서 가르쳐주신, "멀리 가고자 하면 반드시 가까운 곳에서부터 시작해야 하고 지류를 구하고자 하면 반드시 근원에서부터 시작해야 한다[行遠必自邇 求派必自源]"[163]는 열 글자는 실로 유문(儒門)의 바르고 떳떳한 문로(門路)이니, 제가 감히 무슨 말을 덧붙이겠습니까. 다만 바라기로는 이로 말미암아 백척간두에서 다시 한 걸음 전진하여 한결같이 성인(聖人)의 영역을 좇아가는 것, 이것이 제 구구한 소망일 뿐입니다. 제가 생각하고 있는 바가 있어도, 족하가 아니라면 이러한 말씀을 드릴 수 없을 것입니다. 제가 일본의 학자들을 보니, 오로지 정·주(程朱)를 배척하는 것을 제일의 능사로 삼고 있습니다.[164] 이등인 재(伊藤仁齋)[165] 이하로 모두 그러하여 지금은 이미 고치기 어려운 병이 되었습니다. 제가 병을 낫게 할 독한 약을 가지고 있다 해도 어찌 이를 사용할 수 있겠습니까.

제가 족하의 편지와 시를 보니 학문이 이미 성숙하였습니다. 오직

---

163 멀리 …… 한다 : 『중용장구』 제15장에 "군자의 도는 비유하자면 먼 곳을 가려면 반드시 가까운 데로부터 하며, 높은 데 오르려면 반드시 낮은 데로부터 하는 것과 같다.[君子之道 辟如行遠必自邇 辟如登高必自卑]"라는 구절을 일부 인용한 말이다.

164 제가 …… 있습니다 : 이미 1719년 통신사에 의해 고의학파(古義學派) 이등유정(伊藤維貞)의 저작 『동자문(童子問)』이 조선으로 반입되었고, 1748년 통신사에 의해서 고문사학파(古文辭學派) 적생조래(荻生徂徠)의 학풍이 소개되어 있었다. 1748년의 통신사는 그 여정에 동반하여 일본 고학의 성행을 눈으로 확인하였고, 그 결과 그들의 인식이 정확하지는 않았다 해도 학문의 성향이나 개요 정도는 알게 되었던 것으로 보인다. 유수우신에게 준 글에서 박경행은 일본의 학문을 주자학에 무지한 이단(異端)의 설로 인식하고 정학(正學)을 회복할 것을 역설하고 있다.

165 이등인재(伊藤仁齋) : 1627~1705. 에도시대의 유학자로 이름은 유정(維貞), 호는 인재(仁齋), 통칭은 원칠(源七), 원길(源吉), 원좌(源佐)이다. 고의학파(古義學派)의 창시자로, 원시유학(原始儒學)의 재해석을 통해 형이상학적 관념론보다는 인간의 실천적인 노력에 의해 이루어지는 구체적인 윤리규범이 곧 학문의 내용이라고 역설, 경서 해석의 새로운 지평을 열었다는 평을 받았다. 사립학교인 고의당(古義堂)을 설립해 많은 후학을 양성하였으며, 저서로는 『논어고의(論語古義)』, 『맹자고의(孟子古義)』, 『어맹자의(語孟字義)』, 『동자문(童子問)』, 『고학선생문집(古學先生文集)』 등이 있다.

족하만이 회란(回瀾)[166]의 책임을 청할 만한 분이기에 이렇듯 간절히 말씀드리는 것이니, 바라건대 유의해주시면 다행이겠습니다. 공(孔)· 맹(孟) 이후 천오백 년 동안의 세상은 긴 암흑이었습니다. 그러나 다행스럽게도 염락(濂洛) 일파가 다시 끊어진 학맥을 밝히고 지금까지 천지를 지탱하고 있습니다. 사람으로서 이 도를 알지 못하면 세상에 설 수 없습니다. 어찌 입을 열어 꾸짖고 욕하면서 스스로는 서강(西江)에서 박두(拍頭)[167]하는 유파로 돌아갔음을 모르고 있습니까. 이별에 임하여 근심을 이기지 못하고 이렇게 누누이 말씀드렸으나, 족하에게 어찌 이러한 폐단이 있겠습니까. 대개 여러 미혹함을 밝게 깨우쳐 학문의 정맥(正脉)을 찾는데 힘쓰게 하고자 함입니다. 온 좌중이 어지럽고 바쁠 때라 편지로 뜻을 다 전하지는 못하니 헤아려 살펴주시기 바랍니다.

답합니다[復]

괄낭

뜻밖에도 직접 깨우쳐주시고 훌륭한 시까지 주셨습니다. 성학(聖學)에 입문하는 요령을 들어 이끌어 주시고 어리석고 우둔한 제가 분발하도록 인도해주신 것은 너무도 시원하여 실로 뼈에 새겨졌습니다.

---

166 회란(回瀾) : 회광란 장백천(回狂瀾障百川)의 준말로, 미친 듯이 함부로 흐르는 물결을 정상으로 돌리고, 모든 내를 다스려 동쪽으로 흐르게 한다는 뜻이다. 여기에서는 이단을 바로 잡고 정학을 회복한다는 뜻으로 사용되었다.

167 박두(拍頭) : 대박두 호규환(大拍頭胡叫喚)에서 나온 말. 대박두는 노래를 부를 때 힘차게 널빤지를 치며 박자를 맞추는 것이고 호규환은 목청껏 소리 지르는 것으로, 자기 자신의 재주를 믿고 남들과 논쟁을 벌이면서 현실과 동떨어진 말을 마구 떠들어 댄다는 뜻이다. 송나라의 주희가 육구연(陸九淵)의 학문을 이렇게 지칭하며 비판한 일이 있다.

근래 들어와 이등인재(伊藤仁齋)란 사람이 있었는데 『논맹고의(論孟古
義)』·『대학정본(大學正本)』·『중용발휘(中庸發揮)』 등의 책을 저술하여
세상에 간행하였고, 그의 주장이 점차 널리 행해지고 있습니다. 선배
인 흘재천견(細齋淺見) 선생이 그 소굴을 공격하고 그 병근(病根)을 경
계하여 점차 쇠퇴 소멸되었고 지금은 백에 한 둘만 남았습니다. 또 양
명학을 창도한 사람이 있는데 저의 선사께서 부득이하게 시비를 가려
쟁론하고 논파하여 힘껏 막았더니, 그 무리도 지금은 거의 사라졌습
니다. 또한 근래에 성(姓)이 물(物)이요, 자(字)는 무경(茂卿), 호(號)를
조래(徂徠)라고 하는 사람168이 있는데, 학식이 넓고 재주가 높으며 문
장을 잘합니다. 처음에 고문사(古文辭)를 배워 우린(于鱗)169과 원미(元
美)170를 목표로 삼았으나 이내 길을 달리 하여 경전을 연구하고 새로
운 견해를 세웠으며171 『학칙(學則)』·『변도(辨道)』·『변명(辨名)』 세 책

---

168 성(姓)이 …… 사람 : 적생조래(荻生徂徠, 오규 소라이, 1666~1728)를 가리킨다.

169 우린(于鱗) : 이반룡(李攀龍, 1514~1570)으로, 자는 우린(于鱗), 호는 창명(滄溟)이
다. 사진(謝榛), 오유악(吳維岳), 양유예(梁有譽), 왕세정(王世貞)과 함께 5자(子)로 불
렸으며, 오국륜(吳國倫). 서중행(徐中行)과 함께 후칠자(後七子)로도 불렸다. 홍치 칠자
(弘治七子, 前七子)의 복고설을 계승하여 진한(秦漢)의 고문을 모범으로 삼았고, 한·
위·성당(漢魏盛唐) 시의 격조를 중시하여 이백과 두보를 추앙했다. 저서에 『이창명선생
전집(李滄溟先生全集)』 30권과 『고금시산(古今詩刪)』 34권이 있다.

170 원미(元美) : 왕세정(王世貞, 1526~1590). 명나라 소주부(蘇州府, 강소성) 태창(太
倉) 사람으로, 자는 원미(元美), 호는 봉주(鳳州)·엄주산인(弇州山人)이다. 가정(嘉靖)
26년(1547) 진사(進士)가 되고 형부주사(刑部主事)에 올랐다. 젊을 때부터 문명이 높아
가정 칠재자(嘉靖七才子, 後七子)의 한 사람으로 꼽혔다. 이반룡과 함께 격조를 중히
여기는 의고주의를 주창했지만, 이반룡(李攀龍)이 진한(秦漢)의 글과 성당(盛唐) 이전의
시를 모방하는 데 주력했던 것에 비해 왕세정은 상대적으로 유연한 태도를 취했다. 전집
으로 『엄주산인사부고(弇州山人四部考)』 174권과 『속고(續稿)』 207권이 전한다.

171 새로운 …… 세웠으며 : 적생조래는 중국 고대 '성인의 도(道)'를 명확히 하는 것을
학문의 궁극적인 목표로 삼았다. 이를 위해 '성인의 도(道)'가 기재되어 있는 『육경(六

을 저술하고 이를 '고학(古學)'이라 명명하였습니다. 그의 가르침은 춘추전국(春秋戰國)·진(秦)·한(漢)의 문장을 모방하는데 불과했으나 이로써 글 짓는 방책을 삼으며 거경궁리(居敬窮理)·존양성찰(存養省察)의 공부를 사설(邪說)이라 배척하고 자사·맹자·주돈이·정이·장재·주자를 세상을 속이고 명성을 훔치는 도적떼로 보았습니다. 그런데도 온 나라의 젖내 나는 무리 중 조금이라도 재주가 있는 사람들은 모두 휩쓸려 그를 추종하고 있습니다.

그 무리 중 태재덕부(太宰德夫)[172]는 그 설을 장황하게 펼쳐 고학을 창도하고 산기암재(山崎闇齋)를 기롱하며 그를 '도학선생(道學先生)'이라 지목하였습니다. '도학' 두 자를 별명으로 삼은 것은 송조(宋朝)에서 '위학(僞學)'이라 칭했던 것과 같은 것이니, 그의 죄는 조래(徂徠)보다도 더합니다. 무릇 문장이란 도를 담는 그릇인데, 저들은 도를 담지 않고

經)』에서 사용된 고어의 자의(字義)·고문의 문리에 정통할 것을 주장하는 고문사학을 제창하였다. 또 그는 '도(道)'에 대해서 자연계·도덕계를 관철하는 이법(理法)으로 받아들인 주희의 생각을 배척하고 '도(道)'란 대대의 '선왕'들에 의해 인위적으로 제작된 구체적인 제도·문물의 총칭이라고 하였다. 이와 같이 조래의 고문사학은 유학을 '경제제민(經世齊民)'의 통치학으로 받아들이는 가운데 심성(心性)의 관념론을 배척하고 육경(六經)에 기록된 성인의 시서예악(詩書禮樂)의 구체적 사실을 탐구하였으며, 또한 이를 위한 학문의 방법론으로 문헌의 엄격한 고증을 요구하였던 것을 주요 특징으로 하고 있다.

172 태재덕부(太宰德夫) : 태재춘대(太宰春臺, 다자이 슌다이, 1680~1747)로, 명(名)은 순(純), 자(字)는 덕부(德夫), 호(號)는 춘대(春臺)이다. 자지원(紫芝園)도 그의 호인데, 강호(江戶) 소석천(小石川)에 있던 그의 사숙(私塾) 이름을 딴 것이다. 조래(徂徠) 문하에 재학(才學)으로 이름난 사람이 많았지만 그 중에서도 태재덕부는 경학과 문장에 대표적인 인물로 손꼽혔다. 그의 정치와 경제사상을 알 수 있는 『경제록』은 전 10권의 대작으로 1729년에 탈고되었다. 『경제록』에서 태재덕부는 사회를 알기 위해서는 시(時), 이(理), 세(勢), 인정(人情)을 아는 것이 필수라고 주장하며, 예악, 관직, 천문, 지리, 율력, 식화(食貨), 제사, 학정(學政), 장복(章服), 의장(儀仗), 무비(武備), 법령, 형벌, 제도, 무위(無爲), 역도(易道) 등 각 항목에 대한 역사적 변천과 자신의 인식을 담고 있다.

다만 문자를 완상하고 희롱하는 도구로 삼고 있으니, 이는 마치 농부가 동궁(彤弓)[173]으로 새를 쫓고 남쪽 오랑캐가 곤의(袞衣)[174]를 입고 섶을 지는 것과 같습니다. 아! 비루합니다. 순수한 우리 유도(儒道)에서 어찌 꿈에라도 생각했던 일이겠습니까.

이러한 때를 만나 저는 일찍이 소리 높여 조래(徂徠)와 태재(太宰)씨를 배척하여 잡초를 베어버리고 해내(海內)를 맑게 하고자 하였습니다. 다만 한스럽게도 영락한 문사의 처지라, 힘만 들였을 뿐 이룬 것은 없습니다. 비록 그러하나 제가 평생토록 가진 뜻은 바른 길을 밝히고 사설(邪說)을 막는데 있을 뿐입니다.

다시 답합니다[再復]

구현

가르침을 받은 후 안개를 헤치고 하늘을 보는 듯 상쾌했습니다. 부상(扶桑)의 동쪽에 이렇듯 긴긴 밤을 밝혀주는 사람이 있으리라고는 생각지도 못했습니다. 제가 드린 말씀은 족하에게 이러한 폐단이 조금이라도 있다는 것이 아니라 성난 물결과 같은 이단의 학문을 올바른 방향으로 이끌고자 한 것입니다. 이 일은 관계된 바가 매우 막중하니, 족하가 아니면 시행할 수 없을 것입니다. 훗날 일본에 올바른 학

---

173 동궁(彤弓) : 붉은 칠을 한 활로서, 고대에 천자가 공로가 있는 제후나 대신에게 내려 정벌을 주관하게 한 상징물이다.
174 곤의(袞衣) : 고대에 제왕이나 공경이 입었던 권룡(卷龍)을 수놓은 예복인데, 충성을 다한 사람을 기리기 위해 하사하는 의복이기도 하다.

문이 있다는 말을 듣게 된다면 저는 오히려 족하의 노고에 두 번 절하
며 경하드릴 것입니다. 강호에서 중촌심장(中村深藏)[175]과 논쟁하느라
매우 피곤하였는데, 그가 받아들이기를 완강하게 거부하여 조금의 효
과도 없었으니 통탄스러울 뿐입니다.

여쭙니다[稟][176]

괄낭

공문(孔門)은 오로지 인(仁)으로써 가르침을 삼아 왔으나, 맹자께서
돌아간 이래 천오백 년 동안 이 인을 아는 사람이 드물었습니다. 오직

---

175 중촌심장(中村深藏) : 1677~1761. 등원명원(藤原明遠)으로도 알려져 있으며 실구소
(室鳩巢)의 제자이다. 그의 학문은 주자학을 중심으로 하되 이등인재(伊藤仁齋)와 적생
조래(荻生徂徠)의 영향 또한 강하게 받은, 절충학파에 가까운 경향을 보였다. 저서로는
수필『우의록(寓意錄)』이 전해진다.

176 여쭙니다 : 산기암재의 문집에는 이황의 주자학 이해나 해석에 대해서 의문을 던지는
몇 개의 언설이 남아 있다. 유수우신이 아래에서 논하는 내용도 이황의 「성학십도(聖學
十圖)」에서 「인설도(仁說圖)」의 내용을 문제 삼은 산기암재의 의론에 근거한 것이다.
「인설도」는 주자가 지은 「인설(仁說)」의 내용을 도식으로 표현한 것이다. 산기암재는
"제유가 애의 이를 논함에, 모두 애가 이발인 것은 알지만 미발의 애가 인이 됨은 알지
못한다.[諸儒論愛之理 皆知愛之爲已發 而不知未發之愛之爲仁]"고 하면서, "『퇴계집』
권7의 「성학십도」에 「인설도」가 실려 있는데, 미발의 애에 대해서는 설파하지 않았다."
고 주장하였다.(『산기암재전집(山崎闇齋全集)』 제1권 186면) 산기암재는 애(愛)가 인
(仁)의 개별적인 발현으로서 '정(情)'인 것은 보기 쉽지만 그것만으로 인과 애의 관계를
설명하기는 충분하지 않으며 주자 「인설」의 의도 또한 정확히 이해할 수 없다고 보았다.
이는 그가 인과 애를 체와 용, 성과 정, 미발과 이발로 변별하는 것에 그치지 않고 양자의
연속적인 연결에 주의해야 함을 강조하였음을 보여준다. 요컨대 체와 용, 성과 정, 미발
과 이발의 변별에만 관심을 쏟으며 '애'를 떠나 '인'을 설명하는 것이 많은 유자들의 결점
이라는 것이며 이황조차도 여기에서 예외가 되지 않는다는 것이 산기암재 주장의 요지인
것이다.

하남(河南)의 두 정자(程子)[177]가 비로소 드러내어 밝혔으니 그 간곡하고 친절한 교훈이 극진하다 할 만합니다. 주자가 또한 미발(未發)[178]의 애(愛)로써 인의 의지(意旨)를 보여줌으로써 옛 성현의 은미한 뜻을 남김 없이 훤히 밝혔습니다. 대개 이발(已發)[179]의 애(愛)는 뚜렷하게 드러나 쉽게 알 수 있고, 미발의 애는 희미하여 보기가 어렵습니다. 그러나 미발의 전에 그 마음을 경(敬)으로써 보존한다면 이발할 즈음에 미발지애(未發之愛)의 기상(氣象)을 알 수 있을 것입니다. 주자가 말하기를, "본래의 생의(生意)는 화락하게 펴지고 온화하며 자애롭다."고 하였습니다. 주자가 미발의 애에 대해 논한 것이 많습니다만 이 말처럼 깊고 분명하게 드러낸 것은 없었습니다. 대개 경(敬)에는 엄려(嚴厲)의 뜻이 있으므로, 미발의 애와는 상반되는 듯 보이기도 합니다. 그러나 마음을 경으로 수렴하지 않는다면 미발의 기상은 보존될 수 없을 것입니다. 근세의 유자들 가운데 이러한 뜻을 체득한 사람이 드뭅니다. 무릇 애(愛)로써 인(仁)을 설명한 것이 요체가 되므로 주(註)에 이르기를, "애의 이치이자 마음의 덕이다[愛之理, 心之德也]"[180]라고 하였습니다.

---

177 두 정자(程子) : 송나라 명도(明道) 정호(程顥, 1032~1085)와 이천(伊川) 정이(程頤, 1033~1107) 형제를 이른다.

178 미발(未發) : 사물을 접하기 전, 사려(思慮)와 정(情)이 아직 일어나지 않아 마음이 본체(本體)를 잃지 않고 중정(中正)함을 유지하는 상태를 지칭하는 용어이다.

179 이발(已發) : 사물을 접한 후 마음에 희로애락(喜怒哀樂)의 정(情)이 일어난 상태를 지칭하는 용어이다.

180 애의 …… 덕이다 : '사랑의 이치[愛之理]'와 '마음의 덕[心之德]'은 주희가 '인(仁)'의 개념에 대해 풀이한 말이다. 『논어집주』 「학이(學而)」에, 공자가 "군자는 근본을 힘쓰니, 근본이 확립되면 도(道)가 생긴다. 효도와 공경이라는 것은 그 인(仁)을 행하는 근본일 것이다.[君子務本 本立而道生 孝弟也者 其爲仁之本與]"라고 하였는데, 이에 대해 주희는 "인은 사랑의 이치이고 마음의 덕이다.[仁者 愛之理心之德也]"라고 주해하였다.

그러나 원(元)·명(明)의 유자들은 애(愛)는 용(用)이고 애의 리가 체(體)라고 여겼습니다. 이러한 주장은 망령된 것입니다. 애는 곧 미발의 애이고, 이발의 애는 의연히 그 가운데 있는 것이니, 이것이 곧 체용일원(體用一源)이라는 것입니다. 이러한 뜻이 밝지 못하면 성현의 본지를 잃게 되어 마침내 성현과는 다른 길로 달려가게 됩니다. 고명께서는 어떻게 생각하시는지요? 가르침을 청합니다.

답합니다[復]

구헌(矩軒)

애(愛)는 성정(性情)에 속하고 경(敬)은 공부(工夫)입니다. 경을 행하는 것은 사정(四情)이 발현할 때 모두 중화(中和)를 얻고자 함이니, 정제엄숙(整齊嚴肅)하다 하여 인애(仁愛)의 뜻과 어긋난다고 할 수는 없습니다.[181] 만약 인애의 체용(體用)을 논한다면 인이 체이고 애가 용이 됩니다. 애의 소이(所以)가 되는 이치[182]가 곧 인이니, 인을 일러 체라고 한다면 괜찮지만 단지 애를 일러 체라고 한다면 또한 편치 않은 점이 있습니다. 미발은 체에 속하여 인이 되고 이발은 용에 속하여 애가 됩니다. 고명께서는 어떻게 생각하시는지요?

---

181 정제엄숙(整齊嚴肅)하다 …… 없습니다 : 정제엄숙은 외면을 정제하고 엄숙하게 한다는 뜻으로, 정이(程頤)가 주일(主一)하는 방법으로 제시하였다. 주일, 곧 주일무적(主一無適)은 잡념을 없애는 것으로, 경(敬) 공부의 요결이라 할 수 있다. 앞서 유수우신이 "경(敬)에는 엄려(嚴厲)한 뜻이 있으므로, 미발의 애와는 상반되는 듯" 보인다고 한 말에 대해 박경행이 반박하는 말이다.

182 소이(所以)가 …… 이치 : 사물의 존재 근거를 가리키는 이치, 곧 소이연(所以然)을 말한다.

다시 답합니다[再復]

괄낭(括囊)

삼가 높은 가르침을 받고 경이 애와 서로 어긋난다는 의심을 하지 않게 되었으니, 이른바 경하지 않으면 미발의 애를 보존할 수 없다는 것이 그것입니다. 대개 인(仁)이란 글자를 '이발의 애가 측은(惻隱)에 미친다'는 글자와 맞추어 본다면, 인은 진실로 체(體)입니다. 그러나 '천명지성(天命之性)은 체용(體用)과 동정(動靜)을 관통한다'는 것으로 논한다면 인 또한 체용을 겸하게 되며, 애에도 동정과 체용이 있게 됩니다. 미발의 애는 체이니, 이는 마음이 고요할 때 나아가 말한 것이요, 이발의 애는 용이니, 이는 마음이 동할 때 나아가 말한 것입니다. 가르쳐 주신 바, "애의 소이가 되는 이치가 곧 인이다"는 말씀에서 제가 이 '애'자가 이발의 애를 가리킨다고 말한다면 이는 주자의 뜻이 아닐 것입니다. 주자는 곧바로 "애의 이치가 인"이라 하였고, 이 애자는 미발의 애를 가리키는 것입니다. 그러나 애의 발현을 인이라 말한다면 인은 다만 사물과 접하는 사이에 생기게 될 뿐이어서 하늘이 나에게 품부(稟賦)한 도리를 보지 못하게 됩니다. '애지리(愛之理)', 이 세 글자를 두고 여러 유자들이 간혹 잘못 체득하여 말하기를, "애는 인이 아니다. 다만 애의 리가 인이고 애의 이가 체이며, 애는 용이다"라고 합니다. 이들은 '이'자와 '애'자에 대해 잘 알지 못하였기 때문에 그 주장이 이와 같았습니다. 대개 사람이 태어나면 애의 감정이 사물에 미치게 되니 그것을 일러 애의 이라고 합니다. 족하께서는 이발의 애가 용이 된다고 설명하셨으나 마음이 고요한 중에 미발의 애가 있다는 것에는 논의가 미치지 못하셨으니, 이것이 미비한 점이 아닌가 합니다. 주자 만년(晚年)의 정설(定說)을 숙독하신다면 애의 동정과 체용이 마음과 눈에 밝게 드러날 것입니다. 살펴 헤아려주시기 바랍니다.

여쭙니다[稟]

괄낭

해고(海皐) 사백(詞伯)께서 몸이 편찮으시다 들었는데 오늘 뵈오니 조금 나으신 것 같습니다. 고명(高明)께서 제 뜻을 전해주시면 매우 다행이겠습니다. 또한 전별의 뜻으로 드리고 싶은 것이 있는데 전달해 주실 수 있는지요? 중간에서 연결해 줄 사람이 없는 관계로 감히 여러 족하께 여쭙니다.

답합니다[復]

제임

그렇게 하겠습니다.

여쭙니다[稟]

괄낭

지난 번 강호의 산궁설루(山宮雪樓)[183]가 편지를 보내왔는데, 연일 직접 뵙고 성대한 은혜를 입었으니 결코 잊지 않겠다는 뜻을 여러 공들께 전하였습니다. 그런데 공께서 강호에 계실 때 혹시 제 스승이신

---

183 산궁설루(山宮雪樓) : 산궁유심(山宮維深)을 말한다.

삼택상재(三宅尙齋)가 저술한 〈제사래격설(祭祀來格說)〉을 보셨는지요?

답합니다

제암

설루(雪樓)의 고아한 풍모는 아직도 눈앞에 어른거립니다. 만 리 북쪽으로 돌아가도 하루도 그를 잊을 수는 없을 것입니다. 〈내격설(來格說)〉은 짐 속에 넣어 두었습니다.

여쭙니다[稟]

괄낭

설루가 족하께 서문을 청하였더니 허락은 하셨으나 아직 완성하지는 못하셨다고 들었습니다. 저 또한 진실로 간절히 바라고 있으니, 공의 한 마디 말을 얻어 이 책을 성대하게 만들고 후예들에게 믿음을 얻고자 합니다. 필히 거작(巨作)을 내려주십시오.

답합니다[復]

제암

지금 행장을 꾸리는데 바빠 경황이 없으니 간략하게 작성하기도 어려울 듯합니다. 배 위에서 깊이 생각하고 작성하여 난암(蘭菴)[184] 편에

184　난암(蘭菴) : 대마도의 기실(記室)인 기국서(紀國瑞)를 가리킨다.

부친다면 어떠하겠습니까?

다시 답합니다[再復]

괄낭

훌륭한 말씀을 한 번 토해내자 그 혜택이 해내(海內) 우리 사문의 제생(諸生)들에게 길이 전해졌습니다. 도(道)를 위해 부디 몸조심 하십시오. 내일 아침 밝는 대로 채비를 차려 출발하시느라 경황이 없으시다 하니 반드시 배 안에서 써서 다른 날 난암에게 맡겨 전해주시면 심히 다행이겠습니다. 감히 부탁드립니다.

여쭙니다[稟]

세암

족하의 시문은 진실로 일본에서 으뜸이니, 이는 아첨하는 말이 아닙니다.

답합니다[復]

괄낭

저 같이 보잘것없고 하찮은 유자가 다람쥐·쥐새끼의 보잘 것 없는 재주와 여름 벌레의 짧은 지혜로 외람되이 칭찬을 받았으니 거듭 부끄러울 뿐입니다. 시문과 같은 것은 우리나라의 여러 선배들이 성대하게 쌓아 올려 이미 한(漢)·당(唐)의 경지에 들었습니다. 지금 파주

(播州)[185]에는 양전태암(梁田蛻巖)[186] 선생이 있고 기주(紀州)[187]에는 기원남해(祇園南海)[188] 선생이 있어 일세에 독보적으로 그 아름다움을 떨치고 있으니, 저의 시문 정도는 한 고을에서만도 수백 편은 나올 것입니다. 저는 오직 한 점의 지기(志氣)를 마음에 보존하고 관중(關中)의 명리(名利)를 벗어나 성인의 문하에 만분의 일이라도 보탬이 되고자 할 뿐입니다. 그러나 어리석고 비루한 자질로 인해 아마도 향인(鄉人)의 무리를 면하지 못할 듯하니 지붕만 쳐다보며 깊은 탄식을 할 뿐입니다. 바라건대 공께서 절름발이의 행보를 측은히 여기시어 학문에 나아가는 방책을 보여주신다면 다행이겠습니다.

여쭙니다[稟]

제암(濟菴)

선성(先聖)의 저서들이 천하에 밝게 펼쳐져 있으니 신묘한 이치를

---

185 파주(播州) : 일본의 파마국(播磨國)을 가리키며 현재의 병고현(兵庫縣) 일대에 있었다.

186 양전태암(梁田蛻巖) : 1672~1757. 에도 시대의 유학자이자 한시인(漢詩人)으로, 이름은 방미(邦美), 자는 경란(景鸞), 통칭은 재우위문(才右衛門)이며 태암(蛻巖)이라고 부른다. 관련 저서로 『양전상수편(梁田象水編)』, 『태암집(蛻巖集)』 4권, 『태암선생답문서(蛻巖先生答問書)』 3권, 『양전충산편(梁田忠山編)』 등이 있다.

187 기주(紀州) : 일본 기이국(紀伊國)의 별칭이다.

188 기원남해(祇園南海) : 1676~1751. 에도 시대의 유학자이자 한시인(漢詩人), 화가로 이름은 유(瑜), 자(字)는 백옥(伯玉), 통칭은 요이치(余一)이다. 목하순암(木下順庵)에게 배웠고, 22세에 기이(紀伊) 화가산번(和歌山藩)의 유관이 되었으나 방탕무뢰(放蕩無賴)하다는 이유로 10년간 관직에서 쫓겨났다. 문인화의 선구자 중 한 사람으로 꼽히며 저서로는 『남해선생집(南海先生集)』, 『시학봉원(詩學逢原)』 등이 있다.

밝히는 것은 오직 사람에게 달려 있습니다.[189] 세상이 쇠락해진 이래 유속(流俗)의 폐단으로는 이단의 폐해가 심한데, 모두 도도하게 한데 어우러져 더 이상 손댈 수 없는 지경이 되고 말았습니다. 원회(元會)의 운세[190]는 날로 기운지 오래고, 수많은 생민이 삼대의 옛 정치 아래 살면서도 모두 성인의 가르침을 모른 채 요행으로 모면하며 살고 있을 뿐입니다.[191] 식견이 높고 사리에 밝은 선비들 또한 허다히 선(仙)·불(佛)로 돌아감을 면치 못하여 우리 유가의 정맥(正脈)이 실낱처럼 간신히 이어지고 있습니다. 근세에 또 육(陸)·왕(王)의 학문이 문호를 나누고 갈라 주자의 법문(法門)에 맹렬하게 대항하고 있으니, 이는 성현이 멀어지고 말씀이 묻힘에 따라 온갖 괴이한 일들이 한꺼번에 생겨나고 있기 때문입니다. 귀국은 오로지 무력으로써 가르침을 삼고 있으나 문명(文明)의 기운이 완전히 소진되지는 않았습니다. 진실로 한 두 군자가 경의(經義)를 창명하고 차례차례 순서를 밟아 나간다면 삼강오상의 도리와 천인성명(天人性命)의 학문이 지극한 경지로 나아가지 못할

---

189 신묘한 …… 있습니다 : 『주역(周易)』 「계사 상(繫辭上)」에 "紀而裁之, 存乎變, 推而行之, 存乎通, 神而明之, 存乎其人."라고 한 말을 인용한 것으로, 사물의 오묘한 이치를 터득하는 것은 각자의 노력과 깨달음에 달려있다는 뜻이다.

190 원회(元會)의 운세 : 자연계 일체 사물의 시종(始終)·생사(生死)·유무(有無)를 말한다. 소강절(邵康節)의 '원회운세설(元會運世說)'에서 나온 말로서, 30년이 1세(世), 12세가 1운(運), 30운이 1회(會), 12회가 1원(元)이 되어 모두 12만 9600년이 되는데, 이것이 바로 천지가 생성 소멸하는 1주기가 된다고 한다. 『皇極經世書』

191 성인의 …… 뿐입니다 : 『논어(論語)』 「옹야(雍也)」 17장(章)의 "공자께서 말씀하시기를, 사람의 삶은 곧아야 한다. 곧음이 없이 사는 것은 요행으로 모면해가는 것이다[子曰, 人之生也直, 罔之生也, 幸而免]"를 인용한 말이다. 이봉환은 이 구절을 인용하여, 일본의 학문이 성인의 가르침을 뒤로 하고 '이단'을 신봉하는 폐단이 극심하다고 비판하고 있다.

까 어찌 걱정하겠습니까.

그러나 제가 5천 리를 왕복하며 수백 명의 문사들을 만나보아도 사
장기송(詞章記誦)의 기예에만 능할 뿐, 사람은 어떠해야 하는가 하는
문제에는 관심을 두는 이가 없었습니다. 간간히 경의에 대해 질문을
해보았으나 모두 염락관민(濂洛關閩)의 올바른 길을 늙은 서생의 상투
적인 말로 여겨 흘겨 볼 뿐 돌아보지 않으니, 참으로 왕개미가 나무를
흔드는 것과 같다[192]고 할 만합니다. 강호의 등원명원(藤原明遠)[193]은
자못 재주와 식견이 있지만 주자학에 대해 겉으로는 높이면서 속으로
는 배척하고 있으니, 그 나아가는 바를 살펴보면 또한 이등유정(伊藤維
禎)의 일당에 지나지 않습니다. 초야산림 사이에 경전의 깊은 뜻을 캐
고 학문을 닦으며 정자와 주자의 가르침에 어긋나지 않는 사람이 얼
마나 되는지 모르겠습니다.

답합니다[復]

괄낭

깨우쳐 주신 내용들이 매우 상세합니다. 세 번 반복하여 읽으니 어
리석고 혼미한 이 사람을 시원하게 일깨워주심이 지극합니다. 무릇
성명(性命)이 사람에게 부여된 것은 하늘이 다하도록 끝이 없고, 성현
의 가르침인 성기성물(成己成物)[194]의 도는 고금을 통하여 힘껏 때려도

---

192 왕개미가 …… 같다[蚍蜉撼樹] : 제 능력이나 분수를 모르고 날뛰는 것을 가리킨다.
193 등원명원(藤原明遠) : 유수우신이 앞의 편지에서 언급한 중촌심장(中村深藏)을 말
 한다.

깨뜨릴 수 없습니다. 다만 세상에는 치란흥폐(治亂興廢)가 있어 천운
(天運) 성쇠(盛衰)의 기틀에 매여 있습니다. 그러나 위에서 출진향리(出
震向離)[195]의 덕(德)을 이루고 아래에서 보천욕일(補天浴日)[196]의 공을
세우면 비록 말세라 해도 어찌 삼대의 정치를 회복하지 못할까 걱정
하겠습니까. 오직 그 사람을 기다릴 뿐입니다. 공(孔)·맹(孟)이 천하를
널리 다니신 것은 이 때문입니다.

　우리나라는 천무제(天武帝)[197] 때 여러 주(州)에 학교를 세우고 자제
들로 하여금 배우게 하였습니다. 문무제(文武帝)[198]는 석전례(釋奠禮)[199]
를 행하였고 권학원(勸學院)[200]·비전원(悲田院)[201]·시약원(施藥院)[202]·학

194　성기성물(成己成物) : 자신의 인격을 완성시키고 나아가 다른 사람의 인격도 원만하
　　게 이루어 주는 것을 말한다. 『중용장구』 제25장에 "진실함이란, 저절로 자신을 이룰
　　뿐만 아니라 만물도 이루어 준다. 자신을 이루는 것은 인(仁)이며, 만물을 이루어 주는
　　것은 지(知)이니, 본성이 지닌 덕이다.[誠者, 非成己而已也, 所以成物也. 成己仁也, 成
　　物知也. 性之德也]"라는 말이 보인다.

195　출진향리(出震向離) : 진(震), 즉 동쪽에서 나와 리(離), 즉 남쪽을 향한다는 뜻으로,
　　군주가 되어 정치를 행함을 일컫는다.

196　보천욕일(補天浴日) : 여와(女媧)가 터진 하늘을 꿰매어 비가 새지 않도록 하고, 희
　　화(羲和)가 감연(甘淵)에서 해를 목욕시켜 가뭄을 막았다는 전설에서 유래한 말로, 위급
　　한 상황을 타개하고 만회하여 위대한 공적을 세우는 것을 뜻한다. 『列子 湯問』

197　천무제(天武帝) : ?~686. 재위기간은 673년부터 686년까지이다. 672년 진신(壬申)
　　의 난을 평정하고 중앙집권화된 강력한 율령체제 국가를 건설했으며, 천황의 절대적 권
　　한과 일본의 건국을 정당화하기 위해 천황가의 역사서인 『고사기(古事記)』를 편찬했다.

198　문무제(文武帝) : 683~707. 재위기간은 697년부터 707년까지이다. 702년 당(唐)의
　　영휘율령(永徽律令)을 참고해 일본 최초의 본격적인 율령(律令)으로 평가되는 대보율
　　령(大寶律令)을 제정하였고, 연호(年號) 제도 및 관위제(官位制)를 대대적으로 정비하
　　였다.

199　석전례(釋奠禮) : 석전이란 채(菜)를 놓고(釋), 폐(幣)를 올린다(奠)는 데서 나온 이
　　름이다. 문묘에서 공자에게 제사 지내는 문묘제향을 뜻한다.

200　권학원(勸學院) : 헤이안[平安] 시대 사립 교육시설의 하나로, 821년 등원동사(藤原

관원(學館院)[203]을 설치하였으며 상평의창(常平義倉)을 시행하였는데, 그 정사(政事)의 대부분은 모두 한(漢)·당(唐)의 법령을 따랐습니다. 풍속이 쇠퇴하여 옛날만 못하지만, 천조(天朝)의 율령은 문학(問學)을 첫 번째로 삼고 있습니다. 경도에는 교업방(敎業坊)이 있고 강호에는 창평산(昌平山)[204]이 있으며 여러 유자들 또한 각기 학당(學堂)을 세워 강학하고 가르칩니다. 또한 우리나라는 무력(武力)을 굳게 숭상하는데, 무(武)로써 난적(亂賊)을 정벌하고 이적(夷狄)을 물리치지 않으면 왕실을 길이 수호하여 백성을 보전할 수 없습니다. 그렇지 않으면 북쪽 오랑캐가 중원을 침략하여도 이를 막아낼 수 없게 되니, 이것이 이른바 문사(文事)가 있는 곳에는 반드시 무비(武備)가 있어야 한다는 것입니다.

　제가 일찍부터 한스럽게 생각하는 것은 세운(世運)이 옛 치교(治敎)를 회복하지 못하는 까닭에 오늘날 대청(大淸)이 오랑캐의 풍속을 세상에 행하고 있는 점입니다. 추노(鄒魯)[205]에는 순정한 유자가 없으니,

---

冬祠)가 창건하였다.

201　비전원(悲田院) : 불교의 자비 사상을 바탕으로 가난한 사람을 구제하기 위해 만들어진 시설이다.

202　시약원(施藥院) : 가난한 병자를 무료로 치료해주고 약을 공급해주기 위해 만들어진 시설이다. 593년 성덕태자(聖德太子) 때부터 시작되어, 730년 광명황후(光明皇后) 이후 제도적으로 갖추어졌다고 전해진다.

203　학관원(學館院) : 헤이안 시대에 귀족들의 자녀들을 위한 사립 교육기관이다.

204　창평산(昌平山) : 에도막부 직할의 관학(官學)인 창평판 학문소(昌平坂學問所, 쇼헤이자카 가쿠몬쇼)를 말한다. 임나산(林羅山)이 창설한 가숙(家塾)이 막부로부터 인정을 받으며 공설기관화 한 것이다. 처음 학문소는 막신(幕臣)을 주 대상으로 교육해 실무를 담당할 관료를 양성할 목적으로 했으나, 점차 번(藩)에까지 문호를 개방해 학문소 출신이 후일 각 번에 돌아가 막부의 학문을 전파하는 역할을 담당하기도 했다. 「쇼헤이코(昌平黌)」라고도 불렸다.

205　추노(鄒魯) : 유학(儒學)의 본고장 중국을 가리킨다. 공자가 춘추 시대 노(魯)나라

그 사람이 있다는 말을 들을 수 없도록 적막합니다. 천명이 무상하여 성인의 도가 동쪽으로 옮겨와 조선에 퇴계 선생이 있고 일본에는 암재 선생이 있게 되었습니다. 문교(文教)가 하늘 동쪽에서 환히 열렸고 공(孔)·맹(孟)·정(程)·주(朱)의 도가 두 나라 사이에 찬란히 밝혀졌으니 위대한 동방의 주나라[大東周]라고 할 만합니다.

우리 암재선생은 원(元)·명(明)이 혼잡하게 교체하며 사도(斯道)가 어두워진 후에 태어나, 유서(遺書)를 구해 학문을 닦음으로써 이락관민(伊洛關閩)의 정맥을 밝혔습니다. 그 문하에는 재덕(材德)을 이룬 사람이 많습니다. 지금 동문(同門)의 처사들 중 도학을 창명하여 사표(師表)가 되는 사람으로, 경도에는 구미정재(久米訂齋),[206] 석왕색헌(石王塞軒),[207] 정택관원(井澤灌園)[208]이 있고, 미주(尾州)[209]에는 포시(布施)씨[210]가 있습니다. 나머지 사람들도 열국(列國)에 거하며 벼슬길에 나아가

사람이었고, 맹자가 전국 시대 추(鄒) 땅 사람이었던 데에서 유래한 용어이다.

206 구미정재(久米訂齋) : 1699~1784. 에도시대 중기의 유학자. 이름은 순리(順利), 자는 단치(斷治)이다. 기문(崎門) 3걸의 한 사람인 삼택상재의 고제(高弟)로서, 교토에서 강학하였다. 저서로 『역경본의구의(易經本義口義)』, 『태극도설강의(太極圖說講義)』, 『태극도강의필기(太極圖講義筆記)』, 『성리요지(性理要旨)』, 『정재선생잡기(訂齋先生雜記)』 등이 있다.

207 석왕색헌(石王塞軒) : 1701~1780. 에도시대 중기의 유학자. 근강(近江) 출신으로 이름은 명성(明誠), 자는 강개(康介), 통칭은 안병위(安兵衛)로 불렸다. 경도의 삼택상재에게 배웠고, 구미정재(久米訂齋)·정택강재(井澤强齋)와 함께 문하의 3걸로 일컬어졌다.

208 정택관원(井澤灌園) : 1704~1755. 에도시대 중기의 유학자. 이름은 강중(剛中), 자는 자열(子悅), 별호는 강재(强齋)이다.

209 미주(尾州) : 미장국(尾張國)의 이칭(異稱)으로, 지금의 애지현(愛知縣) 서부에 해당한다.

210 포시(布施)씨 : 미장주 출신의 유학자 포시근지(布施近知)를 가리킨다. 삼택상재의 제자이다.

거나 은거하고 있습니다. 그밖에도 여러 연로하신 선생들 중에 각국의 모범이 되고 있는 분들 또한 많습니다.

　제 스승께서는 세류의 풍속이 사장(詞章)에 빠져 있음을 깊이 우려하셔서 배우는 사람들로 하여금 오로지 안으로만 마음을 쓰게 하고, 밖으로 이름을 팔거나 공적을 자랑하지 못하게 하셨습니다. 때문에 문하에서 배우는 이들은 내면의 수양에 가장 먼저 힘쓰느라 문장을 짓는 기예를 돌아볼 틈이 없습니다. 강호와 경도에서 공들을 만나 창화하지 못한 사람들 중에는 시문에 통달한 준수한 인재들이 많습니다. 그러나 이단의 학문을 일삼는, 치우치고 왜곡된 무리들 또한 그 사이에 섞여 나왔기에 여러 공들이 비루하게 여기시는 것입니다. 그 무리가 성현의 대학(大學)의 도(道)에서 문자를 가지고 희롱하니 어지럽기가 마치 어리석은 사람에게 꿈 얘기를 해주는 것과 같습니다.

　어쩌다 공들을 만나 뵙고 싶어 하는 한두 명의 은군자(隱君子)가 있긴 하나 빈관(賓館)의 법령이 매우 엄격하여 마음대로 출입할 수 없고, 분수를 침범하고 직위를 뛰어넘는다는 혐의를 받는 것도 평소 행하는 도가 아닙니다. 또한 이들은 결코 나이 어린 무리와 함께 도로에서 먼저 달려가고자 경쟁하려 하지 않기에 빈관에 나아가 명함을 들이는 사람이 드뭅니다.

　얼마 전에 족하께서 물 위에서 노는 태반이 잔 물고기임을 보고 못 속에 대어가 없음을 괴이하게 여기셨다 들었습니다. 이에 제가 공들을 뵙고자 상월(上月) 학주(鶴洲)와 상의하였고, 동료들의 책망은 생각하지 않았습니다.[211] 여러 차례 공들을 모시고 대화가 학술에 미치니, 한

211　이에 …… 않았습니다 : 학주와 의논했다는 것은 제술관 및 서기를 볼 수 있게 청했다

번은 가르침의 은택에 흠뻑 젖어 새롭게 체득하는 유익함이 있기를 바랐고, 또 한 번은 우리나라의 성학(聖學)이 밝게 구비되어 원(元)·명(明) 유자들 보다 높이 솟아있음을 말씀드리고자 하였습니다. 이는 제가 나라에 사람이 없음을 덮어 감추며 좋은 점만 드러내고자 하는 것이 아닙니다. 무릇 시인으로서 빈관에 나아가 창화하는 사람들과 저는 행동은 같으나 생각이 다릅니다. 행동이 같으므로 저를 탓하는 사람이 있는 것이며, 생각이 다르므로 저를 알아주는 사람이 있는 것입니다. 제가 비록 지극히 우매하나 남들의 비방과 칭찬에 일희일비하는 사람은 아니니, 훗날의 공론을 기다릴 뿐입니다.

여쭙니다[稟]

제암(濟菴)

심수(尋邃)씨는 어떠한 사람이기에 이리도 시문에 능합니까? 일찍이 그 사람의 말과 행동거지를 보니 보통 사람과는 많이 달랐습니다.

답합니다[復]

괄낭(括囊)

일기국(壹岐國)[212] 사람인데, 저도 그가 어떤 사람인지는 모릅니다.

는 것이다. 또 동료들의 책망이라 함은 조선의 사신을 만나 시문의 기예를 펼치는 시속(時俗)에 대해 탐탁하지 않게 여겼던 동료들이 굳이 조선의 사신을 만나려는 유수우신의 행동을 이해하지 못하고 비판하였음을 말한다.

지난번에 대사(大社)의 봉사관(奉祠官)이라 들었는데, 우리나라의 방언
(方言)으로는 신주인(神主人)이라고 부릅니다. 모두들 그를 비범한 사
람으로 여긴다고 합니다.

다른 날 학주(鶴洲)에게 들으니 심수씨 길야(吉野)는 상륙국(常陸國)[213]의 개(介)[214]라
고 하며, 일기국(壹岐國) 신사(神祠)의 대궁사(大宮司)라고 한다. 자작시 천 여수를 한객(韓
客)에게 보여주며 화답시를 청하였다. 한객이 수십 수를 화답하자, 심수는 그 화답시가 온
전하게 갖추어지지 않았음을 유감스러워 했다. 바다에 나아가 한객의 배를 서쪽으로 수 십
리 뒤좇아 갔으나 끝내 따라잡지 못하고 낭화(浪華)로 되돌아 왔다.

『성론명비록(性論明備錄)』한 권과『구유조(拘幽操)』한 권, 『동부록
(同附錄)』한 권,『효경외전(孝經外傳)』한 권, 농주지(濃洲紙) 약간을 세
사람에게 전별의 예물로 보냈다. 구헌(矩軒)·제암(濟菴)이 각각 받았으
나 겨를이 없이 너무 바빠 결국은 빠뜨리고 사례가 없었다.

이상의 필담은 오시에서 신시 사이[215]에 이루어진 것이다. 그 밖의
좌객(坐客) 십여 명도 모두 창화하였다. 제암이 자리에서 일어나 들어
갔는데 다시 볼 수 없었다. 내일이면 장차 강에서 출발하므로 채비를
차리느라 소란하였다. 난암(蘭菴)과 남계(枏溪)가 번갈아 와 자리에서

---

212 일기국(壹岐國) : 대마주(對馬州)와 축전주(筑前州) 사이의 일기도(壹岐島)를 말
     한다.
213 상륙국(常陸國) : 현재 일본 혼슈 관동지방 동북쪽 이바라키 현 일대에 있었던 상륙주
     (常陸州)를 말한다.
214 개(介) : 일본의 율령제(律令制)에서 사등관(四等官)의 두 번째 관등을 가리킨다.
215 오시에서 …… 사이 : 오시(午時)는 오전 11시~오후 1시, 신시(申時)는 오후 3시~5시
     를 말한다.

물러나게 하므로 구헌을 향해 작별을 고하였다. 구헌이 붓을 잡고 다음의 내용을 써서 보여주었다.

괄낭 족하께 올립니다
上括囊足下

구헌

만남의 자리가 갑작스럽고 급하게 이루어져 만분의 일도 회포를 풀지 못하였습니다. 갈 길이 멀고 아득한 것이 한스러울 뿐입니다. 한번 이별하면 다시 만날 날이 없고 이후로 안부를 전하는 일 또한 부탁할 만한 곳이 없으니 이별을 슬퍼할 뿐입니다. 바라건대 세도(世道)를 위해 건강하십시오.

구헌이 자리에서 일어나 두 번 절하자 괄낭 또한 일어나 절하여 답하고 물러갔다. 아비류(阿比留) 난암(蘭菴)이 자리에 있었는데, 구헌이 붓을 잡고 써서 보여기를, "괄낭이야말로 으뜸가는 인물이요 문학에 가장 뛰어난 사람입니다."라고 하였다.

○지난 밤 생각에 생각을 거듭하다 밤이 다하도록 잠을 이루지 못하고 앉아서 날이 새기를 기다렸습니다. 부질없이 붓을 휘둘러 구헌 박 선생·제암 이 선생께 올립니다.

고정[216]이 명맥 끊긴 학문을 여니	考亭開絕學
세상에서 길이 은덕을 우러르네	永世仰餘光

나는 아직 문호를 엿보지 못하였는데	吾未窺門戶
그대는 먼저 묘당에 올랐네	君先升廟堂
비 개인 달 고풍에 걸려 있고	高風懸霽月
가을볕은 밝고 맑게 내리쬐네	皎潔暴秋陽
지금은 도가 동쪽에 있으니	今日道東處
덕초가 지척에서 향기롭네	德草咫尺香

'생각하다[思之]'라는 두 글자는 깊은 뜻이 있으니 쉽게 지나쳐 보지 말아 주십시오.

연향(延享) 5년 무진(戊辰) 가을 7월 4일에 일본의 처사 괄낭(括囊) 유수우신(留守友信)은 절하고 올립니다.

이날 새벽에 길을 떠나야 했으므로 남계(枏溪)에게 부탁하여 보냈다.

○ 괄낭 사백께 드립니다
奉呈括囊詞伯案下

이별하는 마음에 슬픔에 잠겨 떠났다가 뜻밖에도 아름다운 시를 받았습니다. 보내오신 뜻이 정중하고 글의 풍취가 성대합니다. 족하의 정성스런 생각이 어찌 여기까지 이르렀습니까? 말하지 않아도 서

---

216 고정(考亭) : 주희의 호이다. 고정은 복건성(福建省) 건양현(建陽縣)에 있는 지명이다. 주희가 만년에 이곳에 거처하며 창주정사(滄洲精舍)를 지었는데, 이종(理宗)이 '고정서원(考亭書院)'이라는 편액을 하사하여 고정이 주희를 지칭하는 말로 쓰이게 되었다.

로 감응함이 있었던 것은 아닐는지요? 시문을 짓느라 소란하던 와중에 몇 줄의 필화(筆話)를 접했으나 가슴 속에 하고 싶었던 말은 조금도 펼치지 못하였습니다. 생각하건대 족하 또한 같은 마음이었을 것입니다.

낭화로 올 때 취암(翠嵓) 견장로(堅長老)[217]를 통하여 자신을 소개하려는 사람이 있었는데, 혹시 자리에 참석했었는지요? 제가 산과 바다를 치달리며 죽지 않은 것은 군주의 위령 때문이었는데 내일 닻을 풀고 출발하여 낭화가 있는 쪽을 돌아보면 이미 천리나 떨어져 있을 것입니다. 이생에서는 이미 인연이 끊겼으니 어찌 하겠습니까. 시를 보내오셨으니 마땅히 화답시가 있었어야 했는데 병이 들고 겨를이 없어 마침내 그냥 지나치고 말았습니다. 그러나 흐르는 물과 높은 산이 어찌 거문고를 기다린 후에야 서로 감응[218]하겠습니까. 오직 바라건대 도(道)로써 자중하시어 세도(世道)를 책임지는 데 힘쓰시기 바랍니다. 바쁘게 떠나느라 감히 길게 말하지 못합니다. 모쪼록 밝게 살펴주십시오. 이만 줄입니다.

소화(小華) 박경행(朴敬行) 돈수(頓首)

---

217 취암(翠嵓) 견장로(堅長老) : 승려 양견(兼堅)으로, 호는 취암(翠巖), 별칭은 홍애(洪崖) 또는 지림(芝林)이다. 귀산(歸山) 천룡자원(天龍子院)의 주지(住持)이면서 이정암(以酊菴)의 승려 직임을 맡아 통신사행을 배행(陪行)하였다. 이정암은 쓰시마[對馬島]에 있던 선종 사찰이었는데, 에도 막부는 오산(五山)의 학승을 교체하여 파견하고, 조선과의 왕복서간이나 사신의 접대를 맡게 하였다.

218 흐르는 …… 감응 : 거문고의 명인인 백아(伯牙)가 높은 산[高山]을 연주하면 친구인 종자기(鍾子期)가 "태산처럼 높고 높도다.[峨峨兮若泰山]"라고 평하였고, 흐르는 물[流水]을 연주하면 "강하처럼 양양하도다.[洋洋兮若江河]"라고 평했다는 아양(峨洋)의 고사가 인용된 것이다.

난암(蘭菴)과 남계(枏溪)가 한사(韓使)를 따라 대마주로 돌아갔다. 남계가 8월 5일 보낸 편지가 낭화에 도착했는데 봉투 안에 친필 편지를 동봉하며 다음과 같이 적었다. "구헌(矩軒)이 손수 쓴 편지를 나에게 부탁하며 말하기를 '이 편지가 도중에 없어지지 않도록 해주십시오.'라고 하였습니다."

○ 우신(友信)이 살피건대 우리나라 사람들에게는 가명(假名)과 실명(實名)이 있는데, 다른 나라의 이른바 이름[名]과 자(字)라는 것과 비교적 비슷하나 뜻은 같지 않다. 나의 가명은 퇴장(退藏)이고 실명은 우신(友信)이다. 그러나 명함을 내어 인사할 때 이름을 우신으로, 자(字)를 퇴장으로 쓴 것은 혹시라도 한객(韓客)이 이해하기 어려울까 싶어 우선 임시로 선배들이 명함에 썼던 옛 선례를 따른 것이다. 내가 쓴 호칭은 부록으로 만들어 상세히 논하였다. 때문에 여기에서는 더 이상 언급하지 않는다.

부록(附錄)

○ 해고 이 서기에게 드리는 편지
與海皐李書記書

괄낭

일본국 대판의 유수우신이 조선국 해고 이 서기 족하께 편지를 올립니다. 일찍이 듣기를 무(武)라는 것은 폭력을 금하고 무기를 거두어들이고 대의를 보위하고 공과(功過)의 순위를 정하고 백성을 편안하게 하고 무리를 화합하게 하고 재물을 풍족하게 하는 것[219]이라고 하였습니다. 그러므로 나라를 다스리는 도에 무비(武備)를 폐할 수 없고 반드시 농한기에 무비를 익혀야 하니, 문사(文事)가 있으면 무비가 있어야 하기 때문입니다. 『역(易)』에 말하기를, "군대[師]는 바름[貞]이니 장인(丈人)이라야 길하고 무구(无咎)하리라"[220] 하였습니다. 그러나 후세의 병사(兵事)는 자기를 이롭게 하고자 남을 죽이며 분한 마음을 풀고 욕심을 따르는 데 있었으니, 아! 그 폐단이 오래되었습니다. 옛날에 정자(程子)가 무학(武學)[221]을 상세히 살펴보고 『삼략(三略)』·『육도(六韜)』·『위료자(尉繚子)』[222]를 빼고 『효경(孝經)』·『논어(論語)』·『맹자(孟子)』·『좌

---

219 무(武)라는 …… 것 : 이 내용은 무(武)의 칠덕(七德)을 설명한 것이다. 『좌전(左傳)』 선공(宣公) 11년에, "무릇 무란 것은 금포(禁暴)·집병(戢兵)·보대(保大)·정공(定功)·안민(安民)·화중(和衆)·풍재(豐財)를 하기 위한 것이다." 하였고, 그 주에, "이것을 무의 칠덕이라 한다." 하였다.

220 군대[師]는 …… 무구(无咎)하리라 : 『주역』「사괘(師卦)」의 괘사(卦辭)이다.

221 무학(武學) : 송대(宋代)에 병법·무술 등을 가르치던 학교를 이른 것으로 인종(仁宗) 경력(慶曆) 3년에 설치했다가 곧 폐지하였고, 신종(神宗) 희령(熙寧) 5년에 다시 설치하였다. 『宋史 職官志』

씨전(左氏傳)』이 병사(兵事)를 말하고 있다 하며 첨가한 것은 진실로 이유가 있는 것이었습니다. 우리나라는 옛 선대의 신왕(神王)²²³이 신군법(神軍法)을 제정하여 백전백승의 묘책이 있게 되었습니다.

중국 장서각의 서적들은 외부로 유출이 허락되지 않습니다. 다만 그릇에 맞게 직임을 맡은 사람이 그 도를 다스리는 것이니, 때문에 잠시 이 문제는 미루어 두도록 하겠습니다.²²⁴ 살펴보건대 중국 병도[兵道]의 요체는 팔진(八陣)²²⁵에 있습니다. 팔진 제도는 풍후(風后)²²⁶에서 시작되어 무후(武侯)에게서 이루어졌는데,²²⁷ 지금 전하는 악기문(握機

---

222 삼략(三略)』 …… 위료자(尉繚子)』 : 무경칠서(武經七書)의 일부로 유가(儒家)의 칠서인 사서삼경(四書三經)인 대칭하여 붙인 이름이다. 무경칠서는 구체적으로 손무(孫武)의 『손자(孫子)』, 오기(吳起)의 『오자(吳子)』, 사마양저(司馬穰苴)의 『사마법(司馬法)』, 울료(尉繚)의 『울료자(尉繚子)』, 이정(李靖)의 『황석공삼략(黃石公三略)』, 황석공(黃石公)의 『육도(六韜)』, 여망(呂望)의 『이위공문대(李衛公問對)』를 가리킨다.

223 신왕(神王) : 737~806. 나라[奈良] 시대에서 헤이안[平安] 시대 초기를 살았던 황족으로 지관황자(志貴皇子)의 손자이자 가정왕(榎井王)의 아들이다. 천황의 근친으로서 황무조(桓武朝) 후반의 치세를 담당하였다. 연력(延曆) 16년(797), 대보율령(大宝律令)을 수정 보완하기 위한 산정령격(刪定令格)을 제정하였다. 관위는 종2위 우대신(右大臣)에 올랐으며 사후 정2위가 추증되었다.

224 중국 …… 하겠습니다 : 연문(衍文)으로 추정된다.

225 팔진(八陣) : 진(陣)의 여덟 가지 형식으로, 상고(上古)의 팔진, 풍후(風后)의 팔진, 손무자(孫武子)의 팔진, 오기(吳起)의 팔진, 제갈량(諸葛亮)의 팔진이 있다. 그중에서 가장 유명한 것은 제갈량의 팔진으로 동당(洞當), 중황(中黃), 용등(龍騰), 조비(鳥飛), 호익(虎翼), 연횡(連衡), 절충(折衝), 악기(握機) 등의 진법으로 이루어졌다.

226 풍후(風后) : 황제(黃帝) 때의 상신(相臣)으로 병서(兵書)인 『악기경(握機經)』을 저술하였다.

227 무후(武侯)에게서 이루어졌는데 : 촉한(蜀漢)의 제갈량(諸葛亮)이 여덟 가지 진법(陣法)인 팔진(八陣)을 만들었음을 가리킨다. 팔진(八陣)은 원래 황제씨(皇帝氏) 때에 풍후(風后)가 지은 여덟 가지 형태의 병진(兵陣)으로, 천(天)·지(地)·풍(風)·운(雲)·호익(虎翼)·사반(蛇蟠)·비룡(飛龍)·조상(鳥翔)이 있었는데, 제갈량이 이에 의거하여 동당(洞當)·중황(中黃)·용등(龍騰)·조비(鳥飛)·호익(虎翼)·절충(折衝)·형(衡)·악기(握

文)²²⁸과 어복(魚腹)의 석적(石磧)²²⁹이 그것입니다. 상고(上古) 시대에도 팔진도(八陣圖)가 있었으나 지금은 전하지 않습니다. 제갈무후가 세상에 나와 그 신묘한 뜻을 얻었고, 이에 석적도[石磧圖]를 만들어 후손에게 전하였습니다. 그 책이 『악기경(握機經)』²³⁰이고 그 그림이 석적도이니, 이로써 경(經)과 도(圖)가 서로 밝게 드러나게 되었습니다. 후세 사람들은 어복도(魚腹圖)가 『악기경』과 다른 내용이라고 잘못 알았기 때문에 상상과 억측으로 진도(陣圖)를 제작한 것이 매우 많았습니다. 그리하여 보는 이들이 범연히 그 근거를 알지 못하였는데, 오직 송나라의 채원정(蔡元定)²³¹만이 탁월하게도 악기경과 석적도가 한 가지임을 묵묵히 깨달아 『팔진도설(八陣圖說)』을 저술하고 첫 권에 그 뜻을

機)의 진법을 만들었다 한다. 기정(奇正)은 사기(四奇)·사정(四正)을 가리킨 것으로, 위의 팔진 중, 용(龍)·호(虎)·조(鳥)·사(蛇)를 사기라 하고 나머지 4개 진형을 사정이라 한다.

228 악기문(握機文) : 악기문은 원래 『주역』의 하도(河圖)와 낙서(洛書) 등에서 연원하는 팔진(八陣)의 시원(始源)을 말하는데, 여기에서는 풍후가 저술한 병서 『악기경』을 가리킨다.

229 어복(魚腹)의 석적(石磧) : 제갈량이 어복포(魚腹浦)에 돌로 쌓은 만든 팔진도를 가리킨다. 『진서(晉書)』 권98 '환온열전(桓溫列傳)'에 "제갈량이 어복의 평사(平沙) 물가에서 팔진도를 구상할 적에, 돌을 포개 팔항(八行)을 만들고 각 항의 거리를 2장(丈)으로 하였다.[諸葛亮造八陣圖於魚腹平沙之下 纍石爲八行 行相去二丈]"라는 말이 보인다. 이 진법 안에 한번 갇히면 너무도 신묘막측(神妙莫測)해서 도저히 빠져나올 수 없었다고 전해진다.

230 악기경(握機經) : 현존하는 중국 최고(最古)의 병법서. 풍후(風后)의 저작으로 알려져 있으며, 『握奇經』이라고도 한다. 악기는 풍후가 고안한 군진(軍陣) 이름으로, 9개의 진(陣) 중 사정(四正)과 사기(四奇)가 팔진이 되고 여기(餘奇)가 악기가 되었다. 이 악기를 대장(大將)이 거느리고 나머지 팔진이 위급한 상황에 처하면 달려가 구원하였다.

231 채계통(蔡季通) : 송나라 학자 채원정(蔡元定, 1135~1198)으로 계통은 그의 자이다. 주희의 고제(高弟)이자 사위로, 『율려신서(律呂新書)』·『팔진도설(八陣圖說)』·『홍범해(洪範解)』 등의 저서를 남겼다.

명시하였으니 공적이 가장 큽니다.

생각하건대 팔진에서의 천형(天衡)은 팔괘(八卦)에서의 양의(陽儀), 십이율(十二律)에서의 황종(黃鍾)과 같습니다. 이것은 이른바 하늘이 먼저 이루어지고 땅이 뒤에 정해지며, 천지가 자리한 후 만물이 생긴다[232]는 자연의 이치와 같습니다. 또한 허루(虛壘)가 있고 실루(實壘)가 있는데, 진도(陣圖)에도 종횡의 다름이 있어 그 뜻이 아득히 같지 않거늘 어찌 한데 뒤섞어 하나로 만들 수 있겠습니까. 대개 허루는 복희(伏羲)의 선천도(先天圖)와 같고 실루는 문왕의 후천도(後天圖)와 같습니다.[233] 허루를 보면 진형(陣形)이 모두 천지자연의 오묘함에서 나와 이루어지므로 애초에 사람의 힘[人爲]을 빌릴 필요가 없음을 알 수 있습니다. 또 실루를 보면 진형이 실제 사시변화의 기틀을 타고 쓰이는 것이니 결코 낭패함에 빠지지 않을 것임을 알 수 있습니다.

정군(正軍)이 방열(方列)하는 것은 음정(陰靜)을 형상한 것이고 유군(遊軍)이 원후(圓後)하는 것은 양동(陽動)을 형상한 것입니다. 정이란

232 천지가 …… 생긴다 :『중용장구』제1장의 "중(中)과 화(和)를 지극히 하면 천지가 제자리에서 안정되고 만물이 제대로 길러진다.[致中和, 天地位焉, 萬物育焉]"는 구절을 인용한 것이다.

233 허루는 …… 같습니다 : 선천도는 복희씨가 만든 팔괘방위도(八卦方位圖)를, 후천도는 문왕(文王)이 그린 팔괘방위도(八卦方位圖)를 가리킨다. 선천팔괘는 복희가 그었다는 건(乾)·곤(坤)·감(坎)·이(離) 네 정괘(正卦)를 근간으로 삼아 천지(天地)의 정위(正位)와 우주만물의 생성을 설명하였고, 후천팔괘는 문왕이 그었다는 감(坎)·진(震)·이(離)·태(兌) 네 정괘를 근간으로 삼아 만물의 형성을 나타내었다. 송나라 소강절은 "선천은 곧 천지·수화(水火) 등을 대응시킨 것으로서 체(體)가 되는 것"이고, "후천은 현상계를 나타낸 것으로서 용(用)이 되는 것"이라고 하였으며, "선천은 후천이 아니고서는 그 변화를 완성시킬 수가 없고 후천은 선천 없이 홀로 행해질 수 없다."라고 하였다. 본문에서 유수우신은 병법의 허루와 실루를 각각 복희의 선천도와 문왕의 후천도에 비유, 체·용의 관계로 보고 있다.

동하는 까닭이고 동은 정하는 까닭이니, 정군과 유군은 천과 지가 덕을 합하는 형상입니다. 정군에 나아가 말하면, 동과 정이 때를 같이 한다는 것은 기(奇)·정(正)[234]을 말하는 것이고, 동과 정이 때를 같이 하지 않는다는 것은 전쟁을 하는 것과 전쟁을 하지 않는 것을 말하는 것입니다. 전쟁을 하지 않는다는 것은 천지방원(天地方圓)의 전체(全體)와 만상의 이치가 혼연하고 빼곡하게 갖추어져 있는 것으로, 이른바 허루를 말합니다. 전쟁에 임한다는 것은 때를 따르고 변화에 응해서 여덟 번 변하는 진[八變陣]을 만들어 행함에 끝이 없으면서도 본체는 의연히 그 안에 보존되어 있는 것으로, 이른바 실루를 말합니다. 『팔진도설』에서 말하기를 "팔진(八陣)의 오묘함은 사기(四奇)[235]에 있고 사기의 발함은 이변(二變)에 있다. 이변이란 일(一)의 용(用)이므로 일이란 것은 팔진의 근본 기틀이다"라고 하였는데, 이 내용이 무슨 뜻인지는 상세하지 않습니다. 비록 억견이 있으나 감히 군자의 옆에서 단정 지어 말씀드리지는 못하겠습니다.

---

234 기·정(奇正) : 병법(兵法)의 용어로서, 정면으로 접전을 벌이는 것을 '정(正)'이라 하고 매복(埋伏)이나 기습(奇襲) 등의 방법을 쓰는 것을 '기(奇)'라고 한다. 『손자(孫子)』에 "전투의 형세는 기·정에 불과하니, 기·정의 변화는 이루 다할 수 없다."고 하였는데, 이는 병법(兵法)에 기와 정을 섞어 써서 서로 보익이 되게 함을 의미한다.

235 사기(四奇) : 팔진(八陣)은 원래 황제씨(皇帝氏) 때에 풍후(風后)가 지은 여덟 가지 형태의 병진(兵陣)으로, 천(天)·지(地)·풍(風)·운(雲)·호익(虎翼)·사반(蛇蟠)·비룡(飛龍)·조상(鳥翔)이 있었는데, 제갈량이 이에 의거하여 동당(洞當)·중황(中黃)·용등(龍騰)·조비(鳥飛)·호익(虎翼)·절충(折衝)·형(衡)·악기(握機)의 진법을 만들었다고 한다. 사기(四奇)는 병법의 기(奇)와 정(正)을 진법에 적용시킨 것으로 위의 팔진 중 용(龍)·호(虎)·조(鳥)·사(蛇)의 진을 가리킨다. 나머지 천(天)·지(地)·풍(風)·운(雲) 4개 진형은 사정(四正)이라 하였다. 사정과 사기의 진법을 군대 편성과 연동하면 정병(正兵)과 유병(遊兵), 혹은 정군(正軍)과 기군(奇軍)으로 상대하여 나눌 수 있는데, 이를 통해 병법의 다양한 변형과 전략이 가능하게 된다.

어제 처음으로 훌륭하신 풍모를 뵙고 수창하며 아름다운 글을 많이 하사받았습니다. 덕스러운 풍모와 위엄 있는 자태에 유유자적하니 여유가 있으신 모습을 익히 뵙고 저의 비좁은 소견을 더욱 부끄럽게 여기게 되었습니다. 이는 천둥소리를 들으면 베로 만든 북소리가 보잘 것 없음을 깨닫게 되고 거대한 고래를 보면 딱정벌레의 하찮음을 알게 되는 것과 같습니다. 이에 분수를 헤아려 스스로 자족하고 솥 속의 자라처럼 머리를 움츠리며 나아가지 않으려 한 것은 진실로 당연한 것이었습니다. 그런데 한편으로 생각하건대 명주(明珠)를 찾을 때 합포(合浦)²³⁶의 연못에서 찾지 않으면 흑룡의 야광주(夜光珠)를 얻을 수 없고, 아름다운 옥을 캘 때 형산(荊山)의 바위굴이 아니면 연성(連城)의 화씨벽(和氏璧)²³⁷을 얻을 수 없습니다. 의심나는 것을 질문하고 도를 물을 때 그 사람을 얻지 못하면 종신토록 끝내 이루는 바가 없을 것이므로, 감히 비루한 질문을 올려 청청(淸聽)을 더럽힙니다. 가르침에 힘입어 어리석고 무지함에서 벗어날 수 있게 된다면 뼈에 사무치도록 감사하겠습니다. 바라건대 밝은 빛을 드리워주십시오.

---

236 합포(合浦) : 한(漢)나라 때의 옛 군(郡)의 이름으로 진주(珍珠)의 생산지로 유명했다. 현 광서성(廣西省) 장족자치구(壯族自治區)에 위치하고 있다.

237 형산(荊山)의 …… 화씨벽(和氏璧) : 변화(卞和)가 형산(荊山)에서 보옥(寶玉)이 들어 있는 박옥(璞玉)을 얻어 여왕(厲王)과 무왕(武王)에게 바쳤으나, 왕은 그것이 돌이라 하여 그의 두 발을 잘랐다. 그 뒤 문왕(文王)이 즉위하자 또 그 박옥을 보이니, 왕이 비로소 옥공(玉工)에게 다듬게 하였는데, 이것이 바로 '화씨벽(和氏璧)'이다. 연성(連城)은 '연성벽(連城璧)'의 준말로, 화씨벽을 가리킨다. 전국 시대 조(趙)나라 혜문왕(惠文王)이 화씨벽을 얻었다는 소문을 듣고 진(秦)나라 소왕(昭王)이 연성, 즉 15개의 성과 바꾸자는 제의를 미끼로 삼아 이를 빼앗으려 하자, 인상여(藺相如)가 사신으로 가 기지를 써서 무사히 가지고 본국으로 돌아왔다는 고사가 있다. 『韓非子 和氏』『史記 卷81 廉頗藺相如列傳』

이상의 글을 무진(戊辰) 4월 24일, 해고(海皋)에게 전하고자 난암에
게 부탁하니, 난암이 말하기를, "문자 중에 기휘(忌諱)[238]를 범한 것이
조금 있는 듯하니 따로 역도(易道)를 논하는 글을 지어 드리라"고 하
였다.

『화한문회(和韓文會)』 하(下) 마침.

관연(寬延) 원년 무진(戊辰) 겨울 11월 곡단(穀旦)

대판(大坂) 안토정(安土町) 심재교(心齋橋)

호문당(好文堂) 우에다 이헤에[植田伊兵衛] 출판

---

238 기휘(忌諱) : 금기시되거나 꺼리는 일을 숨기거나 피하는 것을 말한다.

倭韓文會

括囊先生著

龢韓文會 序

龢韓文會者, 吾括囊先生與韓客所筆語唱酬之書也. 蓋葩藻之文, 實學之要, 無不兼備, 使客知吾邦明洙泗濂洛關閩之正學. 於是乎學士嘆以爲第一人物第一文學. 然客館冗劇, 不能盡所懷, 臨別有悵然之歎. 蓋道一 則雖四海萬邦, 各異風俗, 而其心之所妙契, 如合符節. 臻于馬島, 眷戀不已, 夐寄書浪華, 亦足以觀其意也.

曩者安敬啓笥索館中所筆者, 次敍錯亂, 筆畫潦艸, 令人讀不能曉. 相共評閱參訂以爲一書, 乃謂同志曰, 先有萍水諸集, 今也非敢欲以此書追而與之比. 然鏤版行于世, 庶有益乎? 若不早圖, 事迹無傳, 其及圖之乎? 圖之此爲時矣. 以請先生, 先生弗許曰, 此所謂大市賣平天冠也. 因卷懷不更舉矣. 頃書肆植田氏來請不已, 乃議彊先生. 敢不自揣述編次之大略, 以弁篇端云爾.

寬延戊辰陽月下澣, 門人岡田安敬敍.

戊辰, 朝鮮來聘使姓名.

正使, 通政大夫吏[239]曹參議知制敎, 姓洪, 名啓禧, 字純甫, 號澹窩, 南陽人, 年四十有六.

副使, 通訓大夫行弘文館典翰知制敎兼經筵侍讀官春秋館編修官, 姓南, 名泰耆, 字洛叟, 號竹裡, 宜寧人, 年五十.

從事, 通訓大夫弘文館校理知制敎兼經筵侍讀官春秋館記注官, 姓曺[240], 名命采, 字疇卿, 號蘭谷, 昌寧人, 年四十有九.

右三使.

矩軒, 姓朴, 名敬行, 字仁則, 年三十有九, 製述官.

濟庵, 姓李, 名鳳煥, 字聖章, 年三十有九, 正使書記.

醉雪, 姓柳, 名逅, 字子相, 年五十有九, 副使書記.

海皐, 姓李, 名命啓, 字子文, 年三十有四, 從事書記.

右, 韓人.

蘭庵, 姓紀, 氏阿比留, 名國瑞, 字伯麟.

枏溪, 姓平, 氏大浦, 名國賓, 字伯觀.

右, 對州記室.

韓使陪從人數官名, 詳見和韓唱和錄.

---

239 吏 : 원문에는 없으나 보충하였다.
240 曺 : 원문은 "曹"이나 수정하였다.

和韓文會 目錄

上卷

自序

通刺, 幷唱和二十二首

筆語數條

辭席謝詩一首
贈柳醉雪詩一首
聖學旨趣幷師導論 矩軒
箕子洪範九疇論 濟庵
周易古今異同論 海皐

下卷

與學士書記三子尺牘一道
送朴矩軒詩唱酬三首幷序
送李濟庵李海皐詩二首幷序
聖學純駁論 矩軒
仁愛體用論 矩軒
日本儒學明備論 濟庵

目錄終

和韓文會 上

佐州 岡田安敬 編

嘗聽周 武王克商, 箕子率殷人五千, 避入朝鮮, 武王因封之. 都平
壤, 教民禮義田蠶織作, 設八條之教, 行井田之制, 然中葉衰弛. 至于
麗氏之末, 程 朱之書, 始至而道學可明, 近世有退溪 晦齋之徒出而唱
起正學. 余讀其書識其人, 素切遙仰.

今玆朴學士 李 柳三書記之徒 從三聘使承命來賀我柳營之榮祚, 道
經浪華. 余因蘭庵 紀氏之紹介, 屢得相見. 其屬文作詩也, 筆翰如飛,
初若不措意, 見者皆服其敏捷. 議論確實, 能蹈伊洛關閩之正轍, 加旃
官階, 一遵明制, 體貌不變於胡, 寔足以觀箕邦文教之美矣. 頃一二生
徒, 纂輯爲二卷, 題曰, 和韓文會, 聊記所感以遺于家云. 戊辰之秋,
波遠釣徒括囊識.

延享五年(1748), 戊辰夏四月二十三日, 會朝鮮國矩軒 朴學士 濟庵
李書記 海皐 李書記於浪華 西本願寺客館. 醉雪 柳書記有事, 故不會一堂.

通刺 括囊

僕氏留守, 名右信, 字退藏, 號希齋, 又號括囊, 浪華處士也. 兩國

修有隣之好, 諸公隨聘使來, 海路平安, 文旆到此, 敢不敬賀. 今日諸
館事有間, 得謁見諸公. 此千載一遇, 生前榮幸也.

　韓客亦各書示云.

　僕姓<u>朴</u>, 名<u>敬行</u>, 字<u>仁則</u>, 號<u>矩軒</u>. 孤舟萬里, 得此諸君子枉顧, 兼以
瓊貺, 可慰客愁, 何幸如之. 隨槎萬里, 班荊一席, 此是三十年後, 罕有
之緣. 山川炳靈, 翰墨播香, 使天涯地角之人, 團圞唱酬, 良幸良幸.

　僕姓<u>李</u>, 名<u>鳳煥</u>, 字<u>聖章</u>, 號<u>濟庵</u>. 自兩境修好, 冠蓋不絶. 每憑前
人萍水集星槎答響文字, 曉想貴邦文華. 今萬里海路, 抵館無事, 得奉
諸君子芝字, 庶酬宿願, 實爲深幸.

　僕姓<u>李</u>, 名<u>命敬</u>, 字<u>子文</u>, 號<u>海皐</u>.

《敬簡呈矩軒 <u>朴公</u>文案》　　　　　　　　　　　括囊

　文鷁夐衝東海之浪, 錦帆暫稅攝城之館. 跋涉山海, 蒙犯風露, 賢勞
羇難, 更僕何罄? 幸得舟楫之利涉, 車馬之載馳, 動定休暢, 愷悌君子,
神之所扶, 實惟兩境之慶也. 曩者, 聞星軺東指, 引領望之, 若葵藿之
傾葉大陽. 天賜奇緣, 始挹懿範, 仰向英風. 不堪欣悚之至, 猥裁 一律
以攄鄙懷.

　天外奎星映旆旌, 長風萬里赴江城. 文投海水鼉魚避, 詩賦衡山道
路清. 幾日吳鉤鳴匣久, 今年漢使來槎輕. 乾坤此會眞難得, 最喜一朝
華蓋傾.

≪奉次希齋惠韻≫　　　　　　　　　　　　　　　　　　矩軒

經歲天南駐畫旌, 繁華最說浪華城. 魚蝦舟楫村烟滿, 錦繡樓臺海氣清. 謠俗一天隨地別, 行裝萬里馭風輕. 新詩不道山河異, 觸處逢場意氣傾.

叨投木瓜, 謬賜瓊琚, 幸固出望外也. 才美天授, 揮翰如飛, 當一鳴驚人, 豈區區池中物哉. 珍重之如持琅玕, 頭玄圍領鈞天奏也. 此知貴邦至治之久, 熙熙嘷嘷之風習, 自著見於容貌言辭之間也.

≪敬羨敬服再依原韻呈矩軒學士文案≫　　　　　　　　　　括囊

曉騎迎來留翠旌, 青雲搖曳攝陽城. 回頭群鴉搏空過, 倚劍雙龍照海清. 獨步奇文仙骨見, 高風玄度德毛輕. 相逢暫解世塵色, 莫問沈吟日影傾.

≪又次希齋再疊韻≫　　　　　　　　　　　　　　　　　　矩軒

蓬海風烟繞彩旌, 囊書蹔歇攝津城. 鮫紋白日簾惟爛, 蜃市晴天世界清. 客棹層波雙眼快, 王靈萬里一身輕. 新詩迭唱成高會, 滿座春醪盡意傾.

≪天假良緣, 茲諧鳳覩, 谿若披霧, 殊愜鄙懷. 謹賦蕪詞一律, 次奉呈海皐 李詞宗吟榻≫　　　　　　　　　　　　　　　　　　括囊

星槎通異域, 聖世蕙風凉. 湖海金蘭會, 乾坤白日長. 登樓清影滿, 久坐文華香. 忽起龍門奐, 交歡何歲忘.

≪奉酬希齋瓊韻≫　　　　　　　　　　　　　　　　　　海皐

離舟春雪滿, 賓館夏風凉. 張翼天文近, 蓬瀛地勢長. 留詩當晋縞,
同席挹荀香. 逢處多爲別, 依依不可忘.

《久懷慕藺, 忽得盍簪. 清風入懷, 曷任欣躍, 恭賦下調一篇, 以奉
呈濟庵 李詞宗文几》　　　　　　　　　　　　　　　　　括囊
善隣銜命至, 諸子自翩翩. 擁節辭關內, 乘槎向日邊. 奎文臨紫海,
劍氣聳青天. 莫厭勞王事, 盛朝曾擧賢.

《奉酬希齋惠韻》　　　　　　　　　　　　　　　　　　濟庵
銀浦帆檣穩, 霞城鷺鶴翩. 相逢瑤嶋客, 一笑梵樓邊. 錦席雲垂地,
琪花日度天. 文章元末技, 須識士希賢.

《猥奏巴曲, 辱蒙高和. 莊讀數回, 琳琅驚目, 宮商滿耳, 眞可頡頏
古人. 重綴一絶, 奉呈濟庵 海皐二書記詞案》　　　　　　　括囊
大阪城西大海流, 清風吹送木蘭舟. 誰知物外眞遊奐, 總入錦囊消
旅愁.

《奉和括囊惠韻》　　　　　　　　　　　　　　　　　　濟庵
銀河夜轉萬星流, 畫角淑風穩彩舟. 身至十洲鷺鶴裡, 武陵樵客尙
鄉愁.

《奉和括囊惠韻》　　　　　　　　　　　　　　　　　　海皐
河水洋洋日北流, 鷄林遠客此停舟. 金戔彩筆當樓夕, 茶酒相酬不
記愁.

≪再攀前韻, 奉呈謝濟庵 海皐二書記案下≫　　　　　　　括囊

遠遊萬里接風流, 華府暫留靑翰舟. 自是石橋觀日地, 樽前莫起異
鄕愁.

≪奉要四賢府和≫　　　　　　　　　　　　　　　　　海皐

浮海悲歌渡九瀛, 孤琴異域向同聲. 綾羅帷幕連空暗, 金粉樓臺滿
地明. 町市人烟喧不定, 河橋雲樹綠初平. 西歸各有依依夢, 萍水篇中
儻記名.

≪次奉海皐惠韻≫　　　　　　　　　　　　　　　　　括囊

烟波四月問東瀛, 到處山川振鐸聲. 百世範疇箕聖澤, 三韓冠冕華
風明. 啣盃河朔幽情滿, 就賦梁園意氣平. 正識仙郞堪世出, 長虹萬丈
懸雄名.

≪奉要四賢府和≫　　　　　　　　　　　　　　　　　海皐

樓影深水定, 河光霽欲開. 頻成傾蓋□, 却□泛槎廻. 白堞彤雲合,
靑林彩鳥來. 憑君更相問, 何處望鄕臺.

≪次奉海皐惠韻≫　　　　　　　　　　　　　　　　　括囊

天涯萍水會, 懷抱因君開. 擁馬紫氛簇, 登樓黃鶴廻. 雄風吟裡起,
霽月席邊來. 請看三山路, 築成金玉臺.

≪席上走奉呈矩軒 濟菴 海皐三賢詞案≫　　　　　　括囊

碧海三千里, 錦囊五百篇. 篇篇無俗事, 可以入神仙.

《奉酬括囊韻》 矩軒

華筵詩代話, 滿眼散瑤篇. 爛熳銀臺裡, 相逢識字仙.

《奉和括囊惠韻》 濟菴

翳日樓臺影, 盈箱月露篇. 蓬萊身萬里, 萍水遇詩仙.

《奉和括囊惠韻》 海皐

未論風氣別, 今古有詩篇. 山海羲洋韻, 孤桐問水仙.

《奉呈席上諸君子求和》 矩軒

金舟粉閣此何邊, 鶴氅烏巾又一年. 層海渺茫通世界, 新詩窈窕答
山川. 樓臺各占浮來土, 草木俱涵遍覆天. 古寺清尊逢一笑, 風流堪向
畫中傳.

《奉和矩軒惠韻》 括囊

東望富峯是日邊, 舟中春盡不知年. 吟頭雲錦瑩千古, 筆下波瀾障
百川. 學遡淵源開水土, 風陳籩豆奏鈞天. 因君今作遠遊賦, 嬋嬋名聲
到處傳.

筆語

稟. 括囊

僕聞之詞藻者, 學問餘事, 文章一塵, 皆非本領工夫. 惟於身心上用
力, 最要. 身心之功有餘力, 則游焉息焉, 可也, 於是未曾習聲病之技.

時暢雅懷, 時披堙鬱, 任於中心之所感, 無復拘巧拙. 使字造句, 出乎
凡陋, 實有韻鄙語也哉. 故今日不欲屢鳴布鼓於雷門, 以使群公發洗
耳之歎. 顧雅筵清燕, 不在必多, 取諸吐露心情以足換舌耳. 卽信筆揮
出, 或無知所止焉. 假令鏗金戞玉, 亦唯一場鬧言語, 非君子之所貴
也. 僕嘗慕周 孔之道, 一隨程 朱之訓. 然固陋寡聞淺識多惑, 願沐敎
澤開我茅塞. 因呈疑問.

　仕元之臣許魯齋爲之冠冕, 而薛敬軒極褒之, 丘瓊山極貶之, 使學
者抱騎牆不決之疑, 是實係夏夷出處之大義, 固非泛然史評也. 伏請
明斷.

右問朴學士, 一觀手推以示海皐而私語, 卒無答語.

稟.　　　　　　　　　　　　　　　　　　　　　括囊

諸公襟懷瑩徹, 如風欞月牖, 韻致淸曠, 似雪山氷壑. 其登科第, 實
掇蟬之手也. 昔日科場因何等題目, 首錄賢書?

復.　　　　　　　　　　　　　　　　　　　　　濟菴

矩軒登癸丑進士, 壬戌庭試. 濟菴登癸丑進士, 海皐登辛酉進士.

今按此答, 徒言其歲, 不言科場以何等品題被試, 所答, 非所問也.

稟.　　　　　　　　　　　　　　　　　　　　　括囊

貴邦思齋金氏所作警民編, 近傳于我邦. 僕得一觀, 足以振起愚民.
蓋金氏名字鄕里及學術淵源 可得聞與? 請見錄示.

復.

金思齋名正國, 爲學術之純正文章之古雅. 立朝大節行己, 諸訓蠹

然爲鄙邦宗師, 警民編特其作宰時一施, 爲一政令之演出者也.

桌.　　　　　　　　　　　　　　　　　　　　　　括囊

江府有山宮維深字仲淵者, 僕莫逆友也. 才敏志篤, 以扶植斯文爲念. 諸公留止於江府之間, 不知得通刺於賓館, 接見於諸公否. 若來謁, 則請告僕爲先容.

復.　　　　　　　　　　　　　　　　　　　　　　濟菴

山宮氏若接面於江戶, 則敢不拭靑而致高明之意? 但僕輩無粲花之論焉, 有齒牙之假耶.

《今將辭席因搆一律, 敬布謝悰》　　　　　　　　括囊

浪華一處士, 寂寞好樓居. 不臥茂陵病, 仍觀長者車. 惠詩同白雪, 授訓比丹書. 歸去壁問揭, 煥然照敝廬.

《敬奉呈醉雪 柳詞宗梧右》　　　　　　　　　　括囊

使星遙度搆江隈, 影入波間擷藻來. 彩鳳映雲天色動, 玄鼇衝浪海光開. 揮毫徐就遠遊賦, 擁節常欽專對才. 千古淸風交會地, 歡心終日坐樓臺.

○ 與製述官朴學士書.　　　　　　　　　　　　　括囊

日本國大坂留守友信奉書, 朝鮮國矩軒 朴公案下. 昨始接光霽, 旣知筆海翻瀾, 學山聳秀, 足以爲挺世之器. 但音吐不同, 爲可恨耳. 顧僕之不似, 獨以懶散過甚, 周還群公之間, 誠可愧也. 然各天絶域, 唯是風馬牛之不相及, 而一朝邂逅於咫尺之間, 吐露心膽者, 猶然故人情

誼也. 天假良遇如此, 而不爲之盡言, 恐不免失人之譏焉, 故敢陳瞽言.

僕弱少時, 讀金臺于琨, 吃盡苦中苦, 方爲人上人之語, 勃然奮厲, 以爲聖可學也. 於是朝夕於師門磨礱之務. 然蹇足之步距驊騮, 萬萬自疑終身役役而不見其成功. 因謂古今異時, 聖愚殊質, 學不可能也, 持此說, 旣久之. 一旦恍然悔悟, 竊謂宇宙之間, 道一而已矣. 雖倭漢壤絶而風殊, 以乾父坤母之稱觀之, 則豈唯四海兄弟也哉? 宇內人類, 皆同胞也, 而其所具之性, 無彼此之別, 則道之爲一, 可知也. 故一心之妙, 通乎天地, 亘乎萬古, 至其當道, 不多讓他. 僕之心於是乎有恃焉.

輓近文學振起, 人誦戶讀, 盛則盛矣. 然徒愛其文辭之工, 而不察其義理之悖, 各自是其所是. 甚者, 拾明儒誇高詖辭之餘唾, 矜誕衒沽飾其虛忘, 以眩惑後生, 直謂上學三代之文, 閩洛不論也, 擧世傾動, 若夜蟲之就火.

然唱道學於其間者, 亦世不乏人, 而獨推闇齋山崎先生爲儒宗. 識者號稱日本 朱子, 其學問之純粹造詣之卓越, 可謂繼往聖開來學矣. 其所著述編輯之書數十百卷, 梓行于世. 使弟子治經專[241]熟省於正文朱註之意, 而不注目於元 明諸儒之末疏. 嘗言釋詁訓解彌多, 正文大註彌閟, 實甚於洪水猛獸之災者也. 著中和集說, 以發明未發已發之微旨, 撰仁說問答及玉山講義附錄, 以推演仁愛之親切, 成性論明備錄以開示氣質本然之性. 又於周易, 則有朱易衍義, 於洪範, 則有全書.

平素指導以居敬窮理之功, 詳出處而尙行實. 貴王道而賤霸業, 行四時之薦居三年之喪, 以獎誘其徒. 於是一變從古善道者, 甚衆, 皆先生倡之. 於小學, 則不取陳克菴句讀. 其意謂不翅刪本註而亂成書, 且其註釋亦失朱子編輯之旨矣. 然弊邦無朱子原本, 因就貴邦所印小學

241　專："傳"의 오기(誤記)로 보인다.

集成中抄出正文及本註以上梓, 別著小學蒙養集以培其根也. 於近思
錄, 則以葉氏集解爲弍本旨不鮮, 乃復朱子之舊以與學者.

又嘗謂朱先生之後, 知道者, 明 薛文淸 胡敬齋貴國李退溪, 是也,
故吾黨學者, 呼稱三錄者, 讀書錄居業錄自省錄, 是也. 獨胡敬齋不通
易學, 爲可惜也. 山崎先生易簀之後, 升堂覩奧, 號稱高弟, 在京師則
絅齋淺見先生尙齋三宅先生, 與江戶 左藤直方先生, 三人是也, 三宅
先生, 乃僕所師事也.

僕嘗竊謂世儒教人, 不問齡之長幼學之淺深, 湊合於一堂中. 日講
授以四書六經而反覆輪環, 終而復始. 然經傳中有小學焉有大學焉,
如此則如告懿子以一貫之道告顏淵以無違之孝. 乃背馳於聖學之次
序, 所以學者往往獵等凌節也. 蓋就經書中, 隨學者造詣之淺深而說
喩之, 則庶幾其不差矣, 不可必隨篇卷之序, 逐一說喩也.

又按有盛世之學焉, 有衰世之學焉. 至學校之政, 不修而異端雜出
於其間, 則當知其教學之指趣, 異於古而後, 得師道之正也. 請試論
之. 近世有偏曲之儒焉, 其所爲所教者, 皆同宗六經師周 孔, 而所道
者異也, 而混乎邪正爲一者, 易辨而似正, 而非者難曉也. 何則天下之
是非, 無所定, 世各是其所是, 非其所非. 此是其是非其非, 則同. 而
其所是者, 非眞是, 其所非者, 非眞非也. 是以, 分離乖隔, 不知孰是
孰非也. 眞知其爲眞是非而後, 知世儒之所謂, 是非之不是非也. 先賢
推明乎大原焉, 漏洩乎天機焉.

中庸太極圖說冲漠無朕說之類, 皆衰世之書也, 蓋欲使人由大原而
尋繹統緒, 以認得斯道之準的也. 此雖異於三代教人之法, 然其實同
一揆也耳. 顧以初學之淺識欲驟第, 其原如之何其可及也? 因近思錄
首篇, 載道體之意, 默識乎先賢之微意, 則於爲學之法, 亦將有見解矣.

此教學之所以古今隨時而有異同也. 一則論行遠, 必自邇, 一則論

求泒, 必自源, 二者, 如矛楯齟齬而不相悖也. 僕平素用心於聖學, 如此, 足下以爲如何? 俾僕得仰觀大邦君子之德容文物之風彩, 則雖固寡聞淺識, 不能有得, 而比之文人詩客徒費日於筆墨之間者, 將大有徑庭, 敢述區區所見, 以汚高聽. 幸不恡叩盡敎我. 不備.

延享五年, 戊辰孟夏卄四日.

副啓.

昨所問許魯齋一事, 以坐客唱酬不暇, 見答而不敢請耳. 願不吝傾儲敎我.

與濟菴 李書記書.　　　　　　　　　　　　　括囊

日本國大坂 留守友信, 奉書朝鮮國濟菴 李書記足下. 昨肇挹淸儀, 多日積懷, 嗒然氷釋, 不堪懽懌. 諒惟足下, 胸羅萬象, 筆燦菁華, 化雨弘施, 文風丕振, 每覩高詩, 傾心敬服. 特修數字, 託阿比留氏轉達, 聊以寫鄙意耳.

僕聞之也, 學之要在知道, 故聖門之敎, 以窮理爲先. 以無師友爲孤陋之學, 平素就有道, 而講明其所疑, 乃可以浹洽而通貫矣. 若不能窮理者, 足於已知已達, 而不窮其未知未達, 此其所以於理未精也. 僕生蓬蒿之下, 甂甋礫之間, 弱羽纖鱗, 無所依附. 今幸遇於君子之至, 欲以素絲之質而就朱藍之染.

謹按昔神禹治洪水, 錫洛書, 法而陳之. 相傳至殷太師, 殷太師授武王, 其他莫得傳授. 所以聖賢相傳之際, 敬畏貴重 待得其人者, 彰然不可掩也. 然後世湮晦, 其數不傳, 故或不知洪範因洛書而出, 或知禹箕因洛書而作, 不知其皆出於天而不涉於人爲也. 妄易置圖書, 以謬認易範之本原, 託言出於陳圖南之類. 朱文公旣訂其誤闡其幽, 九峯蔡氏, 受父師之託, 沈潛反復數十年, 遂成洪範皇極內篇. 眞西山稱與三聖之易同功. 厥後無能講明其數者, 而至顧氏, 不知範數之妙, 妄斥議眞西山之說也耳. 吾邦闇齋山崎先生獨心得之, 遂表章皇極內篇, 以加校訂, 定爲上中下三卷, 而冠洛書於洪範篇, 以爲首卷, 取周易全書所載, 以爲末卷. 且發揮理數與占卜之微旨, 錄于其後, 凡六卷題曰, 洪範全書.

斯道也, 元 明諸儒, 不能窺其微, 唯薛敬軒得其旨矣. 其於洪範數也, 造化氣數天理人事, 皆具, 書之易也, 其樞要, 在五之皇極. 蓋圓圖內數與內數相對, 皆爲十, 外數與外數相對, 爲十. 至於夏至五之五, 則獨無對. 然八十一數, 無不得五而後成焉. 一得五而爲五之右六, 四得五而爲右下之九, 六得五而爲右下之一. 餘數皆如此. 此九峯以夏月之末, 爲土用之末宮, 而所以稱至德者也, 此合參天兩地之數, 而位於中央, 所以圖書之數, 皆以五爲中也.

朱文公曰, 中者爲主而外者爲客, 正者爲君而側者爲臣. 山崎先生曰, 五中一點, 貫乎縱橫, 縱亦三, 橫亦二, 此三才一貫, 所以爲中數也. 範曰, 五皇極, 則大學之至善, 是也. 數曰, 五之五中, 則中庸之中和, 是也. 君子無所不用其極, 致中和, 天地位焉, 萬物育焉, 至矣哉, 大矣哉. 故至於五數, 諄諄示皇極之道, 最足以窺禹 箕用心之微意矣. 吾邦上古聖神, 號天地之中心, 曰天御中主尊. 蓋五與土倭音同義, 而以中五爲帝王御極之要道也. 而國君則之, 則士民以治焉, 士民則之, 則四肢百骸以治焉. 此與夫堯 舜 禹授受一中者, 如合符節. 其他因理數, 以奉太占龜卜之敎. 雖曰出處日沒處之異, 其妙契如此者, 以有宇宙一理千聖一心之實也.

夫範數之浩浩, 妙道精義之所寓, 而討論及此者, 極知僭踰懷愂之甚. 然景慕之情, 不能已. 試奉平日耳剽者, 以質諸有道耳. 冀足下憐

僕跂鼇之醜, 明垂淸誨. 嘗聞之也, 退溪先生憂箕範失傳, 歷世茫茫可
嘆也. 夫近世明儒著述之書, 傳吾邦者汗牛充棟, 不可勝數, 而無足爲
斯道之羽翼者, 況於易範之妙乎? 又聞之也, 貴邦前乎退溪先生, 有趙
靜菴 金寒暄 鄭一蠹 李晦齋, 後乎退溪先生, 有鄭寒岡 李栗谷 成牛溪
尹明齋, 此諸先生幷倡明道學, 著龜於國表準於世. 若有語及箕範者,
則亦幸無咎傳焉. 所恃者書, 所致者心, 願足下垂察焉. 悾悾不次.

延享五年, 戊辰初夏卄四日.

○ 與海皐 李書記書.　　　　　　　　　　　　　　　　括囊

日本國大坂 留守友信, 奉書朝鮮國海皐 李書記足下. 吾黨諸生僉
曰, 韓客簪筆曳裾乎是行者, 皆彬彬文學君子, 奚啻稱梁園鄴下之才
也? 則莫不延頸思從游之款者也. 僕亦恐獨失千載之遇於一朝也, 時
翹首西望久之. 昨幸逢披雲, 謬荷盛眷 僕也, 白屋鮍生, 增榮改價, 感
謝不已. 竊謂足下寬厚包含之量, 雖空空鄙夫之言, 猶必察焉. 宜乎人
之樂告以善也, 因叨恃愛, 瑣瑣冒于淸聽.

蓋四聖之易, 其所主各不同. 而學者往往不辨于此, 亂經文雜傳義,
使四聖之易混而不明矣. 朱子之後, 古易遂亡而據今易者, 俑於天台
董氏, 而成於大全者, 實朱子之罪人也. 薛敬軒曰, 朱子本義, 依古易
次序, 自爲一書. 不與程傳雜, 最可見象占卜筮, 敎人之本意. 後儒摘
以附程傳之次, 失朱子之意矣, 其見卓矣. 其他格論散見錄中, 貴邦退
溪 李子答鄭子中書, 康節之術, 二程不貴云云之說, 亦得其旨矣. 如
蔡虛齋已知古易之不可不復, 而其作蒙引, 則依今易者, 殊不可曉也.
胡敬齋以理學爲倡, 而以朱子言易爲卜筮而作爲非也. 卽胡氏之賢尙
有此惑, 況其下此者乎?

按古易上下經與十翼, 凡十二篇也. 今易, 漢 費直俑之, 鄭玄 王弼

體之, 作主解. 呂祖謙復古易, 而朱子據之作本義. 其後天台 董氏復今易, 而大全據之, 於是乎易道晦塞矣.

吾邦闇齋山崎先生復古易, 一用本義而不混程傳. 更著朱易衍義三卷, 其上卷, 明古易今易之別, 中卷, 發明啓蒙之旨, 下卷. 泛說易道之要領, 學者先讀此書而後, 及啓蒙本義, 則庶幾有得朱易之旨矣. 敢問, 貴邦亦因朱子之定本而用古易否?

嘗聞之也, 貴邦道學大闡, 禮義盛行. 正德中東郭李氏, 隨聘使來時, 答人書曰, 惟我諸老先生一以程 朱兩夫子爲繩墨. 非其道不措也, 非其書不讀也. 王 陸兩儒之學, 旣與程 朱異趣, 則學程 朱者, 其可尊尙之耶? 我國尊聖學斥異端, 甚嚴且截, 豈可容曲學? 拘儒倡鼓邪說於其間, 爲吾道之蟊賊, 而莫之禁乎? 僕嘗信其爲人也, 而知足下之學亦循舊轍而出乎醇正. 儻意有所思而不言, 何以見愚陋之區區, 質疑于君子? 因叨敍數語, 伏請是正, 亦惟少垂諒. 不宣.

延享五年, 戊辰桐月廿四日.

和韓文會 上終.

和韓文會 下

奉呈矩軒 朴公 濟庵 李公 海皐 李公案下. 　　　　　　　括囊

律入林鐘, 溽蒸迫人. 當是之時, 跋涉之勞, 不爲易矣, 武攝之路, 不爲近矣. 府朝旣行盛禮, 再抵浪華. 動止安佳, 敢不恭喜? 禮當往賀, 會有微恙, 不果. 伏請恕亮.

嚮及諸公未東, 敬修尺素. 託栦溪大浦氏. 奉呈各位, 然到于今, 不賜回示. 蓋官事鞅掌, 且操觚士日集於館下, 而倦于酬應之不給耶? 抑以枉瞽之甚, 不足挂齒牙, 棄擲不復顧焉耶? 僕竊觀諸公之接人, 則雖詞藻薄技, 百爾筆談微文瑣義, 固不足採而悉皆答響, 如三軍之渴者, 群飲於河, 各充其量也. 今焉僕所敢問, 關太體係實學者, 恝然若不屑聞, 僕竊惑焉. 前日親挹清範, 所謂秩秩德音, 溫其如玉. 僕雖至愚極陋, 無知人之明, 而察諸公之爲人, 其包含寬容之量, 與夫訑訑以自尊大者, 實天淵夐別矣. 僕嘗聞之, 才也, 養不才, 貴賢, 而敎不能, 與人爲善, 卽諸公旣其人矣. 而有來問者, 無一言以是非之則, 勉强之志, 或幾乎息矣? 實非誘掖激厲之道也. 伏願仁人成物之道, 不舍狂瞽之言, 辱賜垂誨, 則幸甚. 宣詞靡異, 故不別幅三公. 原宥之希.

延享戊辰, 六月廿九日, 留守友信, 頓首.

○七月三日, 再會矩軒 濟庵於西本願寺. 副使記室從事記室, 適有微恙, 不來列會.

○≪奉送朴學士 矩軒先生還朝鮮詩 幷序≫

在昔子高及還魯, 鄒文 季節臨別流涕交頤, 子高徒抗手而已. 乃謂其徒曰, 始焉謂此二子丈夫爾, 今而知其婦人也. 人生則有四方之志, 豈鹿豕也哉? 僕嘗竊謂此或一道也, 非常道也. 夫絶人倫廢物情, 頑如木石而後可乎? 蓋終身同境域而不交一語者, 有矣. 而一旦幸得覿大邦君子唱和, 歡狎宛如舊識. 其情義反過於終身同鄉社者, 遠矣. 豈可恝然不感, 自詒密雲早雷之譏也哉? 因奉呈巴曲二章以代贐儀. 括囊.

其一.

大江秋動古皇州, 萬樹鳴蟬送客舟. 釜浦白雲吹不度, 空分明月照離愁.

其二

聞說歸裝已解維, 勸盂江畔更堪思. 欲知別後情深處, 雲外月懸東海涯.

○≪奉和括囊詞伯惠贈韻≫　　　　　　　　　　矩軒

詩緣不斷攝津州, 倏忽滄溟萬里舟. 三得瓊琚無一報, 海山鞍馬痛兼愁.

○≪奉送濟庵 李公書記海皐 李公書記還朝鮮詩 幷序≫　　括囊

汎鷁曾幾時, 春經漸歇, 夏綠初齊, 今也將理歸櫂, 奄催秋色, 何駒隙之恩恩哉? 卽以常情推之 憶歸期數歸期, 不啻一旦夕矣. 然大丈夫, 弧矢之心, 飄然蟬脫塵俗, 破萬里之浪, 稅千仞之岡, 一累不存胸襟, 洒落浩然之氣, 益盛矣.

度兩公有得乎此者也. 矧感興之深詞藻之美, 山嶽之嶔巇崑嶙, 江海之瀾汗潏氵阝色, 悉爲詩料, 收諸錦囊者, 蓋其緒餘耳. 傳曰, 君子送人以言. 僕也, 愚陋無言可送, 敢述覩鳳之意, 猥賦二絶, 聊代岐言.

其一.

祖筵曲罷晝橋東, 回顧詞場萬客空. 別後此情君莫忘, 釜山浦上有飛鴻.

其二

橋西惜別且銜杯, 無奈錦帆千里回. 倘有鷄林諸子問, 爲言觀日黃金臺.

濟菴看此詩, 訖置膝前. 須臾他人詩紛聚爲堆. 輒取而和答. 不遑顧及此和, 故闕之耳.

筆話

上括囊足下.　　　　　　　　　　　　　　　　　　矩軒

向自浪城, 發向東武時, 承見足下長書. 私心欽仰, 竊欲得一暇作答, 以攄區區鄙懷. 而長路撼頓 泊無開心處, 尙爾闕然, 何嘗少忘? 再昨又承見委書, 責以前書之不答. 心竊愧赧, 必欲於未發前一幷修謝,而連日迎接諸君子, 又復遷就矣. 卽又賜委枉, 加以別語之貺, 是何洪量, 不少芥滯, 藏容至此耶? 且感且愧, 無以自容.

初書所敎之意, 行遠必自邇, 求泒必自源, 十字極是儒門正正門路, 僕何敢更容一言? 唯願由是而更進竿頭一步, 則可以一蹴聖域, 是區區之望也. 僕有所懷, 若非足下, 僕不當以是語聞也. 僕見日東學者, 專以排斥程朱爲第一能事, 蓋自二藤仁齋以下, 皆然耳, 今則已成膏盲之症. 僕雖有瞑眩, 焉得以用之?

僕見足下書與詩, 已熟矣. 唯足下可以付之回瀾之責, 故爲此眷眷之說, 幸望留意焉. 孔孟後千五百年世界長夜. 而只幸有濂洛一派, 復明已絶之學, 至今撑柱乾坤. 人而不知此道, 則無以立於世矣. 其忍開口詬罵, 不知其自歸於西江拍頭之流波耶? 臨別, 不任耿耿, 爲此縷縷, 足下豈有此弊耶? 蓋欲曉諭諸迷. 務尋正脉也. 四坐紛忿之際, 書不達意, 唯在諒悉.

復.　　　　　　　　　　　　　　　　　　　　　　　括囊

忽辱面喩, 副以瓊篇. 其提擧聖學入域之要領, 啓發愚魯之憒悱者, 深切痛快, 實入骨髓矣. 近世此方有伊藤仁齋者, 其所著論孟古義大學正本中庸發揮等書, 行于世, 其說浸充溢矣. 先輩絅齋淺見先生捲其巢窟, 砭其病根, 於是乎漸次衰廢, 今也百存一二. 又有倡陽明之學者, 僕先師不得已辨詰剖折, 竭力闢之, 其黨亦幾亡矣. 又近有姓物, 字茂卿, 號徂徠者, 博覽高才, 善文章. 初學古文辭, 以于鱗元美爲標的, 乃溯而治經, 創立新見, 著學則辨道辨名三書, 命之曰古學. 然其所敎, 不過模放春秋戰國秦漢之文也, 而以此爲脩辭之道, 斥居敬窮理存養省察之功夫爲邪說, 觀思孟周程張朱, 如孟賊以欺世盜名. 而海內黃口觚生之小有才者, 靡然從之.

其徒太宰德夫張皇其說, 以倡古學, 譏議山崎闇齋, 目之曰道學先
生. 以道學二字爲綽號也, 猶宋朝稱僞學, 其罪過於徂徠也. 夫文者,
載道之器也. 彼不載道, 徒以文字爲翫戲之具, 猶農夫得彤弓以驅鳥,
南夷得袞衣以負薪, 噫亦陋哉! 其於吾純儒之道, 何曾彷佛夢見耶?

當是時也, 僕開口先排徂徠及太宰氏, 將以芟除蓁蕪, 澄清海內. 唯
恨落魄之寒士, 徒勞而無功耳. 雖然僕終身之志, 無他, 在明正路闢邪
說而已矣.

再復.　　　　　　　　　　　　　　　　　　　　　　　矩軒

蒙賜回敎, 快差披霧見天. 不意扶桑以東, 有此長夜之燭也. 僕之言
非謂足下之萬一是病也, 欲以開導狂瀾耳. 此事所關甚重, 非足下無
以救得. 他日聞日東有正路之學云, 則僕尙再拜賀足下之力耳. 在東
武, 與中村深藏論辨甚苦, 而扞格不入, 無一分之效, 可歎也已.

稟.　　　　　　　　　　　　　　　　　　　　　　　　括囊

孔門專以仁爲敎, 自孟子沒以來千五百年, 知此仁者, 鮮矣. 唯河南
兩程子, 始發明之, 其丁寧親切之訓, 可謂盡矣. 朱子又以未發之愛,
開示仁之意旨, 洞發揮古聖賢之微旨, 無復餘蘊. 蓋已發之愛, 彰然易
知, 未發之愛, 渾乎難見. 然未發之前, 敬以存其心, 則於已發之除,
有可試知未發之愛之氣象者也. 朱子曰, 本來之生意, 洩洩融融, 渾厚
慈良. 朱子論未發之愛者, 多矣, 未有若此語之深切著明者也. 蓋敬則
有嚴厲之意, 而如與未發之愛, 相反者. 然不敬以收斂其心, 則其氣象
無以存也. 近世諸儒體認此意思者, 鮮矣. 凡以愛說仁爲要, 故註之
曰, 愛之理, 心之德也.

而元明諸儒以爲愛者用也, 愛之理者體也. 此說妄矣. 此愛, 便是

未發之愛也, 而已發之愛, 依然在其中, 此乃體用一源之謂也. 此義不明, 則失聖賢之本旨, 遂向別路走去. 高明以爲如何? 伏請指教.

復.　　　　　　　　　　　　　　　　　　　　　　矩軒

愛屬性情, 敬是工夫. 敬者, 欲四情之發, 皆得中和也, 不可以整齊嚴肅之故, 謂有妨於仁愛之意也. 若論仁愛之體用, 則仁是體, 愛是用也, 而其所以愛之理, 則乃是仁, 而謂之體亦可也, 若專以愛謂之體, 則亦未安. 未發屬體而爲仁, 已發屬用而爲愛. 未知高明以爲如何

再復.　　　　　　　　　　　　　　　　　　　　　　括囊

辱承高喻, 愚非疑敬之與愛相乖戾也, 謂不敬則不可存未發之愛耳. 蓋仁字對已發之愛洎惻隱字, 則仁固體也. 然以天命之性貫體用動靜論之, 則仁亦兼體用, 然愛亦有動靜體用也. 未發之愛者, 體也, 就心靜時而言, 已發之愛者, 用也, 就心動時而言. 來示云所以愛之理, 則乃仁, 愚謂此愛字, 指已發之愛耶, 然則非朱子之意. 朱子直以愛之理爲仁, 此愛字, 指未發之愛. 而言若以愛之發爲仁, 則仁只是生於與物相接之間, 而不見天之所以賦我之道理也. 愛之理三字, 諸儒往往誤認, 謂愛非仁, 但愛之理是仁, 愛之理是體, 愛是用. 此諸儒不知理字愛字, 故其說如此. 蓋人之生也, 固得愛底物事, 在謂之愛之理. 足下說已發之愛之爲用, 而不論及靜中有未發之愛者, 恐未備也. 熟讀朱子晚年之定說, 則愛之動靜體用, 瞭然于心目之間矣. 伏乞亮察.

稟.　　　　　　　　　　　　　　　　　　　　　　括囊

聞海皇詞伯爲二豎, 見崇今日, 得少愈否. 高明爲致意, 幸甚. 且有餞儀, 請可得達否. 以無介紹之緣, 敢問諸足下耳.

復.　　　　　　　　　　　　　　　　　　濟菴

頷之.

稟.　　　　　　　　　　　　　　　　　　括囊

頃得東武 山宮雪樓書, 致意於諸公, 連日得接見渥荷盛眷, 永矢無
諼. 且僕師三宅尙齋所著祭祀來格說, 公在東武經電矚否?

復.　　　　　　　　　　　　　　　　　　濟菴

雪樓雅儀, 尙立眼中, 萬里北歸, 無日忘之. 來格說, 果入橐中耳.

稟.　　　　　　　　　　　　　　　　　　括囊

聞雪樓請足下以序文, 有許諾而未成焉. 僕亦誠切傾倒之念, 是以
願得公之一言以壯此書, 取信於來裔也. 必賜巨作.

復.　　　　　　　　　　　　　　　　　　濟菴

目今行李悤卒, 恐難草草了. 當船上或覃思, 付諸蘭菴, 如何?

再復.　　　　　　　　　　　　　　　　　括囊

鼎言一吐, 惠澤永傳于海內吾黨諸生, 爲道珍重. 闡明朝發行, 辦嚴
悤劇, 若果無餘暇, 則必書於舟中, 佗日託蘭菴而轉達, 爲幸甚萬萬.
敢請.

稟.　　　　　　　　　　　　　　　　　　濟菴

足下詩文, 誠爲日東第一, 非諛言也.

復.　　　　　　　　　　　　　　　　　　　　　　　　　括囊

僕嵬瑣陋儒, 鼫鼠技單, 夏蟲智短, 謬蒙稱譽, 祇增愧耳. 如詩文吾
邦諸先輩蔚然堀奧, 旣入漢 唐之閫域. 方今播州有梁田蛻巖先生, 紀
州有祇園南海先生, 獨步一世而擅其美, 如僕詩文, 一鄉可以百數也.
僕唯有一點志氣存于方寸間, 而欲脫名利關中, 以有補於聖門之萬一
也. 雖然愚陋之質, 恐不免爲鄉人徒, 仰屋浩歎. 冀公憐蹇足之步, 示
爲學升進之方, 幸甚.

稟.　　　　　　　　　　　　　　　　　　　　　　　　　濟菴

先聖方冊昭揭宇內, 神而明之, 存乎其人. 季世以來, 流俗之弊, 甚
於異端, 滔滔皆是膠漆盆耳. 元會之運, 日昃久矣, 許多生民, 雖是三
代之舊, 而都不過罔之生而幸而免, 高明之士亦多不免於仙佛之歸,
吾儒之脈不絶如縷. 近世又有陸 王之學, 分門割戶, 悍然爲朱門之對
壘, 此莫非聖遠言堙, 百怪叢生之致也. 貴國專以武力爲敎, 文明之
運, 姑未盡闢. 苟有一二君子昌明經術, 循蹈軌轍, 則三綱五常之理天
人性命之學, 何患乎不造其極?

而僕於五千里往返之役, 閱歷數百文士, 而詞章記誦之藝, 都不關
繫於爲人樣子. 間有以經術爲問, 而皆以濂洛關閩之正路爲老生常談,
睨而不顧, 眞所謂蚍蜉撼樹者也. 江戶 藤原明遠頗有才識, 而亦於朱
學陽尊而陰擠, 究其所就, 亦不過伊藤維禎之餘派也. 未知草野山林
之間, 窮經而講學, 不悖程 朱之旨者, 有幾人哉.

復.　　　　　　　　　　　　　　　　　　　　　　　　　括囊

所喻曲折詳盡. 三復爽然警於昏惰者, 爲厚矣. 夫性命之賦與於人
者, 極天罔墜, 而聖賢所敎成己成物之道, 亘古亘今, 攧撲不破. 但世

之有治亂興廢, 實係于天運盛衰之機. 然至於上成出震向離之德, 下有補天浴日之功, 則雖季世, 奚患不可復于三代之治? 亦唯在待其人而已. 孔孟周流天下, 爲此故也.

吾邦天武帝時, 建學校於諸州, 使子弟學之. 文武帝行釋奠之禮, 置勸學院悲田院施藥院學館院, 行常平義倉, 其政事多皆因漢唐之法今也. 風降俗衰, 不如古昔, 然天朝律令, 以問學爲第一義. 京師有敎業坊, 東武有昌平山, 諸儒亦各建學堂以相講授. 且吾邦固尙武力, 卽非武以征亂賊攘夷狄, 不能永護王室以保百姓. 不然則至夫北虜侵中原, 無之能禦, 此所謂有文事者, 必有武備也.

僕嘗竊恨, 世運不復于古治敎, 故今世大淸海內爲胡俗. 鄒魯無純儒, 寥寥乎未聞有其人也. 天命無常, 聖道東遷, 朝鮮有退溪先生, 日本有闇齋先生. 文敎煥乎開於天東, 而孔孟程朱之道粲然明乎兩邦之間, 可謂爲大東周矣.

而吾闇齋先生生于元明駁雜湮[242]晦之後, 求於遺書, 以發明伊洛關閩之正脈. 其門多有成材德者矣. 今也同門處士, 唱道學而爲師表者, 京師有久米訂齋石王塞軒井澤灌園者, 尾州有布施氏者. 自餘有索居於列國, 或仕焉或隱焉. 其他諸老先生爲各國之矜式者, 亦多矣.

僕先師深憂流俗之陷溺詞章, 使學者專用心於內, 不爲售名衒功, 故吾黨學者急先務, 不遑及詞藻之技. 凡東西都, 不接見諸公, 而唱和者, 多有俊才而通達詩文也. 然異學偏曲之徒亦雜出其間, 爲諸公見鄙. 渠徒翫弄文字於聖賢大學之道, 則懵然如癡人說夢耳.

偶有一二隱君子求識荊者, 然以賓館法憲甚嚴, 不能任意而出入, 嫌於侵分越位, 非素行之道. 又固不欲與少壯之徒, 競先奔走于道路

---

242 湮 : 본문은 "陻"이나 문맥에 따라 "湮"으로 수정하였다.

也, 故就館通刺者, 鮮矣.

頃聞, 足下觀波上所游者, 大半魚兒而怪淵中無巨鮮, 因與<u>上月</u> <u>鶴州</u>相議, 不省同僚所呵責. 屢侍下風, 談及學術, 一欲沐敎澤有新得之益, 一欲告吾邦聖學之明備, 堀然高出於<u>元</u> <u>明</u>諸儒之上. 此僕非驅然掩國之無人而著其善也. 與夫詩人就館相唱和者, 同行而異情耳. 同行也, 故有罪我者, 異情也, 故有知我者. 僕雖至愚, 非以毀譽爲憂喜者, 待佗日公論而已.

稟.　　　　　　　　　　　　　　　　　　　濟菴

<u>尋遼</u>是何如人, 而能爲詩文否. 曾見其人言語行止, 多異常人.

復.　　　　　　　　　　　　　　　　　　　括囊

<u>壹岐國</u>人也. 僕亦不知爲何如人. 頃聞大社之奉祠官也. 弊邦方言稱神主人, 皆以爲異人云.

他日聞諸<u>鶴洲</u>, <u>尋遼</u>氏吉野, 稱常陸介壹岐神祠之大宮司也. 示所自作詩, 千餘首於韓客以請和. 韓客和數十首, <u>尋遼</u>憾其和不全備. 浮海而西追韓船數十里, 遂不及而還于<u>浪華</u>.

餽性論明備錄一卷, 拘幽操一卷, 同附錄一卷, 孝經外傳一卷, 濃洲紙若干於三子, 以表贐儀. <u>矩軒</u> <u>濟菴</u>各容納, 倉忙無暇, 卒缺然無報.

右筆談午刻至申刻, 其他坐客十有餘人, 皆有唱和. <u>濟菴</u>起席入, 終不復見也. 明將開江辨嚴騷然. <u>蘭菴</u> <u>栟溪</u>交來, 使退席, 因向<u>矩軒</u>告別. <u>矩軒</u>攬筆, 書示如左.

上括囊足下. 矩軒

逢場草草, 未悉所懷之萬一. 行色蒼茫, 甚可恨. 一別更無相逢日, 此後音問, 亦無可憑, 臨分徒有黯然而已. 唯望爲世道保重.

矩軒起席再拜, 括囊亦起答拜退出. 阿比留 蘭菴在坐, 矩軒操筆書示云, 括囊第一人物, 第一文學.

○疇昔之夜, 思之思之, 終宵不寐, 坐以待旦. 漫爾揮毫, 奉寄矩軒 朴先生 濟菴 李先生旅轎下.

考亭開絶學, 永世仰餘光. 吾未窺門戶, 君先升廟堂. 高風懸霽月, 皎潔暴秋陽. 今日道東處, 德草咫尺香.

思之二字, 有深旨, 莫容易看過.

時延享五年戊辰, 秋七月四日, 日本處士括囊 留守友信拜具.

此日侵晨將啓行, 託梻溪贈之.

○奉呈括囊詞伯案下.

別意悵然去矣, 辱忽承瓊韻. 寄意鄭重, 詞致藹然, 何足下之款念至此? 無乃有相感於不言之際耶? 接數行筆話於文墨擾汨之中, 不能少攄胸中所欲言者. 想足下亦同此懷也.

來時, 因翠嵓 堅長老, 有所奉浼者, 果已入坐否. 僕山海驅馳不死者, 王靈, 而解纜在明, 回望浪華, 已屬千里. 此生已斷却矣, 當奈何? 寄韻當有瓜報, 病汨罔暇, 竟至闕. 然流水高山, 何待撫絃而後相感也? 唯乞以道自衛, 以屬世道之責. 忙發不敢長語, 都在頻亮. 不具.

小華 朴敬行 頓首.

蘭菴 栂溪隨韓使, 歸于對州. 時栂溪八月五日手書, 至于浪華, 套裡附此手簡曰, 矩軒手親託余曰, 勿使此書浮沈.

○ 友信按吾邦人有假名實名, 而與異邦所謂名字者, 較相似而義不同焉. 余假名退藏而實名友信也. 然通刺, 書名友信字退藏者, 恐韓客之難曉, 姑曲從於先輩通刺之舊例耳. 余所著稱呼, 辨附錄論之詳矣, 因不贅于此.

附錄

○ 與海皐 李書記書.　　　　　　　　　　　　　括囊

日本國大坂 留守友信, 奉書朝鮮國海皐 李書記足下. 嘗聞武禁暴戢兵保大定功安民和衆豐財者也. 故爲國之道, 武備不可廢, 必於農隙講肄, 所以有文事者, 必有武備也. 易曰, 師, 貞, 丈人, 吉无咎. 然後世之兵在於利己殺人逞忿快欲, 噫弊也久矣. 昔時程子看詳武學, 減去三略六韜尉繚子, 而添入孝經論孟左氏傳言兵事者, 良有以矣. 我邦古先神王制神軍之法, 有百戰百勝之妙焉.

天朝金櫃石室之書, 而不許闖出, 獨當其器任其職者, 治其道耳, 故姑措之. 按漢土兵道之要在八陣. 八陣之制, 始於風后, 壘於武侯, 今所傳握機文魚腹石磧, 是也. 蓋上古有八陣圖而今亡矣. 諸葛武侯出而有以得其妙義, 於是乎制石磧圖以傳於來裔. 其書握機經, 而其圖則石磧也, 故經與圖互相發明矣. 後人誤以爲魚腹圖異於握機經, 故往往想像臆度以作陣圖者, 甚多矣. 觀者泛然不知其所適從, 唯宋 蔡季通卓然默契於握機經石磧之爲一, 而著八陣圖說, 故於卷首, 開示其旨, 其功爲最大矣.

竊謂天衡之於八陣也, 猶陽儀之於八卦黃鍾之於十二律. 此所謂天先成而地後定, 天地位而後萬物生, 自然之理也. 又有虛壘焉有實壘焉, 圖亦有縱橫之異, 其義夐然不同, 何得混爲一? 蓋虛壘猶伏羲先天之圖也, 實壘猶文王後天之圖也. 就虛壘以識陣形渾成出於天地自然之妙, 初不假人爲也. 就實壘以識陣形實用乘於四時變化之機, 終不陷覆敗也.

正軍方列, 象陰靜也, 遊軍圓後, 象陽動也. 靜者, 所以爲動, 動者, 所以爲靜也, 正遊二軍, 天地合德之象也. 就正軍言, 則動靜同時者, 有焉奇正之謂也, 動靜不同時者, 有焉戰不戰之謂也. 其不戰也, 渾然天地方圓之全體萬象森然備於中, 所謂虛壘也. 臨戰也, 乘時應變爲八變陣, 其用不窮也, 而其本體者依然存乎中, 所謂實壘也. 圖說曰, 八陣之妙在乎四奇, 四奇之發在乎二變. 二變者, 一之用也. 然則一也者, 八陣之根本樞紐也. 而未詳其所指何義. 雖有臆見, 不敢質言於君子之側.

昨肇接懿範, 酬以嘉章受賜多矣. 熟觀乎德容威儀, 綽綽然有餘裕, 愈自恥管窺之狹[243]見. 是聞雷霆而覺布鼓之陋, 見巨鯨而知寸介之細. 乃揣分自安縮首不出, 猶鼎鼈者, 固其所也. 亦一心以爲, 探明珠, 不於合浦之淵, 不得驪龍之夜光也, 探美玉, 不於荊山之岫, 不得連城之尺璧也. 質疑問道, 不得其人, 則終身竟無所成, 遂敢呈鄙問以瀆淸聽. 蒙指敎得開茅塞, 豈不感刻哉? 冀俯垂霽照.

右一道, 戊辰四月二十四日, 欲寄海皇以問蘭菴, 蘭菴云, 此文字似

---

243 狹 : 원문은 "俠"이나 문맥상 "狹"으로 수정하였다.

有較涉忌諱者, 因別裁書, 論易道贈之.

　和韓文會　下終.

寬延元年, 戊辰冬十一月, 穀旦.

大坂, 安土町, 心齋橋.

好文堂, 植田伊兵衛　梓行.

韓館贈答
和韓文會

括囊先生著

不許翻刻 千里必究

倭韓文會

浪華書肆

好文堂
稱觥堂 梓行

1

韓文會序

蘇

韓文會者○吾挹囊先生與韓
客所筆語唱酬之書也○蓋葩藻
之文○實學之要無不兼備○使容
知吾　邦明洙泗濂洛關閩之
正學於是乎學士嘆以爲第一
人物第一文學○照客館冗劇○不

能盡所懷臨別有悵然之歎盖
通一則雖四海万邦各異風俗
而其心之所妹契如合符節○臻
于馬嶌眷戀不已愛寄書浪華
亦足以觀其意也曩者　安敬啓
筒索舘中所筆者○次叙錯亂筆
畫潦艸○令人讀不能曉相其評

閱參訂以爲一書乃謂同志曰
先有萍水諸集今也非敢欲以
此書追而與之比懸鏤版行于
世庶有益乎若不早圖事迹無
傳其及圖之平圖之此爲時其
以請先生先生弗許曰此所謂
大市賣平天冠也因卷懷不更

5

舉矣項書肆植田氏來請不已

乃議彊先生〇敢不自揣述編次

之大略以弁篇端云爾

寛延戊辰陽月下澣

門人　岡田安敬　叙

戊辰朝鮮來聘使姓名

正使　通政大夫曹參議知制教姓洪名啓禧字
純甫號澹南陽人年四十有六

副使　通訓大夫行弘文館典翰知制教兼經筵侍
讀官春秋館編修官姓南名泰耆字洽叟號
竹裡宜寧人年五十

従事官　通訓大夫弘文館校理知制教兼經筵侍讀
官春秋館記注官姓曹名命采字疇卿號蘭
谷昌寧人年四十有九

　　右三使

矩軒製述官姓朴名敬行字仁則年三十有九

濟庵正使書記姓李名鳳煥字聖章年三十有九

醉雪　姓柳名逅字子相年五十有九
　　副使書記

海臯　姓李名命啓字子文年三十有四
　　從事書記

　　　右韓人

拊溪　姓平氏大浦名國寶字伯觀

蘭庵　姓紀氏阿比留名國瑞字伯鱗

　　　右對州記室

韓使陪從人數官名詳見和韓唱和録

10

和韓文會上

伹州　岡田安敬　編、

聽周武王克商箕子率殷人五千避入朝鮮武
王因封之都平壤教民禮義田蠶織作設八條之
敎行井田之制然中葉衰弛至于麗氏之末程朱
之書始至而道學可明近世有退溪晦齋之徒出
而唱起正學余讀其書識其人素切遙仰今玆朴
學士李柳三書記之徒從三聘使承命來賀我
柳營之榮祚通經浪華余因蘭菴紀氏之紹介屢得

11

相見其屬文作詩也筆翰如飛初若不措意見者
皆服其敏捷議論確實能蹈伊洛關閩之正轍加
旗官階一遵明制體貌不變於胡是足以觀箕邦
文教之美其項一二生徒纂輯為二卷題曰和韓
文會聊記所感以遺于家云戊辰之秋波遠釣徒
括囊識

延享五年戊辰夏四月二十三日會朝鮮國矩軒扑

学士麻菴李昏記海皐李昏記於浪華西本願寺客

館醉雪柳昏記有

韶事故不會一堂

通刺

　　　　　　　　括嚢

僕氏留守名友信字退藏躭希斎又躭括嚢浪華處

士也　両國俗有隣之好諸公隨聘使来海路平安

文施到圦敢不敬賀今日請館事有間得謁見諸公

圦千載一過生非榮幸也

韓客亦各各示云

僕姓朴名敬行字仁則號矩軒孤舟萬里得此諸君

子枉顧兼以瓊既可慰客愁何幸如之

隨槎萬里班荊一席共是三十年後罕有之緣山川

炳靈翰墨播香使天涯地角之人團圞唱酬良幸良

幸僕姓李名鳳煥字聖章號濟菴

自兩境俗好冠盖不絶每憑芥人萃水集星槎香鄉書

文字翹想　貴邦文華今萬里海路抵舘無事得奉

諸君子芝宇廣酬病頭實為深幸僕姓李名命敬字

子文号海皋

敬簡呈矩軒朴公文案　　　　括囊

文鷁愛斬東海之浪錦帆暫稅城之館跂涉山海
蒙犯風露賢勞羈難更僕何螯幸得舟楫之利涉車
馬之載馳勳定休暢愷悌吾子神之耶扶實惟
兩境之慶也曩者聞星軺東指引領望之若葵藿之
頌葉大陽天賜奇緣始柁懿範仰向英風不堪欣悚
之至狼裁一律以攄鄙懷

天外奎星映旆旌長風万里赴江城文投海水鯤鱟
避詩賦衡山道路清幾日吳鉤鳴匣久今年漢使來

15

搖輕乾坤坎會眞難得。最喜一朝華蓋碩。

奉次　希奇惠韵

経歲天南駐画鹢。繁華最說浪華城。魚蝦舟揖村烟
満錦繡樓臺海氣清謠俗一天隨地別行裝万里駅
風輕新詩不道山河異、觸處逢塲意氣傾

　　　　　　　　矩軒

叩投木瓜謬賜瓊琚辈固出望外也才羡天搜揮
鞘如飛當一鳴驚人豈画々池中物哉珍重之如
持琅玗瑞玄圖領鉤天奏也坎知　貴邦至治之
久熙々皞々之風習自著見於容貌言辞之間也

16

敬羨敬服再依原韻呈矩軒学士文案　括囊

曉騎迎來留翠旌壽雲搖曳撼陽城田頭群鷁搏空

過僑劍雙龍照海清独步奇文仙骨見高風玄度德

毛輕相逢聲解世塵也莫問況吟日影頃

又次希斎再疊韻

矩軒

蓬海風烟繞彩旌囊昏懇歉攜津城數殺白日簾帷

爛蜃市晴天世界清客掉層波雙眼快王靈万里一

身輕新詩迭唱成高會満座春醪盡意傾

天假良緣兹諧鳳覩豁若披霧殊愜鄙懷謹賦蕪

詞「一律」以奉呈海皐李詞崇吟攔　括囊

星樓通異域　暒世蕙風凉湖海金蘭會乾坤白日長

登樓清影满久坐文革香忽起龍門與交歡何歲忘

奉酬希斋瓊韵　　海皐

離丹春雪满宾皤夏風凉張翼天文迁蓬瀛地勢長

留詩當晋縞同席把荀香逢處多爲別依夊不可忘

久懷慕蘭忽得盡簪清風入懷昌任欣躍忝觀下

調一篇以奉呈弉菴李詞崇文几　括囊

善隣街令至諸子自翢么攤節辞關内乘艖向日邊

奎文臨軾海劍氣聳青天莫戲勞王事威朝曾舉賢

奉酬希齋惠韵　　　　　浩菴

銀浦帆檣穩霞城鸞鶴翩相逢瑤嶋客一笑楚樓邊

錦席雲垂地琪花日度天文章冗末投須識士希賢

猥奏巳曲辱蒙高和莊讀教間琳琅驚目宮商滿

耳真可頡頏古人重綴一絕奉呈浩菴海皐二昏

記詞案

大阪城西大海流清風吹送木蘭舟誰知物外真遊

興總入錦囊消旅愁

　　　　　　　栝囊

和韓文會 卷一

奉和括囊惠韵

銀河夜轉万星流画角漱風隱彩舟身至十洲鸞鶴

裡武陵進客尚鄉愁。　　濟菴

奉和括囊韵

河水洋々日北流雞林遠客妖停舟金賤彩筆當樓

夕。茶酒相酬不記愁。　　海阜

再攀流韵奉呈謝済菴海阜二昏記衆下

遠遊万里梅風流革府暫留青翰舟自是石橋觀日　　括囊

地撏崒莫惹異鄉愁

・奉要四賢俯和

浮海悲歌渡九瀛孤琴異域問同皦綾羅惟幕連空

晻金粉樓臺滿地明町市人烟喧不定河橋雲樹綠

　　　　　　　　海皐

初平西歸各依々夢泙水畔中儻記名

次奉海皐惠韻

烔波四月向東瀛到處山川振鐸敲百世範疇箕聖

　　　　　　括囊

澤三韓冠晃葷風明御盂河湖幽情滿乾賦梁園意

氣平正識仙卽堪世出長虹万丈懸雄名

奉要四賢俯和

樓影漾水定河光霽歇開頻成傾盡□　却□　泛搖廻

　　　　　　　　　　　　海皋

白璧彤雲合青林彩鳥來憑君更相問何處望鄉臺

次奉海皋惠韵

　　　　　　　　　　　拓囊

雄風吟裡起霽月席邊來請著三山路築成金玉臺

天涯異水會懷抱因君開擁篲氛簇登摟黃鶴廻

席上支奉呈矩軒濟菴海皋三賢詞案　拓囊

碧海三十里錦囊五百篇篇々無俗事可汲入神仙

　　　　　　　　　　　　矩軒

奉酬拓囊韵

22

華筵詩代話滿眼散瑤篇爛熳銀臺裡相逢識字仙

奉和括囊惠韻　　　済菴

醫曰樓臺影盈箱月露編蓬萊身万里莘水遇詩仙

奉和括囊惠韻　　　海皐

未論風氣別今古古詩篇山海幾洋韻孤桐問水仙

奉呈席上諸君子求和　矩軒

金舟粉閣夾何邊鶴氅烏巾又一年層海瀰沱通世界

新詩窈窕吾山川樓臺各占浮未土草木俱逐遍

覆天古寺清尊逢一笑風流堪向画中傳

23

奉和矩軒惠韻
括囊

東望冨峯是日邊　毋中春畫不知年　吟頭雲錦堂三千
古筆下波瀾障百川　學通洞源閼水土　風陳籩豆奏
釣天因君今作遠遊　賦燁々名撒到處傳

筆語
栗　　　括囊

僕聞之詞藻者学問餘事文章一塵咁非本領工夫
惟扵身心上用力最要身心之功有餘力則游為息
爲可也扵是未曾習声病之技時暢雅懷吃披堙欝

任於中心之所感無復拘巧拙使字造句出乎凡酉
實有韵鄙語也哉故今日不欲屢鳴涕敲於雷門以
使群公發洗耳之歡顧雅遊清興不在必多取諸吐
露心情以足換苦耳即信筆揮出或無知所止為假
令鏗金戛玉亦唯一場閒言語非君子之所貴也僕
嘗慕周孔之道二隨程朱之訓然固陋寡聞淺謏多
惠頼沐教澤開我茅塞因呈疑問
仕宦之臣許魯齋為之冠冕而薛敬軒極褒之丘壑
山極嶔巇吾使學者抱騎牆不決之疑是實係邊塵出

處之大義固非泛然史評也伏請明断

右向二朴學士一曰觀手推以示海皐而
和語卒無二答

禀

括囊

諸公襟懷堂徹如虱榴月牖韻致清曠似雪山氷
其登科茅實擬蟬之手也昔日科塲因何等題目首

錄賢書

後

淯菴

矩軒登癸丑進士壬戌庭試
淯菴登癸丑進士

26

海皋登辛酉進士

今按狀答徒言其歲不言下科場及何等品題被試
爽答非爽問也

稟

貴邦思齋金氏所作警民編近傳于我　邦僕得一
觀足以振起愚民蓋金氏名字鄉里及學術淵源可
得聞與請見爽求

　　　　　　　　　　　括囊

復

金思齋名正國爲學術之純正文章之古雅立廟大
郡行己謹訓蔥然爲鄰邦宗師警民編特其作宰時

一施為一政令之演出者也

　　　　稟

江府有山宮維深宇仲潤者僕莫逆友也才敏志篤

以扶植斯文為念諸公留止於江府之間不知得通

剌於賓館接見於諸公召若未謁則請告僕為無容

　　　後　　　　　濟菴

山宮氏若接面於江戶則敢不拭害而致高明之意

但僕革無繁花之論為有齒牙之假耶　　括囊

令將辭席周挾二律敬布謝悰　括囊

浪華一處士。寂寞好樓居。不臥茂陵病。仍觀長者車。

惠詩同白雪。授訓比丹書。歸去壁間揭。煥然照敝廬。

敬奉呈醉雪梛詞宗梧右　　　　　　　　　括囊

使星遙度攝江隈。影入波間攬藻來。彩鳳映雲天色

動玄蠪衝浪海光開。揮毫徐就遠游賦。擁節常欽專

對才千古清風交會地。歡心終日坐樓臺。

○與製述官朴學士書　　　　　　　括囊

日本國大坂留守友信奉書，朝鮮國矩軒朴公案

下昨始接光霽既知筆海翻瀾學山聳秀足以爲挺

世之嚚佁喜吐不同為可恨耳顧僕之不似獨以懶

散過甚周還群公之間誠可愧也然各天絕域唯是

風馬牛之不相及而一朝邂近於咫尺之間吐露心

膽者稍然故人情誼也天假良遇如此而不為之盡

言恐不免失人之譏焉故敢陳鄙言僕弱少時讀金

臺子琨吃盡苦方為人上人之語勃然奮勵以

為聖可學也於是朝夕於師門磐礲之務然塞足

步距躄躅萬萬自疑終身役役而不見其成功因

古今異時聖愚殊質學不可能也持此說既久之一

且恍然悔悟竊謂宇宙之間道一而已矣雖倭漢壤
絕而風殊以乾父坤毋之稱觀之則豈唯四海兄弟
也哉宇內人類皆同胞也而其所具之性無彼此之
別則道之爲一可知也故一心之妙通乎天地互乎
萬古至其當道不多讓他僕之心於是乎有恃焉軶
近文學振起人誦戶讀盛則盛矣然後愛其文辭之
工而不察其義理之悖各自是其所是甚者拾明儒
誇高詖辭之餘唾矜誇衒沽飾其虛妄以眩惑後生
直謂上學三代之文閟洛不論也舉世傾動若夜蟲

廟山崎先生爲儒宗識者彌稱日本朱子其學問之
純粹造詣之卓越可謂繼往聖開來學矣其所著述
編輯之書數十百卷梓行于世使學子治經專熟者
於正文朱註之意而不注目於元明諸儒之末疏嘗
言釋詁訓解彌多正文大註彌闊實甚於洪水猛獸
之災者也著中和集說以發明未發已發之微旨撰
仁說問答及玉山講義附錄以推演仁愛之親切成
性論明備錄以開示氣質本然之性又於周易則有

之就火然唱道學於其間者亦世不乏之人而獨推闡

朱易衍義於洪範則有全書乎素指導以居敬窮理
之切詳出處而尚行實貴王道而賤霸業行四時之
爲居三年之衆以獎誘其徒於是一變從古善道者
髙衆皆先生倡之於小學則不取陳克菴句讀其意
謂不翅删本註而乱成書曰其詮擇亦失朱子編輯
之旨矣然弊邦與尖于原本因就　貴邦所印小學
集成中抄出正文及本註以上择別著小學家養集
以培其根也於近思錄則以葉氏集解爲惑本旨未
鮮乃復朱子之舊以與學者又嘗謂朱先生之後知

道者明薛文清胡敬齋貴國李退溪是也故吾黨
學者呼稱三録者讀書録居業録自省録是也獨胡
敬齋不通易學爲可惜也山崎先生易賛之後升堂
覩奥端稱高第在京師則細齋淺見先生尚齋三宅
先生與江戸伊藤直方先生三人是也三宅先生乃
僕所師事也僕嘗窃謂世儒敎人不問齡之長幼學
之淺深湊合於一堂中日講授以四書六經而反覆
輪環終而復始然經傳中有小學焉有大學焉如此
則如告懿子以一貫之道告顏淵以無違之孝乃背

馳於聖學之次序所以學者往往顓等凌節也蓋就
經書中隨學者造詣之淺深而說喻之則庶幾其不
差矣不可必隨篇卷之序逐一說喻也又按有盛世
之學焉有衰世之學焉至學校之政不修而異端雜
出於其間則當知其教學之指趣異於古而後得師
逢之正也地請試論之近世有偏曲之儒焉其所為所
教者皆同宗六經師周孔而所道者異也而混乎邪
正焉二者易難而似正而非者難曉也何賊天下之
是非無所定世各是其所是非其所非此是其是非

口舞文會　　卷上

其非則同而其所是者非真是其所非者非真也

是以分離乖隔不知孰是孰非也真知其為真是非

而後知世儒之所謂是非之不是非也故先賢推明

乎太原為瀰洩乎天機為中庸太極圖說沖漠無朕

說之類皆衰世之書也盖欲使人由大原而尋繹統

緒以諮得斯道之準的也此雖異於三代教人之法

然其實同一揆也耳顧以初學之淺識欲驟窺其志

知之何其可及也因近思録首篇載道体之意蓋欲

辛先賢之微意則於為學之法亦將有見解矣此

學之所以古今隨時而有異同也一則論行遠必自

通一則論求流必自源二者如矛楯觀齡而不相悖

也僕平素用心於聖學如此足下以為如何俾僕得

仰觀　大邦君子之德客文物之風彩則雖固塞聞

淺識不能有得而此之文人詩客徒贄日於筆墨之

間者將大有徑庭敢述區區所見以為高聽幸不恠

叩藟教我不備

延享五年戊辰孟夏廿四日

　副啓

昨所問詩魯齋一事以坐客唱酬不暇見答而不敢

請耳願不吝傾誨我

　　與濟菴李書記書

日本國大坂留守友信奉書　朝鮮國濟菴李書記

　　　　　　　　　　拓囊

足下昨肇挹清儀多日積懷唈然氷釋不甚懽懌諒

惟足下胸羅万象筆燦著華化雨弘施文風丕振每

観高詩頎心敬服特修數字託阿比留氏轉達聊以

寫鄙意耳僕間之也學之要在知道故聖門之教以

窮理爲先以無師友爲孤陋之學平素就有道而講

明其所疑乃可以浹洽而通貫矣若不能窮理者足
於已知已達而不窮其未知未達此其所以於理未
精也僕生蓬蒿之下歆礩礫之間弱羽纖鱗無所依
附今幸遇於君子之至欲以素絲之質而就朱藍之
深謹按昔神禹治洪水錫洛昌法而陳之相傳至殷
太師殷太師授其王其他莫得傳授所以聖賢相傳
之際敬畏貴重待得其人者彰然不可掩也然後世
湮晦其數不傳故或不知洪範因洛昌而出或知禹
其因洛書而作不知其皆出於天而不涉於人為也

妄易置圖合以謬認易範之本原託言出於陳圖南

之類朱夊公既訂其誤闢其幽闡九峯蔡氏受父師之

託沈潛反覆數十年遂成洪範皇極內篇真西山稱

與三聖之易同功厥後無能講明其數者而至顧氏

不知範數之妙妄忖議真西山之說也耳吾邪闢

齋山崎先生獨心得之遂表章皇極內篇以加校訂

定為上中下三卷而冠洛書於洪範篇以為首卷取

周易全書所載以為末卷且發揮理數與占卜之敎

旹錄于其後九六卷題曰洪範全書斯道也元明諸

儒不能窺其微唯薛敬軒得其言矣於洪範數也

運化氣數天理人事皆具焉之妙也其樞要在五之

皇極盍圖圖內數與內數相對曾爲不外數與外數

相對爲長至於夏至五之財□□對然八十丁數

無不得五兩後成爲一得五而爲五之右末四得五

而爲右下之九六得五而爲右丙之一餘數皆如此

此九峯以暑月之末未用之末宮而所以稱至德

者此此含參天兩地之數而位於中央所以圖書之

數皆係五爲中也朱文公曰中者爲至而外者爲客

正者爲君而側者爲臣山崎先生曰五中一點貫乎

縱橫縱亦三橫亦三此三才十貫所以爲中數也乾

曰五皇極則大學之主善是也故曰五之五中則中

庸之中和是也君子無所不用其極致中和天地位

焉万物育焉至矣哉大矣故至於五數尊博承皇

極之道最足以窺禹箕用心之微意其吾　邦上古

聖神驤天地之中心曰天御中主尊盍五與土倭音

同義而以中五爲帝王御極之要道也而國君則之

則士民以治爲士民則之則四職百骸以治焉此與

夫堯舜禹授受了中者如合符節其他凡理數以奉

太卜龜卜之啟雖日出處日沒處之異其妙契如此

者以有宇宙一理千聖一心之實也夫範數之浩浩

妙道精義之所寓而討論及此者極知懍諭懷懃之

甚然景慕之情不能已試舉平日耳剽者以質諸有

道耳冀　足下憐僕跛鼈之醜明延清誨嘗聞之也

退溪先生憂箕範失傳歷世范范可嘆也夫近世明

儒著述之書傳吾　邦者汗牛充棟不可勝數而無

足爲斯道之羽翼者況於易範之妙乎又聞之也

貴邦前乎退溪先生有趙靜菴金寒暄鄭一蠹李晦

齋後乎退溪先生有鄭寒岡李栗谷成牛溪尹明齋

此諸先生並倡明道學著龜於國表準於世若有語

及箕範者則亦幸無客傳焉所恃者書所致者心　願

足下延察焉懷懷不次

○與海皐李書記書

延享五年戊辰初夏廿四日

括囊

日本國大坂留守友信奉書　朝鮮國海皐李書記

足下吾黨諸生僉曰韓客簪筆曳裾乎是行者皆彬

彬々學君子矣當稱梁園鄰下之才也則莫不延頸
思從游之欸者也僕亦恐獨失千載之遇於一朝此
豈翹首西望久之昨幸遂披雲謬荷盛眷僕也白屋
魤生增榮改價感謝不已竊謂足下寬厚包含之
量雖空空鄙夫之言猶必察焉豈乎人之樂告以善
也因叨侍筵瑣瑣冒于淸聽蓋四聖之易其所至各
不同而學者往往不辨于此乱雜文難傳羲使四聖
之易混而不明焉朱子之後古易遂亡而據余易者
偏於天台董氏而成於大全者實朱子之罪人也辭

和韓○○　○○

敬軒曰朱子本義依古易次序自爲一書不與程傳
雜最可見象白卜筮教人之本意後儒摘以附程傳
之次失朱子之意其冀卓其他格論散見錄中
貴邦退溪李子答鄭子中書康節之術二程不貴
云云之說亦得其旨臭如蔡虛齋已知古易之不可
不復而其作蒙引則依今易者殊不可曉也胡敬齋
以理學爲倡而以朱子言易爲卜筮而作爲非也即
胡氏之賢尚有此惑況其下此者乎按古易上下經
與十翼凡十二篇也今易漢費直俑之鄭玄王弼雜

46

之作註解呂祖謙復古易而朱子據之作本義其後

天台董氏復今易而大全據之於是乎易道晦塞矣

吾邦闇齋山崎先生復古易一用本義而不混程

傳更著朱易衍義三卷其上卷明古易今易之別中

卷發明啓蒙之旨下卷泛說易道之要領學者先讀

此書而後及啓蒙本義則庶幾有得朱易之旨矣敢問

貴邦亦因朱子之定本而用古易否嘗聞之也

貴邦道學大闡礼義盛行正德中東郭李氏隨聘使

來時答人書曰惟我諸老先生一以程朱兩夫子爲

繩墨非其道不措也非其書不讀也王陸兩儒之學

既與程朱異趨則學程朱者其可尊尚之耶我國尊

聖學斥異端甚嚴且截豈可容曲學拘儒倡鼓邪說

於其間爲吾道之蟊賊而莫之禁乎僕嘗信其爲人

也而知足下之學亦循舊轍而出于醇正懍意有所

思而不言何以見愚陋之區區質疑于君子因叨叙

數語伏請是正亦惟少垂諒不宜

延享五年戊辰桐月廿四日

和韓文會上終

和韓文會下

奉呈　矩軒朴公濟庵李公海皐李公寮下

作州　岡田安敬　編

栢嚢

律入林鐘溽蒸迫人當是之時跋涉之勞不為易兵

武攝之路不為近兵　府朝既行盛禮再抵浪華勤

止安佳敢不恭喜禮當往賀會有微恙不果伏諳

恕亮嚮及　諸公未東敬修尺素託栖溪大浦氏奉

呈各位然到于今不賜回示盍　官事鞅掌且操觚

和韓文會　卷下

士曰集於館下而倦于酬應之不給耶柳以狂瞽之
甚不足掛齒牙棄擲不復顧焉耶僕窃観諸公之
接人則雖詞藻薄技百爾筆談微文瑣義固不足採
而悉皆答響如三軍之渇者群飲於河谷充其量也
今焉僕所敢問關太體係實學者慈然若不屑聞僕
窃惑焉前日親挹　清範所謂秩秩德音温其如玉
僕雖至愚極陋無知人之明而察　諸公之為人其
包含寬容之量與夫訑訑以自尊大者實天淵夐別
其僕嘗聞之才也養不才貴賢而教不能與人為善

50

即

諸公既其人兵而有来問者無一言以是非之
則勉強之志或幾乎息其實非誘掖激厲之道也伏
願仁人成物之道不舍狂瞽之言辱賜毒誨則幸甚
宜詞靡異故不別幅　三公原宥之希

延享戊辰六月廿九日留守友信頓首

○七月三日再會詎軒濖庵於西本願寺副使記室
從事記室邁有微恙不来列會

○奉送　朴學士矩軒軒先生還朝鮮詩幷序

在昔子高及還魯鄹文李節臨別流漣交頤子高

徒扤手而已乃謂其徒曰始焉謂此ヤ子丈夫爾

今而知其婦人也人生則有四方之志豈麀豕也

哉僕嘗窃謂此或ハ一道也非常道也夫絶人倫廢

物情頑如木石而後可乎盖終身同境域而不交

一語者有哭而下且幸得覬　大邦君子唱和歡

狎宛如舊識其情義及過於終身同郷社者遠

豈可愁然不感自詒密雲旱雷之譏也哉因奉呈

巴曲二章以代贐儀

　其一　　　　　　　　　　　　　　括囊

大江秋勁古皇州。萬樹鳴蟬送客舟。金浦白雲吹不
慶空多明月照離愁。

　　其二

處。雲外月懸東海涯

○奉和　括囊詞伯惠贈韻　　矩軒
閒説歸裝巳斷維。勸盃江畔更堪思。欲知別後情深

詩緣不斷攝津州。候忽滄溟万里舟。三得瓊琚無一
報海山鞍馬痛魚懸

○奉送　瀞庵李公書記海皐李公書記還朝

53

鮮詩幷序　　括囊

汎鷁曾幾時春經漸歌夏綠初齊今也將理歸櫂

奄催秋色何駒隙之忽忽哉即以常情推之憶歸

期數歸期不啻一且夕其然大丈夫弧矢之心飄

然蟬脫塵俗破萬里之浪稅千仞之岡一累不存

胸襟洒落浩然之氣益盛其慶兩公有得乎此

者也矧感興之深詞藻之美山嶽之歛巇岩嶙江

海之瀾汗渚濔悉爲詩料收諸錦囊者益其緒餘

耳傳曰君子送人以言僕也愚陋無言可送敢述

觀鳳之意猥賦二絕聊代蚊言

其一

祖筵曲罷畫橋東。回顧詞場万客空。別後此情君莫
忘釜山浦上有飛鴻

其二

橋西惜別且街杯。無柰錦帆千里回。偶有雞林諸子
問為言觀罗黄金臺

濟菴看此詩託道滕翁須史他人詩紛聚為堆帳
取兩和答不遑顧及此軺故關之耳

筆話

　上 揭曩足下

向自浪城發向東武時承見 足下長書私心欽仰　矩軒

竊欲得一暇作答以攄區區鄙懷而長路憊頓泊無

開心處尚爾闕然何當以忘再昨又承見 委書責

以前書之不答心竊愧赧必欲於未發前一并修謝

而連日迎接諸君子又復遷就矣即又賜委枉加以

別語之旣是何洪量不以芥滯藏容至此耶且感且

愧無以自容初書所敎之意行遠必自通求病必自

源十字擺是儒門正正門路僕何敢更容一言唯願

由是而更進竿頭一步則可以下躡聖域是區區之

望也僕有所懷若非足下僕不當以是語聞也僕

見　日東學者專以排斥程朱爲第一能事焉自□

□仁齋以下皆然耳今則已成膏肓之症僕雖有順

眩爲得以用之僕見。足下書與詩已熟矣唯足

下可以付之回瀾之責故爲此瞽瞽之說幸望留意

烏孔孟後千五百年世界長夜而景東有瀍洛一低

後明已絶之學至今撑柱乾坤人而不知此道則無

以立於世兵其忍開口訴罵不知其自歸於西江拍
頭之流波耶臨別不任耿耿爲此縷縷　足下豈有
此樂耶盖欲曉諭諸迷務尋正脉也四坐紛怨之際
昏不達意唯在諒恕

後

忽辱　向喻副以　瓊篇其提撃聖學入域之要領
啓發愚魯之憤悱者深切痛快寶入骨髓兵近世此
方有伊藤仁齋昔其所著論孟古義太學定本中庸
發揮等書行于世其說浸充溢兵先軰細齋畿

括囊

生搆其巢窟砥其病根於是乎漸次衰廢今也百存

一二又有倡陽明之學者僕先師不得已辨詰剖折

竭力闢之其黨亦幾乎熄又近有姓物字茂卿號徂

徠者博覽高才善文章祖學古文辭以于鱗元美為

標的乃溯而治經剏新見著學則辨道辨名三書

命之曰古學然其所教不過摸放春秋戰国秦漢之

文也而以此為脩辭之道斤居敬窮理存養省察之

功夫為耶說観思孟周程張葉如蟊賊以欺世盗名

兩海內黃口覷生之小者靡然從之其徒太宰

德夫張皇其說以倡古學譏議山崎闇齋目之曰道
學先生以道學二字為緯將蹲也猶朱朝稱偽學其罪
過於徂徠也夫文者載道之器也彼不載道徒以文
字為詭戲之具猶農夫得形弓以驅烏南畝得衰衣
以負薪噫亦陋哉其於吾純儒之道何曾彷彿夢見
耶當是時也僕開口先排徂徠及太宰氏將以芟除
蓁蕪澄清海内唯恨落魄之寒士徒勞而無功耳雖
然僕終身之志無他在明正路闢邪說而已矣

再復　　　　　　　　　　　矩軒

蒙賜回教快差披霧見天不意槃桑以東有此長夜
之燭也僕之言非謂足下之萬一是病也欲以開
導狂瀾耳此事所關甚重非
聞日東有正跂之學云則僕尚再拜賀足下之
力耳在東武與中村深藏論辯甚苦而扞挌不入無
一分之效可歎也巳

　　　稟

　　　拓囊

新聞繋以仁爲敦自孟子歿以來千五百年知此仁
者鮮矣唯河南兩程子始發明之其丁寧親切之訓

可謂盡矣朱子又以未發之愛闡示仁之意旨洞發

揮古聖賢之微旨無復餘蘊蓋已發之愛彰然易知

未發之愛渾乎難見然未發之前敬以存其心則於

已發之際有可試知未發之愛之氣象者也朱子之愛

本末之生意泚泄融渾孚慈良朱子論未發之愛

者多矣未有若此語之深切著明者也盖敬則有嚴

厲之意而如與未發之愛相反者然不敬以收斂其

心則其氣象無以存也近世諸儒體認此意思者鮮

矣凡以愛說仁為要故註之曰愛之理心之德也而

元明諸儒以爲愛者用也愛之理者体也此說差其

此愛便是未發之愛也而已發之愛依然在其中此

乃體用一源之謂也此義不明則失聖賢之本旨遂

向別路走去　　高明以爲如何伏諸指教

　　復

　　　　　　　　矩軒

愛属性情敬是工夫敬者欲四情之發皆得中和也

不可以整齊嚴肅之故謂有妨於仁愛之意也若論

仁愛之体用則仁是體愛是用也而其所以愛之理

則乃是体而謂之体亦可也若專以愛謂之体則亦

未安未發屬レ体而為レ仁已發屬レ用而為レ愛未レ知高明

以為二如何一

　　　再復

辱承高喩愚非レ疑二敬之與一レ愛相近庚也謂二不敬則

　　　　　括嚢

不レ可レ存未發之愛耳盖仁字對二已發之愛一泊惻隱字

則仁固體也然以二天命之性一貫二体用動静一論レ之則仁

亦兼二体用一然愛亦有二動静体用一也未發之愛者体也

就レ心静時而言已發之愛者用也就レ心動時而言未

示云所二以愛之理一則乃仁愚謂此愛字指二已發之愛一

耶然則非朱子之意朱子直以愛之理為仁此愛字
指未發之愛而言者以愛之發為仁則仁只是生於
與物相接之間而不見天之所以賦我之道理也愛
之理三字諸儒往往誤認謂愛非仁但愛之理是仁
愛之理是体愛是用此諸儒不知理字愛字故其說
如此盖人之生也固得愛底物事在謂之愛之理
足下說已發之愛之為用而不論及靜中有未發之
愛者恐未備也熟讀朱子晚年之定說則愛之動靜
体用瞭然于心目之間矣伏乞　亮察

稟

括囊

聞海皋詞伯為二豎見崇今日得少愈否　高明為

致意幸甚且有餞儀請可得達否以無介紹之縁敢

問諸　足下耳

濟菴

領之

後

稟

括囊

頃得東武山宮聖樓書致意於　諸公連日得接見

濟菴

渥荷盛眷永矢無諼且僕師三宅尚齋所著祭祀来

66

格說 公在東武經電囑否

復

濟菴

雲擾雅儀尚立眼中萬里北歸無日恋之來格說錄

入橐中耳

稟

聞雲擾諸 足下以宗夊有許諾而未成爲僕木誠

括囊

切傾倒之念是以願得 公之一言以壯此書取信

於来裔焉必賜巨作

復

濟菴

和韓文會　卷下

目今行李忽卒恐難草草了當觔上或覃思付諸蘭

卷如何

　　　再復

聞言一吐惠澤永傳于海內吾黨諸生為道珍重圖

明朝發行辨嚴忽劇若果無餘暇則必書於舟中億

日託蘭菴而轉達為幸甚萬萬敬謝

　　　　　　　　　　括囊

　　　　　　　　濟菴

　　稟

　　足下詩文誠為　日東第一非諛言也

　復

　　　　　　　括囊

僕鬼墳陋儒髑鼠技單夏虫智短謬蒙攝與祗增愧
耳如詩文古　邦諸先輩蔚然崛奧既入漢唐之閫
域方今播州有梁田蛻巖先生紀州有祗園南海先
生獨步一世而擅其美如僕詩文一卿可以百數也
僕唯有一點志氣存于方寸間而欲脫名利關中以
有補於聖門之萬一也雖然愚陋之質恐不免爲卿
人徒仰屋浩歎冀　公憐蹇足之步示爲學升進之
方幸甚

　　禀

先聖有舟昭揭宇内為神而明之存乎其人李世以來
流俗之弊甚於異端滔滔皆是膠漆盆耳元會之運
日昊久矣許多生民雖是三代之舊而都不過周之
生而幸而免高明之士亦多不免於仙佛之歸吾儒
之愀不絕如縷近世又有陸王之學分門割戶悍然
為末門之對壘此莫非聖遠言堙百怪叢生之致也
貴國專以武力為教文明之運姑未盡闢尚有一
二君子昌明經術循蹈軌轍則三綱五常之理天人

濟菴

性命之學何患乎不造其極而僕於五千里往返之

役閱歷數百文士而詞章記誦之藝都不關繫於為

人樣子間有以經術為問而皆以濂洛關閩之正統

為老生常談睨而不顧真所謂蚍蜉撼樹者也江戸

藤原明遠頗有才識而亦於朱學陽尊而陰擠究其

所就亦不過伊藤維楨之餘派也未知草野山林之

間窮經而講學不悖程朱之旨者有幾人哉

　復

　　　　　　　　括囊

所喩曲折詳盡三復奕然警於昏惰者為㝡其夫性

命之賦與於人者極天囲墜而聖賢所敎成已成物
之道亙古亙今擹撲不破但世之有治乱與發實係
于天運盛衰之機然至於上成出震向離之德下有
補天浴日之功則雖季世夏患不可復于三代之治
亦唯在待其人而已孔孟周流天下爲此故也吾
邦 天武帝時建學校於諸州使子弟學之 文武
帝行釋奠之禮置勸學院悲田院施藥院學館院行
常平義倉其政事多皆因漢唐之法今也風陣俗衰
不如古昔然 天朝集令以問學爲篇一義京師有

教業坊東武有昌平山諸儒亦谷建譚堂以相講授

且吾　邦固尚武力陋非武以征乱賊攘夷狄不能永

護　王室以保百姓不然則至夫北虜侵中原無之

能禦此所謂有文事者必有武備也僕嘗窃恨世運

不復于古治敦故今世大清海内為胡俗鄒魯無純

儒寥寥乎未聞有其人也天命無常聖道東遷　朝

鮮有退溪先生　日本有闇齋先生文教煥乎闢於

天東而孔孟程朱之道粲然明乎平　両邦之間可謂

為大東周兵而吾闇齋先生生于元明駁雜晦之

後求於遺書以發明伊洛關閩之正脉其門多有成
材德者共今也同門處士唱道學爲師表者京師
有久米訂齋石王塞軒井澤灌園者尾州有布施氏
者自餘有索居於別國或仕爲或隱爲其他諸老先
生爲各國之矜式者亦多兵僕先師深憂流俗之陷
溺詞章使學者專用心於内不爲售名衒功故吾黨
學者急先務不遑及詞藻之技几東西都下接見
諸公而唱和者多有俊才而通達詩文也然異學編
窩之徒亦雜出其間爲　　諸公見鄙渠徒戲弄文字

於聖賢大學之道則懵然如癡人說夢耳偶有一二

隱君子求識荊者然以賓舘法憲甚嚴不能任意而

出入媿於侵分越佐非素行之道又固不欲與火壯而

之徒競先奔走于道路也故就舘通剌者鮮其項聞

足下觀波上所游者大半魚兒而怪淵中無巨鮮

因與上月鶴洲相議不省同僚所呵責屢待下凮誺

及學術一欲沐敎澤有新得之益一欲告吾邗聖

學之明備崛然高出於元明諸儒之上此僕非驚然

揄國之無人而著其善也與夫詩人就舘相唱和者

同行而異情耳同行也故有罪我者異情也故有知

我者僕雖至愚非以毀譽爲憂喜者待他日公論而

已

　　稟

　　　　　　　齊菴

多異常人

尋遂是何如人而能爲詩文否曾見其人言語行止

　　復

　　　　　括囊

壹岐國人也僕亦不知爲何如人頃聞大社之奉祠

官也弊邦方言稱神主人皆以爲異人云

他日聞三諸鶴洲尋遂氏吉野稱席陸介壹岐神祠
之大宮司也示所自作詩千餘首於韓客以諸和
韓舶數十首尋遂懷其和不全備浮海而西近
韓舶數十里遂不及而還于浪華

餽性論明備録一卷拘幽操一卷同附録一卷孝經

外傳一卷濃州紙若干於三子以表贐儀矩軒濟菴

各容納倉忙無暇乎缺然無報

右筆談午剋至申剋其他坐客十有餘人皆有唱

和濟菴起席入終不復見也明將開江辨嚴駭然

蘭菴枘溪交来使退席因向矩軒告別矩軒攬筆

書示如左

上　括囊足下

矩軒

逢場草草未悉所懷之萬一行色蒼茫甚可恨一別
更無相逢日此後音問亦無可憑臨分徒有黯然而
巳唯望為世道保重

矩軒起席再拜括囊亦起答拜退出阿比留蘭蕃
在坐矩軒操筆書示云
括囊第一人物第一文學
○疇昔之夜思之終霄不寐坐以待且漫爾
揮毫奉寄　矩軒朴先生濟菴李先生旅轅下

芳亭開絕學永世仰餘光吾未窺門户君先升朝堂
高風懸霽月皎潔暴秋陽今日道東處德聲咫尺香
思之二字有深旨莫容易看過者延享五年戊辰
秋七月四日 日本處士括囊留守友信拜具
此日侵晨將啓行訖拙[illegible]贈之
○奉呈 括囊詞伯案下
別意悵然去矣辱忽承瓊韵寄意鄭重詞致鵲然何
足下之[illegible]念至此無乃有相感於不言之際耶接
數行筆話於文墨擾汨之中不能以攄胸中所欲言

者想 足下亦同此懷也来時因羣嵓堅長老有所
奉規者果已入坐否僕山海驅馳不死者 王靈而
解纜在明回望浪華已屬千里此生已斷却兵當奈
何寄韵當有凡報病泪閣暇竟至闋然流水高山何
待撫絃而後把感也唯乞以道自衛以屬世道之責
忙殺不敢長語都在二 頼亮不具

　　　　　　　　　小華 朴敬行頓首

蘭菴柟溪隨韓使歸于對州時枏溪八月五日手
書至于浪華囊裡附此手簡曰矩軒手親託余□

勿使此書浮沈。友信按吾邦人有假名實名
而與異邦所謂名字者較相似而義不同焉余假
名必藏而實名友信也然通刺書名友信字退藏
者恐韓客之難曉姑曲從於先輩通刺之舊例耳
余所著稱呼辯附錄論之詳其因不贅于此

附錄

○與海皋李書記書

　　　　　　　　　　括囊

日本國大坂留守友信奉書、朝鮮國海皋李書記
足下、嘗聞武禁暴戢兵、保大定功安民和衆豐財者
也、故爲國之道武備不可廢、必於農隙講肄、所以有
文事者必有武備也、易曰師貞丈人吉无咎然後世
之兵在於利已殺人逞忿快欲噫弊也久其昔時程
子看詳武學減去三略六韜尉繚子而添入孝經論
孟左氏傳言兵事者良有以兵我、邡古先神王制

神軍之法有百戰百勝之妙焉
天朝金櫃石室之書而不許闌出獨當其器任其職
者治其道耳故姑措之按漢土兵道之要在八陣八
陣之制始於風后壘於武侯今所傳握機文魚腹石
磧是也盖上古有八陣圖而今亡矣諸葛武候出而
有以得其妙義於是乎制石磧圖以傳於来裔其書
握機經而其圖則石磧也故經與圖互相發明兵後
人誤以為魚腹圖異於握機經故往往想像臆度以
作陣圖者甚多兵観者茫然不知其所適從唯宋蔡

李通卓然、默契於握機經石碽之為二、而著八陣圖
說、故於卷首開示其言其功為最大矣窮謂天衡之
於八陣也、猶陽儀之於八卦黃鍾之於十二律此所
謂天先成而地後定天地位而後萬物生自然之理
也又有虛壘焉有實壘焉圖亦有縱橫之異其義復
然不同何得混為一盍虛壘猶伏羲先天之圖也實
壘猶文王後天之圖也就虛壘以識陣形渾成出於
天地自然之妙初不假人為也就實壘以識陣形實
用兼於四時變化之機終不陷覆敗也正軍方列象

陰靜也遊軍圓後象陽動也靜者所以爲動動者所

以爲靜也正遊二軍天地合德之象也就正軍言則

動靜同時者有焉奇正之謂也動靜不同時者有焉

戰不戰之謂也其不戰也渾然天地方圓之全體萬

象森然備於中所謂虛墨也臨戰也隨時應變爲八

變陣其用不窮也而其本體者依然存乎中所謂實

墨也圖説曰八陳之斜在乎四奇四奇之發在乎二

變二變者一之用也然則一也者八陳之根本樞紐

也而未詳其所指何義雖有臆見不敢質言於　吾

子之側昨肇接　懿範酬以嘉章受賜多矣熟觀子
德容威儀綽綽然有餘裕愈自耻管窺之狹見是聞
雷運而覺布皷之陋見巨鯨而知寸尒之細乃以端分
自安縮首不出猶禺鼈者固其所也亦一心以爲探
明珠不於合浦之淵不得驪龍之夜光也採美玉不
於荆山之岫不得連城之尺璧也質疑問道不得其
人則終身竟無所成遂敢呈鄙問以瀆　清聽棠揩
教得開茅塞豈不感刻哉冀俯垂　霽照

右一道戊辰四月二十四日欲寄海皋以問蘭菴

蘭菴云此文字似有輆涉忌諱者因別裁書論易

道贈之

和韓文會下終

寛延元年戊辰冬十一月穀且

大坂安土町心齋橋

好文堂

植田伊兵衛梓行

全部五卷之内三冊追而出來

寬延改年戊辰九月

御書物師

日本橋通壹町目

出雲寺和泉掾繡梓

會大邦不乏棟梁材函關紫氣迎君馭合浦明珠照

夜閒交態何論胡越隔厚情好向賦中裁

奉和安藤君

李命啓

留滯頻登竹裏臺浪仙愁患入歆推逢人盡是騎龍

手顧我永非倚馬才蘭珮影隨流水遠芝眉氣與霽

雲開馮君欲作相思曲百幅鮫綃擬共裁

韓館贈答卷之二終

72

奉贈二奉事　柳君二

扶桑日ニ出テ照ス乾坤ノ時　是レ雲帆海門ヲ度ル殷末ノ衣冠餘ハ舊唐

禮ス韓庭ノ雨露新恩ヲ浴ス　柳州一代文章美ニシテ衛國千年社

獲存休道異方難シ　晤語好シ將ニ心契ヲ兩ナガラ忘言ス

　　　　　　安藤思謙

奉和安藤雅士

天末海闊ク始メテ坤無ク　河口山低ク忽チ門有リ共ニ喜ブ行裝ニ登ル二日

域次知ル利涉君恩ヲ荷フヲ　神仙ノ消息蓬壺近シ　蝌蚪文氣漆ス

管存若使心期照ラサバ　相契何ゾ妨ゲン相對シテ兩ナガラ無言

　　　　　柳迤

奉贈二進士　李君二

黃金本ヨリ自ラ燕臺ニ擬シ　定メテ識ル當時人共ニ推ス高宴ニ俠ニ逢フ冠履

　　　安藤思謙

窓文章不隔馬牛風烟中橘柚　看逾遠雲際芙蓉理

就窺蒐錦爛爭甚五色天機俱入七襄工

奉贈奉事李君二

錦纜牙檣載客船淡茫遙指海東天　山河路熟逼千
黒脣齒隣交更幾年聲春曾聞楊伯起風標兼見太子

安藤思謙

青蓮幸逢宇内同文日酬答何勞譯者傳

奉和安藤君二

滄溟開國自秦船六十州長萬里天　簡竹全經曾脫
火芙蓉層雲不知年人同王樹花生筆雨滿琳宮漏

李鳳煥

聽蓮北返驪珠携映袖高名嬴得一槎傳

韓舘贈答　卷之三　十五

70

也林祭酒門人國學生員

　復安藤秀士

丁席相遇而情既藹然　況荷赫蹄之甚感甚感僕姓
名想已記得不復贅也

　　　　　　　　　　　朴敬行

奉呈學士朴公

鷄林文士皆豪雄　料識登瀛賢路通　法服剖傳周室
美儒冠色慕魯人風　掛帆蒼海春無恙傍焉白雲途
不窮千里山川多氣象新題總入錦囊工

　　　　　　　　　　　安藤思謙

奉和安藤秀士韻

　　　　　　　　　　　朴敬行

豎壇旗鼓一邦雄滄海衣冠萬里通舟楫已經鯨鬣

坐清調、將傳白雪聲、使節遙、遍樂浪郡客星先、轉武

昌城西臺入奏、推君在、桂下長懸海外名

奉和關秀才韻

　　　　　　　　　　　　　　　　　李命啓

茲遊應不負生平、錦颿牙檣度九瀛二、自槎航無異

域始看文軌有同聲、茶烟欲盡風歸院、橘雨初收雲

滿城且喜東來詩溢篋、北歸他日記芳名

稟學士朴公及書記三君

　　　　　　　　　　　　　　　　　安藤思謙

鷁首西來令名遠傳、景仰者數月近聞一路平安既

已稅駕不圖今日以秘書之書記得接嚴然之風範

多幸多幸僕姓、安藤名思謙實子益號梅嶺讚岐人

奉贈二奉事柳君二　　　　　　關安脩

中原報道使星来海氣遥臨二碣石一開五馬預知新領
郡二丁龍長視舊登臺裁詩日月延間滿揮筆雲烟坐
上催詞翰縱横誰得似推君自是不群才

奉和關秀才　　　　　　柳迋

蕭寺聯朗詞客来禪扉為掃緑苔開旅情江寫宣城
練郷思樓登杜老臺清盼方恢開對穩落暉何事處
相催天花寂々金沙晚彩辭高見爾才

奉贈進士李君二　　　　　　關安脩

聞說浙江潮水平仙槎縹渺訪蓬瀛明珠欲照青雲

步氣摩靈岳，載誰長江山隱約神仙窟茶酒林淸翰

墨場日域元來文化發奇才況又際明良

奉贈奉事李君

玄兔城頭元自閣使芭擁節日邊分新詩春勤西陸

靈彩筆寒生北諸雲裏裡珠懸明月色匣中劍犯烈

開安脩

星文君家長說龍門事兩地才名更不群

奉和開秀才

枝桑退蹋恒爺聞朝暮樽頭日月分藍箔半天峯有

李鳳煥

雲珊瑚幾樹海生雲山川不盡靈應烱風水從來燦

有文字寺墨花霑佛雨愛君霞袂挹仙羣

門人賜學生員

復關秀才

一席相遇兩情已藹然況荷赫蹄之貺充感充感僕

姓名想已記有不復贅及也

奉呈學士朴公

關安偁

朴敬行

儒臣攬轡入東方共說風流著作弓劍佩鑾膺金殿

響衣冠影映玉堂長兼恩休息篇章聞賜罷優遊典

籍場君自談經石渠閣唯今不裁漢賢良

朴敬行

奉和關秀才韻

帆前仙嶠向四方逸藝翩翩奇俊郎志吸滄溟應獨

草堂見色

卷之二

彩大慈席切[ニ]衣情[ニ]萬縷千絲細[ニ]織成[ス]遠意[ニ]五香[ノ]花可

愛[ス]風節[ノ]月下[ニ]有[ニ]釋堂[ニ]

　右花席

貴邦[ノ]至扇有[ニ]良工[ニ]投惠可[ニ]知[ル]情意濃[ク]珍玩[ス]榻[ニ]開[テ]明月[ニ]

色奉翫[ス]柔域[ニ]是[レ]仁凡

　右扇

稟學士朴公及[ヒ]書記三君[ニ]

　　　　　　　關安脩

習聞[ク]有[ニ]修聘[ノ]之事[ニ]選[ニ]端観望[ス]父[ノ]矣今以[ニ]祭酒之音記[ニ]

叫陰盛延接[ス]諸君[ニ]芝眉[ニ]第[タ]平生[ノ]禱幸無[ニ]大馬[ノ]犧牲[ニ]關

名[ハ]安脩字[ハ]子卿[一]字[ハ]君長號[ニ]雲臺武州[ノ]人也林祭酒

十三

64

右筆

摹塵慇來萬里情　香含蘭麝色尤清　後今坦作文房

友机上唯看黑霧生

右墨

瓊池仙雨更何時　榮色飛香味甚奇　為謝慇懃施德

右栢子

惠寒儒酬謂一篇詩

寄來尾扇欲云々　深感厚情三千使君　不倦喬然霜雪

右栢子

色應同掌握勁南薰

右尾扇

太學擒中特出常秘書省裡最賢良青蓮雲樹詩無

歐伯鯉家庭義有方妙技還慚神投訣殿才寧識暨

謀官投來瓊什多新語懷憶伊人不可忘

奉謝朝鮮大官使三公見惠貴邦之名品

秘書監林信言

佳餉寄來情更親異邦精製最稱珍豪君厚惠尤難

報意我雲烟五色新

右紙

原知學海有餘情技贈纖毫巧製成揮罷豈忘高誼

在詞林欲待玉堂榮

62

韓館贈答

筆何ヲ惹シ草聖ス絶シ風塵ヲ

贈二畫貞李主簿一

林信言

見說ヲ丹青數幅清拂來絹素勢縱橫一毫濃淡應ハ

出五彩淺深揮筆生妙手微傳張顧譽良工最賞陛

吳名龍翔蠅頭何須數原鳥天機紙上明カ

寄二良醫趙幼學一

林信言

原識扁盧才不常韓廷賢俊早稱良仙槎從使路千

里神術視人垣一方全匱著書論疾痰青囊貯藥辨

膏肓面生起死君家業濟世高名豈可忘

奉次秘書監林公寄韻

趙崇壽

61

見寫字官　金同知運筆之妙　賦此爲贈

　　　　　　　　　　林信言

臨幾飛筆競風流　字入雲煙爲自由　莫道張顚原有
妙　祗今翰墨死中遊

　　　　　　　金天壽

謹和鳳谷君惠韻

筆才何較伯英流　妙法神工不自由　翰墨逢場多遣
興　華堂終日妤清遊

　　　　　　　金天壽

見寫字官　玄護軍揮筆之妙　賦此爲贈

　　　　　　　林信言

臨池落筆五雲新　翁鳳蟠龍勢有神　不是尋常伯英

羲明朝相憶倚高臺

奉和林秘書君

曾聞天末杳瀛萊偶得仙遊塊不才落日逾遲徐

國不知何處望鄉臺

李命啓

次前韻贈海皐

英名書記出蓬萊筆下生華李氏才養酒三杯

林信言

奉和林秘書君疊韻

仙岑立々辨登萊清淑扶輿此降材醉把雲霞題別

李命啓

恨異照猶記共登臺

韓館贈答

59

雲烟煇落彩華毫原自君家有鳳毛五色瑞祥傳二

聖世使臣行役莫辭勞

奉和林秘香君二
　　　　　　　　　　　　　　　　抑近

瑞夢君應五色毫元知丹穴有奇毛莢鷟前頭輕萬

星滄波皓髮欲言勞

疊前韻贈醉雪

海西書記好揮毫我輩不才恥鳳毛他日相思天外

意山川萬里夢魂勞
　　　　　　　　　　　　　　林信言

贈海皐
　　　　　　　　　　林信言

金銀宮闕舊蓬莱縹緲三韓仙子才同在綺筵詩句

奉和鳳谷君

雕龍文彩見搞辭　花在孤山茅幾枝　領畧烟霞歸錦

管清風五月容襟披

李鳳煥

疊前韻贈濟菴

忽吟佳句百千辭　錦繡應如花滿枝　自是清新書記

羹可稱異域腹心披

林信言

奉和鳳谷君疊韻

三疊陽關酒莫辭　年々海日又雲枝　萬里歸棹詩滿

舊風前月十為君披

李鳳煥

贈醉雪

林信言

57

片多簇詞人筆下裁

次前韻贈朴學士

典籍風流鳴世才英雄遠拂白雲來知君八道施文　　林信言

化如我賤詩不可裁

奉酬鳳谷君疊韻

形宅無方闢英才淸簞詼詩細雨來　丁城文章歸世　朴敬行

業江山窈窕見鳳裁

贈游蓬卷

儀禮聘文今日辭登營聊有桂花枝折來賣我月色　林信言

裡影入三千門戶披

56

句々高吟花月壇　相逢此日盛衣冠　一篇一詠無窮

思想像解亭處看

奉和林秘書君疊韻

岸流過兩集仙壇　風滿荷衣與蕙冠　餘香翰墨損牙

顏譽外雲霞滲々看

贈朴君

李命啓

学士登瀛自有才　波濤萬里送搓來　始知韓國世家

林信言

種到處千山賦裡裁

奉和鳳谷君

朴敬行

山海玲瓏映妙才　蟠桃消息有詩來　扶桑一面彩雲

奉和鳳谷君疊韻　　　　　　　　柳近

文化幸期ス　日域多ㇰ始知ㇽ才俊鐘山河相逢蕭寺歡

靡極琴酒悠々妍放歌

贈海皐　　　　　　　　　　　林信言

赤城霞起入驛壇記室高才東國冠冨士名山相對

出文章我亦与君看

奉和林秘書君　　　　　　　　李命啓

海日岳々下竹壇城雲片々落衣冠影毫新出芸香

閣攜涓驪珠萬里看

次邪韻贈海皐　　　　　　　　林信言

54

訣「海鶴蟠桃　春不ャ催ャ

　贈醉雪

書記翩々佳句多ク看來シテ詩学壓ス山河ニ王都徳澤育材

林信言

萋不動為驪　長鋏歌

奉和鳳谷君

雨後仙岑淑氣多ク范々繞郭又長河丁樓隹集殊非

枡近

易筆怱詩成旦浩歌

次祁韵贈醉雪

林信言

客舘勝遊逸奥多ク才如大海賀如河盛唐枡氏君家

事愧我綺莚連舞歌

韓國風流記室才吏曹幕下　移竹開試臨硯海學烟
起　佳興悠悠日可催

奉和林秋谷君

滄海應爭八斗才松風亭下古經開等閒蕭水論襟

處一樹蟬声兩後催　　　　　　　李鳳煥

次耶乾贈滿卷

盛唐原識李生才詩賦豪雄餞宴開對客我今千古

意閒談高雅幾時催　　　　　林信言

奉和鳳谷君疊韻

旗亭何處問仙才二曲涼州藉酒開蓬山咫尺論丹

　　　　　　　　　　　李鳳煥

奉和風谷君

彩旭新晴赤岸東烏巾坐領竹林風蓬山沙〻仙緣
　　　　　　　　　　　　　　　　朴敬行

斷誰道河原去可窮

曾前黃贈短軒君

韓國英雄來　日東良知　積學建儒風琳璋自是清
　　　　　　　　　　　　　　　林信言

朝品通達古今道不窮

奉酬風谷君疊韻

一氣幡來山海東新詩滿座可觀風孤舟冠蓋通二十
　　　　　　　　　　　　　　朴敬行

島短髮文章付五窮

贈濟菴
　　　　　　　　　　　　　林信言

51

何慶ヲ一筆揮時龍起ス雲

敬和祭酒林先生高韻

拙筆書末為ノ贈ノ君欲酬瓊韻奈無文敢将戲墨方酣　　金天壽

意落日東天控彩雲

見李主簿画寄一絶

丹青後素克無窮圖画開名名不空為有生神傳寫　　林信充

妙座中如遇趙邊工

贈矩軒君　　秘書監林信言

製述高名鳴海東太平翰墨藝林風相逢看取文章

色更映扶桑思不窮

50

風雲捴市講花鳥　太液篇高吟和雲韶　仙鶴來翩翩題

萬里烏紗客遠續　同文緣安期喚恐尺馮夷導後先

花江來月泛蕭寺聽雨眠　身將止半遠木慚珠玉驕

玉山生水癖佳處奧欲顧孤舟　已隔歲滿眼芳州芋

袖中十洲記醉後時自編舊夢仙嶠通寸心王事庚

目文墨庭迷唱何紛然蟠桃幾回開消息筆下德

池堂綠簟風雨過荷如錢不日理歸帆鰲岫愁聯綿

鳧已囂雲夢詩豈貪泉明月斜好館惆悵情獨牽

贈寫字官金玄二子

　　　　　　林信充

字畫分明有二君我　邦猶喜永留文古來蕭謝知

49

韓客見舊

先驛〻求〻句者定驚旅客眠我　朝歘遠使ヲ　恩賜

相聯騌〻客館更清整何有衣裳願優遊志跡涉階樹

綠芊〻我業事　九世　故有貽厥編一木支大廈青

鐙最自慶昔日申學士同庚真怡然壯健今尚在願〻

使二一言傳詩律今在手不敢換万錢交會及數日相

思爰綿〻却恨不如鳥景慕湯如泉行是再難遇歸

後夢相〻

奉和祭酒林先生

朴敬行

瀋葛扶桑下關國自何年山川耀紅旭蔚然羅才賢

皐比祭酒堂三千博士負抱經入青璅盛名冠花甕

扇舍諭出館歸家生鄙齊暫時相遇意餘く

奉和快堂先生疊韻

銀河槎影滿雲車三先聲名得後譽天意古今同一日　　　李命啓

月入文南北　一詩書身浮滄海留方丈夢落丘園憶

幷諸凋盡榴花歸求得來時棕櫚葉初舒

古詩一章寄矩軒君　　　林信充

貴國與吾　國善隆百餘年此辰初相遇不才愧諸

賢身當翰林任汗淋只備貞性懶且衰老日影常八

甄綴是三千首應輸公一篇旅行千萬里置郵誅踦

覷余率後爭至天公假良緣公等群仙気各在鸞風

出國遙從使者車行ク道路發ク名譽更ニ憶フ世ニ遺スヲ聯珠ヲ

二定メテ識ル家傳連錦書ヲ波遠キ墨池横不律水淋石硯滴ル

刀諸ヲ即チ看ル逸少裁成妙文字分明ニ巻且ツ舒ク

奉リ和ス快堂先生ノ韻ニ　李命啓

留滯ス周原四牡ノ車翩翩冠珮琅聲響不慈言語憑彫

管且ツ喜フ心期照古書千橋路長ク迷跋涉數蟬風晩遞

居諸高樓茶酒頻リニ相慰ム城雨初テ歸テ海日舒ク　林信充

次前韻贈海皐

川則チ浮舟陸則チ車書邦長識栽　邦譽唯識先祖ノ

巾卷且ツ喜フ子孫偉業書旅中ノ山水句吟ジ了リ坐上ノ蚊蠅

韓館贈大

贈李進士

眼偏明海上旋橉將卜日回首那堪別恨生

次前韻贈醉雪　　　　　林信充

賀次給々難耐情早成莫訝句遷成心勤官事欲終

業身出世塵不覓名　營内常知存武備　國中又

見仰文明幸今因值貴賓試教育英才勸學生

奉和林斃酒先生疊韻　　柳逅

已從傾蓋感高情何草詞垣見老成韓子才兼三長

譽相卿刀帶五更名詩篇自絶埃氣累奎彩應從梵

宇明日又悠々歡未了竹欄移倚看雲生

　　　　　　　　　　林信充

45

年高德邵有斯翁劉向傳經道不窮氣潔宜居梅樹

下詩香長臥橋林中官尊虎觀書分籍學鵝湖語

帶悲奕世文章聞巳久海山琴曲奪天工

　贈柳奉事

再會有期將盡情紛紛世事句難成三多應識高才

林信亮

美七步欲追清逸名文鳳飛來祥巳動紫蛇引處字

猶明巳希久約詞壇契別後相思夢裏生

　奉和林棨酒先生韻

柳逅

杖屨翩然可認情一堂佳話荷重成青丘我自逢蓬

士　東國君高山平名文酒相看頭共白襟期默契

44

葵々羨君筆墨真成妙多少我吟詩不工

奉和快堂先生

春藥赤舄遇仙翁滄海東浮地勢窮何處梅花斜竹
外有時珠影射雲中登樓屏箔連煙映落筆烟霞繞
鷲葱不有星槎通漢節羲洋那得化琴工

李鳳煥

次前韻贈李奉事

林信充

即今六十八齡翁性懶心身相共窩把卷更陪儲
貳側叙班忝列大夫中千方教化令風遍兩地太平
佳氣葱壯志此辰雖不止詩章任口不勞工

奉和快堂先生疊韻

李鳳煥

餘論餘話、可懸牙心鏡、玲玲能照邪、交會乃將開客

館清容恰似泛仙槎、說經故憶鰲千歲、把卷定知探

百家歸國秩、延樽酒滿歡聲傳蟀衛、作蟀衛

疊和林崇酒先生韻

匣裏鳴琴遇伯牙、一彈能使滌羣邪、談清竹寺鳴鐘

院費繞花津係岸、橿梅雨初晴、雄理展蓬山絕到更

思家慇懃為趁詩壇、約擺市風涼早罷衙

　　　　　　　　　朴敬行

贈李奉事

相遇新知一老翁、別時漸近意無窮、腰踞虎豹過中

　　　　　　　　　林信充

上才戒羈夐度海中日、厚青苔齋壁、陰深綠樹角

42

韓館贈答卷之二

贈學士朴君　　　　　　　　　國子祭酒林信充

許多典藉解籤牙製述芳聲思不邪交義兩邦知國
寶行程萬里泛星槎旅中偶語臣離席館裡相逢如
在家國子監勤君所領問官不異我官銜

奉酬祭酒林先生惠韻　　　　朴敬行

竊年伉展籤牙為學須分正與邪眠後茶傳成小
詩意中詩到慰孤槎江城烟火通三島滇鐙詞源倒
一家池上細花經雨在晚飄餘馥入蜂衙

次前韻贈朴學士　　　　　林信充

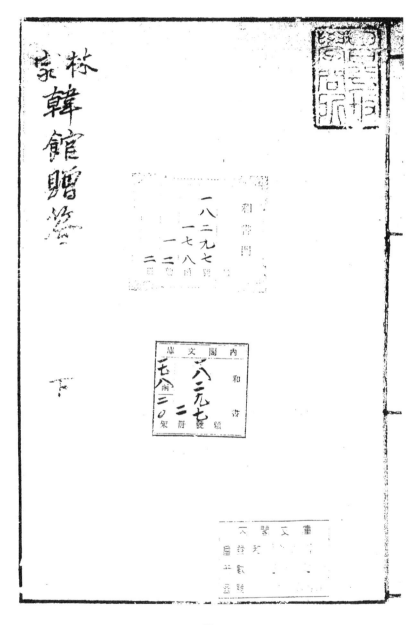

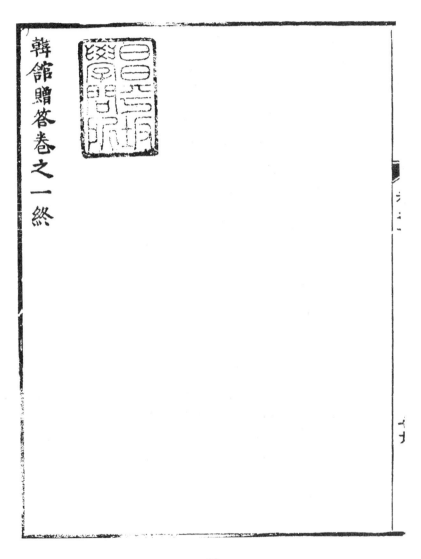

韓館贈答卷之一終

荷此委訊何感如之儀者忙甚不即有謝意幸垂□□

　訝也

稟學士朴公及書記三君

平帛東也久仰公等高名今幸以秘書之書記得□□　　　後藤世鈞

下風何幸如之僕姓後藤名世鈞字字中號□□□□

祭酒門人昌平國學生員試讚岐侯文學

　復後藤雅士　　　　　　　　　　朴敬行

荷訊委訊感謝有餘儆者忙甚不即有謝意幸□□□

　訝也

37

得禪樓移日席生香

　奉和鳳谷林君疊惠韻

銀漢襄機愧報章天涯暮雨暗龍堂四世君家傳彩

筆　日東山水應生香　　　　李命啓

稟學士朴公及書記二十君　　　菊池武愼

今日叨以祭酒之書記得攀龍門何幸如之僕菊

池名武愼字伯修號謝齋抹祭酒門人昌平國學生

員

　復菊池秀才　　　　　　　　朴敬行

詩壇文苑爛然章四傑相逢白玉堂律管和聲風外一

續宴中尚有墨花香

奉和秘書林君墨韻

鮫綃織出亡襄章璀璨奇紋耀客堂世三青罇留藝　　朴敬行

苑東撰錄上姓名香

奉和秘書林君墨韻

天機披拾盛唐香

爽舡騎馬賀知章萬里金樽繡佛堂語到落花流水　　李鳳煥

奉和林秘書君墨韻

知君世三有文章宜爾貯之白玉堂對耦儕然如有　　柳逅

十五

奉謝林秘書君韻

取次新詩爛有章嘉君才氣更堂々孤舟一渡神仙　　小敬行

窟浦袖瑤花分外香

奉和林秘書君瓊韻

金聲七步斐成章風雨留人在畫堂笑問西湖三萬　　李鳳煥

樹孤山明月古今香

奉和鳳谷先生瓊韻

當筵翰墨自成章華譽應無負肯堂禪樓花雨將分　　李命啓

袖終夜難忘一辧香

疊韻贈學士及三書記　　林信言

34

美麗句氣豪覽德輝紙上詠成交不薄座中談熟道

何邊遲留賓客遊無盡排對欲忘造化機

奉和林秘書君疊韻　　　　　李命啓

棕林滴翠雨飛飛　池影天光蕩不依殊壤喜見同軌

化彩亮贏得蒲樓輝偶然一會星雲合別後相思天

水邊欲寫浮世萬里意霞絹留待裂鮫機

贈朴學士及三書記　　　　　林信言

兩邦雅會見文章金馬兼知有玉堂學士風流書記

美併將詩賦入清香

卅四

33

韓館唱和　卷之二　十三

贈李進士　　　　　　　　　　　　　　　　朴信言

萬里雲山征旆飛，八條文教尚相依，遠天縹緲仙槎
客，佳境氣盎鄉月輝，李郭交情今可見，韓歐才德舊
無違，相逢豈借譯人舌，座上唱酬忘俗機

和呈林秘書君惠韻　　　　　　　　　　　　李命啓

高撰送盡白雲飛，身似流萍與岸依，太學菁莪傳宿
德，丹山毛羽有祥輝，班荊幾處歡如舊，浮海高歌顧
不違，且喜新詩勞遠旅，百年南北一天機

次前韻贈海皋　　　　　　　　　　　　　　朴信言

韓國高才聲譽飛，祗今偏悅此心依，騷章筆健生輝

32

閟藻思湍〻君涉川高舌政要懷共詩雍容何幸座

新聯靡〻不覺移西日悅接蓬萊第一仙

次前韻贈醉雪

見道英才詩滿箋叨逢嘉客聊爭先辭鋒無敵凌東

國筆力有神明遠川文字縱橫風月麗詩篇典雅露

　　　　　　　　　　　　林信言

霜聯延留清興交情切盛世賓筵似會仙

奉和林秘書君疊韻

清篇何待動盈箋　九世詞華仰已先　山觀覺〻冨

　　　　　　　　　　柳逅

士岳水經汪〻駿河川凌雲將輊相如筆瀉練高吟

謝眺聯萬里東遊殊可幸忻贈一日戟有龍仙

奉和林秘書君疊韻　　松鳳煥

形管相逢意氣多葬逢不問有離歌薰梅雨細花留

饒晴簟樓高酒欲波客路扶桑搜日出詩情條竹聽

雲和淮南鴻寶憑君問太乙藜燃意若何　　林信言

贈柳奉事

騷壇盟主寄詩箋盧駱王揚更後先雙闕正看新

月群裝遙度舊山川奏絃白雪寡人和曳履青袍令

客聯湖上名高洞庭色何知雅席接神仙　　柳迤

奉和秘書林君瓊韻

蒲院風清騰綵箋喜君詩筆著瀊先詞源滾滾護

月愧我文章南海波美俗八條存法禁遺風九範得

時和祇今下揭同徐彌借問陳蓄意奈何

奉和林秘書君惠贈韻

詩源三峽倒流多家集應添富嶽歌小雨相逢開蓴

李鳳煥

硯異時囘瑩只層波牛堰紫氣遠南紙蘭紙彤毫倣

永和萬里停搓煩一笑六朝風韻奈君何

林信言

次前韻贈濟巷

雅聞箕邦逸才多相對差前幾許歌高播芳聲千里

路遠揚美譽大洋波遠雲氣儔毫時動擲地調濤響

自和終日應酬賓館裏異邦為客意如何

奉和林秘書君疊韻　　　朴歲行

解纜虞淵萬里潯　名山佳水費登臨　孤舟路遠窮二千

島彩幅詩高直百金　客棹仙桃應逐浪　君家玉樹已

成陰　弦遊可綴抹桑日去　探真更欲深

又

橋拙江山一色滿雨中　氳蓋滯東城滄溟兩岸

影落日孤雲萬里情　客掉行應銀漢逼仙桃歸欲玉

攪藝殊邦歲月驚　雙髮懶向騷壇繹舊盟

　　　　　　　　　林信言

贈李奉事

聞道朝鮮勝跡多最憐平壤景添歌慕想詞興束

與李奉事

28

次前韻贈林學士二首

林信言

解纜星槎滄海潯喜逢桑域遠賓臨文章原是胸中
卷詩賦申束席上金業慕聖賢窾動靜渾知今古龥
陽陰寺姿閒雅忘千里日ゝ為吟興更深

又

知君遙出漢江濱尋得大東金鳳城遠海高山千
古氣陽春白雪一時情奇才雲秀波瀾源偉器天明
日月擎佳客座前談話切蠻壇指對作詩盟

抃擎修交兩國恩儀原況遇詩壇牛耳盟

奉和林秘書君席上見贈韻

朴敬行

遥三客路鵲河淨天外歸墟更俯臨雲捲靈峯驚削
玉波清古瀨想投金樓臺窈窕烟霞窟冠蓋逶迤橋
柚陰落日禪林詩不倦茶烟竹雨一堂深

又

竟日禪樓笑語清神交忽覓武州城天邊疊疊浪窺雙
眼雨外斜陽吐兩情容欲帆前靈藥採仙應岳頂白
蓮縈君家世掌絲綸美幾續柬揸萬里盟

26

傳家文學範諸生庭下芝蘭又有名綠髮翠

白仙山欲問柔黃精

贈朝鮮國製述官朴君詩二章

　　　　　　　　　秘書監林信言

車騎翩翩江水潯都人爭見客褰幃遠天和氣詩銷

玉佳夕清吟箋躍金不比當年遊洛浦自如乘興到

山陰更知鄰好太平化朝聘禮成交最深

又

賓館坐来風月清堪看供帳在汪城玉屏題畫丹青

色金閃薰香蘭麝愴燭影宵闌騷賦秀筆端凉到酒

韓館贈答 巻之一 九

點黑波瀾遠座生我　邦留字永知名玉壺永淨瑤

奉和林祭酒先生惠贈韻　李命啓

蕭飄文華筆下生前人撰錄已聞名老倦三閱銀河

使眉宇猶存水月精

次前韻贈海皋　　　林信充

平日每知慙汗點傳家徒得碩儒名低昂今我白頭

老千羨如君筆有精

奉和林祭酒先生疊韻　李命啓

臺月落紙筆痕藝最精

禪樓相對日初斜　古貌永心絕類瑕　夾世文章光一

域　新詩還健筆生華

次前韻贈醉雪　　　　　　　　　　　林信充

題詩落紙筆頭斜　下一點更看無匪瑕　入館佳賓三樓

遇今過六十八年華

奉和林祭酒先生疊韻　　　　　　　挧逅

詩成筆勢欲橫斜一字　何曾玉有瑕皓髮頹顏忙

對足教下席是光華

贈李進士

次前韻贈濟菴

定識衆中健筆凌英聲美譽共輩騰六旬餘齡落梅

節千億化身終不能　　　　　　　　　　　林信克

奉和林祭酒先生疊韻

明月孤山一鶴凌芙蓉清水筆花騰北極昆侖千里　李鳳煥

志神駸伏櫪老猶能

贈柳奉事

勁骨相分點筆斜家傳書法更無瑕如行如立又如　林信克

走優健縱橫玉有華

奉和林祭酒先生惠贈瓊韻　　　　　　　　　　柳逅

羨二京賦乾又三都

奉和林祭酒先生疊韻

　　　　　　　　朴敬行

江山如掛十洲圖萬里間開客棹孤負是文章君世

業絲綸大手擅東都

贈李奉事

　　　　　　　　林信充

忽飄雲霧勢將凌筆作舞鸞龍鳳騰書字明鮮誰出

右相逢論品妙神能

奉和林祭酒先生惠什

　　　　　　　　李鳳煥

雲濤萬里一槎凌閣歷盡東赤月騰丹丘老鳳將雛

至毫玉清音世ミ能

21

贈朝鮮國製述官朴君

扶桑山海發雄圖王帛東来德不孤五月鳴珂從使

者梅花無恙入江都

　　　　　　　　　　　　　　　國子祭酒林信充

奉和祭酒快堂先生席上惠贈韻

逍遙萬里學南圖滄海迢々冨岳孤細雨華延詩滿

座東奎色動古雄都

　　　　　　　　　　　　　　朴敬行

次前韻贈矩軒

旅行山水似開圖相遇結交相別孤張左髙才真所

　　　　　　　　　　　　林信充

不吟猶秉管千里得詩豪甲世文章地丹山見瑞毛

奉謝從事官曹公閤下

秘書監林信言

幸有瓊瑤贈開緘意氣豪泰山君美譽愧我似鴻毛

賜垂青之後不接淸話僕官事無暇不能揮麾語
中而為別遺憾亦曷可言也隣以木瓜投閤下使
事煩煩不遑賜和固其所也不圖賜以瓊玖滋荷
感激今亦次芳韻奉謝厚意正使公副使公各賜
高和就閤下奉謝盛卷使价鵲立勿率揮酒幸莫
見怪伏惟酷暑為國自愛

迷津對君眉眼愁全失不効無言意默親

又

芸臺君自擅声華光動毫端五色霞瓊韻忽来情可
把星搓欲返路重賒雲開遙海歸帆杳雨響虚簷別

意加　日域文章如有問青氊詞學說林家

奉呈秘書監林公足下

從事官曹命采

面賜之章俟投之序珍玩何謝而撚髭不間脂奪且
忙不能步和瓊韻歡愧且悚之意巳於待府言之矣
一般鄙懷兹不畧煩幸笑恕之

凡報業已攜〔置〕而使〔事〕未〔竣〕不〔遑〕為〔間〕護〔居〕塵今

始〔奉〕呈頃日七〔絶〕及〔序〕文並承〔領〕而行期隔〔日〕治

任〔擾〕未免為萬

里連償〔良〕可歡也

奉

日本國秘書監林公座下

副使南泰耆

扶桑瑞靄望氛旭日欣瞻轉覺雲城闕馳心溝漢

北樓舩里首浪江濱迎卿思山川阻滾天機

序分池上鳳毛君即是一堂相對喜同文

又

擊轂摩肩漲市塵大城氣絡海東濱家臺榭窓臨

永簡詞華王抵久晨日天低雲際地叢篁岸黒雨

17

譯何論滄海各分疆情連縞紵邦通晉世掌絲綸譽

擅唐如日生東年力富芒將珪質汨詞章

又

澗藻溪毛信誓存百年邦好永相敦天文照爛星分

冀王事後成卦遇坤價接高樓忘日昃曉離積水見

雲氏羅浮明月長流影詞翰迎搖只一門

又

諸卿各賦慕春秋嘉樹詩成已別愁漆簡應傳徐子

國淚衣相見梵王樓高雲易散他生遇太海重浮一

路悠斟酌支通淒骨語蟬声荷葉泖江州

韓館贈答　卷之一

衣冠問君鴨綠江前水孰與芙蓉山下灘

又

海國東西修好時應論四牡似周詩衣冠自是星軺

過旌旆遙臨金闕移綠筆如椽雲霧繞明珠將月簡

篇披堂堂賓舘威儀客高唱皇華小雅辭

諸左

奉　日本國秘書林公詞案

六月十四日三使和章自品川驛東海寺來故載

通信正使洪啓禧

心隨旌節價蓬桑瓊嶋逢君裊綠長好是形毫能代

15

漢唐相遇最依賓館上彩毫揮落幾篇章

又

八條禁制至今存殷國太師風尚敦隣好兩情超海

岳壇盟千歲指乾坤都人爭見羽旄盛朝士殊知專

蓋屯聘禮舊儀皆斗仰嘉賓成列向城門

又

彌節江城五月秋海花留裏不知愁鳳凰覽德翔千

仞鶪鵲傳名築一摟曾在漢陽詞賦遍今過　日域

旅情悠善隣交厚御三王命已到　扶桑六十州

謹贈朝鮮國副使通訓大夫竹裏南公詩三章

韓館見聞　卷之一　三

驛亭忽傳閣下手書伏審以使事忽忽而不暇瑤報
在途辱賜一絶示辭丁寧感佩有餘實知紛宂之間
墨痕奇麗可以拭目也乃復次髙韻以附使价時維
炎暑奉職自珍

謹贈朝鮮國平使通政大夫澹寧洪公詩三章
　　　　　　　　秘書監林信言

木羨君強健棟梁材
隣交舊好使樏來舘裡相逢歡笑開衰老我難支一

其邦文物到扶桑更識海雲千里長專對祗今誰得
私修辭原自獨無疆衣冠制度遵齊魯劍珮儀容效

奉呈祭酒林公足下　　　　　　従事官曹命采

向席面承瓊投伊後疊荷珠瓔滿篋時庸展玩歸橐

有光宜發瓜報以貢珎謝之意而性懶吟詠素亦甚

拙兼以裝發在卽擾惱周服僅搆二丁絶玆呈亢垂鄙

高幸哂覧却

百年冠盖友邦来玄字交誼好意開誮詠元來華國

術莫敎翦劇病擅材

奉復従事官曹僉閣下

　　　　　　　　國子祭酒林信充

12

靈光三閣北来舩南斗高名屋指光諭海獨尸前聖

祀青壇能保故家傳詩清梅舘孤山近經秘蘭臺博

士專萍鹿賓進笙瑟合異時魂夢寄雲邊

前韻未酬膽章繼至不獨盛意良勤亦以見驥塲

貫錄之興也一律搆拙久矢特以未幹事不為閒

護傳簡今初奉上以博一行意甚忙後作熱

奉和可恨之三昔年酬唱錄之書惠感荷何止

奉二

　日本國國子祭酒　林公爽下二

　　　　　　　副使南泰耆

孤山文彩味全空鶴瘦梅寒宛對公詩自瞻訖三世

著學應綜博九流通天清茶酒華莚散樓迴冠裳異

域同好意須看言語外芝眉爭挹老成風

言同竟今伺幸將衰老三十餘年三見風

奉朝鮮國從事官蘭谷曹公

　　　　　　　　　　　林信充

此地山川與澗溪詩章多少附襄奚路經海陸水源

達星別秀高氣象齊把筆座中如擲玉校書閣上欲

燃藝從来爲有善隣約今日仁風東又西

諸左

奉 日本國國子祭酒林公案下

六月十四日二使和章自品川驛東海寺至乃記

　　　　　　通信正使洪啓禧

韓館贈答卷之一

奉朝鮮國正使濟窩洪公　　國子祭酒林信充

長江萬里泛三舡從者如雲相後先鳴佩金魚趨殿
鄉含書瑞鳳繞霄傳尊階高爵通交足肥馬輕裘致
命專傾益逢迎真隽識論文問字接君邊

奉朝鮮國副使竹裏南公　　林信充

益日識荊事不空良緣期至接諸公春秋館務舊新
別海陸行程險岨通學力之多才力富辭言雖異筆

韓館贈答　　卷之一

9

李鳳煥　字聖章號濟庵笑丑進士
歷官大理丞見任大會卽

奉事記以正室來

柳逅　卽
字奉子相事號醉雪見任南部

李命啓
士字子以從事號海皐記室辛酉進士

金天壽
夫字君實號紫峯記室嘉善大進

玄文龜
軍字者號寫字官護來

李聖麟
主字德以厚號蕨齋員來

趙崇壽
幼字敬以老號活菴良醫來

詩人爵里
終

（目録　三）

8

朝鮮

洪啓禧　字純甫
任遁　已進士丁巳
大司諫　成大進士
政知製　夫以曹參議
大士夫　見任　吏曹
丁巳文科　壯元
號澹窩南陽人乙
裹亘信寧正國子監見
通信正使壬
人壬

南泰耆　字洛叟文科
侍讀官弘文館
夫行　亞元見知製
官春秋館　號蘭翰
文館　典知製教兼
編修官以副使經筵
製　注官教以從事官侍讀官來弘
昌寧人丙辰

曹命采　字疇卿
文館校理知見
官春秋館　科見製
春秋　註製
蘭谷　通訓大
修官　以魚經夫行
寧人　延侍讀官來弘

朴敬行　字時仁
述籍以製　官春秋館校理知注官教以從事官
官來　壬戌庭試見任國子監典
癸丑進士來
號矩軒

6

岡井孝先　字仲錫號嶘州　讚岐人石前橋石門武儒臣

深津珪　字○號嶟州　讚岐人石前橋石門儒臣君山臣武

中村文輔　字義民號朱水　讚岐人野疢儒臣朱水臣

井上敬致　字和野疢號滄洲　津和野疢儒臣滄洲越

榊原通嘉　字伯亨號石溪　東都人文國號儒臣石溪東

井上儀備　字克紹號學石山　前州子人絕國號學生石山東

矢崎永綏　字○號龍山　都人大衛騎吏龍山東

後藤世鈞　字○號芝州　國學生中試本芝州讚岐文學

木部悼　字子翼號嵼州　都人安山疢儒臣

4

韓館贈答

詩人爵里

國子祭酒
姓林名信充字士傳號快堂又號椒洞寶永癸卯叙朝
散大夫任今官享保癸亥
儻君侍讀
申舉經筵講官

秘書監
姓林名信言字士雅一字子恭號鳳谷別號松風亭
元文戊午舉經筵講官延享
丁卯叙朝散大夫任今官享

林信亮
字伯虞號菊溪
家世國學教官

3

延享戊辰之夏

林家

韓館贈答

江都御書房

松栢堂梓

1

【영인자료】

韓館贈答
和韓文會

여기서부터 영인본을 인쇄한 부분입니다. 이 부분부터 보시기 바랍니다.

조선후기 통신사 필담창화집
번역총서를 간행하면서

20세기 초까지 한자(漢字)는 동아시아 사회의 공동문자였다. 국경의 벽이 높아서 사신 외에는 국제적인 교류가 불가능했지만, 문자를 통한 교류는 활발했다. 중국에서 간행된 한문 전적이 이천년 동안 계속 한국과 일본을 비롯한 주변 나라에 전파되었으며, 사신의 수행원들은 상대방 나라의 말을 못해도 상대방 문인들에게 한시(漢詩)를 창화(唱和)하여 감정을 전달하거나 필담(筆談)을 하며 의사를 소통했다.

동아시아 삼국이 얽혀 싸웠던 임진왜란이 7년 만에 끝난 뒤, 조선에 군대를 파견하였던 중국과 일본은 각기 왕조와 정권이 바뀌었다. 중국에는 이민족인 청나라가 건국되고 일본에는 도쿠가와 막부가 세워졌다. 조선과 일본은 강화회담이 결실을 맺어 포로도 쇄환하고 장군이 계승할 때마다 통신사를 파견하여 외교를 회복했지만, 청나라와에도 막부는 끝내 외교를 회복하지 못하고 단절상태가 계속되었다. 일본은 조선을 통해서 대륙문화를 받아들일 수밖에 없었고, 그 방법 중 하나가 바로 통신사를 초청할 때 시인, 화가, 의원 등의 각 분야 전문가를 초청하는 것이었다.

오백 명 규모의 문화사절단 통신사

연암 박지원은 천재시인 이언진(李彦瑱, 1740~1766)이 11차 통신사 수행원으로 일본에 다녀온 지 2년 만에 세상을 뜨자, 이를 애석히 여겨 「우상전」을 지었다. 그 첫머리에 일본이 조선에 다양한 전문가들로 구성된 문화사절단을 파견해 달라고 요청한 사연이 실려 있다.

일본의 관백(關白)이 새로 정권을 잡자, 그는 저축을 늘리고 건물을 수리했으며, 선박을 손질하고 속국의 각 섬들에서 기재(奇才)·검객(劍客)·궤기(詭技)·음교(淫巧)·서화(書畫)·여러 분야의 인물들을 샅샅이 긁어내어, 서울로 모아들여 훈련시키고 계획을 갖추었다. 그런 지 몇 달 뒤에야 우리나라에 사신을 파견해 달라고 요청하였는데, 마치 상국(上國)의 조명(詔命)을 기다리는 것처럼 공손하였다.

그러자 우리 조정에서는 문신 가운데 3품 이하를 골라 뽑아서 삼사(三使)를 갖추어 보냈다. 이들을 수행하는 사람들도 모두 말 잘하고 많이 아는 자들이었다. 천문·지리·산수·점술·의술·관상·무력으로부터 통소 잘 부는 사람, 술 잘 마시는 사람, 장기나 바둑 잘 두는 사람, 말을 잘 타거나 활을 잘 쏘는 사람에 이르기까지, 한 가지 기술로 나라 안에서 이름난 사람들은 모두 함께 따라가게 되었다. 그런데 이들 가운데서도 문장과 서화를 가장 중요하게 여기지 않을 수가 없었다. 왜냐하면 그들은 조선 사람의 작품 가운데 한 글자만 얻어도 양식을 싸지 않고 천리 길을 갈 수 있기 때문이었다.

도쿠가와 이에하루(德川家治)가 쇼군을 계승하자 일본 각 분야의 대표적인 인물들을 에도로 불러들여 조선 사절단 맞을 준비를 시킨 뒤, "마치 상국의 조서를 기다리는 것처럼 공손하게" 조선에 통신사를 요청하였다. 중국과 공식적인 외교가 단절되었으므로, 대륙문화를 받아들이기 위해 조선을 상국같이 모신 것이다. 사무라이 국가 일본에는 과거제도가 없기 때문에 한문학을 직업삼아 평생 파고든 지식인들이 적어서, 일본인들은 조선 문인의 문장과 서화를 보물같이 여겼다.

조선에서도 국위를 선양하기 위해 여러 분야의 문화 전문가들을 선발하여 파견했는데, 『계림창화집(鷄林唱和集)』이 출판된 8차 통신사(1711년) 때에는 500명을 파견했다. 당시 쓰시마에서 에도까지 왕복하는 동안 일본인들이 숙소마다 찾아와 필담을 나누거나 한시를 주고받았는데, 필담집이나 창화집은 곧바로 출판되어 널리 읽혔다. 필담 창화에 참여한 일본 지식인은 대륙의 새로운 지식을 얻었을 뿐만 아니라, 일본 사회에서 전문가로서의 위상도 획득하였다.

8차 통신사 때에 출판된 필담 창화집은 현재 9종이 확인되었으며, 필담 창화에 참여한 일본 문인은 250여 명이나 된다. 이는 7차까지 출판된 필담 창화집을 모두 합한 것보다 훨씬 많은 수인데, 통신사 파견이 100년 가까이 되자 일본에서도 한문학 지식인 계층이 두터워졌음을 알 수 있다. 8차 통신사에 참여한 일행 가운데 2명은 기행문을 남겼는데, 부사 임수간(任守幹)이 기록한 『동사록(東槎錄)』이나 역관 김현문(金顯門)이 기록한 또 하나의 『동사록』이 조선에 돌아와 남에게 보여주기 위해 일방적으로 쓴 글이라면, 필담 창화집은 일본에서 조선과 일본의 지식인들이 마주앉아 함께 기록한 글이다. 그러기에 타인의 눈을 통해 자신의 모습을 객관적으로 볼 수 있다.

16권 16책의 방대한 분량으로 다양한 주제를 정리한 『계림창화집』

에도막부 초기의 일본 지식인은 주로 승려였기에, 당연히 승려들이 통신사를 접대하고, 필담에 참여하였다. 그 다음으로 유자(儒者)들이 있었는데, 로널드 토비는 이들을 조선의 유학자와 비교해 "일본의 유학자는 국가에 이용가치를 인정받은 일종의 전문 지식인에 지나지 않았다"고 규정하였다. 그 가운데 상당수는 의원이었으므로 흔히 유의(儒醫)라고 하는데, 한문으로 된 의서를 읽다보니 유학에도 관심을 가지게 된 것이다. 이노 작스이(稻生若水)가 물고기 한 마리를 가지고 제술관 이현과 서기 홍순연 일행을 찾아가서 필담을 나눈 기록이『계림창화집』권5에 실려 있다.

> 이　현 : 이 물고기는 우리나라의 송어입니다. 조령의 동남 지방에 많이 있어, 아주 귀하지는 않습니다.
> 홍순연 : 이 물고기는 우리나라의 농어와 매우 닮았습니다. 귀국에도 농어가 있는지 모르겠지만, 이것과 같지 않습니까? 농어가 아니라면 내가 아는 물고기가 아닙니다.
> 남성중 : 이 물고기는 우리나라 송어입니다. 연어와 성질이 같으나 몸집이 작으며, 우리나라 동해에서 납니다. 7~8월 사이에 바다에서 떼를 지어 강으로 올라가는데, 몸이 바위에 갈려 비늘이 다 떨어져 나가 죽기까지 하니 그 성질을 모르겠습니다.

그는 일본산 물고기의 습성을 자세히 설명하고 조선에도 있는지 물었지만, 조선 문인들은 이 방면의 전문가들이 아니어서 이름 정도나 추정했을 뿐이다. 홍순연은 농어라고 엉뚱하게 대답하기까지 하였다. 조선 문인이라면 모든 것을 알 수 있을 것이라고 기대했기에 생긴 결과인데, 아직 의학필담으로 분화되기 이전의 형태다. 이 필담 말미에 이노 작스이는 이런 기록을 덧붙여 마무리했다.

> 『동의보감』을 살펴보니 "송어는 성질이 태평하고 맛이 달며 독이 없다. 맛이 진기하고 살지다. 색은 붉으면서 선명하다. 소나무 마디 같아서 이름이 송어이다. 동북쪽 바다에서 난다"고 하였다. 지금 남성중의 대답에 『동의보감』의 설명을 참고하니, '鮏'은 송어와 같은 것이다. 그러나 '송어'라는 이름은 조선의 방언이지, 중화에서 부르는 이름이 아니다. 『팔민통지(八閩通志)』(줄임) 『해징현지(海澄縣志)』 등의 책에 모두 송어가 실려 있으나, 모습이 이것과 매우 다르다. 다른 종류인데, 이름이 같을 뿐이다.

기록에서 보듯, 이노 작스이는 다수의 의견에 따라 이 물고기를 '송어'라고 추정한 후, 비교적 자세한 남성중의 대답과 『동의보감』의 기록을 비교하여 '송어'로 결론 내렸다. 그런 뒤에 조선의 '송어'가 중국의 송어와 같은 것인지 확인하기 위해 중국의 여러 지방지를 조사한 후, '송어'는 정확한 명칭이 아니라 그저 조선의 방언인 것으로 결론지었다. 양의(良醫) 기두문(奇斗文)에게는 약초를 가지고 가서 필담을 시도하였다.

> 稻生若水 : 이 나뭇잎은 세 개의 뾰족한 끝이 있고 겨울에 시들지 않으며, 봄에 가느다란 꽃이 핍니다. 열매의 크기는 대두만하고, 모여서 둥글게 공처럼 되며, 생길 때는 파랗고, 익으면 자흑색이 됩니다. 나무에 진액이 있어 엉기면 향이 나고, 색이 붉습니다. 이름은 선인장 나무입니

다. (줄임)

기두문 : 이것이 진짜 백부자(白附子)입니다.

제술관이나 서기들이 경험에 의존해 대답한 것과 달리, 기두문은 의원이었으므로 자신의 지식을 바탕으로 확실하게 대답하였다. 구지 현박사의 연구에 의하면 이노 작스이는 『서물류찬(庶物類纂)』이라는 박물지를 편찬하기 위해 방대한 자료를 수집·고증하고 있었는데, 문화 선진국 조선의 문인에게 서문을 부탁하여, 제술관 이현이 써 주었다. 1,054권이나 되는 일본 최대의 백과사전에 조선 문인이 서문을 써주어 권위를 얻게 된 것이다.

출판사 주인이 상업적인 출판을 위해 직접 필담에 참여하다

초기의 필담 창화집은 일본의 시인, 유학자, 의원 등 전문 지식인이 번주(藩主)의 명령이나 자신의 정보욕, 명예욕에 따라 필담에 나선 결과물이지만, 『계림창화집』 16권 16책은 출판사 주인이 직접 전국 각 지역에서 발생한 필담 창화 원고들을 수집하여 출판한 것이다. 따라서 필담 창화 인원도 수십 명에 이르며, 많은 자본을 들여서 출판하였다. 막부(幕府)의 어용 서적을 공급하던 게이분칸(奎文館) 주인 세오겐베이(瀨尾源兵衛, 1691~1728)가 21세 청년의 몸으로 교토지역 필담에 참여해 『계림창화집』 권6을 편집하고, 다른 지역의 필담 창화 원고까지 모두 수집해 16권 16책을 출판했을 뿐 아니라, 여기에 빠진 원고들까지 수집해 『칠가창화집(七家唱和集)』 10권 10책을 출판하였다.

『칠가창화집』은『계림창화속집』이라고도 불렸는데, 7차 사행 때의 최대 필담 창화집인『화한창수집(和韓唱酬集)』4권 7책의 갑절 규모에 해당한다. 규모가 이러하니 자본 또한 막대하게 소요되어, 고쇼모노도 코로(御書物所)인 이즈모지 이즈미노조(出雲寺 和泉掾) 쇼하쿠도(松栢堂) 와 공동 투자하여 출판하였다. 게이분칸(奎文館)에서는 9차 사행 때에 도『상한창화훈지집(桑韓唱和塤篪集)』11권 11책을 출판하여, 세오겐베 이(瀬尾源兵衛)는 29세에 이미 대표적인 출판업자로 자리매김하게 되 었다. 그러나 안타깝게도 38세에 세상을 떠나, 더 이상의 거질 필담 창화집은 간행되지 못했다.

필담창화집 178책을 수집하여 원문을 입력하고 번역한 결과물

나는 조선시대 한문학 연구가 조선 국경 안의 한문학만이 아니라 국경 너머를 오가며 외국인들과 주고받은 한자 기록물까지 연구해야 한다는 생각으로, 첫 번째 박사논문을 지도하면서 '통신사 필담창화집' 을 과제로 주었다. 구지현 선생은 1763년에 파견된 11차 통신사 구성 원들이 기록한 사행록 9종과 필담창화집 30종을 수집하여 분석했는 데, 박사학위를 받은 뒤에도 필담창화집을 계속 수집하여 2008년 한국 학술진흥재단의 토대연구에『조선후기 통신사 필담창수집의 수집, 번 역 및 데이터베이스 구축』이라는 과제를 신청하였다. 이 과제를 진행 하면서 우리 팀에서 수집한 필담창화집 178책의 목록과, 우리가 예상 한 작업진도 및 번역 분량은 다음과 같다.

1) 1차년도(2008. 7.~2009. 6.) : 1607년(1차 사행)에서 1711년(8차 사행)까지

연번	필담창화집 책 제목	면 수	1면 당 행수	1행 당 글자 수	예상되는 원문 글자 수
001	朝鮮筆談集	44	8	15	5,280
002	朝鮮三官使酬和	24	23	9	4,968
003	和韓唱酬集首	74	10	14	10,360
004	和韓唱酬集一	152	10	14	21,280
005	和韓唱酬集二	130	10	14	18,200
006	和韓唱酬集三	90	10	14	12,600
007	和韓唱酬集四	53	10	14	7,420
008	和韓唱酬集(결본)				
009	韓使手口錄	94	10	21	19,740
010	朝鮮人筆談幷贈答詩(國圖本)	24	10	19	4,560
011	朝鮮人筆談幷贈答詩(東京都立本)	78	10	18	14,040
012	任處士筆語	55	10	19	10,450
013	水戶公朝鮮人贈答集	65	9	20	11,700
014	西山遺事附朝鮮使書簡	48	9	16	6,912
015	木下順菴稿	59	7	10	4,130
016	鷄林唱和集1	96	9	18	15,552
017	鷄林唱和集2	102	9	18	16,524
018	鷄林唱和集3	128	9	18	20,736
019	鷄林唱和集4	122	9	18	19,764
020	鷄林唱和集5	110	9	18	17,820
021	鷄林唱和集6	115	9	18	18,630
022	鷄林唱和集7	104	9	18	16,848
023	鷄林唱和集8	129	9	18	20,898
024	觀樂筆談	49	9	16	7,056
025	廣陵問槎錄上	72	7	20	10,080
026	廣陵問槎錄下	64	7	19	8,512
027	問槎二種上	84	7	19	11,172
028	問槎二種中	50	7	19	6,650
029	問槎二種下	73	7	19	9,709
030	尾陽倡和錄	50	8	14	5,600

031	槎客通筒集	140	10	17	23,800
032	桑韓醫談	88	9	18	14,256
033	辛卯唱酬詩	26	7	11	2,002
034	辛卯韓客贈答	118	8	16	15,104
035	辛卯和韓唱酬	70	10	20	14,000
036	兩東唱和錄上	56	10	20	11,200
037	兩東唱和錄下	60	10	20	12,000
038	兩東唱和後錄	42	10	20	8,400
039	正德韓槎諭禮	16	10	18	2,880
040	朝鮮客館詩文稿(내용 중복)	0	0	0	0
041	坐間筆語附江關筆談	44	10	20	8,800
042	七家唱和集－班荊集	74	9	18	11,988
043	七家唱和集－正德和韓集	89	9	18	14,418
044	七家唱和集－支機閒談	74	9	18	11,988
045	七家唱和集－朝鮮客館詩文稿	48	9	18	7,776
046	七家唱和集－桑韓唱酬集	20	9	18	3,240
047	七家唱和集－桑韓唱和集	54	9	18	8,748
048	七家唱和集－賓館縞紵集	83	9	18	13,446
049	韓客贈答別集	222	9	19	37,962
예상 총 글자수					589,839
1차년도 예상 번역 매수 (200자원고지)					약 8,900매

2) 2차년도(2009. 7.~2010. 6.) : 1719년(9차 사행)에서 1748년(10차 사행)까지

연번	필담창화집 책 제목	면수	1면 당 행수	1행 당 글자 수	예상되는 원문 글자 수
050	客館璀璨集	50	9	18	8,100
051	蓬島遺珠	54	9	18	8,748
052	三林韓客唱和集	140	9	19	23,940
053	桑韓星槎餘響	47	9	18	7,614
054	桑韓星槎答響	106	9	18	17,172
055	桑韓唱酬集1권	43	9	20	7,740

056	桑韓唱酬集2권	38	9	20	6,840
057	桑韓唱酬集3권	46	9	20	8,280
058	桑韓唱和塤篪集1권	42	10	20	8,400
059	桑韓唱和塤篪集2권	62	10	20	12,400
060	桑韓唱和塤篪集3권	49	10	20	9,800
061	桑韓唱和塤篪集4권	42	10	20	8,400
062	桑韓唱和塤篪集5권	52	10	20	10,400
063	桑韓唱和塤篪集6권	83	10	20	16,600
064	桑韓唱和塤篪集7권	66	10	20	13,200
065	桑韓唱和塤篪集8권	52	10	20	10,400
066	桑韓唱和塤篪集9권	63	10	20	12,600
067	桑韓唱和塤篪集10권	56	10	20	11,200
068	桑韓唱和塤篪集11권	35	10	20	7,000
069	信陽山人韓館倡和稿	40	9	19	6,840
070	兩關唱和集1권	44	9	20	7,920
071	兩關唱和集2권	56	9	20	10,080
072	朝鮮人對詩集1권	160	8	19	24,320
073	朝鮮人對詩集2권	186	8	19	28,272
074	韓客唱和/浪華唱和合章	86	6	12	6,192
075	和韓唱和	100	9	20	18,000
076	來庭集	77	10	20	15,400
077	對麗筆語	34	10	20	6,800
078	鳴海驛唱和	96	7	18	12,096
079	蓬左賓館集	14	10	18	2,520
080	蓬左賓館唱和	10	10	18	1,800
081	桑韓醫問答	84	9	17	12,852
082	桑韓鏘鏗錄1권	40	10	20	8,000
083	桑韓鏘鏗錄2권	43	10	20	8,600
084	桑韓鏘鏗錄3권	36	10	20	7,200
085	桑韓萍梗錄	30	8	17	4,080
086	善隣風雅1권	80	10	20	16,000
087	善隣風雅2권	74	10	20	14,800
088	善隣風雅後篇1권	80	9	20	14,400
089	善隣風雅後篇2권	74	9	20	13,320
090	星軺餘轟	42	9	16	6,048

091	兩東筆語1권	70	9	20	12,600
092	兩東筆語2권	51	9	20	9,180
093	兩東筆語3권	49	9	20	8,820
094	延享五年韓人唱和集1권	10	10	18	1,800
095	延享五年韓人唱和集2권	10	10	18	1,800
096	延享五年韓人唱和集3권	22	10	18	3,960
097	延享韓使唱和	46	8	14	5,152
098	牛窓錄	22	10	21	4,620
099	林家韓館贈答1권	38	10	20	7,600
100	林家韓館贈答2권	32	10	20	6,400
101	長門戊辰問槎상권	50	10	20	10,000
102	長門戊辰問槎중권	51	10	20	10,200
103	長門戊辰問槎하권	20	10	20	4,000
104	丁卯酬和集	50	20	30	30,000
105	朝鮮筆談(元丈)	127	10	18	22,860
106	朝鮮筆談1권(河村春恒)	44	12	20	10,560
107	朝鮮筆談1권(河村春恒)	49	12	20	11,760
108	韓客對話贈答	44	10	16	7,040
109	韓客筆譚	91	8	18	13,104
110	韓人唱和詩	16	14	21	4,704
111	韓人唱和詩集1권	14	7	18	1,764
112	韓人唱和詩集1권	12	7	18	1,512
113	和韓文會	86	9	20	15,480
114	和韓唱和錄1권	68	9	20	12,240
115	和韓唱和錄2권	52	9	20	9,360
116	和韓唱和附錄	80	9	20	14,400
117	和韓筆談薰風編1권	78	9	20	14,040
118	和韓筆談薰風編2권	52	9	20	9,360
119	鴻臚傾蓋集	28	9	20	5,040
예상 총 글자수					723,730
2차년도 예상 번역 매수 (200자원고지)					약 10,850매

3) 3차년도(2010. 7.~ 2011. 6.) : 1763년(11차 사행)에서 1811년(12차 사행)까지

연번	필담창화집 책 제목	면수	1면당 행수	1행당 글자수	예상되는 원문 글자수
120	歌芝照乘	26	10	20	5,200
121	甲申槎客萍水集	210	9	18	34,020
122	甲申接槎錄	56	9	14	7,056
123	甲申韓人唱和歸國1권	72	8	20	11,520
124	甲申韓人唱和歸國2권	47	8	20	7,520
125	客館唱和	58	10	18	10,440
126	鷄壇嚶鳴 간본 부분	62	10	20	12,400
127	鷄壇嚶鳴 필사부분	82	8	16	10,496
128	奇事風聞	12	10	18	2,160
129	南宮先生講餘獨覽	50	9	20	9,000
130	東渡筆談	80	10	20	16,000
131	東槎餘談	104	10	21	21,840
132	東游篇	102	10	20	20,400
133	問槎餘響1권	60	9	20	10,800
134	問槎餘響2권	46	9	20	8,280
135	問佩集	54	9	20	9,720
136	賓館唱和集	42	7	13	3,822
137	三世唱和	23	15	17	5,865
138	桑韓筆語	78	11	22	18,876
139	松菴筆語	50	11	24	13,200
140	殊服同調集	62	10	20	12,400
141	快快餘響	136	8	22	23,936
142	兩東鬪語乾	59	10	20	11,800
143	兩東鬪語坤	121	10	20	24,200
144	兩好餘話상권	62	9	22	12,276
145	兩好餘話하권	50	9	22	9,900
146	倭韓醫談(刊本)	96	9	16	13,824
147	倭韓醫談(寫本)	63	12	20	15,120
148	栗齋探勝草1권	48	9	17	7,344
149	栗齋探勝草2권	50	9	17	7,650
150	長門癸甲問槎1권	66	11	22	15,972

151	長門癸甲問槎2권	62	11	22	15,004
152	長門癸甲問槎3권	80	11	22	19,360
153	長門癸甲問槎4권	54	11	22	13,068
154	萍遇錄	68	12	17	13,872
155	品川一燈	41	10	20	8,200
156	表海英華	54	10	20	10,800
157	河梁雅契	38	10	20	7,600
158	和韓醫談	60	10	20	12,000
159	韓客人相筆話	80	10	20	16,000
160	韓館應酬錄	45	10	20	9,000
161	韓館唱和1권	92	8	14	10,304
162	韓館唱和2권	78	8	14	8,736
163	韓館唱和3권	67	8	14	7,504
164	韓館唱和續集1권	180	8	14	20,160
165	韓館唱和續集2권	182	8	14	20,384
166	韓館唱和續集3권	110	8	14	12,320
167	韓館唱和別集	56	8	14	6,272
168	鴻臚摭華	112	10	12	13,440
169	鷄林情盟	63	10	20	12,600
170	對禮餘藻	90	10	20	18,000
171	對禮餘藻(明遠館叢書 57)	123	10	20	24,600
172	對禮餘藻(明遠館叢書 58)	132	10	20	26,400
173	三劉先生詩文	58	10	20	11,600
174	辛未和韓唱酬錄	80	13	19	19,760
175	接鮮瘖語(寫本)1	102	10	20	20,400
176	接鮮瘖語(寫本)2	110	11	21	25,410
177	精里筆談	17	10	20	3,400
178	中興五侯詠	42	9	20	7,560
예상 총 글자수					786,791
3차년도 예상 번역 매수 (200자원고지)					약 11,800매

1차년도에는 하우봉(전북대) 교수와 유경미(일본 나가사키국립대학) 교수를 공동연구원으로 하여 고운기, 구지현, 김형태, 허은주, 김용흠 박

사가 전임연구원으로 번역에 참여하였다. 3년 동안 기태완, 이지양, 진영미, 김유경, 김정신, 강지희 박사가 연구원으로 교체되어, 결국 35,000매나 되는 번역원고를 마무리하였다.

일본식 한문이 중국식 한문과 달라서 특히 인명이나 지명 번역이 힘들었는데, 번역문에서는 독자들이 읽기 쉽도록 한국식 한자음으로 표기하고, 첫 번째 각주에서만 일본식 한자음을 표기하였다. 원문을 표점 입력하는 방법은 고전번역원에서 채택한 방법을 권장했지만, 번역자마다 한문을 교육받고 번역해온 과정이 다르기 때문에 재량을 인정하였다. 원본 상태를 확인하려는 연구자를 위해 영인본을 뒤에 편집하였는데, 모두 국내외 소장처의 사용 승인을 받았다.

원문과 번역문을 합하여 200자원고지 5만 매 분량의『조선후기 통신사 필담창화집 번역총서』를 12,000면의 이미지와 함께 편집하고 4차에 나누어 10책씩 출판하는 과정이 복잡하고 힘들었기에, 연세대학교 정갑영 총장에게 편집비 지원을 신청하였다.『조선후기 통신사 필담창수집 번역본 30권 편집』정책연구비(2012-1-0332)를 지원해주신 정갑영 총장에게 감사드린다.

『조선후기 통신사 필담창화집 번역총서』를 편집하는 과정에 문화재청으로부터『통신사기록 조사 및 번역, 데이터베이스 구축』연구용역을 발주받게 되어, 필담창화집을 비롯한 통신사 관련 기록을 세계기록유산으로 등재하는 작업에 참여하게 된 것도 기쁜 일이다. 통신사 관련 기록들이 모두 데이터베이스로 구축되어 국내외 학자들이 한일문화교류, 나아가서는 동아시아문화교류 연구에 손쉽게 참여하게 된다면『통신사 필담창화집 번역총서』의 사명을 다하는 것이라고 생각한다.

조선후기 통신사가 동아시아 문화교류 연구에 중요한 이유는 임진왜란 이후에 중국(청나라)과 일본의 단절된 외교를 통신사가 간접적으로 이어주었기 때문이다. 통신사 필담창화집 번역총서 60권 출판이 마무리되면 조선후기에 한국(조선)과 중국(청나라) 지식인들이 주고받은 척독집 40여 권도 데이터베이스로 구축하여, 일본에서 조선을 거쳐 청나라로 이어지는 '동아시아 문화교류의 길' 데이터베이스를 국내외 학자들에게 제공하고자 한다.

▨ 김성은(金成恩)

연세대학교 국어국문학과, 연세대학교 대학원 국어국문학과 박사수료.
한국고전번역원 부설 고전번역교육원 전문과정 수료.
현재 성신여자대학교 고전연구소 연구원, 연세대학교 강사.

▨ 김정신(金貞信)

덕성여자대학교 사학과, 연세대학교 대학원 사학과 석사 · 박사.
현재 한국고전번역원 선임연구원, 연세대학교 국학연구원 연구교수.

조선후기 통신사 필담창화집 번역총서 31
韓館贈答 · 和韓文會

2017년 6월 23일 초판 1쇄 펴냄

역　자 김성은 · 김정신
발행인 김흥국
발행처 도서출판 보고사

등록 1990년 12월 13일 제6-0429호
주소 경기도 파주시 회동길 337-15 보고사 2층
전화 031-955-9797(대표), 02-922-5120~1(편집), 02-922-2246(영업)
팩스 02-922-6990
메일 kanapub3@naver.com / bogosabooks@naver.com
http://www.bogosabooks.co.kr

ISBN 979-11-5516-676-5　94810
　　　979-11-5516-055-8　(세트)
ⓒ 김성은 · 김정신, 2017

정가 32,000원